笠間書院

高松亮太

秋成論攷

学問・文芸・交流

秋成論攷——学問・文芸・交流——●目次

第三部　秋成の和学とその周辺

はじめに

「秋成論攷――学問・文芸・交流――」と題した本書は、近世中後期の上方文壇で重きをなした上田秋成（享保十九年〈一七三四〉～文化六年〈一八〇九〉）の、和学者・歌人としての側面に注目し、彼の和学活動の実態解明と、その活動を背景として創作された文芸の分析を行い、秋成研究へのひとつの視座を提示することを試みるものである。

秋成は、小説・俳諧・和歌・和学・煎茶道など、さまざまな分野において活躍した多才な人物ではあるが、近代以降の研究は主として『雨月物語』（安永五年〈一七七六〉刊）を中心に進められてきた。その卓越した構想と洗練された文体は、数多くの研究者の関心を集め、構想・表現・文体・典拠・主題など、あらゆる面に亘って盛んに行われた研究の蓄積によって、『雨月物語』研究はいまや汗牛充棟の観を呈している。一方、最晩年の傑作として名高い『春雨物語』（文化五年〈一八〇八〉成）は、明治四十年（一九〇七）に藤岡作太郎によって『袖珍名著文庫』巻二十八（冨山房）に収録されたものの、底本はいわゆる富岡本であって、現在の完全な姿を伝えるものではなかった。したがって、『春雨物語』の本格的な研究が始まるのは、天理冊子本、天理巻子本、文化五年本、佐藤本『春雨草紙』などの諸本が発見され、注[1]研究環境が整備されていく昭和中期以降を待たねばならなかったが、以後は『雨月物語』とともに、秋成研究の中心的位置を占めていくこととなる。

では翻って、秋成と同時代を生きた人々は、彼をいったいどのように認識していたのだろうか。旧聞に属することではあるが、菩提寺である京都西福寺に伝わる『簿霊帳』（過去帳）には、法号「三余斎無腸居士」の傍らに「大坂出生之人歌道之達人」と記され、また『海道狂歌合《かいどうきょうかあわせ》』（文化八年〈一八一一〉刊）下巻序には、友人であり、画賛の合作も伝わる画師河村文鳳《かわむらぶんぽう》によって「歌道を以て世に鳴る」（原漢文）と評されている。また、後代の評価を伝えるものに、政田義彦《まさだよしひこ》『浪速人傑談《なにわじんけつだん》』（安政二年〈一八五五〉序）や暁鐘成《あかつきかねなり》『再撰花洛名勝図会《さいせんからくめいしょうずえ》　東山之部』（元治元年〈一八六四〉刊）などが備わるが、前者には「元より国学を好み、藤原宇万伎《うまき》の門人となりて古学をまなばれし其名世に高し」注[2]と伝えられ、後者には「和歌《わか》を善くし、国学《こくがく》に精《くは》しく、煎茶一家《せんちゃいっか》をなす」注[3]と記されてもいる。これら数種の秋成評は、近世期における秋成像の一面を的確に伝えていると思われ、在世当時の秋成が、まずもって和学者・歌人として認識されていたことを示していよう。

秋成のこのような側面は、中央公論社版『上田秋成全集』の刊行がひとつの契機となって、より一層明瞭に浮かび上がってくることとなった。というのも、既刊の十二巻を見渡してみると、『雨月物語』『春雨物語』を始めとする小説類が収められているのは、第七巻と第八巻のわずか二巻のみであって、他の十巻は和学・和歌・和文で占められているのである。注[4]こうした事情を考え合わせてみると、当代に即して秋成を理解しようとするならば、和学者・歌人としての秋成像を炙り出していく手続きが必要なのではないか。

もとより、『雨月物語』や『春雨物語』に研究が集中していたとはいえ、和学者・歌人としての側面が閑却されていたというわけでは決してなかった。丸山季夫の「上田秋成の歌学考」（『吾妹』第十四巻第六号～第十一号、一九三七年六月～十一月）を始めとする、のちに『国学史上の人々』（吉川弘文館、一九七九年）や『国学者雑攷』（吉川弘文館、一九八二年）に収録される一連の論考は、秋成の歌業を詳細に検討した早期のものとして、また辻森秀英「歌人上田秋成」（『上田秋成の生涯――人と思想と作品――』、有光社、一九四二年）は、秋成歌批評、歌論への言及、歌人秋成の位置などについて言及した早期のまとまった成果として、その後の秋成研究に及ぼした影響は小さくない。さらに、知り得る限りの詠歌を集成した浅野三平『秋成全歌集とその研究』（桜楓社、一九六九年。『増訂秋成全歌集とその研究』〈おうふう、二〇〇七年〉として増訂版刊）が出版されて資料が整備されると、秋成の和歌・歌論を包括的に取り扱った吉江久彌『歌人上田秋成』（桜楓社、一九八三年）などの専書も現われてくる。

一方、秋成の学問に関する研究は、前記丸山の『国学史上の人々』や『国学者雑攷』、また高田衛『上田秋成研究序説』（寧楽書房、一九六八年。『定本上田秋成研究序説』〈国書刊行会、二〇一二年〉として復刊）、同『上田秋成年譜考説』（明善堂書店、一九六四年。『完本上田秋成年譜考説』〈ぺりかん社、二〇一三年〉として復刊）などが早くから備わっていたが、中央公論社版『上田秋成全集』の刊行開始前後から、とりわけ盛んになってくる。主に学問と歴史小説との関係を論じた美山靖『秋成の歴史小説とその周辺』（清文堂出版、一九九四年）、古典研究を総体的に取り扱った勝倉壽一『上田秋成の古典学と文芸に関する研究』（風間書房、一九九四年）、評釈の方法を分析し、秘められたモチーフとしての古代像を抉り出した山下久夫『秋成の「古代」』（森話社、二〇〇四年）といった秋成の学問を中心とした研究書はもちろんのこと、木越治『秋成論』（ぺりかん社、一九九五年）、中村博保『上田秋成の研究』（ぺりかん社、一九九九年）、長島弘明『秋成研究』（東京大学出版会、二〇〇〇年）、飯倉洋一『秋成考』（翰林書房、二〇〇五年）、日野龍夫『宣長・秋成・蕪村』（日野龍夫著作集第二巻、ぺりかん社、二〇〇五年）など、秋成の活動を様々な角度から分析した研究書においても、歌論、歴史研究、古典研究といった秋成の学問や思想について、一定の言及がなされてきた。

そして近年は、こうした従来の研究を踏まえ、上方文壇における秋成の位置付けや、交流の具体的な様相とその意義に迫ろうとする研究がひとつの潮流になりつつある。例えば、飯倉洋一『上田秋成――絆としての文芸――』（大阪大学出版会、二〇一二年）は、秋成の歌文作品を周囲の人々との関係の中で捉え直すことを試みたものであるし、一戸渉『上田秋成の時代――上方和学研究――』（ぺりかん社、二〇一二年）は、その秋成と同時代を生きた和学者たちの足跡を追い、近世中後期の上方和学の諸相を捉えようとするものであった。また、近時刊行された近衛典子『上田秋成新考――くせ者の文学――』（ぺりかん社、二〇一六年）も、秋成と大坂騒壇や小沢蘆庵《おざわろあん》、正親町三条公則《おおぎまちさんじょうきんのり》らとの関係にも斬り込み、秋成の活動を包括的に把握することを目指している。こうした成果の積み重ねによって、秋成の人的交流や和学活動の実態が徐々に解明されてきており、確実に和学者・歌人としての秋成像は定着しつつあるといってよい。

とはいえ、多岐に亘る秋成の活動を考えれば、必ずしも十全な言及がなされてきたとは言い難く、またそうした諸活動や周縁との関係を踏まえたうえで、秋成の思想や文芸を捉え直すという試みは、ようやく緒に就いたところであろう。本書の企図するところは、従来盛んに行われてきた『雨月物語』や『春雨物語』の研究を中心に据えたものではなく、いま研究史を瞥見してきたような、和学者・歌人としての諸活動に迫り、そこから秋成文芸を捉え返そうとするものである。

秋成は二十代の頃から京の小島重家《こじましげいえ》の手引きによって「あざ黎の古物がたり」（『秋の雲』注[5]）を学んでおり、その影響もあってか「契沖の著書をかいあつめて、物しりになろうと思」（『胆大小心録《たんだいしょうしんろく》』異文二注[6]）った三十代前半に和学の道に本格的に開眼したようである。また同じ頃「人のすゝめにて、下のれんぜい様へ入門し」（同）、和歌の手習いも始めていたようだが、のち明和八年（一七七一）に三十八歳で賀茂真淵の高弟であった加藤宇万伎へ入門するという僥倖が秋成の方向性を決定づけたこと、本書でも縷々述べる真淵学の影響や宇万伎への思慕のさまを見れば明らかであろう。以後、本居宣長との論争、京への移住、妻瑚璉尼《これんに》の死、両眼の失明といった紆余曲折を経ながらも、最晩年には「歌道之達人」と称されるに至るほど、近世中後期の上方文壇で重要な地位を占めていくこととなる。

和学者・歌人としての秋成に迫るということは、そのまま近世期を生きた秋成の実像に迫る試みであるといってもよい。秋成の歌業・文業をいったん同時代との関係のなかで考え、そこから秋成という人物や、彼の文芸を眺めることは、現在では見えにくくなってしまった秋成の人物像や、彼の文芸の新たな一面を発見することに繋がるのではないか。こうした問題意識から本書は出発している。

本書の構成は以下のとおりである。

第一部「秋成の和学活動」では、秋成が和学者として本格的な活動を開始する京への移住後に焦点を絞り、『万葉集』や『金槐《きんかい》和歌集』『天降言《あもりごと》』といった万葉調の和歌をめぐる活動と、その活動が持つ史的意義や同時代的意義を考察するとともに、秋成の古典注釈の成立に、周辺の門人・知人の関与が大きかったことを、具体的な作品に即して論じる。第一章「秋成の万葉集講義」では、秋成説が書き入れられた国文学研究資料館所蔵の寛永版本『万葉集』の分析を通して、秋成の万葉集講義の実態を解明する。第二章「秋成の実朝・宗武をめぐる活動」では、源実朝と田安宗武《たやすむねたけ》という、万葉調歌人として認識されていた歌人をめぐる秋成の活動と、その同時代的意義および史的意義について言及する。第三章「秋成と蘆庵社中――雅交を論じて『金砂』に及ぶ――」では、特に秋成と大坂の蘆庵社中との雅交を俎上に載せつつ、秋成文芸生成の基盤に蘆庵社中との交流があったことを指摘する。

第二部「秋成の学問と文芸」では、秋成最晩年の小説『春雨物語』に、秋成の和学上の知識や思想が披瀝されていたり、それらを反映した人物造型がなされていたりすることを踏まえ、秋成の学問、特に歌学について分析したうえで、『春雨物語』をはじめとする秋成文芸と学問との関係を考察することにより、秋成文芸の新たな解釈を試みる。第一章「秋成の師伝観と『戴恩記』」では、秋成の師伝観の背景に、自身の経験知とともに、『戴恩記』の影響が大きかったことを論じ、秋成歌論の生成過程の一端を明らかにする。第二章「秋成歌論の一側面――『十五番歌合』をめぐって――」では、『十五番歌合』を二系統に分類したうえで、その成立に蘆庵門人でもあり、秋成の友人でもあった羽倉信美《はぐらのぶよし》が関わっていたことを確認したうえで、判詞の分析を行う。第三章「『春雨物語』「目ひとつの神」の和歌史観」では、「目ひとつの神」で展開される歌論が真淵流和学者や同時代歌論と相即するものと見なし得ることを論じ、「目ひとつの神」の創作態度を明らかにする。第四章「『春雨物語』の「命禄」――「目ひとつの神」を論じて主題と稿本の問題に及ぶ――」では、「目ひとつの神」が「帰郷」と結びついた「命禄」を主題とした物語であったことを明らかにし、命禄論の立場から『春雨物語』を読み解ける可能性に言及するとともに、『春雨物語』の稿本の問題に関する私見を提示する。

第三部「秋成の和学とその周辺」では、秋成門人や秋成と同時代を生きた和学者たちが、秋成と如何に関わり、また上方において如何なる活動を行っていたのかという問題について検討を加えることで、当時の上方文壇の様相を明らかにしたうえで、周辺から眺めることで見えてくる、和学者・歌人としての秋成像を炙り出すことを目指す。第一章「山地介寿の在洛時代」では、土佐藩士にして宣長・秋成に学んだ和学者山地介寿《やまじすけかず》の活動を明らかにしつつ、秋成との交流を通して、和学者秋成像の一端を照射する。第二章「荒木田久老『万葉考槻乃落葉四之巻解』の生成」では、荒木田久老《あらきだひさおゆ》の上洛時の万葉講義と、『万葉考槻乃落葉《まんようこうつきのおちば》四之巻解』の成立過程について、特に秋成説の受容という側面から検討する。第三章「林鮒主の和学活動と交流」では、京の秋成門人として多彩な和学活動を展開していた林鮒主《はやしふなぬし》の和学活動と交流を明らかにし、京の文壇における鮒主の位置付けを試みる。第四章「林鮒主年譜稿」では、歌人・和学者・狂歌師・蔵書家といった様々な顔を持つ鮒主の活動を年譜形式で綴り、秋成門人としての活動はもちろん、多才な文人としての姿を描き出す。

さらに、第一部第二章の末尾には名古屋市蓬左文庫蔵『田安亜槐御歌《たやすあかいおんうた》』、第一部第三章の末尾には海野圭介氏が所蔵する上田秋成筆『〔宇万伎三十年忌歌巻〕』、第二部第二章の末尾には筆者架蔵の伝瑚璉尼筆『十五番歌合』という、貴重な秋成の和学・和歌関連資料三点の翻印と影印を掲載し、諸氏の便に供することとする。

以上の考察を通して、和学者・歌人としての秋成像と、晩年の秋成が生み出した文芸を、できる限り正確に、できる限り分かりやすく、そしてできる限り魅力的に提示することを目指したい。

なお本書では、引用文献は論文中や注で示し、引用に際しては適宜旧字を通行の字体に改めるとともに、読みやすさを考慮し、濁点、句読点等を附した。また、所蔵者を記す場合等を除いて、原則として敬称は省略させていただいた。

【注】

［1］天理冊子本・天理巻子本は藤井乙男「秋成雑俎／蟹のはらわた（一）」（『国語国文』第十三巻第十一号、一九四三年十一月）において、文化五年本は、漆山本が玉井乾介「漆山本春雨物語について」（『文学』第十七巻第一号、一九四九年一月）、桜山文庫本が丸山季夫「春雨物語の完本はあった」（『国語と国文学』第二十八巻第三号、一九五一年三月）、西荘文庫本が中村幸彦「小津桂窓旧蔵／春雨物語について」（『典籍』第四号、一九五二年九月）において紹介される。佐藤本『春雨草紙』は、昭和十七年（一九四二）十一月十八日付の朝日新聞に発見の記事が載り、のち浅野三平「佐藤本「春雨草紙」の検討」（『国語と国文学』第四十五巻第三号、一九六八年三月）および同「続佐藤本「春雨草紙」の検討――いわゆる「壬申の乱」その他について――」（『近世文藝』第十六号、一九六九年六月）で紹介される。なお、以上の『春雨物語』本文の研究史については、木越治「『春雨物語』諸本研究史の試み――その（一）――」（『秋成論』、ぺりかん社、一九九五年）に詳しい。

［2］国立国会図書館蔵本（二二四-八七）による。

〔3〕早稲田大学図書館蔵本（文庫三〇-E〇二一七、早稲田大学図書館古典籍総合データベース）による。
〔4〕未刊の第十三巻には俳諧や狂歌も収められる予定とのこと。分量は少ないとはいえ、当然のことながら、秋成の俗的側面も、彼の実像の一面として見逃すことはできない。なお、こうした側面の重要性については、近衛典子『上田秋成新考――くせ者の文学――』（ぺりかん社、二〇一六年）に言及が備わる。
〔5〕中央公論社版『上田秋成全集』第十二巻二一四頁。
〔6〕中央公論社版『上田秋成全集』第九巻二四九頁。

第一部　秋成の和学活動

第一章　秋成の万葉集講義

はじめに

寛政五年（一七九三）六月、上田秋成はそれまで住んでいた摂津国淡路庄村を捨てて京へ出た。同年の三月から四月にかけて上洛し、妙法院宮真仁法親王《みょうほういんのみやしんにんほっしんのう》や芝山持豊《しばやまもちとよ》らの貴顕に謁見、さらに門人を獲得するなど、精力的な活動を展開したかつての論敵本居宣長に後れること、およそ二か月のことであった。

前年には宣長の『馭戎慨言《ぎょじゅうがいげん》』（寛政八年〈一七九六〉刊）に対する駁論書『安々言《やすみごと》』を書き上げていた折も折、この移住から他意を読み取りたくなるところだが、それは少々穿鑿が過ぎようか。秋成自身の語るところによれば、京出身の妻瑚璉尼が移住を希望したというが（『胆大小心録』六九）、その瑚璉尼によると、秋成に隣家幼児の死をはじめとする「うたておぼす事ども」が多かったためともいう（『藤簍冊子《つづらぶみ》』巻六所収「夏野の露」）。いずれにしても、この上洛が秋成の和学活動を本格化させる契機になったことは疑いなく、以後「歌道之達人」（西福寺蔵『簿霊帳』）と称されるに至る和学者・歌人としての本領が遺憾なく発揮されていくこととなる。

多岐に亘る秋成の活動のなかでも、上洛を境にとりわけ盛んになったのは、『万葉集』の研究であった。秋成は上洛して間もない頃に著わした『万葉集会説《かいせつ》』（寛政六年〈一七九四〉成）をはじめとして、『楢《なら》の杣《そま》』（寛政十二年〈一八〇〇〉

起稿）や『金砂《きんさ》』（享和四年〈一八〇四〉成）といった『万葉集』の研究書を数多く手掛けていくが、同時に門人たちに対する講筵もたびたび開いており、その内容を伝える聞書や書入本も数種伝存している。これらは、講義当時の秋成の解釈を知るうえで有益なだけでなく、京における秋成の和学活動を知るうえでも、また交友関係を探るうえでも、決して軽視できる資料ではない。

　秋成の持説や講義内容をまとまった形で伝える資料としては、これまで既に、門人越智魚臣《おちなおみ》が諸説を書き入れた静嘉堂文庫蔵『万葉集傍註《ぼうちゅう》』書入（以下、傍註書入）、同じく越智魚臣による秋成の講義の聞書と目される金刀比羅宮図書館蔵『万葉集打聴《うちぎき》』（以下、『打聴』）[注1]、友人羽倉信美の書写・書入にかかる天理大学附属天理図書館蔵『万葉集』[注2]書入の三点が知られていたが、近年この三点に加え、国文学研究資料館が所蔵する『万葉集』（カ二―二二―一～二〇）に秋成説が書き入れられていることを確認できた。この書入は従来未紹介のものであり、秋成の『万葉集』研究の新たな一面を示す好資料と判断される。

　本章では、まず国文学研究資料館蔵『万葉集』の書入内容を分析し、書入筆者を特定したうえで、秋成が講義を行った時期についても言及し、秋成の和学活動に光を当てる端緒としたい。

一、国文学研究資料館蔵『万葉集』について

　最初に、国文学研究資料館蔵『万葉集』の書誌を略記しておく（以下、国文研本）。

大本。二十巻二十冊。表紙は濃縹色無地表紙（縦二七・二×横一九・二糎）。題簽は剥落しており、その剥落跡に巻数を朱書、さらにその下に真淵が改めた巻数が白墨で記される。[注3]内題は「万葉集」。柱刻題は「万葉」。料紙は楮紙。毎半葉八行。刊記は「寛永弐拾年癸未蝋月吉日／洛陽三条寺町誓願寺前安田十兵衛新刊」とある、いわゆ

る寛永版本。印記は「含章」（印主小川含章《おがわがんしょう》カ）、「備前河本氏蔵書記」（印主河本立軒《こうもとりっけん》、巻十七のみ）、「安松」（印主未詳、巻十七のみ）。各巻末に「日下連道章（花押）」（巻七・十・十五・十八を除く）、巻十五巻末にのみ「伊勢国員弁郡／大神社神主／日下主税／道章（花押）」との識語あり。墨・紫・朱・藍・緑各色の書入あり。

識語について少々附言しておくと、各巻末に識語を残した「日下連道章」という人物は、巻十五の識語によって伊勢国員弁郡大神社の神主と知られるが、この「大神社」は三重県いなべ市大安町片樋に現存する大神社《おおみわのやしろ》を指す。『延喜式』神名帳に朝明郡二十四座の第六に列記される格式高い式内社であり、縄文時代後期のものと伝えられる石剣、石棒が神宝として納められている。注[4] 祭神は大物主神で、奈良県桜井市三輪にある大神神社の分祀。神主は代々日下《くさか》家が継いでおり、現在の神主は第十六代の日下正氏である。当社の資料の多くが明治九年（一八七六）十二月の伊勢暴動の際に灰燼に帰したため、注[5] 道章の著書や日記類は現存しないが、罹災を免れた諸資料によれば、道章は文政八年（一八二五）に生まれ、明治二十四年（一八九一）に六十六歳で没した大神社第十四代神主日下伊織《いおり》。日下家墓碑に「広恩　伊織　明治二十四年四月十五日没」、日下家蔵『日下家系譜』に「明治二十四年四月十五日没／六十六歳八ヶ月十五日」とある。この伊織の号が道章であることは、位牌を納めた箱にその旨が記されているといい、また『日下家系譜』の「伊織」項にも、「文久元年春自筆写本二冊現存／大神社神主日下道章ト署名アリ」と記されることから明らかである。したがって、文化六年に没した秋成との交流はない。道章の父は日下吉成《よしなり》というが、秋成との接点は恐らくないだろう。秋成が員弁郡に足を運んだ形跡がないこと、秋成側の資料から吉成に関する記事が出てこないことから、吉成は以下に述べる書入を行った人物とは考えられない。注[6]

さて、国文研本には傍註書入に見えるような書入筆者による識語等が記されておらず、一見誰の書入になるか判断し難い。書入そのものは寛永版本の二十巻全てに亘って施されているが、その分量は巻によって大きく開きがあり、後半の巻には別筆も混じている。とりわけ書入や附箋が多く、煩雑な紙面となっているのは巻四および巻五である。書き入れられている諸説の主としては、下河辺長流《しもこうべちょうりゅう》・賀茂真淵・本居宣長・橋本経亮《はしもとつねすけ》などが挙げられ、なかには「私云」「試云」「強テ云ハヾ」「或云」などと断った書入筆者自身の説も散見する。また、書入内容に関して注目されるのが、巻一の表紙に残された次の貼紙の記述である。

此巻書入　紫墨　師鶉屋秋成大人説
朱墨　円珠庵契冲密師説　万葉代匠記三十巻有
緑墨　拾穂軒季吟説　万葉拾穂抄三十巻有
藍墨　荒木田久老神主講説注[7]

この貼紙によれば、「此巻」すなわち巻一には、秋成・契沖《けいちゅう》・季吟《きぎん》・久老説を色分けして書き入れたというのだが、確かに欄上や傍らに数色の墨による多くの書入が認められるものの、巻一の書入を通覧しても、緑・藍による書入は一つも見出すことができない。さらに、秋成説であるはずの紫墨で、例えば七丁裏・三番歌「天皇遊二猟内野一之時中皇命使二間人連老献一歌」に、

岡部翁曰、ナカノヒメミコトヨムベシ。コレハ舒明ノ御子間人皇女ノ御コトナルベシ。ソノユヘハ、上古御子タチノ名ハ乳母ノ氏ヲトルコトアリ。コヽノ間人連老ハ御乳母方ノ人トミユレバ也注[8]。

と真淵の説が書き入れられていたり、「或云、ナカ弭ハ長ハズナリ。末弭《ウラハズ》ヲ云。末ハズハ長ク造モノ也」と、書入筆者自身の解釈とおぼしき書入が残されていたりするなど、貼紙の色分けと書入内容に齟齬が生じている。

そこで各巻の書入を通覧すると、右の貼紙通りの色分けがなされているのは巻四のみで、貼紙にある「此巻」の色分けは巻四の書入を指すものと考えることができる。さらに、巻四紫墨の書入を越智魚臣の傍註書入と対比すると、その多くに解釈の一致が認められることからも、巻四の紫墨書入が秋成説であると考えて間違いないだろう。一例のみを挙げれば、巻四・十二丁表・四八四番歌「難波天皇妹奉下上在二山跡一皇兄上御歌一首」という題詞について、

国文研本では、

仁徳帝カ。然ラバ宇治ノ太子ノ妹、八田ノ皇女ヲ皇妃ニ奉ルコト有共、皇女ガ上代ハ同腹ニサヘアラネバ、兄弟夫婦ト成コトモ有シ也。此集第二首ノ磐姫ノ歌ハ、此皇女ヲ妬玉フ歌也。但此歌仁徳ノ時代ヨリハ後ノ調也。

とあるのに対して、傍註書入では、

難波天皇ヲ仁徳トスレバ、皇妹ハ菟道稚郎子ノ妹ノ八田皇女ニヤ。コノ歌仁徳ノ頃ノ風潮ニアラザルハイカニ。

鶉翁

とあって、「難波天皇」を仁徳天皇ではないかとする点、それを踏まえて「皇妹」が八田皇女であるとしている点、にもかかわらず仁徳天皇の時代よりも後代の調べであることに疑義を呈している点など、両書入の所説が符合することは明らかである。以上により、貼紙は本来巻四に貼られているべきものであり、紫墨の書入で秋成説として確定できるのは、巻四の書入ということになる。

二、「師鶉屋秋成大人」

では、誰が秋成の講義を聴聞し、その内容を書き入れたのか。国文研本には、書入筆者による識語がないため、本書に残されている種々の情報をもとに書入筆者に迫っていく。

まず、前掲表紙貼紙に記されている「師鶉屋秋成大人」なる呼称に留意したい。周知のとおり、秋成は天明七年（一七八七）四月に大坂近郊の淡路庄村退隠に際して、住居を定めない鶉に、転居を繰り返す自身の姿を重ね、庵号を「鶉の屋」と称した。この庵号は、寛政五年六月に京に移り住んだ後も使用し続けており、例えば田能村竹田《たのむらちくでん》の随筆『屠赤瑣々録《とせきささろく》』（天保元年〈一八三〇〉自序）巻二には、余斎翁は、此頃は南禅寺の常林庵の後園に居られたり。わづかなる家にて、入り口にのうれんを掛て、鶉居《うづらや》と自から二字を書して有り。余もしば〳〵此処を訪しなり。注[9]

と、秋成小庵の様子が伝えられている。また秋成は「鶉居」「鶉居士」「鶉の屋」「鶉の屋のあるじ」「鶉翁」「鶉兮」「鶉無常居」といった号としても使用しているほか、注[10] 知人・門人たちもこの号を以て秋成の呼称としていた。傍註書入の筆者であり、秋成の和学上の門人であった越智魚臣もその一人である。

越智魚臣は近江に生まれ、のち京に住した和学者で、秋成門下の一人にして宣長やその門流とも接点を持つ。秋成の万葉集講義を聴聞し、『打聴』と傍註書入を手掛けたことは既に述べたとおりだが、他にも寛政七年（一七九五）に秋成の『霊語通《れいごつう》』に序を寄せており、また秋成と宣長の呵刈葭《かがいか》論争に関し、秋成擁護の立場で書かれた『やいかま』（享和元年〈一八〇一〉成）なる書も存する。注[11] その魚臣は神宮文庫蔵『安々言』の識語で、

安々言一巻、鵜鶘春行所㆓借示㆒、倩武士鳳写㆑之。又乞㆓原本於鶉居阮翁㆒。対校一過。寛政甲寅十二月二十又一日　越智魚臣識

と秋成から『安々言』を借りて対校した旨を記し、また『霊語通』の序でも、

ある日なおみ等、うづら居の翁に参りて、物がたりどもうけたまはるついでに、かんなの法のいにしへ今のけぢめある事、かついにしへによるべきことわりを聞へん。注[12]

と交流のさまを伝えており、これらの記述によって魚臣が秋成を「鶉居」と称していたことが分かる。また、田安宗武の家集『天降言』の近衛典子氏蔵本の識語には、

田安源君歌集一巻、吾鶉屋大人所㆓選定㆒而借㆓写其手沢本㆒云、寛政乙卯春三月　越智魚大（絵）識注[13]

とあって、「鶉屋大人」と呼んでいたことを示しているほか、傍註書入でも「鶉居」「鶉」「師云」「師ノ説」「吾師」「鶉屋大人」などと断って秋成説を書き入れており、秋成のことを「師」「鶉居」「鶉屋」などと呼んでいた人物であっ

たことが知られる。これらの呼称に加えて、『打聴』の筆録や『万葉集傍註』への書入を行っていることなどを踏まえるならば、当然魚臣が国文研本の書入筆者の候補として浮上してくるのだが、『打聴』と傍註書入の秋成説が字句までほとんど一致するのに対して、傍註書入と国文研本の間には文言の相違が認められること、また書入の多寡の違いも甚だしいことなどを勘案するに、国文研本の書入筆者を魚臣と見做すことはできない。

秋成周辺からこれだけ名が見出されながら、その素性には不明な点の多い魚臣ではあるが、『やいかま』には、「吾友明《アケ》田鮒《タノフナ》主《ヌシ》は、古筆の鑑定に長ぜる人也」注[14]とあり、「明田鮒主」なる友人がいたことが知られる。この鮒主は、京新町通御池南で書肆や味噌商を営むかたわら、狂歌師として名を馳せた林鮒主という人物で、狂号を養老館路産、のち裁松窩《さいしょうか》（宰相花）波臣《なみおみ》といい、同じく狂歌師であった父路芳《ろほう》の没後、その遺編の作法書『狂歌言葉海《ことばのうみ》』『狂歌俗《ぞく》名所坐知抄《めいしょざちしょう》』（寛政七年刊）、父の詠草集『狂歌我身《わがみ》の土産《つと》』（寛政八年）を編刊したほか、狂歌の入門書『狂歌弁』（文政六年〈一八二三〉刊）を著わしている。他方、寛政五年には上洛した本居宣長に入門して和学を学ぶとともに、上洛中の荒木田久老の講義にも参加、京における鈴門の学問所鐸舎《ぬてのや》で開かれた本居大平《おおひら》の講義にもたびたび出席している和学者でもあり、『平安人物志』文化十年版「和歌」の項、文政五、十三年版「文雅」の項にも載る多才な文人であった。注[15]

実はこの鮒主もまた、魚臣同様秋成門下の一人であって、秋成詠『海道狂歌合』（文化八年〈一八一一〉刊）に寄せた序で鮒主は、

そも吾先師鶉居翁のよみおける此海道狂歌合は、心に詞に狂をふくめて、すがたは槻の木のいや高らに、歌のしらべをそなへて、いそのかみふるきによれり。

と述べ、戯言や悪口を旨とする現今流行の狂歌の姿を批判したうえで、秋成の狂歌が品格の高さと古き「姿」や「しらべ」を湛えている点を称賛しており、その一節で秋成を「先師鶉居翁」と呼んでいる。また、実践女子大学図書

館常磐松文庫蔵『藐姑射山《はこやのやま》・再詣姑射山《さいけいこやのやま》』（EBJ〇二〇五三三二）の鮒主写本（文政六年写）の奥書にも、

こは前師鶉居翁が、かたじけなき御園を、よし有て二たびまでおろがみたいまつりて書おかれし言の葉なるを、是度佐野雪満得たりとて、もて来るをみれば、翁の筆のあとはまがふ処もなけれど、初の度の記はなく、後の度のは末の一ひら欠たり。

とあって、鮒主も魚臣同様に秋成を「師」「鶉居」と呼ぶ人物であったことが分かる。秋成と鮒主の関係については不明な点も多いが、鮒主が友人柿谷半月《かきたにはんげつ》の依頼によって著わした上方狂歌の一門二松庵の来歴『二松庵家譜《にしょうあんかふ》』に、

予曽て国書を学びし師鶉居大人の常にいへらく、むかし松永貞徳翁の戴恩記といふ書などすさうなるは、誰々もかくあるべき事にこそといはれしもまたすさうの人也。注[16]

と記されることや、秋成の万葉集の総説『万葉集会説』を書写していることなどから、その師弟関係が和学を主とするものであったことは疑いを容れない。『万葉集会説』は秋成の自筆稿が伝わらず、いくつかの写本が存するのみだが、その中で筆者が鮒主の奥書を確認できているのは、関西大学図書館蔵本をはじめとする計七本。注[17] その奥書には、

右師鶉屋秋成大人説也 墨付十六葉
于レ時寛政七年乙卯仲春既望写レ之　源鮒主

とあり、ここでも秋成を「師鶉屋秋成大人」と呼んでいる点、直接師事していたことを如実に物語っていよう。

以上、鮒主も魚臣同様、秋成を「師鶉居（屋）」と呼ぶ門人であることを確認してきた。秋成のことを「鶉居（屋）」と呼ぶ人物は他にも存在するが、「師鶉居（屋）」と称しているのは、管見のかぎり魚臣と鮒主の他に例をみない。前述のように、国文研本の書入が魚臣によるものではないと考えられることに加え、『万葉集会説』の奥書と国文研本巻一表紙貼紙の「師鶉屋秋成大人」という、ややくだくだしい印象を受ける呼称の一致は、国文研本の書入が

鮒主の手にかかることを示唆しているのではないか。

三、鮒主の記名

とはいえ、呼称のみで書入筆者を鮒主であると確言するのは早計に過ぎよう。そこで次に、書入の記名からその筆者が鮒主であることを立証したい。

国文研本書入は、巻四のように数種の墨による書き分けがなされている巻もあるが、その色分けが徹底されている巻四を除いた書入については、誰の説か特定するのは困難と言わざるを得ない。そのうえ各書入は傍註書入に比べて、誰の説であるかを示す記名も少なく、それは書入筆者の特定を阻んでいる要因となっているが、既述のとおり記名のある書入も僅かながら見出すことができる。

先に国文研本の書入筆者であると推定した林鮒主の記名が見えるのは、巻四および巻五である。まず巻四・二十九丁裏・五八二番歌「大伴坂上家之大娘報㆓贈大伴宿禰家持㆒歌四首」のうち一首の書入を引く。

代匠記ニ、かく恋けるといふに二つの心有。鮒主云、一ツノ説ハ歌ノ下ニ書入、今一ツハ季吟ノ説ニ同ジケレバ、吟説ヲ書入タリ。

朱によるこの書入は、鮒主が「此恋家流《カクコヒケル》」についての契沖説および季吟説を書き入れた旨を語ったものである。巻四に見える鮒主の記名はこの一例のみだが、巻五にはより多くの記名が見えている。巻五・二十四丁裏・八七一番歌の「得保都必等《トホツヒト》」について、「鮒主云　遠ツ人ハ遠ク行タル人ヲ待ツトツヾクルナラン」と書き入れられていたり、巻五・九丁表・八〇四番歌「哀㆓世間難㆑住歌一首并序」の「流《ル》」と「遠《ヲ》」の間に脱字があるのではないかと疑念を抱く人物（久老カ）に対して、鮒主云、後ノシハガキタリシマスラヲノト有ニ対シテミレバ、脱句ニモアラザルベシ。

という、鮒主自身の解釈が書き加えられていたりするのである。さらに注目すべきは、同じ八〇四番歌に貼られた附箋に記される、「美奈乃和多迦具漏伎《ミナノワタカグロキ》」に対する次の書入である。

みなのわたかぐろき　みなを真魚也トノ大人御説大感心。魚腸ハ臭キ物故、カグトツヾクルノ御説不レ感ニアラザレド、臭ハカグニテカクトスミテハ不レ言ヤウニ覚ユ。四巻みなのわたかぐろひゆけハ、爰ニテカグロヒトハイヒガタカラン歟。鮒主愚案ニフト考ルニ、みなハ真魚ナラバ、ワタハワタツミ・ワタノソコ等のワタニテ、海ノコトトシテ、凡テ魚ハ海ニカクレ居ルモノナレバ、魚《ミナ》ノ海《ワタ》ニカクルト云意ナランカ。

不レ顧二不才一慢言可レ恐可レ懼

前掲のように「鮒主云」とあるだけでは、別の人物が鮒主説を書き入れた可能性も残るが、この「鮒主愚案ニ」という鮒主自身の謙辞によって、国文研本の書入筆者が鮒主であることは確実視されよう。

四、秋成の講義年時

少々迂遠な手続きとなったが、以上の検証によって国文研本の書入が、秋成の数少ない門人の一人林鮒主によるものであることが明らかとなった。では鮒主はいつ頃秋成の講義を聴聞し、書入を行ったのであろうか。先に巻一の表紙貼紙が、巻一に関するものではなく、巻四に関するものであることを確認した。その貼紙によると、鮒主は『万葉代匠記《だいしょうき》』（初稿本）によって契沖説を、『万葉拾穂抄《しゅうすいしょう》』によって季吟説を書き入れたことが分かるが、その一方で秋成説と久老説については、直接講義を聴聞して書き入れたらしいことも同時に明らかとなる。そこで行論の都合上、秋成の講義時期の検討に先立って、まずは久老の講義時期の考察から行っていく。

久老は郷里の伊勢山田から数度に亘って上洛しているが、鮒主等に対して講義が行われたのは、寛政十一年（一七九九）から享和元年にかけての上洛時であろうと考えられる。伊藤正雄が、

> 寛政十一年の正月末に上洛し、爾後享和元年（一八〇一）秋まで約三年間は、常に京阪の間を往来して、少からぬ門人を得、古典の講説や作歌の指導に寧日なき有様であった。（中略）かくて彼が京阪に滞在した二三ヶ年間は、彼の生涯を通じて最も活動の華やかだった時代であり、其業績も最も明瞭に知られるのである。注[18]

と述べているように、この上洛で久老は旺盛な和学活動を展開していた。久老の京における活躍ぶりは、伊勢にいた宣長の耳にも入っていたようで、寛政十一年五月七日の橘千蔭《たちばなちかげ》宛宣長書簡には、

> 同人（久老―筆者注）当正月より上京、今に京師に逗留に而、万葉講談など有レ之候事に御座候、何とぞ京師も古学開ケ申候様に仕度奉レ存候。注[19]

とあって、久老が京で『万葉集』の講義を行っていたことが分かる。既に『万葉考槻乃落葉三之巻解』（天明八年〈一七八八〉自序）を寛政十年（一七九八）に上梓しており、和学者としての地位を確固たるものにしていた久老の講義には、京の鈴門をはじめ、和学を志す者たちが多数聴聞に訪れたことであろう。久老はこれ以前、天明五年（一七八五）にも上洛しているが、その当時鮒主は二十歳位で、さらに宣長入門が寛政五年であったことを勘案すれば、寛政十一年の上洛時が妥当であろうと思われ、その際の講義に鮒主も参加していたものと推察される。注[20] 加えて、本書第三部第二章で詳述するように、久老が寛政十一年十二月に成稿させる『万葉考槻乃落葉四之巻解』に、この講義の成果が取り入れられているらしいことをも踏まえるならば、鮒主らに対する久老の講義の時期を、寛政十一年内に限定することも可能であろう。

久老の講義時期を確定させたのは、国文研本の書入内容と大きく関わるためであった。そこで以上を踏まえて秋成の講義時期を検討していくが、ここでは紫墨で記された秋成説の書入と藍墨で記された久老説の書入の先後関係

に注意したい。そこで、この両書入を丹念にみていくと、秋成説に対して久老説が批判や補足を加えている例があることが分かる。例えば、巻四・十七丁裏・五〇六番歌「阿倍女郎歌一首」にある「之《シナ》」の下に、紫墨で「奈脱カ」と記されているが、その書入に対して藍墨で「不用」と反論が加えられている。また巻四・三十七丁表・六三三番歌「娘子報贈歌二首」のうち一首にある「片去《カタサリ》」について、「不片去《カタサラズ》ト有タルガ、不ノ字落タル成ベシ。枕サラズシテ也。片ハ助語也」とする紫墨に対して、「床ノ上ニ枕ヲカタヨセテ、今一人君ガ寝ル処ヲ除テ寝タルト夢ニ見シト也」と追記している。さらに、巻四・五十九丁表・七八七番歌「大伴宿禰家持報二贈藤原朝臣久須麻呂一歌三首」のうち一首にある「愛《ヨシエ》」について、その傍訓「ヨシエ」を「ハシキ」と訂正し、「クワシイト云コトノ古語也。ソレヨリ転ジテ吉コトヲ云」とする紫墨の「ハシキ」について、藍墨で「俗ニイヂラシイト云ニ当」と補足説明を行っているのである。

以上のように、紫墨に対して藍墨が反論したり、補足を加えたりするなど、藍墨が紫墨の書入を踏まえた内容となっている例が散見することから、久老説の書入よりも秋成説の書入の方が先行していることは間違いない。既述したように、久老の講義は寛政十一年に行われたものと考えられるため、これによって秋成の講義は、下限を寛政十一年に定めることができるのである。[注21]

さて、ここで想起されるのが、魚臣の傍註書入の巻四に残る「寛政庚申七月十六日校閲」という識語である。魚臣が『万葉集傍註』に書入を行った「寛政庚申」（寛政十二年）は、鮒主と魚臣の交流繁く、両者の間で書物の貸借も盛んに行われていた時期であった（本書第三部第四章参照）。本章で導き出したように、秋成の鮒主に対する講義が寛政十一年頃であったことを勘案すれば、学友であった鮒主と魚臣は、同じ秋成の講筵に列席していた公算が大きい。このことは、次の書入の符合からも窺知することができよう。巻四・三十六丁裏・六三一番歌「湯原王贈二娘子一二首」のうち一首に対する書入を引く。

此贈答ノ次第契沖真淵モ疑ヲナセリ。今秋也案ズルニ、奥マデ十二首次第混雑有トミユ。今カリニ此次第ヲ改ルコト如レ左也。必一度ノ贈答ニアラズ。（国文研本）

鶉云、コノ贈答十二首ハ、一時ノコトナラズ。家持ガキケルマニ〳〵記セルナルベシ。次序ミダレタルサマ也。今コ、ロミニ改メ正スコト、左ノ如ク也。（傍註書入）

以下、「湯原王」と「娘子」の贈答が十二首続くのだが、秋成はその贈答の歌順に疑義を呈しており、国文研本では二丁に亘って欄上に秋成の改めた歌順が記されている。この歌順の説は寛政十二年起筆の『楢の杣』にも継承され、「湯原王」と「娘子」の十二首の贈答歌は、秋成が改めた歌順で掲載されることとなる。

次に列記したのは四十丁表・六五二番歌「大伴坂上郎女歌二首」のうち一首にある「玉」に関する両書入本の説である。

魂也。我魂ヲ守ルベキ人ト云コト也。君ガ来ヌ故ニ我魂ハ君ニ授テ枕ト我トユルリト寝フト云意也。（国文研本）

我魂ノ主ニ魂ヲアヅケテ、ユルリト吾ハ枕トトモニネント也。玉主ハ娘ヲサシテ云ヘルナリ。（傍註書入）

例証は以上に留めるが、こうして国文研本と傍註書入を比較してみると、書入の多寡や繁簡の違いはあるものの、両書入本に共通して書き入れられている所説は概ね一致しており、鮒主と魚臣の両者が、寛政十一年頃に行われた同じ秋成の講義を聴聞していたことを窺わせる。注[22] この時期は、秋成によって『万葉集』研究書が数多く書かれていた時期でもあり、まさに和学者としての秋成に脂が乗りきっていた時期に、鮒主や魚臣は師の薫陶を受けていたのであった。

おわりに

以上、従来未紹介の国文学研究資料館蔵秋成説書入『万葉集』を紹介、旧蔵者についての調査報告をしたうえで、書入筆者が秋成門人林鮒主であることを明らかにした。加えて、鮒主が秋成の講義を聴聞した時期が、寛政十一年頃ないしそれ以前であろうとの見解も示した。鮒主が秋成の門人であったことは、秋成を「師鶉居（屋）」と称していることから知られていたが、国文研本はその事実を裏付け、さらに実際に鮒主が秋成の講義を聴聞していたという、新たな事実を提示しているという意味で重要である。

鮒主は京において書肆や味噌商を営む傍ら、宣長・秋成はもとより、京の和学者たちと広く交流していた人物であった。東京大学国文学研究室本居文庫や国立国会図書館などに蔵される『夏衣』は、『春の錦』とともに本居大平の上洛前後の動静を伝える日記であるが、その巻末には京の鈴門たちの学問所鐸舎における大平の講義記録が載る。その第一回の記録を引くと、

鐸舎講釈聴衆姓名　文化十三年正月廿六日開講々書

記紀之歌後撰集

正月廿六日

長谷川三折　近藤吉左衛門　遠藤礼造　大橋九右衛門　松園坊　脇坂宗右衛門　城戸市右衛門　松田三次郎

明田宗兵衛　河本文太郎　藤田吉兵衛　木村熊櫟　青木前左兵衛尉　国屋東陽　青木丹波守　倉谷多門　宮西九郎兵衛　湯浅治右衛門　前田宗兵衛　波伯部秀子注[23]

とあって、長谷川菅緒《はせがわすがお》や城戸千楯《きどちたて》、大橋長広《おおはしながひろ》といった鐸舎の創設に尽力した人々とともに、鮒主（明田宗兵衛）の名が見えており、正月二十六日から三月十一日まで計十九回行われた「記紀之歌」と「後撰集」についての講義に、

鮒主は九回聴講に訪れている。

また、鮒主の鐸舎における活動は大平らによる講義の聴聞にとどまらず、自主的な古典の校合作業にも及んでいたようで、「大橋蔵書」の印記を持つ大橋長広の子長憙《ながよし》の旧蔵書である本居宣長記念館蔵『住吉物語』には、千楯や長広、木村熊櫟らとともに校合を行った旨の識語が数種類残されており、古典会読に勤しむ鮒主の様子を伝えている。鮒主は寛政年間頃から鐸舎幹部とは相識であったようで、注［17］に掲げた『万葉集会説』の奥書につけば、寛政九年（一七九七）に鮒主写本によって千楯が書写していることから、両者の交流は遅くとも寛政九年には始まっていたことが分かる。寛政九年といえば千楯が宣長に入門した年でもあり、京の和学者たちの活動が宣長や秋成の上洛を契機に盛んになったことは疑いのないところだろう（第三部第三・四章参照）。

鮒主は宣長・秋成に師事して和学を修めただけではなく、周辺の和学者や狂歌師たちと親交があり、決して看過してよい人物ではない。これまでその伝記や和学活動について十分な検討がなされることのなかった鮒主ではあるが、彼やその友魚臣をはじめとした様々な和学者たちの活動を解明することは、上方文壇に属する人々の学問態度を浮き彫りにすることに繋がるだろう。注［24］

さらに、そうした同時代の周辺環境を踏まえたうえで、改めて秋成を照らし返してみることで、秋成という人物や彼の学問・文芸への新たな見方も可能となるのではないか。本章は、そうした問題意識に基づき、上方文壇と秋成との関連を探る糸口にしようとしたものである。

【注】

［1］傍註書入は、夙に前野貞男が『上田秋成の万葉学』（明治書院、一九五九年）において「鶉翁万葉説」と仮題して紹介、のち中央公論社版『上田秋成全集』第四巻に秋成説と認められる書入を中心に翻印がなされ、植谷元の詳細な解題が備わ

る。『打聴』も前野前掲書で紹介、転写本による翻印が載る。

［2］羽倉敬尚「国学者歌人としての上田無腸」（『上方』第四十五号、一九三四年九月）に覚書が記され、『上田秋成全集』第四巻「傍註書入」解題でも言及される。

［3］表紙に記された巻数を以下に記す。〈巻一〉「一　一」、〈巻二〉「二　二」、〈巻三〉「三　十四」、〈巻四〉「四　十三」、〈巻五〉「五　九」、〈巻六〉「六　十五」、〈巻七〉「七　八」、〈巻八〉「八　十二」、〈巻九〉「九　十」、〈巻十〉「十　七」、〈巻十一〉「十一《仙覚本》　四《加茂本》」、〈巻十二〉「十二　五」、〈巻十三〉「十三　三」、〈巻十四〉「十四　六」、〈巻十五〉「十五　十一」、〈巻十六〉「十六　十六」、〈巻十七〉ナシ、〈巻十八〉「十八　十八」、〈巻十九〉「十九」（朱墨のみ）、〈巻二十〉ナシ。

［4］現神主（第十六代）日下正氏のご教示による。また、近藤實『員弁史談』（員弁郡好古史研究会、一九八〇年）五八三頁、『大安町史』第一巻（大安町、一九八六年）六一六頁、『三重県員弁郡誌』（千秋社、二〇〇二年〈『員弁郡郷土資料』大正四年〈一九一五〉刊の復刻〉）二五四頁にも同内容の記事が載る。なお、近世期の桑名に関する地誌のうち、大神社に関する記事が見出せるものとして、山本七太夫《しちだゆう》『勢桑見聞略志《せいそうけんぶんりゃくし》』（宝暦二年〈一七五二〉序）、藤堂元甫《とうどうもととし》『三国地志』（宝暦五年〈一七五五〉序）、魯縞庵義道《ろこうあんぎどう》『桑府名勝志《そうふめいしょうし》』（文政頃成）、安岡親毅《やすおかちかたけ》『勢陽五鈴遺響《せいようごれいいきょう》』（天保四年〈一八三三〉刊）、片山恒斎《かたやまこうさい》『桑名志』（天保六年〈一八三五〉序）などを挙げることができる。

［5］伊勢暴動については、『伊勢暴動（明治九年）顚末記』（三重県内務部、一九三四年。のち、三重県図書館協会、一九八一年復刻）、土屋喬雄・小野道雄編著『明治初年農民騒擾録』（勁草書房、一九五三年）などに詳しい。また、日下家被災の記事は三重県庁蔵「暴動羅災調」に残る由だが原本未見。いま『大安町史』第一巻に拠って被災の記事を記す。「片樋村　扱所書記日下弘成宅を襲う／焼失　居宅　壱棟　瓦葺瓦庇　二十八坪／属品　槍、長刀など九品／雑品　百九品／この中に、刀大四、小刀七本、古神鏡、日本書紀、古事記伝、日本外史、貞観式、文徳実録、三代実録、西洋事情、本草綱目、和名抄、万葉集、万葉集略解、古谷草紙、式社案内記、勢桑見聞略志、薬学、医学関係書数種など和漢書籍、写本凡そ五拾巻、和漢西洋諸薬、多数が入っている。／右ハ明治九年十二月廿日午後拾壱時頃東南ノ方ヨリ田圃ノ藁ニ放火シ暴徒該村侵入吏員家屋焼佛トノ風聞ニ付家内共諸道具類片付ニ掛リ居候処一時乱入放火イタシ前顕居宅物品焼失ス」（三一六頁）。なお日下《くさか》弘成《ひろなり》は大神社第十三代神主。

［6］国文研本がどのようにして日下道章の手に渡ったかについては未詳。印記が残る旧蔵者の周辺人物、あるいは書肆を介したか。

［7］藍墨書入は濃淡の差が激しく、時折別色に見える場合もあるが、便宜上すべて藍墨の呼称で統一した。

［8］なお、当該歌には前掲書入の他、「中皇命」に紫墨で「ナカツヒメミコノミコト」との傍訓、「女。考ニ」との脱字の指摘が書き入れられている。これらは「考ニ」とあるように、いずれも『万葉考』による書入である。

［9］『田能村竹田全集』（国書刊行会、一九一六年）二六頁。

［10］秋成の号については、長島弘明「秋成の筆名」（『秋成研究』、東京大学出版会、二〇〇〇年）、同「秋成自筆稿目録」（森川昭編『近世文学論輯』和泉書院、一九九三年）、同『上田秋成の自筆本・自筆草稿に関する基礎的研究』（平成五年度文部省科学研究費補助金研究成果報告書）参照。

［11］越智魚臣については、一戸渉「秋成門下越智魚臣とその周辺」（『上田秋成の時代――上方和学研究――』、ぺりかん社、二〇一二年）に詳しい。

［12］中央公論社版『上田秋成全集』第六巻六七頁。

［13］近衞典子「秋成と江戸歌壇――『天降言』秋成抜粋本をめぐって――」（『上田秋成新考――くせ者の文学――』、ぺりかん社、二〇一六年）。

［14］中央公論社版『上田秋成全集』第一巻四一四頁。

［15］鮒主に関する詳細は本書第三部第四章を参照されたい。

［16］浅井善太郎「狂歌師「柿谷半月」の一資料」（『敦賀市史研究』第一号、一九八〇年）の翻印による。同資料は牧野悟資氏のご教示によって知り得た。

［17］明治大学図書館蔵本（九一一・一二―一〇七）には、鮒主の奥書に加えて「寛政九年丁巳十一月朔写レ之畢　城戸千楯」との奥書があり、鮒主の学友でもあった城戸千楯が鮒主写本によって転写していたことが知られる。また射和文庫蔵本には鮒主・千楯の奥書とともに「寛政とゝせといふ年の二月九日の日杉山の相やすに／あとらへてうつさしめつ」、「門人榎倉美福にあとらへてうつさしめつ時は／天保五とせといふとしのしはす宇治久守」と、都合四種の奥書が存する。また、ノー

トルダム清心女子大学附属図書館蔵本・宮崎記念文庫蔵本には「文化四年丁卯三月写于千楯家借二写之一」と、都合三種の奥書が、名古屋市蓬左文庫蔵本には千楯本によって書写した旨の、京の和学者沢真風《さわまかぜ》の奥書が載る。なお、『竹柏園蔵書志』（巌松堂書店、一九三九年）「万葉集会説」の項に、射和文庫蔵本に見える奥書のうち、久守を除く三種の奥書が載り、寛政十年の奥書には「殿邑安守《とのむらやすもり》」（伊勢松坂の和学者）の名が記されている。

[18] 伊藤正雄「荒木田久老の生涯」（『荒木田久老歌文集並伝記』、神宮司庁、一九五三年）六〇一頁。

[19] 筑摩書房版『本居宣長全集』第十七巻四五七頁。

[20] なお、大東急記念文庫蔵城戸千楯書入『万葉集』（四一－一三－三〇一四）には、ほぼ全巻に「久（云）」（『万葉考槻乃落葉三之巻解』が備わる巻三のみ「久考」）として久老説の書入が見られる。この大東急本巻四書入と国文研本巻四書入の久老説には同趣旨の書入が見出せることから、鮒主と千楯は同じ久老の講義に出席していたかも知れない。詳細は第三部第二章を参照されたい。

[21] 一方、黒墨で書き入れられた説は、鮒主自身のものであると考えられるが、巻四に関していえば、その書入は、傍訓や漢字の訂正に終始している。そして、その訂正について、秋成が例えば、頻繁に「ヨシ」と評していたり、「此点用」と加えたりしている他、巻四・二十九丁裏・五八一番歌「大伴坂上家之大娘報二贈大伴宿禰家持一歌四首」のうち一では、鮒主が版本「不知《シラズ》」の傍訓「シラズ」の「ズ」を「ニ」と訂正したことについて、紫墨で「下ヘカヽル時ハズヲニト読」と補足説明を加えていることなどを勘案すれば、巻四の書入順序は以下のように推定できよう。すなわち、講義以前の段階で、鮒主が疑義を抱いていた傍訓や漢字について訂正を施し、秋成の講義が寛政十一年頃かそれ以前に行われて書入がなされ、さらに寛政十一年に久老が上洛したために、久老の講義を聴聞し、その講義記録を書き入れたのである。なお、契沖・季吟説の書入については、朱筆・緑筆の書入が紫筆の書入を避ける形で書き入れられており、さらに藍筆は他の墨全てを避けるように、時には歪な形で書き入れられているといった紙面の状況から、秋成説書入と久老説書入の間の時期になされていると判断される。以上の検討から判明した書入順は「鮒主説→秋成説→契沖・季吟説→久老説」ということになる。

[22] 国文研本と傍註書入の間には、二、三例ほど書入内容が異なるものもあるが、それは鮒主と魚臣の書入態度や書入方法の相違によるものと思われる。両者ともに書入が施されている見解のうち、割合にして九割以上の一致が確認できること

から、両者が同じ講義に参列しているものと判断してよいものと考える。

［23］国立国会図書館蔵本（二三九-七五）による。なお、大平の講義に関しては、藤井（山崎）芙紗子「藤井高尚と鐸屋——後期国学の一断面——」（『国語国文』第四十六巻第十二号、一九七七年十二月）、本橋ヒロ子「化政天保期における京阪の国学の一断面——鐸屋と小柴屋について——」（『和洋国文研究』第十六・十七合併号、一九八一年十二月）などで言及される。

［24］この方面に斬り込んだ先行研究として、注［11］にも掲げた一戸渉『上田秋成の時代——上方和学研究——』（ぺりかん社、二〇一二年）を挙げておきたい。

第二章　秋成の実朝・宗武をめぐる活動

はじめに

秋成が鎌倉幕府三代将軍の源実朝と、徳川吉宗の次男にして松平定信の父でもあった田安宗武の二人を万葉調歌人として評価していたことは、天理大学附属天理図書館蔵『天降言』（以下、天理本）に残る次の奥書によって夙に知られるところである。

ながきかぞふ千いほとせの高き代、あすか藤原のみさかりなる時にしもあへるが如、いにしへ今の玉の声〳〵をえらびつめしふみゆ後は、たゞかまくらの右のおとゞと此殿（田安宗武―筆者注）なん、かゝるさまによみ出させ給ひて、さす竹の宮人の御あたりには、ふつに聞もしらず侍る。注[1]

実朝を万葉調歌人として顕彰したのは秋成の師筋に当たる賀茂真淵であり、その学統に連なる秋成の実朝評価も真淵の継承と目されるが、真淵同様に実朝を万葉調歌人として高く評価したばかりでなく、宗武をその系譜に位置づけた点は秋成の創見として注意されてよい。

本章では、秋成の実朝・宗武をめぐる活動を整理しつつ、近世中後期の上方における実朝・宗武享受の具体相を明らかにすることにより、秋成の果たした意義と、近世中後期の上方における真淵学や万葉学の伝播の様相について分析を試みたい。

一、秋成の実朝評価

秋成の随筆「筆のすさび」（『麻知文《まちぶみ》』所収）には、次のような興味深いエピソードが載っている。

かすかめ何某が、六十の賀をいはへと云。いなみつれど、村瀬の博士がしひて申さるゝにぞ、

亀山のをのへにたてる玉松のまつとはなしに千代は経ぬべし

おくりて後、とし経て、金槐集をよみて見たれば、

たづのゐる長柄の浜の

とありて、末はまたく同じ。おとゞの御歌によみ合せし事、おそれあり、且よろこぶべし。彼屏風には、是をとりかへてよとて、こと歌をよみて、さきなるを取収めぬ。注[2]

「かすかめ何某」の還暦の祝に「亀山の」の歌を送ったが、後に実朝の「たづのゐる」の類歌であったことを知り、別歌に差し替えたという。ここで「おそれあり」というのは、鎌倉将軍にして右大臣でもあった実朝に対する畏敬の念ゆえのことであろうが、一方の「よろこぶべし」という率直な感激は、歌人としての実朝に対する強い憧憬から湧き起こったものに違いない。同じく類歌に行き当たった際、西行の歌に対し「是は老がよみ得たる也」と胸を張り、橘千蔭の歌に対しては「此歌とゝのはず（中略）老よみ勝たり」と難じ、自らを誇った姿勢との径庭は明らかであろう。

このエピソードの背景にある秋成の実朝評価は、いくつかの学問書から看て取ることができる。万葉研究書『楢の杣』序例に次のような一節がある。

古今集の叙の詞につきて、人丸、赤人を歌のおやに、今の世までもいへど、其手ぶりよみうつすにはあらで、たゞ、貫之、忠岑等のしりにつきて云はやすのみ。此二人の歌は、万葉集を常によみ見る人ならでは、形ばかりもまねぶべからず。注[3]

人麻呂・赤人は「今の世」まで歌の祖と仰がれているが、それはひとえに貫之・忠岑らの尻馬に乗っているだけで、その詠風を受け継いでいる人は少なく、『万葉集』を常に披き見る人でなければ、彼らの詠風を模倣することは不可能であるという。このような見識を披瀝していた秋成は、例えば『金砂』巻一で、

いにしへの柿本の朝臣を、貫之、忠岑のあふぎしのばれしより、神といはへれど、皆是に吠るのみ。まことにならひ給しは、鎌倉のおとゞ一人とぞ聞ゆ。注[4]

と述べていて、実朝を万葉時代から遙か隔たった後世において、人麻呂の詠風を受け継ぐ唯一の人物と見做していたことが分かる。また『胆大小心録』一三三でも、

公（実朝―筆者注）は才ニすぐれたる君にて、歌よみては心たかくましませり。注[5]

と述べるなど、歌人実朝に対する評価は晩年まで揺らぐことはなかった。ときに真淵の見解に対しても忌憚なき意見を述べる秋成だが、実朝に関しては真淵の見識を受け継ぎ、その詠風を高く評価していたのであった。

二、『金槐和歌集抜萃』奥書の検討

秋成は前節のように実朝を評する以前、真淵が秀歌に記した丸印と真淵説書入をもつ貞享四年版『金槐和歌集』からの抄出本を作っていた。寛政十二年（一八〇〇）に書写された大通寺蔵『金槐和歌集抜萃』が現在知られる唯一の伝本であり、貞享版本全七一九首の中から一七五首が選び出され、ところどころ二字下げで真淵説と秋成説が

記されている。[注6]また、巻頭には真淵が実朝を論じた文章（「鎌倉右大臣家集のはじめにしるせる詞」[注7]）が転写され、巻末には奥書も残されている。その奥書には、

公の御肖像を拝み奉りて、此撰び写し蔵めし事をおぼし出しかば、暗きまなこを見はたけつくして、再びうつし出てなん、大まへに擎けたいまつる。あなかしこ。[注8]

とあり、大通寺所蔵の『金槐和歌集抜萃』は二度目の書写であって、初度の抜粋はより早い時期になされたものであったことが分かる。

ところで『金槐和歌集抜萃』には、右の奥書とは異なる歌論めいた奥書も残り、奥書主の実朝観や和歌史観が窺えるものの、従来この奥書が誰の執筆にかかるものか、必ずしも明確ではなかった。これは、『金槐和歌集抜萃』成立にも関わる重大な問題であるため、以下に検討を加えておきたい。

ここで『和歌類葉集《わかるいようしゅう》』（以下、『類葉集』）なる類題集を俎上に載せよう。比較的珍しい類題集であるため、まずは『和歌文学大辞典』（古典ライブラリー、二〇一四年）から『類葉集』についての解説（加藤弓枝執筆）を引いておく。[注9]

〔江戸時代後期類題集〕大江茂樹撰。文化七1810年一二月自序。巻末に賀茂真淵の家集の識語を転載、更に自跋あり。全二巻二冊（一冊本もあり）。文化一四年版（大阪市立大学森文庫等）の他、無刊記版（岩瀬文庫等）がある。源頼政・藤原清輔・源実朝の家集の歌を、四季・恋・雑部別に配列した類題集（ただし金槐集は、上田秋成が所持していた真淵撰歌本の系統本による）。

右の解説で、底本とした『金槐和歌集』を「真淵撰歌本の系統本」とするのは、『類葉集』の編者である林蓮阿《はやしれんあ》（大江茂樹）の自序に、

抝大まうち君のはしも其家集のをみなながらにはものせで、賀茂のあがたゐの翁のえらび出されにたるを、上田ノ秋成ぬしのもたまへりしを、先にかりもてうつしおけるのみを出し[注10]（下略）

とあることに拠る。『類葉集』所載の真淵説・秋成説の二字下げという形式が『金槐和歌集抜萃』と共通すること、『金槐和歌集抜萃』に載る奥書が『類葉集』に転載されていることなどから、序文が言うところの信用度は高く、『類葉集』の底本は『金槐和歌集抜萃』を転写した蓮阿写本に間違いないだろう。

さて問題となるのは、この『類葉集』所載の奥書である。やや長くなるが全文を掲げておく。傍線、波線、二重傍線、番号は筆者による。

①歌は言を永くするなり。言ながきははたしらべあり。調ゆたならずは、ものゝねいかでかかきあはすべき。②いにしへの人、よろこび悲しびにつきて、事あれば言あり。其ことを声にあげてうたふ。是を筆にしるすははた後なり。いにしへしのぶ人の歌は、心をこゝにもとづけてこそよむなれ。公の御歌のさまを真淵等のたとめるいはれなり。さるは此撰びのなほくあからさまなるをたふとむべし。もろこしの李滄溟とかいふ人の李唐の世のから歌をえらび出たるに、いとよく相似たりかしともおぼゆ。③古今和歌集をはじめ、代々のえらびに入たる、貫之、躬恒の人々の歌奉れとおほせごと給はりて、たてまつらす歌どものこゝろは、あからさまにたゞしらべをのみつとめたりと見ゆるを、今のえらびをあひむかへても、此手ぶりのたかきてふことわりはしらるなりけり。さてそのかみのひとも、それがあまりわたくしごとの友どちいひかはさむには、④さまぐ〵の綾にしきをおりなし、火をもみづよりさむき物にいひたはれたる、これを後の世の人は、歌の心ばへよみざまとのみおしいたゞける物から、心はいとさく、言はくるしげにのみなりくたちたりとて、いにしへしのぶ人はいふなりけり。⑤今の世のうたよみ人、こゝろのおにをさきだゝしてこをうち聞むには、あはめにくむべきもことわりなりけり。此えらびはさる人々に見すべきにあらず。またいにしへしのぶ人も、こは初学びのためのえらびにて、心こと葉たけたらむはかゝるさまのみをうち出んやは。⑥よろづの道にもわざにも、そのもとたゞではすゐみだるゝとはいふ。そもぐ〵いまの世のうたは、いとも末のすゑなりけり。

実はこの奥書は、既述の『金槐和歌集抜萃』に掲載される奥書と、小異こそあれほぼ同文。しかし、二重傍線を引いたように、奥書末尾に『金槐和歌集抜萃』には記されない「賀茂真淵ふたゝびしるす」との記載がある点には注意を要する。というのも、『金槐和歌集抜萃』の奥書について、中央公論社版『上田秋成全集』第五巻の日野龍夫解題が秋成の奥書と認定しているのに対し、三村晃功は、

ここには賀茂真淵の和歌観が如実に表出されているが、それは一言でいうならば、（中略）「なほくあからさまなる」歌の調べの重視である。[注11]

と述べるなど、記名どおり真淵の奥書として扱っているのである。日野解題が『類葉集』に言及することなく秋成奥書と断定していること、他方三村論文が『上田秋成全集』の日野解題を参照せず、『類葉集』所載の奥書の記名を鵜呑みにして真淵奥書と見做していることを考えれば、いずれにも瑕瑾があると言わざるを得ず、奥書主については再考を要するだろう。

もっとも、『類葉集』の記名を考慮に入れれば、真淵奥書と考えるのが自然なのだろうが、ことはそう単純ではない。奥書中にある「公の御歌のさまを真淵等がたとめるいはれなり」（波線部）という文言は、謙称という可能性を残すものの、真淵自身の言としてはやや不審な記述とも受け取れる。[注12]また、筆者が逢着した七十点を越える真淵評注本系統『金槐和歌集』のいずれの諸本からも右の奥書が見出されていないことをも踏まえるならば、ここに開陳された説を真淵のものと即断することは躊躇されるのである。

そこで奥書内容の検討を通して、真淵奥書説・秋成奥書説の二説が併存する現状に断を下したい。あらかじめ結論を述べておけば、この奥書は日野が記すとおり秋成奥書と考えられる。

ではまず、傍線①および②について検討を加えよう。次に引いたのは『楢の杣』序例の一節である。

　古き歌はそのかみの常言もてや打出つらむ。たゞ心に思ふ事をあまりては、言に挙て永くうたふものから、しらべは取つくろはでもよろしかりき。（中略）舜典に、歌は永言也と云を本として、同じ後漢の許慎と云人の、歌は詠也と云しぞよろしき。歌はよろこび悲しびにつきて、声永くうたひあぐるものなれば、歌たのし、歌しのびとは云。[注13]

素直な詠歌と歌の調べの重要性を説いた一節であり、「言に挙て永くうたふ」「歌はよろこび悲しびにつきて、声永くうたひあぐる」などの表現を含め、所説が『金槐和歌集抜萃』奥書と対応することが看て取れるだろう。秋成は『遠駝延五登《おだえごと》』巻一でも、

　楽記に、歌之為レ言也、長二言之一也、言レ之不レ足、故長言と云。古義なるべし。実に事あれば言あり。言に出て足ず。故に声に挙て長くうたふを、急促の声とは云べからず。[注14]

と述べるほか、『金砂』巻六でも「歌は言を永くすると云には、詠吟の調を専ら先務とすべし[注15]」と記していて、「言を永くする」という文言の一致が確認できる。同旨の言は『古葉剰言《こようじょうげん》』、『金砂剰言』、『鴛鴦行《えんおうこう》』、「海賊」（『春雨物語』）などにも見出せ、「舜典」の名を挙げつつ、「言を永く」し、調べよく歌い上げることを強く主張するのは、秋成歌論の特徴のひとつであった。とはいえ、「言を永く」については、真淵も『国歌八論余言拾遺《こっかはちろんよげんしゅうい》』で、「言を永くしてうたへば、声を引く所にとゞのへらるれば、それもなほ声の上にては五つ七つの拍子にやあるらん[注16]」と述べているため、右の箇所のみで秋成奥書と断ずるのは早計に過ぎるだろう。

そこで③について、再び『楢の杣』序例につくと、

　されば、友則、貫之、躬恒等、歌奉れとおほせ賜りて、よみて奉れると云歌は、必しも巧に過ず、詞も直く、しらべはいにしへを学びうつされたるをもて、心詞巧に過る事のいやしきに似たるをしらるゝ也。[注17]

とあって、文言の相違こそあれ、『古今集』撰者の詠進歌を高く評価している点の一致は明らかである。秋成は、

貫之や躬恒らの歌の調べに万葉調の残影を看て取っており、そこに評価のひとつの基準があったことが分かる。なお、傍線を引いた箇所が『金槐和歌集抜萃』奥書③の言い回しと極めて近しいことも一見して了解されよう。

次に④について、『歌聖伝《かせいでん》』の一節を引く。

くだりくだりての世の教へには、歌よむは、綾錦を織なすが如くよめとさへ聞えたり。さて是の教へを推戴くほどに、今はけづり花の、時をもわかず咲にほひて見ゆれど、まことの色もにほひもなきものとこそ成にたれ。[注18]

万葉調に対し、後世の歌が古今集的表現を規範として、技巧主義に陥っていったことを指弾する一節であり、秋成お馴染みの見識であるが、細川幽斎《ほそかわゆうさい》『聞書全集《ききがきぜんしゅう》』（延宝六年〈一六七八〉刊）で説かれる「綾錦を織なす」という文言の引用まで一致している点は注意されてよい。

⑤は、『万葉集』を尊重する風潮に対する当代歌人たちの批判を想定し、そのような人々に『金槐和歌集抜萃』のような万葉調の歌を見せることを禁じる一節である。これと同様の見解は秋成が後述する近衛典子氏蔵『天降言』に添えた奥書に、

いまはや、ふもとの野辺のいろよき花をのみつみはやすもろ人の見ては、わたつみのおくかもしらぬものに打もだし侍らむものぞ。あなかしこ、さるわかうどたちには鶉すむ野のかりにだに見すべからぬものになむ。

のように見られ、さらに「こゝろのおに」という表現は『古今和歌集打聴』附言に「よく〳〵心のおに《ナゴ》を和してよみうべき物にこそ」のように用いられている。[注19]また、⑥の諸道技芸における基礎の重視についての言説は、歌論『つゞら文』に「何の道にも其本乱れては、末いかに成くたつ覧」[注20]と同旨の見解が披瀝されている。

例証は以上とするが、右に比較してきた以外にも、奥書の所説には秋成の著述に散見する見識・文言と符合するものが認められる。真淵の学統に連なる秋成において、実朝を顕彰した真淵の見識や和歌観を承けるのはごく自然

なことであり、事実その踏襲とおぼしき見解も見受けられるが、真淵の著述からは右の奥書と対照できるほどの表現の類似は確認できない。さらに、既述した真淵評注本系統『金槐和歌集』の諸本からこの奥書が見出せないことも、真淵による執筆とは判断できないことの傍証ともなるだろう。

したがって、『金槐和歌集抜萃』や『類葉集』所載の奥書は、秋成が抜粋に際して執筆した奥書であると判断され、『類葉集』に記される「賀茂真淵ふたゝびしるす」との記載は、編者の蓮阿による処置であったと考えてよいと思われる。大通寺蔵『金槐和歌集抜萃』は初度の抜粋本の転写であるが、そこに真淵の記名は存在しない。秋成が敢えて真淵の記名を除くとは考えにくく、蓮阿は『金槐和歌集抜萃』の巻頭に真淵の序が添えられていたことから、奥書も真淵のものと誤認したか、あるいは意図的な権威付けを行ったのであろう。

三、秋成の宗武評価――『田安亜槐御歌』について――

前節で検討してきた『金槐和歌集』をめぐる活動と密接に関連するのが、田安宗武の家集『天降言』からの抜粋作業である。本章冒頭で述べたように、秋成は実朝と宗武を万葉調歌人として高く評価していた。さらに天理本の奥書には冒頭引用箇所に続く一節において、実朝歌を少々技巧的・理知的であると評したうえで、宗武歌について、

殿（宗武―筆者注）のよませたまふ御てぶりは、ひたぶるに直く雄々しき上つ代みこゝろして、うつせみにあらぶる物は、そがあとのありやなしやをとはさず、おもほすまに〳〵打出させたまふをしもみたてまつれば、ちはやぶる大山つみのしづもります高山のしげきが本に、立むかふこゝちなんし侍るには、御心のたけくさかしくましつらんをさへかしこけれと、おほろかにおしもはかられまつるなりけり。

と記し、宗武が自身の思いを直截に詠んでおり、万葉歌を彷彿させると、極めて高い評価を下していることが分かる。

これまで『天降言』と秋成との繫がりを示す資料は、前掲奥書を有する天理本と、近衞典子氏の所蔵する秋成抜粋本『天降言』の二点が知られていた。[注21] 天理本は、寛政二年（一七九〇）に海量《かいりょう》法師が書写した本を同年十一月に橋本経亮が転写し、それをさらに秋成が借りて奥書を附したもので、三〇九首が掲載されている。一方、近衞が紹介した秋成抜粋本『天降言』は注目すべき一本で、全三〇九首から秋成が三十七首を抄出し、天理本奥書と同旨の奥書を置いた秋成手沢本を、門人の越智魚臣が借り写した、魚臣筆写本と目されるという（以下、魚臣本）。この魚臣本によって、秋成が『天降言』を閲していたばかりでなく、宗武歌を抜粋選定していたことが明らかにされた。

しかし、秋成の宗武歌抜粋の事実を伝える資料は魚臣本だけではなく、名古屋市蓬左文庫にも秋成が『天降言』から抜粋した一本、『田安亜槐御歌』（雑三〇六一）が蔵されている。本書は、秋成の新出奥書を有する点がまず目を引くが、加えて京の和学者によって転写されていることから、同時代における人的・物的交流や、上方における宗武への関心の高まりという観点からも見過ごすことはできない。特に、『田安亜槐御歌』は先に見た『金槐和歌集抜萃』とともに享受されていたものと考えられ、真淵により万葉調歌人として顕彰された実朝と、秋成が万葉調歌人と評価した宗武の詠歌が同時に享受されていることは、上方における真淵学や万葉学への志向を窺ううえで、実に興味深い事象といえるだろう。

まずは、『田安亜槐御歌』の書誌を略記しておく。なお、本書は『万葉集会説』と合写されている。

大本一冊。写本。縦二七・二×横二〇・〇糎。斜刷毛目表紙。全十四丁（『万葉集会説』十一丁、『田安亜槐御歌』三丁）。楮紙。外題「万葉会説／亜槐卿読歌」（中央打付書）。内題「万葉集会説」「田安亜槐御歌」。毎半葉十六行。表紙下部に別筆で「三十／二百七十五」と朱書。『万葉集会説』巻末に林鮒主、城戸千楯、沢真風の奥書あり。『田安亜槐御歌』巻末に秋成、真風の奥書あり。印記「万津迦計」「光重之印」（以上、堀口光重）、「屯倉氏蔵書」（印主未詳）。雑賀重良旧蔵。

抜粋された三十七首は排列も含め魚臣本と同一だが、本書は魚臣本とは別の秋成奥書を有しており、秋成による宗武歌の抜粋や書写が数度に亘って行われていたことを窺わせるものである。また後述するように、本書は林鮒主蔵本を以て沢真風が書写したものであり、近衛氏蔵本が魚臣写本であったことをも勘案すれば、魚臣と鮒主という秋成門人二人が同歌を収める抜粋本を手にしていたことを示している。注[22] 抜粋歌の末尾に残る秋成の奥書は次のとおり。

此間に、つばらに金槐集の抜粋とこれの亜槐卿の歌との、後の世ながら上つ代のすがたに自然おもほえぬるよし、くさ〲書しるしける。また其後に歌、

宇治川のそこのこつみとながれてもその根はくちぬ瀬々のあじろぎ

阮秋成記

この奥書は、短いものながら秋成の新出奥書であり、「宇治川の」の歌も、浅野三平の博捜にかかる『増訂秋成全歌集とその研究』(おうふう、二〇〇七年)にも未載の新出歌と判断される。「宇治川」「こつみ(木積み)」「あじろぎ(網代木)」などの万葉語・歌語をちりばめ、時代が下るに連れ万葉調の衰退があろうとも、実朝や宗武によって脈々と受け継がれており絶え果てることはない、という旨を詠む。

奥書冒頭の「此間に」が、抜粋本の末尾という意なのか、「以前」という程度の意なのか不明瞭ながら、いずれであっても「くさ〲書しるしける」という内容が、魚臣本奥書のそれと正しく対応していることから、初度の抜粋本を魚臣に、再度の抜粋本を鮒主に与えたのではないかと推察される。注[23]

『田安亜槐御歌』の存在は、『天降言』を閲した秋成がそこから抜粋選定を行っていたばかりでなく、抜粋や書写を繰り返していたこと、実朝歌・宗武歌を万葉調であると評価し、それを周辺の和学者たちにも伝えていたことを示唆している。秋成の宗武歌抜粋には、宗武歌を閲した際の感激や、宗武歌への高い評価が反映しているであろう

が、それと同時に、門人指導の一環という側面があったことも、また紛れもない事実であろう。

四、実朝・宗武と上方和学

前節では、『田安亜槐御歌』の紹介と、秋成奥書から分かる事柄について検討を行った。本節では、同書から窺える宗武歌の享受の様相について検討するとともに、『金槐和歌集抜萃』の上方における伝播の状況についても明らかにしたうえで、近世中後期の上方における、秋成や周辺人物による活動の意義付けを行い、以て上方和学者たちの真淵学や万葉学への関心の一面を浮かび上がらせることにしたい。

まず、真風奥書をもとに、『田安亜槐御歌』が秋成周辺の和学者たちに享受されていく様子をみておこう。

此写文は、林の鮒主より見せしを、金槐集のは板本に校合し、たゞ亜槐卿のみ書写しぬ。尤本紙は墨附三十葉計也けり。沢真風

ここからは、真風が秋成門人林鮒主が提示した本によって書写したこと、鮒主が真風に提示した書が『田安亜槐御歌』と『金槐和歌集』（『金槐和歌集抜萃』カ）であったこと、書写したのは『田安亜槐御歌』のみで、『金槐和歌集』は版本に校合を書き入れたこと、『天降言』本紙は墨付三十丁ほどであったことが明らかとなる。[注24]鮒主と真風はともに京の鈴門であり、本書は両者の間に書物交流があったことを示している。[注25]

さて、右の真風奥書からは、秋成、鮒主、真風と『田安亜槐御歌』が伝えられていったことが分かり、京の秋成門や鈴門の和学者の間で、さかんに書写されていたことが窺える。また蔵書印からは、伊勢の鈴門堀口光重が蔵していたことも知られ、宗武を万葉調歌人とする評価は、伊勢の和学者にもある程度共有されていたものと思われる。

さらに注意したいのは、伝播に際して秋成による『金槐和歌集抜萃』が、『田安亜槐御歌』とともに伝えられてい

たという点である。すなわち、秋成が万葉調歌人として顕彰し、その詠歌を抜粋した『田安亜槐御歌』に加え、真淵評注本系統『金槐和歌集』の抄出・評注が、『金槐和歌集抜萃』経由で近世中後期の上方や伊勢に伝播していく事象が生まれていたのである。これは、上方和学者たちの実朝・宗武といった万葉調歌人への関心のみならず、その背後にある真淵学や万葉学への志向の表出とみて誤らないだろう。

『田安亜槐御歌』についてはこれ以上の伝播を示す資料は現在のところ見出すことができないが、真淵評注本系統『金槐和歌集』が『金槐和歌集抜萃』を経由して、上方に享受されていたことはいくつかの資料から窺える。ここで再度『類葉集』について触れておきたい。『類葉集』の序文からは、蓮阿が秋成から『金槐和歌集抜萃』を借り写し、その写本を底本として実朝歌を『類葉集』へ採録したことが知られる。秋成と蓮阿の関係については、花月庵蔵『背振翁伝《せぶりのおきなでん》』に蓮阿識語が載るほか、『文反古《ふみほうぐ》』所収の蘆庵宛秋成書簡を写し右識語の後に採録、また秋成の歌文稿に識語を記したものが伝わる（天理大学附属天理図書館蔵「五首和歌懐紙」[注26]）など、秋成と交流のあった人物と考えてよい。すなわち、『類葉集』の存在は、『金槐和歌集抜萃』が秋成から蓮阿へと継承され、版本となって享受されていった様相を示しているわけである。蓮阿は風間誠史が「類題集の専門家」と評したように、[注27] 真淵・宣長をはじめ、県門や鈴門の和学者たちがものした歌文を中心とする類題集を陸続と刊行しており、真淵や宣長に向ける関心の高さは注目に値する。『金槐和歌集抜萃』の書写や『類葉集』への採録も、このような活動の一環と考えて相違ないだろう。

そして、これら真淵と秋成の注を持つ『金槐和歌集』（ないし抜粋本）は、上方において広く享受されていたものと思われる。その一例として、鹿児島大学附属図書館玉里文庫蔵本を提示しよう。「故郷惜花／さゞ波や滋賀のみやこの花ざかり風よりさきにとはましものを」についての秋成説を『金槐和歌集抜萃』によって次に掲げる。

秋成云、顕輔朝臣の歌合の判に、さゞ浪や大津の宮は聞しかどしがの都はいづちなるらむ、と難じたまひしも、

　やがての世に志我の都とよむ事となりぬ。

一方、玉里文庫本には、注[28]

　上田秋成云、顕輔卿の歌合の判に、さゞ波や大津の宮は聞しかど志賀の都はいづちなるらん、と難じ給へるも、
　やがての世に志賀の都とのみよむ事となれり。

とあって、僅かな文言の相違こそあれ、両所説が一致していることは明らかであろう。注意したいのは、本書に真淵説（多数）、宣長説（一箇所）、前掲の秋成説（一箇所）とともに丘岬俊平《おかざきとしひら》説が多く書き入れられている点である。識語によれば「秋郷」（和田秋郷《わだあきさと》）写本をさらに天保十五年（一八四四）に島津忠教《しまづただゆき》（久光）が転写したものであると知られ、秋成説の書入が誰によるものであるか少々不分明ではある。注[29]とはいえ、『金槐和歌集抜萃』にせよ『類葉集』にせよ、薩摩の和田秋郷よりも大坂で活動していた俊平の方が秋成説に触れる可能性が高く、秋成説の書入は俊平書入の段階で既になされていたと判断してよいと思われる。俊平は、真淵学の影響色濃い歌論『百千鳥』を著した鈴門和学者の一人。秋成との接触は確認できないものの、稲田篤信によって『胆大小心録』一三三への『百千鳥』の影響が指摘されているほか、注[30]荒木田久老や橋本経亮、十時梅厓《とときばいがい》、伴信友《ばんのぶとも》らとの交流が窺える人物である。注[31]その俊平が真淵評注本系統の『金槐和歌集』を享受していることは、上方における真淵学の存在の大きさを物語っていよう。

また、『金槐和歌集抜萃』に載る二つの秋成説がそのまま転載されている無窮会図書館平沼文庫蔵本（一〇八四三）の見返しには、「松岡経平書入本」との朱書があり、同じく見返しに「しみのむろや」、一丁表に「城戸蔵」という蔵書印も捺印されている。蔵書印の主は京の書肆でもあり、また和学者でもあった城戸千楯（あるいはその息千屯《ちむら》）。萩藩医にして和学者でもあった経平《つねひら》は、上方で医術を学ぶ傍ら、本居大平から和歌・和学を学んでいた人物で、本書識語に、

　文政十三年秋七月、於二京都客舎一以二加茂翁書入之本一校正、他日再校正　松岡経平（花押）

とあるように、経平は在洛中に『金槐和歌集』への書入を行ったのであった。本書が城戸千楯の所蔵に帰していることから推して、大平門であった両者には交流があったのだろう。

こうして見てくると、『金槐和歌集抜萃』や『類葉集』を享受していたことが確認される人物は、鮒主・真風・蓮阿・俊平・千楯・経平といった県門・鈴門の門流に属する人物や、その顕彰に努めた人物たちであったことが分かる。また、鶴見大学図書館蔵斎藤茂吉旧蔵資料には八点の真淵評注本系統『金槐和歌集』が蔵されているが、そのうちの一点には、「尚賢云」「探玄云」という書入とともに、

秋成云、詞に誤ト転トアリ、マタトハ古意ニテイヨ、猶トハイハレナシ。

という、他の『金槐和歌集』諸本の書入とは異なる秋成説が三十九番歌に書き入れられている。注[32] この「秋成」がもし上田秋成であるならば、『金槐和歌集抜萃』系統とは別の秋成説書入本も流布していた可能性が浮上することになるが、果たしてどうか。

最後に、これまで述べてきた『金槐和歌集抜萃』『田安亜槐御歌』の成立と享受についての想定図を掲げておこう注[33]（図1、2参照）。

○図1『金槐和歌集抜萃』

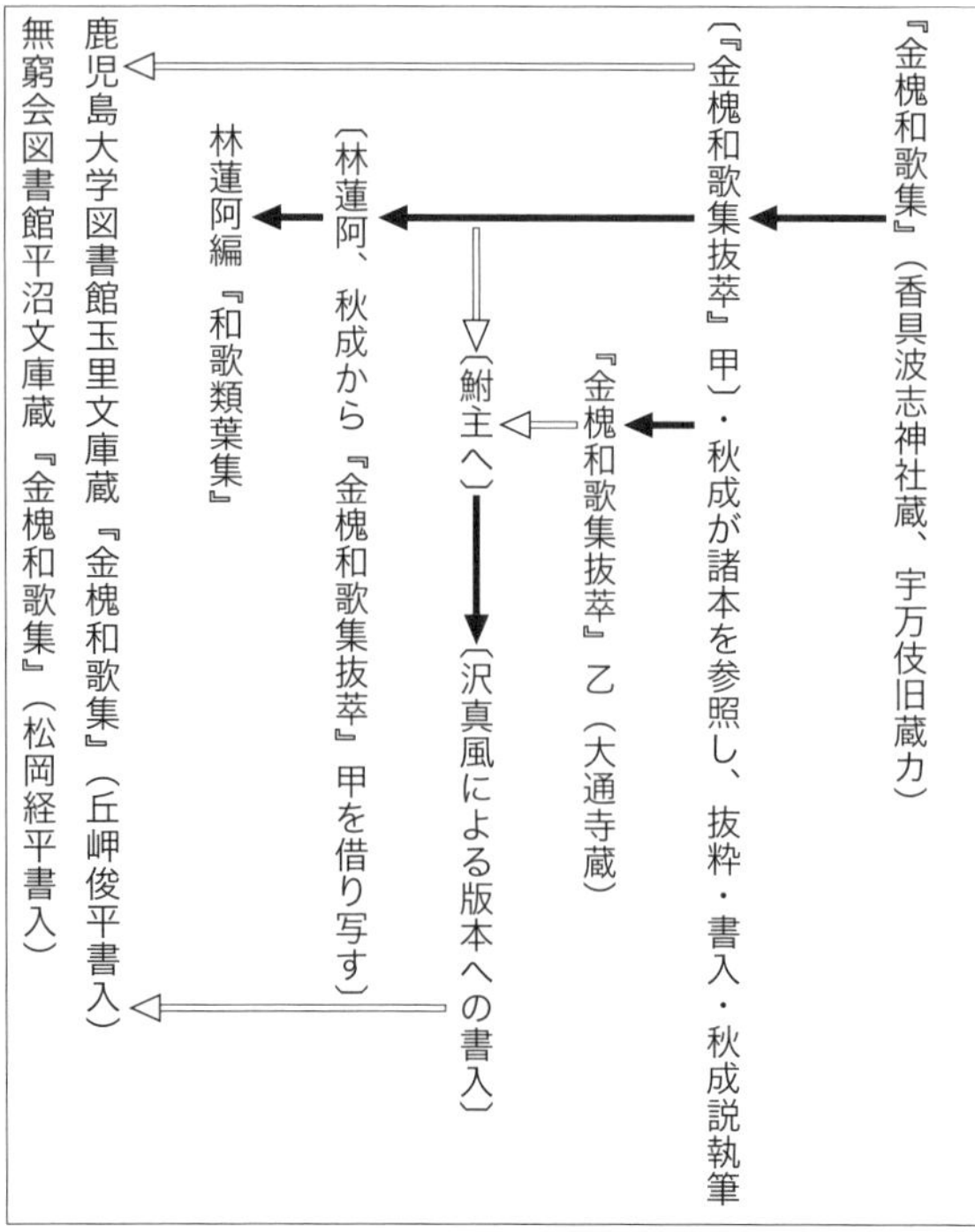

繰り返しになるが、これら秋成の活動や周辺の享受を通して見えてくるのは、単に秋成門人ゆえ

○図2『田安亜槐御歌』

経亮写『天降言』（天理大学附属天理図書館蔵）
全三〇九首を経亮が秋成に提示
秋成が経亮に対する奥書を執筆

↓

（秋成が三十七首を抜粋、複数の抜粋本・奥書があったか）

↓　　　　　　　　　　　　　↓

（鮒主写『田安亜槐御歌』）　　魚臣写『天降言』（近衛典子氏蔵）

↓

真風写『田安亜槐御歌』（名古屋市蓬左文庫蔵）

の享受という限られた範囲のものではなく、上方和学者たちの万葉学への関心の高まり、および秋成やその背後にある真淵学への志向とその継承意識であろう。事実、俊平の歌論『百千鳥』は真淵歌論を継承しようとする意識が見出せるうえ、蓮阿についても風間誠史や森田雅也の述べるとおり、歌文創作という文芸活動を担うものとしての高い意識がしからしめるところの県門（および鈴門）顕彰であっただろう。真淵評注本系統『金槐和歌集』は管見に入ったものだけでも七十点以上の伝本が確認でき、門流への影響は決して小さくなかった。秋成の『金槐和歌集抜萃』と周辺人物たちの享受はその一翼を担うものとして注意されるが、真淵評注本系統『金槐和歌集』はその伝本の厖大さからか、未だ十分な整理が行き届かずに措かれている。しかし当該諸本群は、真淵学の伝播状況を考察するに際し極めて有益であり、今後の整理が大きな課題となるだろう。注[34]

一方、正岡子規《まさおかしき》が実朝とともに万葉調歌人として賞賛を惜しまなかった宗武にこれほど早く注目し、京において（結果的にでも）喧伝する役割を果たした秋成の活動と周辺人物たちの享受は、伝統的な堂上歌壇の影響下にある京において、人々が東国歌人である宗武に対してどのような眼差しを向けていたのかという、江戸・上方の歌壇・和学壇の在り方を考察するうえで非常に示唆的である。どうやら当時は上方において、万葉調鼓吹の機運とともに、

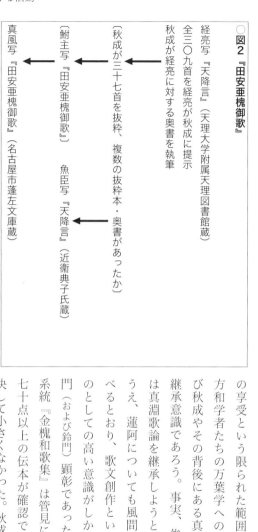

宗武への関心も高まったと目され、経亮も宗武の歌風について言を及ぼし、[注35] また俊平も『百千鳥』で宗武の『歌体《かたい》約言《やくげん》』を長々と引用しているのである。『歌体約言』は、他にも経亮や越智魚臣らの書写も確認でき、[注36] 上方においても古風への関心を持つ和学者らによって享受されていたものと考えられる。

おわりに

秋成による宗武賞賛は以前からよく知られていたが、本章ではその秋成が実朝・宗武の歌を抜粋し、奥書を執筆するなどの活動を繰り返していたことを明らかにした。また、秋成周辺を中心とした近世中後期の京や伊勢の和学者たちにも、実朝・宗武を万葉調歌人として評価するという意識が浸透していたことも同時に述べてきた。

『天降言』の公刊は、佐佐木《ささき》信綱《のぶつな》による『近世名家家集』（日本歌学全書第七編、博文館、一八九八年）への採録を待たねばならなかった。この公刊以前に信綱から『天降言』写本を見せられた正岡子規は、「万葉以後の歌人は源実朝と田安宗武との二人なり」と述べ、[注37] 実朝・宗武を万葉調歌人として賞賛している。[注38] 本章でしばしば引いた天理本が竹柏園旧蔵であることを勘案すれば、子規の閲した『天降言』が、秋成の奥書を有する天理本であった可能性は十分にある。とするならば、秋成の実朝・宗武評価がいくばくか子規の評価に響いているという想定も、決して奇矯なものではないだろう。

秋成と近世中後期和学者たちの活動は、子規らの評価が突如として生起したものではなく、それ以前からある種のエートスとして胎動していたことを示している。この実朝・宗武への関心は、近世中期以降の万葉調（古風）鼓吹の風潮と連動して生まれたものであることは疑いないだろう。そして、その評価が、子規やアララギ派による喧伝の前兆と見なし得ることも、本章で検討してきたとおりである。近代短歌における実朝・宗武評価を支えていたものは、近世中後期上方和学壇のエートスであったとも、あるいは言えるのではないだろうか。

【注】


［1］中央公論社版『上田秋成全集』第十一巻二六〇頁。

［2］中央公論社版『上田秋成全集』第九巻一〇〇頁。

［3］中央公論社版『上田秋成全集』第二巻一八頁。

［4］中央公論社版『上田秋成全集』第三巻六四頁。

［5］注［2］二一〇頁。

［6］本書は、中央公論社版『上田秋成全集』第五巻に書入と奥書が翻印され、日野龍夫による解題が備わる。なお、抜粋に際して秋成が拠った真淵評注本『金槐和歌集』は、基本的には日野解題の述べるとおり、香具波志神社蔵本と考えてよい。だが、書入の文言に相違が見出せること、また『金槐和歌集』諸本には香具波志神社蔵本で丸印の附されない歌に丸印が附される伝本も多く伝わっていることから、香具波志神社蔵本を底本にしながらも、諸本を参照しつつ抜粋・書入をしていた可能性が窺える。もしそうであるならば、真淵評注本系統『金槐和歌集』の中でも書入内容を異にする諸本が、上方においても広く流布していたことの証左ともなり、真淵学の上方伝播を窺わせる一事象と判断される。

［7］『賀茂翁家集』巻五所収の表題による。この文章の内容と成立過程については、拙稿「賀茂真淵の実朝研究」（『国語国文』第八十四巻第六号、二〇一五年六月）を参照されたい。

［8］『金槐和歌集抜萃』の原本は閲覧が叶わなかったため、引用は長島弘明氏から貸与賜った紙焼写真に拠った。

［9］当該項目の参考文献には、有吉保「和歌類葉集考――金槐集・頼政集・清輔集との関連――」（『語文』第三十七号、一九七二年三月）、三村晃功「『和歌類葉集』の成立――清輔・頼政・実朝の詠歌享受史一断面――」（『古代中世文学論考』第七集、新典社、二〇〇二年）が挙げられている。なお、旧来の『和歌大辞典』（明治書院、一九八六年）の同項目（井上宗雄執筆）も概ね同内容。

[10]『和歌類葉集』の引用は、大阪市立大学学術情報総合センター森文庫蔵本（国文学研究資料館紙焼写真（C七五七八）参照）による。なお、編者大江茂樹は、風間誠史によって林蓮阿であることが明らかにされている（「林蓮阿の文業――近世和文史における意義――」、『相模国文』第二十五号、一九九八年三月）。また、森田雅也「近世後期和文集の越境――『文苑玉露』から『遺文集覧』へ――」（『日本文学』第四十五巻第十号、一九九六年十月）にも言及あり。

[11] 注［9］三村稿。

[12] 秋成が師筋にあたる真淵を「真淵」（「真淵等」）と呼ぶかという問題については、『歌聖伝』『万葉集会説』などに見られるほか、『胆大小心録』にも頻出することから認めてよい。

[13] 注［3］二〇頁および三〇頁。

[14] 中央公論社版『上田秋成全集』第一巻五九～六〇頁。

[15] 注［4］二二六頁。

[16]『日本歌学大系』第七巻（風間書房、一九七二年）一一六～一一七頁。

[17] 注［3］二五頁。

[18] 中央公論社版『上田秋成全集』第四巻五一頁。

[19] 中央公論社版『上田秋成全集』第五巻一一四頁。

[20] 注［1］三八一頁

[21] 近衞典子「秋成と江戸歌壇――『天降言』秋成抜粋本をめぐって――（付、翻刻と解題）」（『上田秋成新考――くせ者の文学――』、ぺりかん社、二〇一六年）。

[22] なお、魚臣本には青墨による字句訂正があり、内題の「天降言」が見せ消ちにされたうえで、「田安亜槐御歌」と傍記されるほか、三番歌の詞書の訂正後が、『田安亜槐御歌』と一致している。ここからは魚臣が秋成の抜粋本を享受していたばかりでなく、知友であった鮒主あたりから『田安亜槐御歌』を借覧し、校合していた可能性が高いと考えられる。

[23] とはいえ、「其後に歌」として記される「宇治川の」の歌が魚臣本には掲載されていないことは不審で、この二本とは別の抜粋本を作っていたと判断した方がよいのかも知れない。後考を俟ちたい。

［24］天理本『天降言』が墨付三十一丁であることから、天理本ないしは天理本と同系統の写本を指すものと思われる。

［25］林鮒主や周辺の和学者の交流については、本書第一部第一章および第三部第三・四章を参照されたい。

［26］中央公論社版『上田秋成全集』第八巻「背振翁伝」解題（長島弘明執筆）。

［27］注［10］風間稿。

［28］国文学研究資料館マイクロフィルム参照（九一―二九七―一）。

［29］「秋郷」は、『平田篤胤門人姓名録』の天保四年条に「薩州　七月廿一日　息長秋郷　〔面識アリ〕池田兼見紹介　和田喜兵衛」（『新修平田篤胤全集』別巻、名著出版、一九八一年、二七一頁）と載る、薩摩の和学者和田秋郷と考えられる（丹羽謙治氏ご教示）。

［30］稲田篤信「岡崎俊平覚書――『百千鳥』と『胆大小心録』――」（『江戸小説の世界――秋成と雅望――』、ぺりかん社、一九九一年）。

［31］俊平と経亮の関係については、一戸渉『「香果遺珍目録」翻印と影印』（『上田秋成の時代――上方和学研究――』、ぺりかん社、二〇一二年）が、「経亮の門人のごとき位置にあった」と述べる。

［32］「昭和七年九月二十二日、窪田空穂氏蔵本ヲ以テ筆写了　茂吉山人識」という茂吉の識語を持つ新写本。なお、本書には「明和八年八月廿三日魚彦校」との楫取魚彦《かとりなひこ》の識語も転写されていて、これを考慮に入れるならば、この「秋成」は一戸渉「羽倉風のゆくえ」（『朱』第五十五号、二〇一一年十二月）が指摘する大枝秋成が妥当かとも考えられる。とはいえ、書入が後代の転写に際して増補される可能性があることも考慮し、念のため上田秋成の可能性について言及した次第である。

［33］書承関係が未詳の場合、白抜きの矢印で示し、現存未詳の資料に関しては〔　〕で括って示した。なお、『金槐和歌集抜萃』想定図において、蓮阿が拠った抜粋本が現存未詳の『金槐和歌集抜萃』甲本であるとした根拠について附言しておきたい。すなわち、『類葉集』には『金槐和歌集抜萃』乙本に載っていない和歌が二首掲載され、うち一首については本章第一節掲載の真淵説が転載されている。『金槐和歌集抜萃』乙本に載る秋成説二つのうち一つが『類葉集』に掲載されていないことも根拠に加えられるかもしれないが、これは蓮阿が転載しなかった可能性もあり、にわかには判断できない。ともあれ、底本に載っていない歌および真淵説の一、二を敢えて諸本によって増補するとは考えにくく、従って蓮阿の拠っ

た本は大通寺蔵の『金槐和歌集抜萃』乙本ではなく、『金槐和歌集抜萃』甲本であると断じてよいだろう。すなわち、『和歌類葉集』は現存未詳の『金槐和歌集抜萃』甲本の面影を伝える資料ということになる。

［34］この件については、注［7］拙稿で若干言及した。

［35］『橘窓自語《きっそうじご》』など。経亮の宗武への関心については、一戸渉「橋本経亮の蒐集活動」（注［31］一戸書）に詳しい。

［36］神宮文庫蔵本（三─四一六〇）。本書については、奥野美友紀「建部綾足『片歌かしの下葉』考──和学享受の一側面──」（『鈴屋学会報』第十六号、一九九九年十二月）に紹介が備わる。

［37］講談社版『子規全集』（講談社、一九七五年）第七巻一八五頁。初出は、「日本」明治三十二年（一八九九）八月三十一日号。子規は、これに先立つ「日本」同年八月二十四日号でも、「田安宗武の天降言といふを見て吾はいたく驚きたり」（『子規全集』第七巻、一七七頁）などと賞賛している。

［38］土岐善麿『田安宗武』第一冊（日本評論社、一九四二年）六頁。なお、信綱が『天降言』を子規に見せるに至る経緯については、福田安典「正岡子規と『天降言（あもりごと）』」（『子規会誌』第一二三号、二〇〇九年十月）に詳しい。

附　『田安亜槐御歌』翻印と影印

〈凡例〉

一、漢字および仮名は原則として通行の字体に改めた。

一、詞書には適宜句読点を施した。

一、和歌・詞書・奥書ともに適宜濁点を施した。

一、踊り字は「ゝ」・「ゞ」・「〱」・「〲」で表記した。

一、原本の行移りは無視した。

一、欠字箇所は、欠けている字数相当を「□」で示した。

一、秋成抜粋和歌に通し番号を附し、その下に『新編国歌大観』所収の『悠然院様御詠草』の歌番号を記した。

翻印

　小朝拝の絵を近衛家久公より給はりけるゐやまひに奉れりけるうた

1（26）見てをしる千代の初春雲の上にすそをつらねて君あそぶとは

田安に家つくり出てけふなん移り住て

2（23）我やどのかきほの松よけふよりは幾よろづよを諸ともに経ん

やよひの末の比、大庭のやり水のへにて曲水の宴せさせしとき丶て

3（29）いつしかと春もくれゆく水の面に散てぞうかむ花のさかづき

七月中の五日、君をいはひ奉りなんとて、海辺にいさりにいで侍りて

4（33）君が為けふを待えていくたびか浦こぎ出て釣をこそせめ

瑞春院の尼君のませし殿のすたれぬる後、そのかみをおもひ出て

5（40）見るたびに袖をぞぬらすいにしへの俤もなき庭の草むら

六十の賀し侍りける人のがりへ、竹有たる盃の（12オ）鷹に小袖をそへてつかはすとて

6（47）栄えゆく色こそしるし竹の本に千世をこめたる鶴の毛衣

あざみ書たる絵に

7（35）花のへの露もひかりをそへにけんあさみるごとに色のまされば

春駒を

8（163）春雨のはれにしからにかさ原の露打散らし駒いさむなり

かへる雁

9（164）さゞ浪の比良の山辺に花さけば堅田にむれし雁かへるなり

呼子鳥

10（167）霧かほり月影くらきまきむくの桧原の山によぶこ鳥なく

なはしろ

11（169）しめはふる小田の苗代奥山のゆき解の水に水まさりける
春のはてを
12（178）春はしもけふのみなればあや鳥のさくらの衣ぬがで寝なゝむ
さなへ
13（183）をとめらがゆきあひのわせをうゝる也龍田の神に風祈つゝ（12ウ）
橘
14（189）みはし辺の橘さけり立ならふ右のとねり等弓なふれそね
ほたる
15（191）真玉つくをちの菅原夕露に光をそへて飛ほたるかな
かやり火
16（200）夕日影にほへる雲のうつろへば蚊やり火くゆる山もとの里
なぬか夜
17（213）此ゆふべそらにたなびく白雲は君がまうけの天つ戸ばりか
はぎ
18（214）妻恋る鹿の音きこゆ今もかもまのゝはぎはらさきたちぬらん
すゝき
19（219）むさし野を人は広しとふ我はたゞ尾花分過る道としおもひき
つゆ
20（221）高まどの萩をおしなみおく露の玉しく宮のむかしおもほゆ

駒迎

21（227）左右馬のつかさのさわぐ也みつきの駒の今や来ぬらん（13オ）

月

22（229）まつら潟かぎりもしらずてる月にもろこしまでもおもほゆるかも

雁

23（236）射目人のおほ□□□□秋へてはなにをたのみて雁わたるらむ

鹿

24（239）くだら野の萩が花ちるゆふ風に花妻こやる鹿の音聞ゆ

むし

25（243）しらすがのまのゝはぎはら散しけばすだける虫も声衰ぬ

寒蘆

26（260）難波江のほり江のあしの霜がれて汀あらはに浪のよるみゆ

鷹狩

27（273）ふる雪に御笠もめさず大君の御狩せす也御たかつとめよ

神あそび

28（270）風はやみ庭火のかげもさむけきにまこと深山も霰降らし

山

29（310）ふたつなき不二のたかねのあやしかも甲斐にも有てふするがにも有てふ（13ウ）

あかつき

30（301）うき物とせしあかつきをかきかぞふおいてはたゞにまたれぬる哉
かた恋
31（296）我はこへど汝はそむくかもなを背く人をこはせて我よそにみむ
だいしらず
32（44）かりそめにつもる心のちりひぢもよしあし曳の山と成なむ
勧学のこゝろを
33（127）文よまであそびわたるは網の中にあつまる魚のたのしむがごと
学ざる人をうれへて
34（128）天よりもうけしたまものいたづらにしらずて過す人のはかなさ
春秋を判ぜる歌
35（129）枯わたる秋をもえづる春にしもくらぶることのおろか也けり
藺相如の絵を見て
36（130）城に代る玉をかへせし其人をわはその玉にかへまくおもほゆ
松のへの神祭る年のはの十一月廿三日に、ぬさの楽とて舞楽をなん供し奉りける。そが中に五常楽の（14オ）序破のあひだに詠ぜさせけるによめるうた
37（363）たま鳥のやひろのたり尾ひらきたてめぐる姿は見もあかずけり

此間に、つばらに金槐集の抜粋とこれの亜槐卿の歌との、後の世ながら上つ代のすがたに自然おもほえぬるよし、くさ〴〵書しるしける。また其後に歌、

宇治川のそこのこつみとながれてもその根はくちぬ瀬々のあじろぎ

阮秋成記

此写文は、林の鮒主より見せしを、金槐集のは板本に校合し、たゞ亜槐卿のみ書写しぬ。尤本紙は墨附三十葉計也けり。沢真風（14ウ）

影印

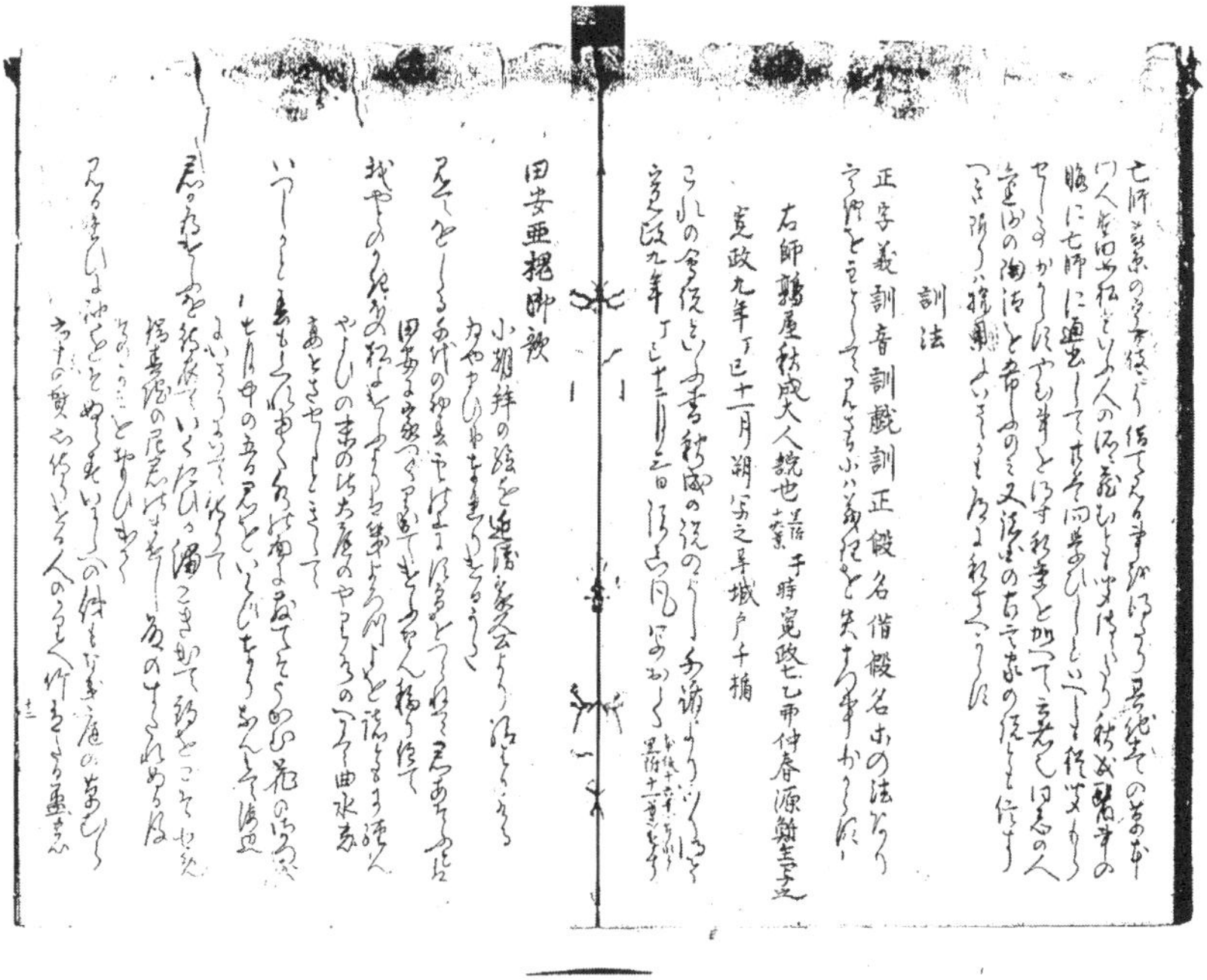
訓法
正字義訓音訓戯訓正假名借假名本の法なり
右師鶴屋秋成大人説也
寛政九年丁巳十一月朔写之草墩戸千楯
田安亜槐御歌

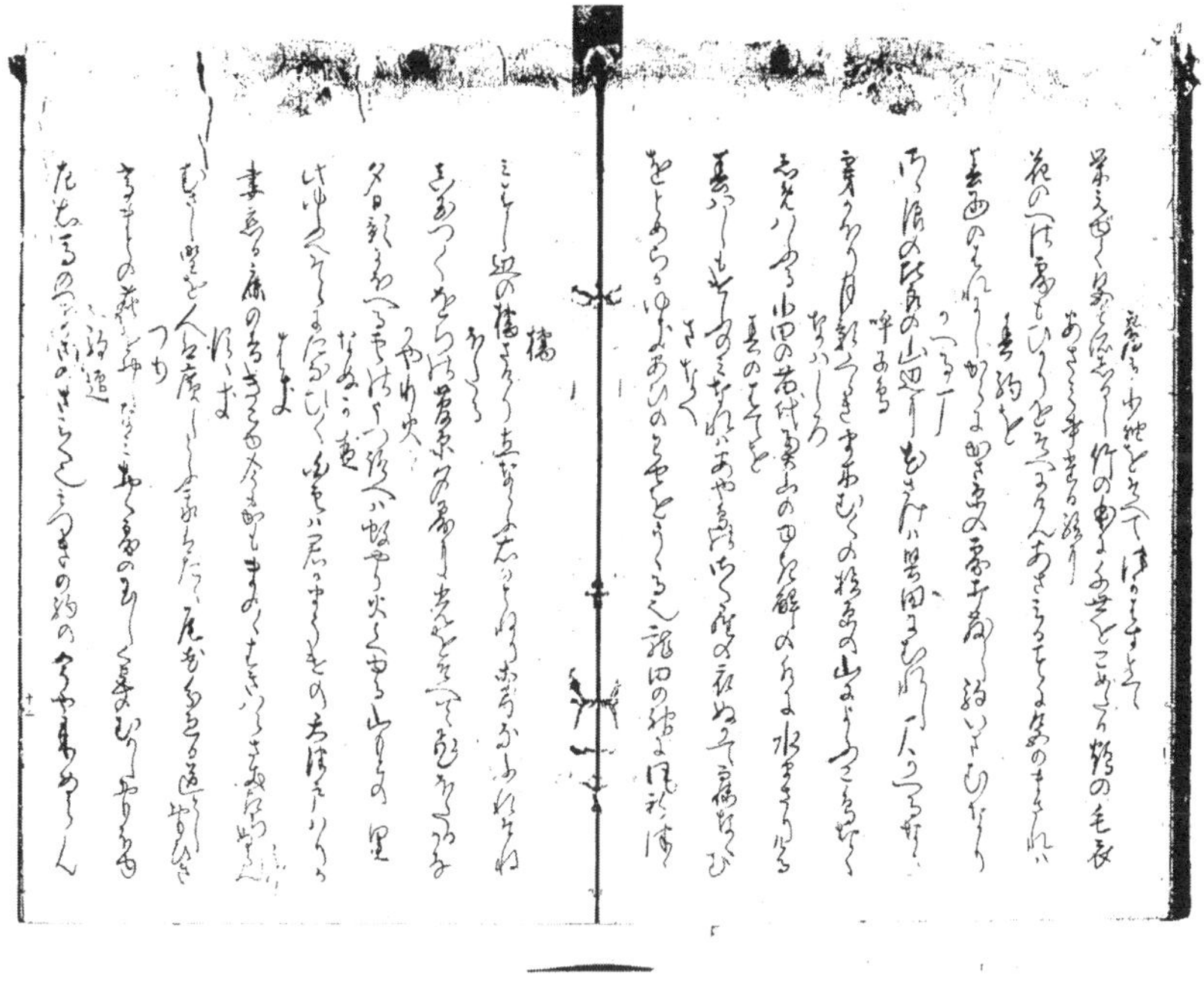
擣

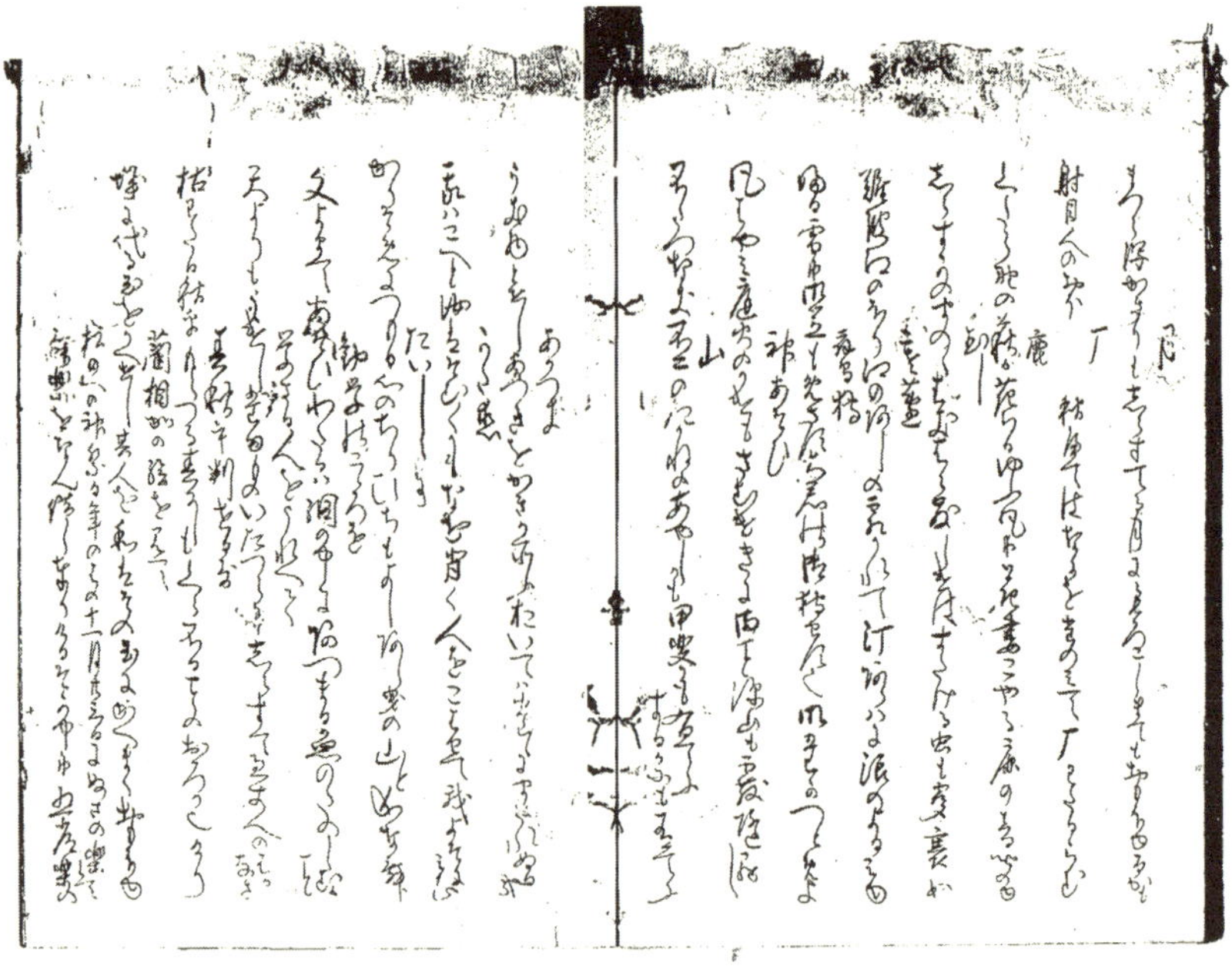

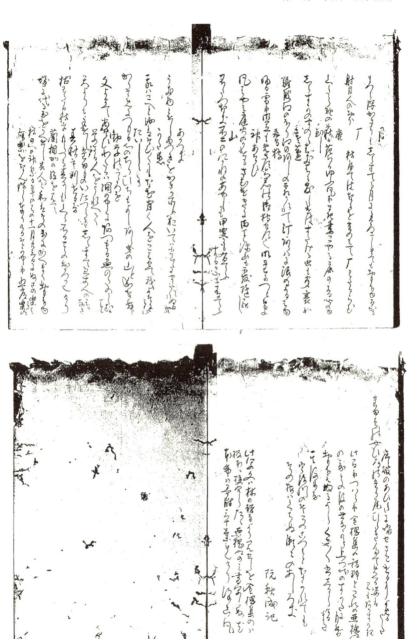

第三章　秋成と蘆庵社中――雅交を論じて『金砂』に及ぶ――

はじめに

しばしば言及されることだが、秋成は菩提寺である京都西福寺に伝わる『簿霊帳』（過去帳）に、法号「三余斎無腸居士」とともに「歌道之達人」と記され、また『海道狂歌合』（文化八年〈一八一一〉刊）下巻序では、知友にして画賛の合作も伝わる画師河村文鳳によって「歌道を以て世に鳴る」[注1]（原漢文）と評されている。これらの寸評は、当代における秋成像の一面を的確に示していると思われ、在世当時の秋成が、まず第一に和学者、歌人として認識されていたことを窺わせよう。

一般には『雨月物語』（安永五年〈一七七六〉刊）、『春雨物語』（文化五年〈一八〇八〉成）の作者として名高い秋成ではあるが、近年はその秋成像を相対化し、上記のような和学者、歌人としての立場に留意しつつ、近世中後期の文壇の中で位置付けようとする試みが盛んになっている。[注2]例えば、飯倉洋一『上田秋成――絆としての文芸――』（大阪大学出版会、二〇一二年）は、秋成文芸（特に歌文）を周囲の人々との関係の中で捉え直すことを試みたものであるし、一戸渉『上田秋成の時代――上方和学研究――』（ぺりかん社、二〇一二年）は、その秋成を通して近世中後期の上方和学の諸相を浮かび上がらせようとしたものであった。これらの成果によって、徐々にではあるかも知れないが、しかし確実に和学者、歌人としての秋成のイメージは定着しつつあるといってよい。以下に検討を加える秋成と蘆庵社中との雅交も、晩年の秋成の諸活動を考えるうえで見逃せないこと、飯倉前掲書の指摘するところである。

本章では、秋成と蘆庵社中の交流をめぐって、新たな歌会の資料を紹介し、その内容を検討していくとともに、当該資料をもとに、従来やや看過されてきた観のある、秋成と大坂の蘆庵社中との交流という問題を俎上に載せる。そのうえで、秋成の万葉評釈書『金砂』が蘆庵社中との雅交の産物であったことを指摘し、秋成の人的交流と文芸との関連を探る端緒としたい。

一、秋成と蘆庵社中の宇万伎追善

平安和歌四天王の一人に数えられ、上方の地下歌壇を牽引してきた小沢蘆庵は、享和元年（一八〇一）七月十一日、七十九歳の高齢を以てこの世を去った。蘆庵の没後、門人たちは、蘆庵の親友でもあり、当時の京歌壇を代表する歌人の一人であった秋成のもとに参じ、親交を深めていくこととなる。彼らの雅交からは、秋成の古稀を記念して企画・出版された歌文集『藤簍冊子』（文化二～四年〈一八〇五～七〉刊）に収められる作品をはじめとして、数多くの歌文が生み出され、歌文資料としてはもとより、当時の文壇を窺うよすがとしても、また秋成の伝記資料としても重宝されている。したがって、当時の上方文壇の諸相を明らかにするうえでも、また享和から文化にかけての秋成文芸を捉え直すうえでも、秋成と蘆庵社中の雅交から見えてくるものは少なくないだろう。

そこで、まずは秋成と蘆庵社中の雅交が窺える歌会資料の紹介から始めることにしたい。わたくしに『〔宇万伎三十年忌歌巻〕』と題した当該資料の書誌を略記しておこう。海野圭介氏所蔵。秋成自筆の巻子本一軸。表紙は、金茶地唐草文様緞子表紙（縦二三・四×横二七・三糎）。全長四二五・一糎（見返し二六・八糎、本紙三八一・七糎、軸継紙一六・六糎）。

見返しは金砂子散らし。表紙には縦一五・〇×横二一・〇糎の題簽（白地に金砂子散らし）が貼付されているものの、外題・内題はともにない。料紙は楮紙で、天地に薄く細く小豆色の線が引かれている。注[3] 奥書末に「七十三齢之頑老／拭二盲翳一而写レ之／余斎金成」（金成は花押風）とあることから、秋成が七十三歳であった文化三年（一八〇六）の書写であることが分かる。

続いて、本資料の内容と構成を箇条書きで記しておく。

①巻頭に「兼題出詠／夕顔」として、羽倉信美・小川布淑《のぶよし》・前波黙軒《まえばもくけん》・斎藤勝憑《かつより》・小野重賢《しげかた》・滝原豊常《とよつね》・間斎《かんさい》（昇道）・田山敬儀《ゆきのり》・松本柳斎《りゅうさい》・大館高門《おおだちたかかど》の詠歌が一首ずつ載り、奥に「以上出席」と記される。

②続いて、斉収法師《さいしゅう》・長谷川長康《ながやす》・紫蓮《しれん》（唯心尼《ゆいしんに》）・恵遊尼《えゆうに》・滝子・水子の詠歌が一首ずつ載り、奥に「右六章浪花人」と記される。

③「けふの題とて扇をこゝら出されけるをひらき見れば、川辺にすゞみしたるかたかけり」との前書を有する布淑の詠歌が記されたのち、重賢「不二詣」、勝憑「松が枝にせみ鳴」、黙軒「釣たるゝ」、豊常「木槿花」、柳斎「田草ひきたる」、敬儀「夕だち雨」、間斎「夏雲影浮水」、信美「なつ祓する」、詠者不明（高門カ）「瞿麦」と題した各人の歌が載る。

④秋成奥書

右の内容から、本資料は秋成と蘆庵社中の面々が一堂に会した歌会の記録であり、兼題が「夕顔」、当座はそれぞれ異なった絵扇が配られ、その絵を見て各人が歌を詠む趣向であったことなどが窺える。注[4] また、出座した京の歌人の他に、大坂の蘆庵門人や知友たちが詠歌を寄せていたことも分かる。注[5]

では、秋成の奥書をもとに、本歌会がどのような性格のものかを明らかにしていこう。やや長くなるが、秋成の書写奥書を全文引用しておく。

何をして身のいたづらに老にけん、此歌のこゝろにさいなまれつゝ世に在ふるほどに、友といひし人々も大かたにさいたてゝ、此まじはるは昔のとも垣のかたみの人々なりけり。師が手むけ草もこたびをなごりに、ひとり老くちていろ香なきことのみつみくゆらせんにはとて、呼むかへたいまつりしなり。人々筆とりていときよう書なみたまへるを、そがまゝにとおぼしこしらへつれど、立かへりておもへば、是をもつとめて書写し奉らば、何がしの御経にも師はおぼしやたまふらめ。されど手のあさましく《（ママ）》つたなきのみかは、病つかれつゝ歳あまた経しまなこには見たがへよみあやまりつゝ、ところ〴〵いとけがしくこそなしたれ。此人々には罪何もてもあがなひつべし。後見ん人こゝろもちひさせてよみてよ。師は猶たすけても見直させたまふ覧かし。あなかしこ。

七十三齢之頑老
拭二盲翳一而写レ之
余斎金成

まず、傍線を引いたように、奥書から「師」という語が散見することに注意したい。周知のとおり、秋成が「師（先生）」と呼んだ人物は、都賀庭鐘《つがていしょう》、五井蘭洲《ごいらんじゅう》、加藤宇万伎の三人であったが、ここでいう「師」は秋成の和学上の師であった加藤宇万伎に他ならない。秋成は、安永六年（一七七七）の宇万伎没後、寛政二年（一七九〇）および享和元年（一八〇一）の『土佐日記解』浄書、寛政三年（一七九一）の歌集『しづ屋のうた集』刊行といった宇万伎の顕彰活動を重ねたうえ、寛政元年（一七八九）の十三年忌には追悼の長歌を、文化三年の三十年忌正忌日には「先師酬恩歌」なる報恩の長歌をそれぞれ詠じ、宇万伎の墓前に手向けるなど、宇万伎を終生師として慕っていたのであった。

ところで、「先師酬恩歌」を手向けた文化三年、秋成が蘆庵社中とともに宇万伎追善の歌会を企画していたことが、秋成の消息文集『文反古』（文化五年〈一八〇八〉刊）の草稿『文反古稿』（天理大学附属天理図書館蔵）から知られる。[注6]『文反古稿』所収、秋成が蘆庵門の高弟小川布淑に宛てた書簡を引く。

来る月の十日は、昔のう万伎ぬしの手向ぐさつみ焼日也。ことしや限ならんと思侍るには、人々むかへて歌よみてん。御暇おはさうずるには出たゝせよ。庵の中幾人を入奉るべからねど、垣ほに植おきつる夕皃、其頃はた咲つべし。（中略）此かきほにまつはるゝ物を題にて、歌やふみやいづれをもゝて来てたむけたまへ。閑斎、柳斎、近ければ、前波、田山、をち方人におはせば、もしおぼしたゝば喜ぶべし。信美こゝより申さん。注[7]

本書簡は、「来る月の十日」（六月十日）に宇万伎追善歌会を催すことを告げる書簡であり、したがって文化三年五月の書簡と判断できるが、特に留意しておきたいのは「垣ほに植おきつる夕皃、其頃はた咲つべし」「此かきほにまつはるゝ物を題にて、歌やふみやいづれをもゝて来てたむけたまへ」との記述である。「宇万伎の正忌日頃には垣根に植えておいた夕顔が咲くだろうから、夕顔にまつわる歌文を手向けてください」という文言は、明らかに『〔宇万伎三十年忌歌巻〕』の「兼題出詠／夕顔」と符合している。さらにこの書簡に対する返書には次のようにある。

今こん月の十日は、昔のしづ屋の翁をおぼししのばるゝ日也とて、たむけ草つみはやさせん人数にかずまへ給、いとうれしき。（中略）垣穂の花を題にてよみも書も、おのがまに〳〵と有に、短きもくづだに奉りてん。おとつ日、前波や、田山や、云あはせ侍れば、十日こそよきいとまと申すから、やがて其日を定め侍りぬ。信美、昇道、柳斎もしめされしとや。今一二人とあるには、豊常、遠からねばいざなひ侍らむ。

「今一二人とあるには」とは、先の秋成書簡の引用箇所に続いて、「人々のほかにも、今一二人はおはせよかし、是もよきに」とあることを承けた返答である。したがって、右の往復書簡からは、昇道・柳斎・黙軒・敬儀・信美・豊常ら蘆庵社中の人々が出席予定であったことが知られる。そして、この面々が先の内容①に記した出席者とかたがた符合することも一見して了解されよう。書簡に名が見えない勝憑・重賢・高門は、右の書簡のやりとり後に出席者に加わったものと考えられる。

さらに、歌巻との関係を窺わせるのが、歌会後に秋成が布淑に宛てた書簡である。

御使たまへるよんべは、竹のねくら鳥れいの物わかつまじきには、御文御歌抜きしまゝに置つるを、心あてに是やもらしつと思さるを、書て見せまつりしに、はたしかりきはけさなん定めつ。扇よみくはへて見せたまへる。是もをかしきあふさきるさにこそとて、筆おかず書て待りき。

ここに見える「扇よみくはへて」という文言は、歌会の当座題として出された絵扇をもとに詠んだ蘆庵社中の歌群を指しているのであろう。秋成は当座の手控えがなかったため、布淑から送ってもらった写本によって先の①から③を転写し、④奥書を添えたのであった。注[8]

以上の経緯から、本歌巻は、秋成が師である加藤宇万伎の三十年忌に催した追善歌会の記録であると判断してよい。『〔宇万伎三十年忌歌巻〕』と題した所以である。そして、その歌会に集い、また詠歌を寄せたのは、享和元年の蘆庵没後頃から秋成と近しくなっていた蘆庵社中であった。

二、秋成と斉収・昇道

当然のことながら、秋成と蘆庵社中の雅交は宇万伎追善の歌会にとどまるものではない。その交流は、蘆庵生前から確認できるものの、社中として秋成と一層近しくなるのは、蘆庵が没した享和元年以降と考えられる。注[9] 交流の様相については、前出の高田衛『完本上田秋成年譜考説』や、田坂英俊「昇道と秋成との交流年譜」など先学の詳細な研究が備わるため、それらの成果につかれたいが、ここで筆者が強調しておきたいことは、宇万伎追善歌会にも詠歌を寄せているように、秋成晩年の文芸を支えていた人々の中に、京のみならず、大坂の蘆庵社中がいたことである。

宇万伎追善歌会に詠歌を寄せていた大坂人には、秋成の大坂在住時から交誼があり、妻瑚璉尼を亡くした秋成の心を慰め、口述筆記も行っていた紫蓮（唯心尼）や、秋成の身の回りの世話をしていた養女恵遊尼といった、ごく近しい間柄の人々とともに、京の蘆庵門人同様、享和年間頃から親しくなったと思われる僧斉収や長谷川長康といった蘆庵門人の名が見える。彼らについては文化二年（一八〇五）三月頃と推定される大坂の某人宛の書簡で秋成自身次のように語っていた。

斉収事、河内往来ニ寒気衝突ニヤ。代書ノ音信モ来ラズ、頃日戚眉ノミ。当時浪花ニ老ヲ肯ガヒテ学バント云人コノ他ニハナシ。秀才ナラズトイヘドモ、篤志ヲ以テ成就スベシ。此子ヲ失ヒテハ下坂ノ用モナシ。耄且盲翳且亦病、尼ガ介抱ニ苦メラレン事不レ喜由、是断然ト思絶候也。貴子、長谷川ノ篤志不レ可レ忘。不二相変一文書可レ勤候。其他ハ濃淡厚薄ノ交、京ニモソレホドノ人ハ有レバ、費用乏シキ老ガ十余里ノ往来、実ニ無味無益也。注[10]

しばらく音信が途絶えている斉収の体調を案じたのち、その斉収を自分に学ぼうとする唯一の人物であるとし、秀才ではないが、篤志ゆえに学問も成就するであろうと期待を掛けているのである。そればかりか、斉収なき大坂に赴く必要などないとまで述べていることから推すに、斉収は秋成から将来を嘱望されていた門人であったとみてよい。さらに、長谷川長康についても「長谷川ノ篤志不レ可レ忘」と言い添えており、両者に対する宇万伎追善歌会への出詠依頼も、このような師弟関係ゆえのことと理解されよう。以下、行論の都合上、特に斉収と秋成との関係を詳細に検討していきたい。

右に示したように、斉収は秋成から大きな期待を寄せられていた人物でありながら、その素性については不明な点が多い。歌巻の「右六章浪花人」との記述からも、大坂の僧であることは疑いなく、また、大坂の河内屋《かわちや》太助《たすけ》より刊行された『阿波名所図会』（文化九年〈一八一二〉刊）の扉に載る、

あはとみておもひたえにしうみ山のみちにしられぬみちつとぞこれ　権大僧都斉収[注11]

の歌を始めとする同書所載の三首の斉収詠から、「権大僧都」の僧位にあったことは分かるものの、それ以上の情報に有り付けないのが現状である。

しかし、この斉収が享和年間頃から秋成と近しい関係にあったことを証する資料は少なからず伝わっている。いま諸所に点在する資料をもとに、両者の交流を瞥見しておこう。まず、享和三年（一八〇三）七月十一日、大坂大江橋付近に仮寓していた秋成が、大坂の蘆庵門人たちとともに催した蘆庵の三年忌歌会から見ていきたい。秋成は享和三年の夏から秋にかけて長期に亘って大坂に滞在しており、この頃から親しくなった人物も少なくないと思われる。この滞在中に行われた蘆庵三年忌の歌会に臨んだ秋成が詠じた長歌「秋風篇」の前書には、

癸亥初秋十一日、小沢翁大祥忌、門人十時賜、釈斉収等、会二大江橋頭之寓舎一修奠、且請二郷友一分レ題咏レ歌、可レ謂レ尽レ善矣、老以レ為二知音之交一、賦二秋風篇一述二之感懐一云。[注12]

とあって、旧友十時梅厓とともに斉収の名が見えている。「秋風篇」ではこの二人の名しか記されないが、正宗文庫に蔵される西山雅雄編『小沢大人手向歌』には、梅厓、斉収とともに、延宗、重政（松本重政《まつもとしげまさ》）、順宣《じゅんせん》、恵遊、琴子、世黄《せこう》（森川竹窓《もりかわちくそう》）、長泰（長康）の詠歌が載っており、秋成と大坂人たちの交流が窺えて興味深い。[注13]ここに名がみえる斉収ら大坂の蘆庵門人たちとは、京の蘆庵門人同様、享和頃から近しくなったものと思われ、特に秋成と斉収の交流に関しては、秋成が長期滞在をしていたこの享和三年の下坂時が、現在確認できる最も早い時期である。[注14]

さらに両者が蘆庵三年忌のみならず、秋成の大坂滞在中繰り返し交流を持っていたであろうことが、数通残る斉収宛秋成書簡から分かる。飯倉洋一氏所蔵の『〔秋成消息文集〕』には、昇道が蒐集・書写した秋成書簡の写しが収まり、そのなかに享和三年のものと思われる斉収宛書簡が二通、また『文反古稿』には『〔秋成消息文集〕』所収書簡と重複する享和三年の書簡一通と、享和四年（文化元年）の書簡一通が収まっている。これら数通残る書簡のな

かには、

斉収へまゐらす

夜べはめづらかなる遊びして心ゆきたるまゝに、月は入たれど、たすくる人のかひ〴〵しきにこころあかるくて、かへりつきぬ。よみつる題のうたども、大かたはわすれたれど、あやまりつとおもふばかりをすこしひきなをして見せまゐらす。

秋風

むらさめのはるゝ浅茅の露はらにぬれてや秋の風はふくらん

井

みやこにはまたきむかしのあとゝめしあがたの井どはくむ人もなし[注15]

という、両者が月夜に雅宴を催すという風雅な交わりをしていたことを伝えているものもあり、やはり享和三年の大坂滞在頃から盛んになっていた交流の一端を窺わせよう。[注16]

このように秋成と雅交を持っていた斉収であるが、彼は京の蘆庵門下とも交流があったと思われ、再び『小沢大人手向歌』から「小沢大人大祥忌観荷堂手向歌」（享和三年）を引くと、

無常

世の中はかくこそありけれ風ふけばはかなくきゆる空のうき雲　斉収[注17]

と載り、大坂での蘆庵三年忌と同日に行われた京観荷堂での追善歌会に、斉収は大坂から詠歌を寄せているのである。

なかでも、とりわけ斉収と近しかった京の蘆庵門人は昇道であったと思われる。既に触れた『〔秋成消息文集〕』に、昇道が蒐集した斉収宛秋成書簡が収まっていることからもそのことは窺われようが、両者の関係を如実に示してい

るのは、東京都立中央図書館蔵（丸山季夫旧蔵）三冊本『藤簍冊子』（和一〇二〇、文化二年刊）の「目録」および昇道による「附言」である。すなわち、「目録」には六冊本（文化三、四年刊）では削除される「第七　消息／あまはせ使贈和共四十余章」という記事に巻七の存在が記され、さらに昇道の「附言」には、

天はせ使の一とぢは、難波の斉収法師が、近頃のまめ心して、こゝかしこにさぐりもとめつゝ書つどへし。其由ども、それの文の前しりへにおのれしるしてなん。あはせて七とぢとなせりき。

とあって、斉収が蒐集した秋成関係書簡を「天はせ使」としてまとめ、昇道の編集にかかる『藤簍冊子』の巻七とする予定であったことが明記されているのである。注[18]亨和三年に秋成が大坂に長期滞在をしていた折、昇道もともに大坂に在ることが多く、秋成ともども梅厓ら大坂の知友との雅交を持っている。次に分かりやすく亨和三年の大坂における昇道と秋成の交流を年譜の形で記そう。

六月二十五日　大坂大江橋畔で開かれた秋成の七十賀の宴に参加した。
七月十六日　大坂で秋成、十時梅厓、篠崎三島《しのざきさんとう》とともに江に舟を浮かべ詠歌詠吟した。
七月十七日　梅厓が舟中で作った漢詩を秋成に見せに来たが、昇道が代りに受け取った。
七月晦日　秋成の「枕の流」口述を昇道が筆記した。
八月一日　梅厓が訪れ、「枕の流」の文を見て跋文を寄せた。

昇道は、観荷堂で行われた蘆庵大祥忌のために一時的に帰洛することはあっても、六月某日から八月頃までの過半を大坂で過ごしていたと思われ、『〔秋成消息文集〕』に収められた斉収宛秋成書簡などの蒐集からも分かるように、秋成門人であった斉収との間にも交流があった蓋然性は極めて高い。この頃、『藤簍冊子』編集の件も両者の話題に上っていたのではないだろうか。

以上のように、大坂滞在中の秋成と斉収には度重なる雅交が認められ、その交流が師弟関係へと発展していった

ことも、秋成の言を以て既に言及したとおりである。また、斉収は秋成とともに長らく大坂に滞在していた昇道とも交流があったと思われ、その昇道とともに『藤簍冊子』編集の任に携わる予定であったことなどから推して、やはり秋成の門人筋ともいうべき人物であったと判断されよう。

三、蘆庵社中と『金砂』

飯倉は前掲書（十三頁）の中で、

秋成の文事を見ていくと、これら風雅の友との付き合いの上で生まれた作品が数多く存在する。実はそれらの作品が同時代における秋成の名声を高めているのである。それらを具体的に見ていくことで、江戸時代に即した秋成文学の捉え方が可能になる。

と述べ、周辺人物との交流が、秋成文芸生成の基盤ともなっていたことを指摘している。本章で見てきた蘆庵社中との関係では、飯倉は主として歌文作品を取り上げているが、この雅交から生み出された秋成文芸は、歌文にとどまらず、万葉研究書にまで及んでいる。本節では、秋成の万葉評釈書『金砂』が蘆庵社中との交流の産物であった可能性について検討していく。

検討に先立って、その前提として指摘しておきたいのは、写本で伝わる秋成の万葉研究書のほとんど全てが、周辺の門人筋の手に渡っていることである。例えば、現在伝わる『万葉集会説』諸本のうち最も流布したのは、奥に「于レ時寛政七年乙卯仲春既望写レ之　源鮒主」とある、秋成が門人林鮒主に書き与えた本の系統であった。注[19]また、万葉総論『古葉剰言』は、大東急記念文庫蔵本（二一-一一一-一二六〇）の添文に「羽倉信美君」との宛名があって、蘆庵門人にして秋成とも親しかった羽倉信美のために執筆されたものであるし、『楢の杣』は秋成が『万葉集』や『土佐日記』を進講していた正親町三条公則卿のために書き起こされたものであった。学問書であることからすれば、むしろ自然なことかも知れないが、秋成の万葉研究書のいずれもが門人筋の人々のために書かれたものであったらしいことは、改めて注意すべき事柄であろう。

そして『金砂』もその例外ではないようである。その徴証が、近年新たに出現した斉収に宛てた秋成の自筆書簡の一節から見出せる。注[20]本書簡は『文反古稿』に収められる書簡の異文であり、内容そのものは純然たる新出とはいえないが、従来紹介の備わらない資料でもあるため、まずは全文を掲げておこう。分かりやすさを考慮し、本文、尚々書の順に記し、その後に日付、署名、宛名を配した。

春の光には、おなじ塵のたち居てゆるさず。御あたりこそ、ことにもいそはしくおはしつれ。ふるとしの名残の玉しける大庭も打しめりて、みかど拝みやめさせてんなと、かしこきながらおぼえ侍りしに、さむき風に吹さらして、おなじ例なりしとて、信よしおや子よろこびす。ひるつかたより、又もふりに降たることもめでたし。さ迦の御弟子てへども、木のね岩のへの行なひならぬは、風もちりも吹たゝめ、いとはやも聞えたまへる。いたくまめだち給ふなん、うれしき。翁ふる年、客舎歳暮の長篇二章壁におしたる後は何ごともいはず。野の遊びこそうれしけれ。梅は大かたに散ぬといへど、え出たゝず、雨のみにこもりてなんある。御やどりもとむるは、二月ばかりにや成ぬべき。それまでにふりはへて、まうのぼり給へかし。順宣法師もその比にはと聞えこさる。

金沙十巻、剰言一巻やう〳〵に書はてぬ。昇道人に訂正させて後、みせまゐらすべし。よき筆たまへる。又是にいざなわれて、ことやはじむ。あないそし。あなくるほし。

む月十三日　　　　　　秋翁（花押）

斉収尊者

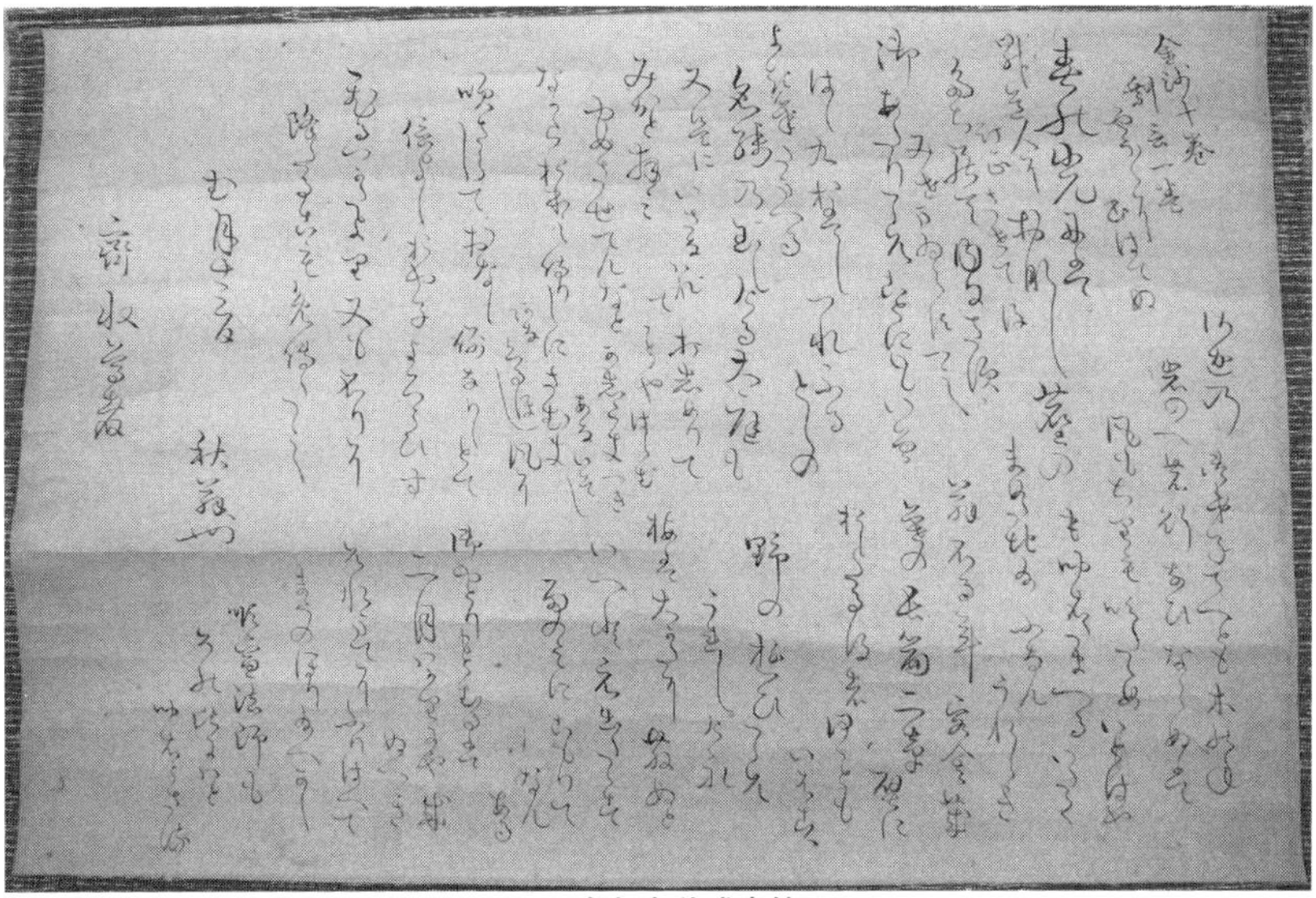

図　斉収宛秋成書簡

本書簡には折目がなく、筆跡も歌文を書いている意識が顕著なもので、明らかに書簡のそれとは異なる。したがって、秋成が斉収に宛てた原簡ではない。長島弘明は、

> 秋成の手紙には、ほぼ同文面のものが複数残っていることが少なからずある。一つが自筆、他が写しという場合だけではない。いずれも自筆のものが、二つ、あるいは三つ残っている場合がある。自筆となれば、実際に出された手紙以外のものは、草稿（案文）ないしは手控えであるのが普通だが、秋成の場合はそれに加えて、秋成の文章を入手することを望んでいる人に、文章の一つとして、自分が過去に出した手紙を推敲して書き与えていたようである。注[21]

と述べているが、まさに本書簡は、長島が述べるところの、秋成が周囲の求めに応じて書き与えた写しと判断してよいだろう。本書簡と『文反古稿』所収本文との間には若干の異同が認められ、「長篇二章」（『文反古稿』）と「客舎歳暮の長篇二章」（本書簡）など、目を引く異同も見受けられるが、何より瞠目すべき点は、『文反古稿』にはない尚々書と日付が記されていることである。

日付は「む月十三日」とのみあり、その差出年は記されないものの、『金砂』と一具のものである万葉総論『金砂剰言』の奥書に、

享和甲子。春正月辛卯朔。壬寅。稿漸成焉。然当以二暗記錯易一。病眼失筆。訛謬脱語尤夥矣。苟得二天命一。再以訂正者也乎。

七十一齢阮秋成誌注[22]

とあって、『金砂』と『金砂剰言』の成立が享和四年正月十二日であることが分かる。したがって、「やう〳〵に書はてぬ」と述べる斉収宛書簡の「む月十三日」という日付は、享和四年正月十三日と確定できる。とすると、秋成は『金砂』を脱稿した直後に斉収にその知らせを出したことになるのだが、この事実をどのように受け止めるべきか。

秋成は『金砂』執筆に先立つ寛政十二年（一八〇〇）に万葉注釈書『楢の杣』をものしている。本書は既述のとおり、正親町三条公則卿のために起筆された書であることが知られているが、従来、例えば中央公論社版『上田秋成全集』第二巻の解題（植谷元執筆）に、

本書『楢の杣』はこの間（秋成の万葉研究の道程―筆者注）にあって、一時は確かに全注釈の執筆を完全に廃絶したのであったが、やがて「猶心動きて」（『金砂剰言』）万葉集研究への情熱は再燃、『金砂』『金砂剰言』の執筆に至るのであるが、しかしそれはもはや誰のためでもない、専ら秋成自身のためのもの、即ち自らの「遊び敵とせんもの」（『金砂剰言』）として成就することとなる。

と記されるなど、公則卿のために著わされた『楢の杣』に対し、『金砂』は秋成自身のために書かれたものであると、ことさら強調されてきた観があった。

しかし、かつて鈴木淳によって紹介された、國學院大學図書館に蔵される享和三年十二月の十時梅厓宛秋成書簡に、

盲叟張胆、金沙再々撰十巻、年内落成、待二明春一可二一清一乎注〔23〕

とあるように、秋成は『金砂』の再々訂を年内に完了し翌春に清書する旨を、大坂の友人であった十時梅厓にわざわざ伝えていたのであった。それに加えて、このたびの斉収宛書簡で、成稿直後に斉収に対して『金砂』成稿の報を伝え、昇道の訂正を経たのちに斉収に見せる旨を書き送っていることを併せ考えれば、『金砂』は秋成自身のための著作ではなく、斉収ら大坂の知友たちの求めに応じて、彼らのために執筆されたものであったと考えられるのである。

天理大学附属天理図書館蔵『茶瘕酔言《ちゃかすいげん》』（西荘文庫旧蔵）には、

老は金沙と題して、金といさごを淘汰して、其きら〳〵しきをとゞむるに習ふべく書出しかど、注解外伝等をくはへしに、事多く成て十余巻に猶止るべからざるが老病の煩はしさに、庭の古井に湮滅せし、是ぞ始なりき。注〔24〕

とあって、秋成が文化四年（一八〇七）に礒谷家の井戸に沈めた草稿類の一に『金砂』があったことが知られ、事実、大沢春朔《しゅんさく》が井戸から引き揚げたと推定されている天理大学附属天理図書館蔵『金砂』には水漬の跡が認められる。しかし、その自筆本『金砂』には、秋成自身による修正とともに、別筆による附箋も残されており、周辺人物の手が入っていることは疑いない。また、国立国会図書館には秋成好みの罫紙に認められた写本も存しており、中央公論社版『上田秋成全集』第三巻の解題も言及するように、秋成と近しい人物による書写と考えて差し支えないだろう。加えて、同じく国立国会図書館に蔵される大田南畝《おおたなんぽ》手沢本『南畝文庫蔵書目』（一二五―一六五）歌書の条には、

金砂万葉　一巻　上田余斎自筆本　写

とあることから、晩年の南畝が秋成自筆の『金砂』を所持していたことも知られる。秋成と南畝の初対面は享和元年（一八〇一）、大坂阿波座堀さぬきや町にあった常元寺においてであった。当時の住職は、架蔵の斉収宛書簡にも名が見え、秋成らが催した蘆庵三年忌追善歌会にも斉収らとともに参会していた順宣である。もちろん、『金砂』

執筆後の文化元年八月中旬に南畝と再会した秋成が、南畝の求めに応じた可能性もあるだろうが、あるいは南畝が『金砂』を入手したルートに、秋成とも雅交のあった斉収・順宣などの大坂の僧が介入していたことも大いに考えられよう。

叙上のとおり、『金砂』が贈与されたものであったと考えたとき、従来さほど顧みられてこなかった『金砂剰言』の「題号、便につきて既に云つれど、復云」[注25]といった何気なく記される一文も、文面通り受け取れば、門人筋を意識した物言いとして理解できるだろうし、『金砂』の記述にも同様の語り口が散見する。そして、何より思い起こされるのが、『金砂』において、注釈の本筋を逸脱したモノローグめいた記述が、大坂に関する記事に多く見受けられることである。かつて山下久夫はこの点に注目し、

『金砂』を中心に導き出される秋成の古代像とは、これまで述べたように、飛鳥朝や平城京ではなく、それら古代国家を水運で支えた難波の繁栄を核としたものである。自らも難波人である彼は、難波の海や河川が船の往来で活況を呈する、いわば「水運の難波」を中心とする古代を理想とした。[注26]

と述べるなど、その著『秋成の「古代」』で、『金砂』における難波へのこだわりというモチーフを炙り出し、それらの記述を恣意とフィクションに満ちた評釈であるとした。山下が鮮やかに描き出した難波、特に摂津西海岸へのこだわりというモチーフの指摘は慧眼で、首肯すべき見解であろう。

それでは、なぜ大坂へのこだわりが『金砂』に顕著であるのか、あるいは、なぜ秋成は『金砂』で大坂を浮上させたかったのか。もちろん、そこには秋成の大坂への郷愁も込められているのだろうが、享和以降の秋成周辺に多くの蘆庵社中がいたこともまた見逃すことはできない。つまり、『金砂』の大坂へのこだわりは、同書が斉収や大坂の蘆庵社中との交流の産物であり、彼らに向けて書かれたものであったことに基づくとも考えられるのではないだろうか。

おわりに

秋成は『金砂』脱稿後まもなく「文化元年二月朔雨雪、遥思二故国一歌」なる長歌を詠んでいる。

……きさらぎの　月はたてども　あしたより　霞もたゝず　かぎろひの　夕去くれば　雨まじり　はたれ雪ふる　やれまよふ　衣かさねて　寒らにも　歎きてしのぶ　ゝる郷の　難波の菅の　ねもころに　三津の浜松あを待と　風のと聞ゆ注[27]……

この間、旧友十時梅厓の死没（一月二十三日没）なども重なり、望郷の念が一層募る状況にあったことにも留意すべきだろうが、この長歌で吐露された故郷難波を偲ぶ思いは、極めて近い時期に脱稿した『金砂』の難波へのこだわりと無関係ではないだろう。加島稲荷に与えられた天命六十八を越えた秋成は、享和三年には七十歳を迎えていた。その年の故郷大坂への長期滞在、蘆庵社中などの知友たちとの雅交、古稀記念歌文集『藤簍冊子』の出版計画……。その交流の中で、門人達の慫慂によって『金砂』を起筆したという見解は、決して奇矯なものではないだろう。『金砂』が享和三年の大坂滞在を経て間もない、享和四年（文化元年）の正月に脱稿された書であったことは、もっと注意されてよかった。

以上、秋成と蘆庵社中との雅交を新たな歌会資料を紹介しながら確認したうえで、秋成の万葉評釈書『金砂』が、その雅交の中から生成したものであったことを指摘してきた。秋成晩年の知友の中に京・大坂の蘆庵社中がいたことは、『〔宇万伎三十年忌歌巻〕』を待つまでもなく明らかであったが、その雅交が単なる交流にとどまらず、秋成文芸生成の基盤となっていたことは銘記すべきであろう。

ことは『金砂』にとどまるものではない。秋成晩年の著作の生成を、周辺人物との交流を抜きにして語ることはできないし、人的交流や著作の生成過程と作品内容との関連も追究されてしかるべきである。本章で見てきたように、晩年の秋成文芸の周辺には、京・大坂の多くの蘆庵門人がおり、秋成に師事する人物も存在した。晩年の秋成文芸を考えるうえで、享和三年の下坂やその頃から顕著になる京坂の蘆庵社中との雅交が持つ意義については、なお検討していく必要があろう。また、そのためには従来不透明であった蘆庵没後の社中の動向も具体的に明らかにしていかなければなるまい。秋成研究や上方文壇研究について取り組むべき課題は多いが、これらの諸問題については機会を改めて論じることにしたい。

【注】

［1］早稲田大学図書館蔵本（文庫〇八-D〇二五二）による（早稲田大学図書館古典籍総合データベース）。

［2］もちろん和学者・歌人としての秋成への関心は今に始まったものではなく、辻森秀英「歌人上田秋成」（『上田秋成の生涯――人と思想と作品――』有光社、一九四二年）、高田衛「歌人余斉論」（『上田秋成研究序説』一九六八年、寧楽書房。『定本上田秋成研究序説』〈二〇一二年、国書刊行会〉として復刊）、浅野三平『秋成全歌集とその研究』（桜楓社、一九六九年。『増訂秋成全歌集とその研究』〈おうふう、二〇〇七年〉として増訂版刊）、吉江久彌『歌人上田秋成』（桜楓社、一九八三年）、勝倉壽一『上田秋成の古典学と文芸に関する研究』（風間書房、一九九四年）等の諸成果が備わる。近年の傾向は、これら従来の研究を踏まえつつ、上方文壇内における秋成の位置付けや交流の具体的な様相とその意義に迫ろうとするところに特色を見出せるだろう。

［3］この天地の線は、秋成の好み短冊のような明瞭な線ではなく、字を揃えるために間に合わせ程度に引いた線と思われ、経年による摩滅も見受けられる。なお、同様の線を有する資料に、天理大学附属天理図書館蔵『水無月三十首』（上田秋成雑集八九、九一三-六五-イ二七-八九）などがあり、秋成が歌文を記す際にしばしば用いた手法であったか。

［4］田代一葉によれば、絵を題として詠んだ歌（題画歌・絵画詠）は「絵を見て詠む」場合と「絵を見ずに詠む」場合があ

り、さらに「絵を見て詠む」場合も、同じ画面に歌を書きつける「画賛」と、着賛は伴わない、絵を見て歌を詠むだけのものがあるという（「総論」および「村田春海の題画歌――千蔭歌も視野に入れて――」〈『近世和歌画賛の研究』汲古書院、二〇一三年〉参照）。本歌巻の場合は、前書や題なども考慮し、後者と考えておきたい。なお、夕顔の咲く秋成の小庵で、訪れた人々に扇を出すという趣向は、『源氏物語』夕顔巻を踏まえている。

［5］加えて、大館高門が秋成主催の歌会に出席していたこと、文化二年四月に出奔したとされる養女恵遊尼の所在が大坂であることなどが分かり、秋成伝に資するところも少なくない。このことについては、附載した翻印の〔補論〕を参照されたい。

［6］上田秋成雑集八二（九一三・六五‐イ二七‐八二）。この企画については、既に高田衛「『上田秋成年譜考説』補遺」（『近世中期文学の諸問題』明善堂書店、一九六六年。のち『完本上田秋成年譜考説』〈ぺりかん社、二〇一三年〉所収）、および田坂英俊「昇道と秋成との交流年譜」（『文学』二〇〇九年一・二月号）などが、後掲する『文反古稿』所収の秋成・布淑往復書簡を用いて言及している。

［7］『文反古稿』所載の秋成・布淑往復書簡の引用は、中央公論社版『上田秋成全集』第十巻四九九頁〜五〇三頁による。

［8］なお、ここで想起されるのは、天理大学附属天理図書館に蔵される巻子本『先師酬恩歌・兼題夕顔詞・後宴水無月三十章』（上田秋成雑集八六、九一三・六五‐イ二七‐八六）である。該書の奥書には「文化三年丙寅夏林鐘某日／瑞竜山中旅客於／鶉無常居書院金成」とあることから、これら三篇を中央公論社版『上田秋成全集』第十二巻解題は「いずれも文化三年六月の作である」と記すものの、三篇の関係性についてはそれ以上言及していない。だが、『文反古稿』や本歌巻を参照するならば、単に文化三年六月に詠まれたものに留まらず、「兼題夕顔詞」は文化三年六月十日の追善歌会で、「後宴水無月三十章」は追善歌会の「後宴」で、それぞれ秋成が詠じた歌群であると判断される。先に引用した『文反古稿』の布淑との往復書簡には続きがあり、宇万伎追善歌会後の七月と目される布淑書簡には、「さきに給はせし三十首の、こがねに玉におぼえ侍りて」とあって、「後宴水無月三十章」とおぼしき名が見えることもその証左となろう。天理図書館所蔵の該資料が一軸に仕立てられているのは故なきことではない。

［9］高田衛は、蘆庵（観荷堂《かんかどう》）社中結束のために、信美が蘆庵に代わる中心人物として秋成を擁立しようとした可能性に言及したうえで、「この観荷堂社中の秋成への接近は、この年（享和二年―筆者注）か、それとも享和三年かに考えられる

のである」と述べている（『完本上田秋成年譜考説』四一八頁）。

［10］大阪府立中之島図書館中西文庫蔵（簡六九）。なお、本書簡は、多治比郁夫「中西文庫の上田秋成など書簡」（『大阪府立図書館紀要』第三十号、一九九四年三月）に翻印が備わる。

［11］国立公文書館内閣文庫蔵本（一七六－〇〇二五）による。同書所載の他の斉収詠二首は次の通り。

　心なき雲こそわたれ鳥すらもいゆきはばかるみねのかけ橋

　高根よりおちてくるまのとどろきに岩うちくだけひびく滝かも

なお、本書に斉収詠が載ることは、後掲する東京都立中央図書館所蔵（丸山季夫旧蔵）三冊本『藤簍冊子』（文化二年刊）に貼付されている丸山季夫の覚書によって知り得た。

［12］中央公論社版『上田秋成全集』第十二巻三九五頁。

［13］中野稽雪『小澤芦庵その後の研究』（里のとぼそ第四集、芦庵文庫、一九五六年）一四五～一四六頁。

［14］なお順宣については、『蒹葭堂日記』享和元年条に「五月八日　上田余斎、常願寺　不遇」とあり、常願（元）寺住職であった順宣と秋成がともに蒹葭堂《けんかどう》のもとを訪れており、遅くとも享和元年には交流があったことが分かる。ただし、斉収や順宣らと、これ以前、例えば秋成の大坂在住時から既に交流があったのか否かは未詳。また、大坂の蘆庵門がどの程度強固な結びつきであったのかという大坂歌壇の実態も不明瞭である。今後の課題として他日を期したい。

［15］飯倉洋一「未紹介〈秋成消息文集〉について」（『文学』二〇〇九年一・二月号）。

［16］この他、両者の関係を窺わせる資料に、天理大学附属天理図書館所蔵『上田秋成短冊帖』（上田秋成雑集一二一、九一三・六五－イ二七－一二一）がある。収められているのはほとんどが秋成の短冊なのだが、そのなかに二枚だけ斉収の短冊が混じている。伝来未詳ながら、両者と近しい人物による処置ではないだろうか。斉収詠は次の二首。

　旅　草まくらあらし吹よのいねがてにゆめにも家をはなれぬる哉

　風前鹿　小夜ふくる秋の山かぜ身にしめてさまよふしかの寒しとやなく

［17］注［13］一四〇頁。

［18］斉収が「天はせ使」の編集に携わっていたことは、国立国会図書館蔵の『ゆきかひ』（京乙－三二九、森川竹窓筆）所収

の秋成書簡からも窺える。

壁くさと言題号いかにぞや。竹窓とかたらひてあしくおぼさば改むべし。ここにては、よしといふ人の有しかど、人の心々、たのみがたし。おぼす所あらばまつべし。斉収書べく言也。春よりは、大海原の風雲吹かはりて、したしからぬものに過らるゝ也。

これによれば「天はせ使」は「壁くさ」という名でも計画されていたらしいことが窺えるが、ともあれ「斉収書べく言也」との言は、『藤簍冊子』の昇道附言と符合しており、斉収が「天はせ使」の板下執筆をも請け負う予定であったことが分かる。


［19］関西大学総合図書館蔵本、明治大学図書館蔵本、名古屋市蓬左文庫蔵本、ノートルダム清心女子大学蔵本、射和文庫蔵本など。

［20］架蔵。秋成自筆の写本一軸。本紙は縦二六・八×横四〇・五糎。中廻しは緑地の揉み紙(縦一〇二・五×横四三・一糎)。「歌拾三」と旧蔵者による整理番号、および秋成の略伝を記した裏書あり。

［21］長島弘明「上田秋成最晩年の手紙」(『世界思想』第三十三号、二〇〇六年四月)。

［22］中央公論社版『上田秋成全集』第三巻四〇九頁。

［23］鈴木淳「國學院大學図書館所蔵の上田秋成書簡幅の紹介」(『文学』二〇〇九年一・二月号)。

［24］上田秋成雑集一九(九一三・六五–イ二七–一九)。中村幸彦『近世作家研究(新装版)』(三一書房、一九七一年)の翻印(二四七頁)による。

［25］注［22］三八三頁。

［26］山下久夫「「水運の難波」への郷愁と喪失感」(『秋成の「古代」』、森話社、二〇〇四年)。

［27］注［12］三九七頁。


【附記】

本章初出論文発表後、神谷勝広「秋成「哭二梅厓子一」を読む――『金砂』出版企画と十時梅厓――」(『日本文学』第六十四巻第九号、二〇一五年九月)が出た。神谷は、名古屋市舞鶴中央図書館蔵『名家書翰集』(市一〇–二二)に収まる名

古屋の豪商内田蘭渚《うちだらんしょ》に宛てた享和三年七月五日付の十時梅厓書簡に、

　　秋成此節大坂来寓、金砂万葉下、著述有ㇾ之近々出板、是も校合ニ被ㇾ頼参申候。日々往来いたし（下略）

とあることや、本章でも取り上げた國學院大學図書館に蔵される享和三年十二月の十時梅厓宛秋成書簡の「金沙再々撰十巻、年内落成、待二明春一可二清一乎」という記述などから、秋成が自らの古稀に合わせて、従来想定されていた享和三年秋を相当遡る時期から『金砂』執筆を開始し、校合を依頼した梅厓と出版に向けた打ち合わせも行っていたと推測した。

　蘭渚宛梅厓書簡に「近々出板」という記述がある以上、出版の企画が進行していたことは確かであろう。しかし、それが現存する形の『金砂』かというと、そうとも限らない。神谷は『金砂』巻一の「又この秋、加茂の下の社の森陰に遊びしに」という記述を引用しつつも、これを「後から付け加えられた可能性がある」と述べるが、その根拠はあくまでも「三ヶ月という短期間で編めたとは思えない」というものに過ぎない。また、現存する『金砂』が十巻であることを考えれば、蘭渚宛梅厓書簡にある「金砂万葉下」という上下二巻、あるいは上中下三巻を思わせる記述も不可解ではないか。さらにいえば、通常の注釈を逸脱したような個人的感懐が交じった注釈書『金砂』を、果たして秋成が出版しようとしていたかどうか。

　現段階でこの問題に明確な回答を与えることはできない。しかし筆者は仮に、現存する『金砂』と「金砂万葉下」は同一内容ではなく、「金砂万葉下」は『万葉集』からの秀歌抜粋か、あるいは簡単な注を加えた程度のものを想定した方がよいのではないかと考えている。いずれにしても、現存する『金砂』の出版を企図していたとし、写本での享受を前提とした知友たちよりも「もう少し広く読者を意識していたと見なすべきではないか」とするには、さらなる慎重な検討が必要だろう。なお、本章にも引用した『南畝文庫蔵書目』には「金砂万葉　一巻　上田余斎自筆本　写」と載っていたが、この「金砂万葉」も、「一巻」とあることを考えれば、「金砂万葉下」を指すか、あるいはその上巻（あるいは中巻）を指すと考えた方がよいのかも知れない。

　いずれの問題も、ここには疑問として提示し、後考を俟つことにしたい。

附　『〔宇万伎三十年忌歌巻〕』翻印と影印

〈凡例〉

一、漢字および仮名は原則として通行の字体に改めた。
一、和文や奥書には適宜句読点を施した。
一、和歌・和文・奥書ともに適宜濁点を施した。
一、踊り字は「ゝ」・「ゞ」・「〱」・「〲」で表記した。ただし、漢字の繰り返し記号はいずれの表記であっても「々」に統一した。
一、原本の行移りは無視した。
一、見せ消ちは【】で括って示した。

翻印

兼題出詠

夕顔　信美

五條わたりならねど、むつかしげなる小家の立並たる中に、庵のめぐり打ひらけしが、枸橘や何や生たる、おのがまゝなるを結よせたるは、中々によしめきて、さるべき人の、世を逃れてこゝにとこそおぼゆれ。明はなちたる網戸より見やれば、まばらなる竹垣のひまみえぬまで、生かさなれるこきみどりの葉の中にしろく咲たる、何の花ぞとゝはでもしるきひさごづらの花なりけり。抑かほ花に、朝ひる夕べの三つありて、いにしへ朝皃と云しは木槿の花也とや。あしたよりゆふべまで一日の盛みすれど、枝高く木立なつかしからず、色赤きはこちたくて見るにすが〳〵しからず。げにこしの花の、琉璃の玉かざれるかとあやまたれ、しろきにこと色の交りたるもめでたし。夜のほの〴〵明るににほひやかに咲たる、いとうるはし。いぎたなきあさは人の目もさむるばかりなれど、盛はかなく、朝日のにほへば、やがてなよ〳〵となれる、情なし。鼓子花は堤の草むら、篁の中がきのよろぼへるにはひかゝりて、花は夏の日影をしのぎて咲たれど、葉のしなえてきたなげや。此壺盧は赤帝の御勢ひたゝはしきを避て、ぬば環の夜の涼しき時にのみ咲。この花には身をかへて夏を過さまほしかりき。猶しのばしきは、位たかき御あたりの園にはひわたらず、かゝる山陰のあやしき柴戸にかゝりたる。花々しきいろに立まじはらぬぞ、ありがたき心ばへなりける。あはれ光君の見とがめ給はずは、代々のすき人達のこと葉の露かゝらであるべきものを。あなはづかしとや思らむ。

よりて見るひとめやさしみたそかれにさくかゝきほのゆふ顔の花　布淑

ひさごもて水そゝがするゆふ影【陰】に開その花【も】すゞしかりけり　黙軒

あかなくにくれしかきほの夕皃のはなのひかりは月ぞそへける　勝憑

風きよき庭のまがきのゆふ顔の花に涼しきいろはみえけり

重賢
のがれすむやどのかきねは夕顔の花の光もちりの世の外

豊常
ひろごれる葉陰にさけどゆふがほの花はかくれぬ色にざりける

問斎
すゞしかるいろはまけじとひさご花夕てる月にすまひてやさく

敬儀
都なるこの山ざとにところ得てひとりゑみたるゆふがほの花

柳斎
こゝろあてにそれかとぞみる、といひしは世にしられたるみやびごとなめり。今の鶉居の翁の垣ねわたりにはひゝろごりたるは、朽をしとかこてる花のちぎりにはあらで、ひき植給ひてより、手づから土かひ水そゝぎなどし給ひつゝ、ひとつふたつ咲初るから、みたりよたりにけふをちぎり給ひ、はかなきこと葉を光有花にそへよ、との給ふめるも、ひさごのつるのいとなが〳〵しきみこゝろばへになん。さればとて、よりてこそそれかとも、とはいひふりにたれば、たゞにおろかなる思ひをつらねたいまつる。しかはあれど、皆人の花にならべむことの葉ならねば、一たびみそなはし給ひて後は、とみにやり捨給はりなん。あなかしこ。

花のいろのしろくさけるも老らくのこゝろしらひか垣のゆふがほ

ゆふがほのかゝるかきねは露さへもわきてむすぶや花のしろ妙

尾張人高門
此夏は君がゝきねのゆふ白にすゞみの床を打はらふかな

以上出席

月かげのほの〴〵にほふくれ方のひかりすゞしきゆふがほの花　斉収

たそかれにとひよるやどのおぼつかなほのゆふがほの花をしるべに　長康

見るからにすゞしくもあるか森陰の庵のかきねのゆふ皃の花　紫蓮

かほ花のよろぼひみする垣ねにはゆふべ涼しき風もふきけり　恵遊

山ざとのかきねにさける夕皃の花にすゞしく露むすぶ也　滝子

山がつのかきほにさける夕がほの露ちりかゝるたが袂にか　水子

右六章浪花人

けふの題とて扇をこゝら出されけるをひらき見れば、川辺にすゞみしたるかたかけり。

みそぎするゆふべもまたでにし河に秋を来よ【と】する波のおとかな　布淑

不二詣

たかねなる雪もきゆてふみな月のけふやのぼらんふじのしば山　重賢

松が枝にせみ鳴　　勝憑
松をふく風にたぐひてなく蝉のこゑは木末にたかく聞ゆる
釣たるゝ　　黙軒
川のせにあからめもせずいをつるとたらせるをちは家路しらずも
木槿花　　豊常
夏の日にうつろふべくもなかりけり立枝あまたにさける朝顔
田草ひきたる　　柳斎
うゑし苗のしげれば葉くさとり〴〵にかたりあはまし秋のたのみを
夕だち雨　　敬儀
うれしきは今おきぬべき草の葉の露まちわぶる夕太刀の雨
夏雲影浮水　　間斎
雲むすぶ峯はてる日のさしながらぬれてすゞしきみな底の影
なつ祓する　　信美
夏の日はけふみな月のはらひ川たつるいぐしに秋かぜぞふく
瞿麦
とこなつとたのみし花はひぐらしの鳴たつなへにうつろひにけり
何をして身のいたづらに老にけん、此歌のこゝろにさいなまれつゝ世に在ふるほどに、友といひし人々も大かたにさいたてゝ、此まじはるは昔のとも垣のかたみの人々なりけり。師が手むけ草もこたびをなごりに、ひとり老くちていろ香なきことのみつみくゆらせんには、とて呼むかへたいまつりしなり。人々【の】筆とりていときよう書なみたまへるを、そがまゝにとおぼしこしらへつれど、立かへりておもへば、是をもつとめて書写し奉らば、何がしの御経にも師はおぼしやたまふらめ。されど手のあさましくく（ママ）つたなきのみかは、病つかれつゝ歳あまた経しまなこには見たがへよみあやまりつゝ、ところ〴〵いとけがしくこそなしたれ。此人々には罪何もてもあがなひつべし。後見ん人、こゝろもちひさせてよみてよ。師は猶たすけても見直【過】させたまふ覧かし。あなかしこ。

七十三齢之頑老
拭盲翳而写之
余斎金成

影印

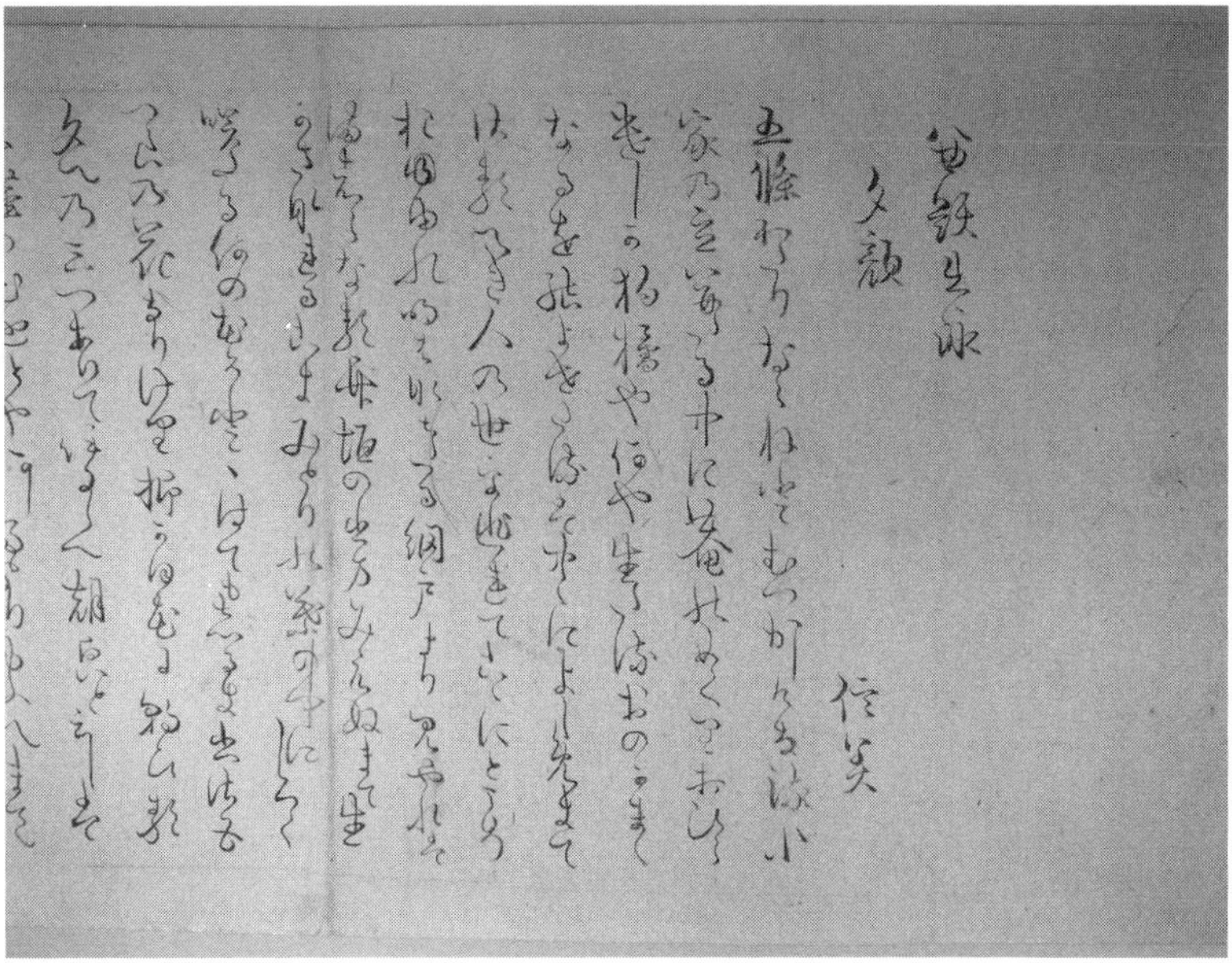

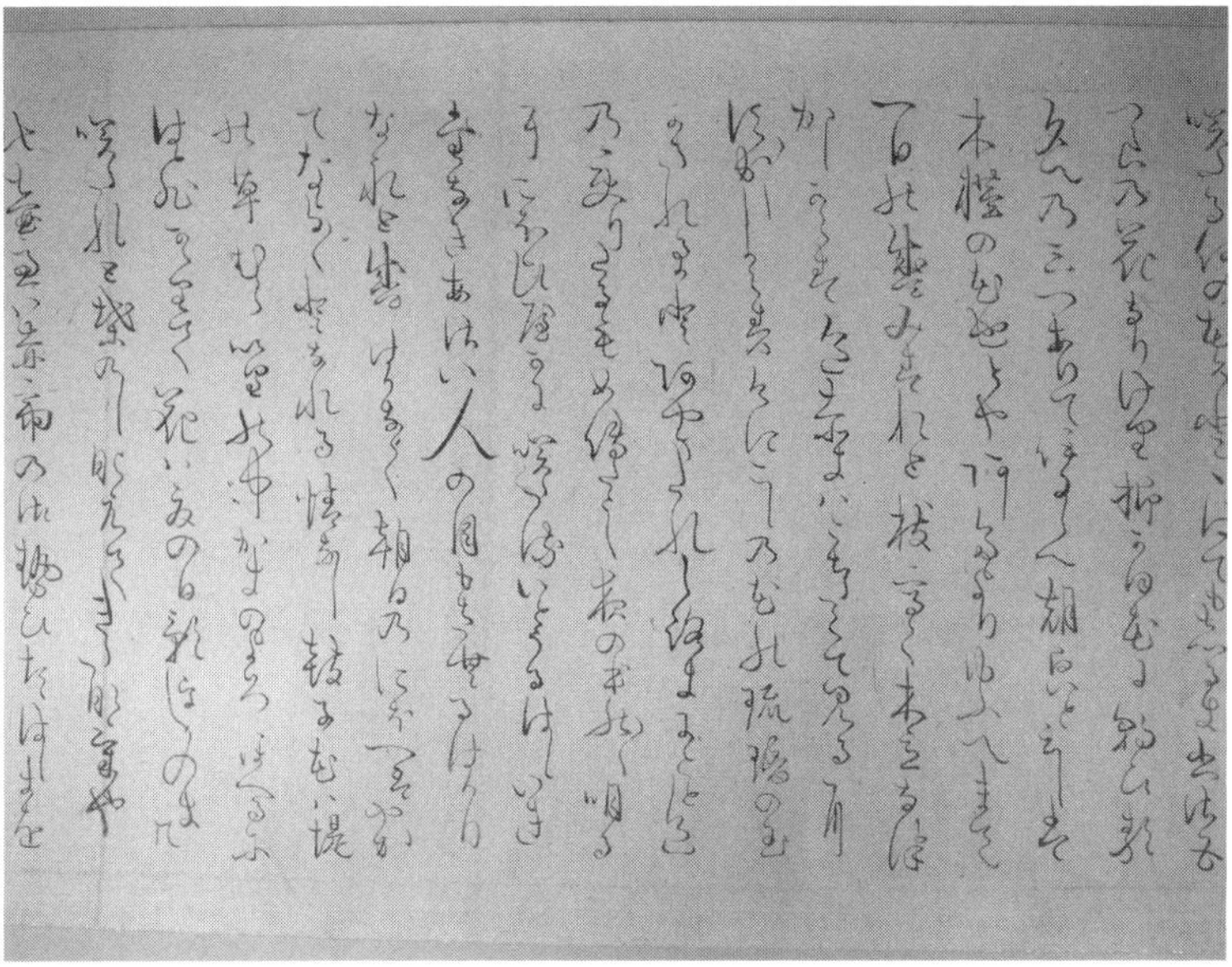

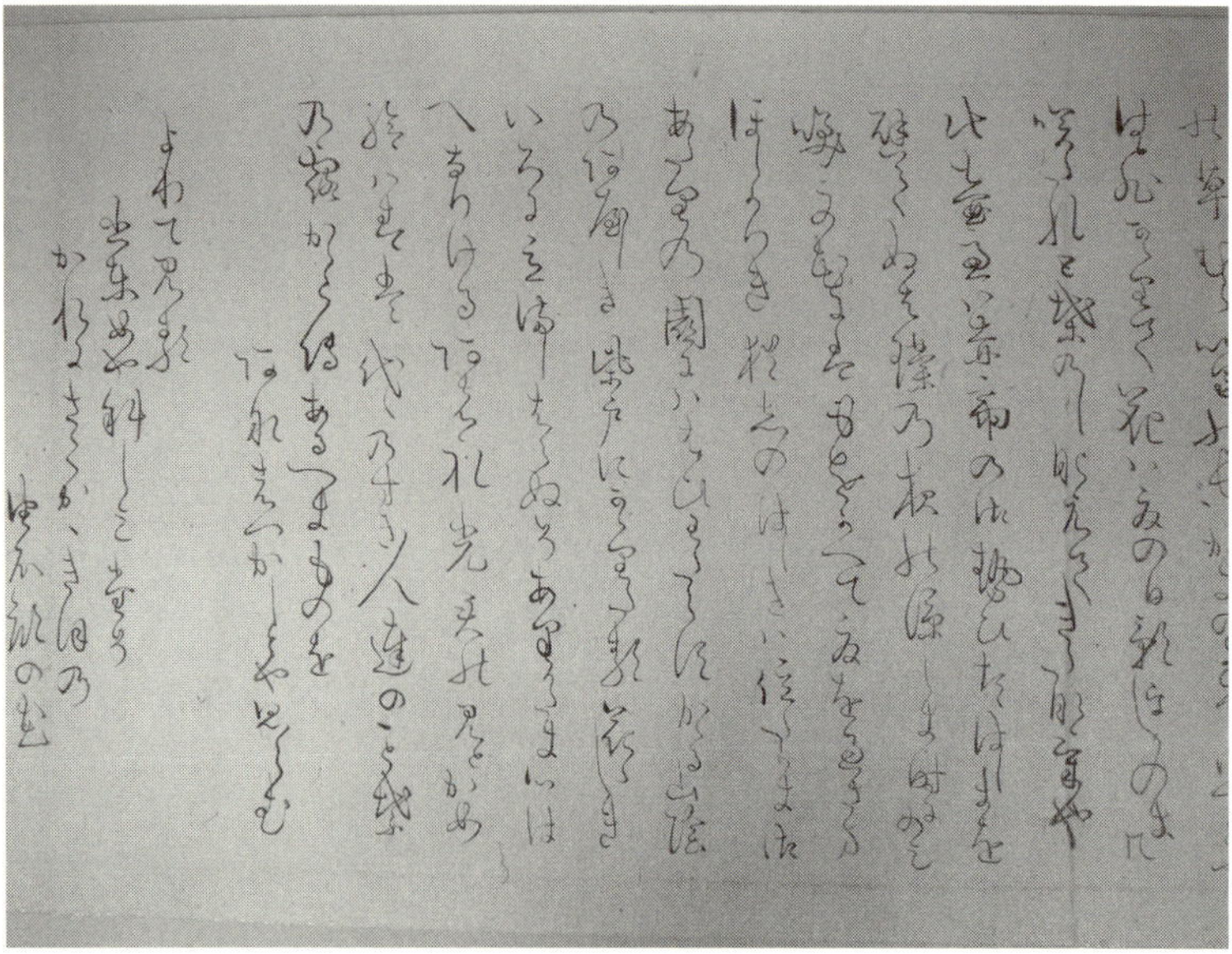

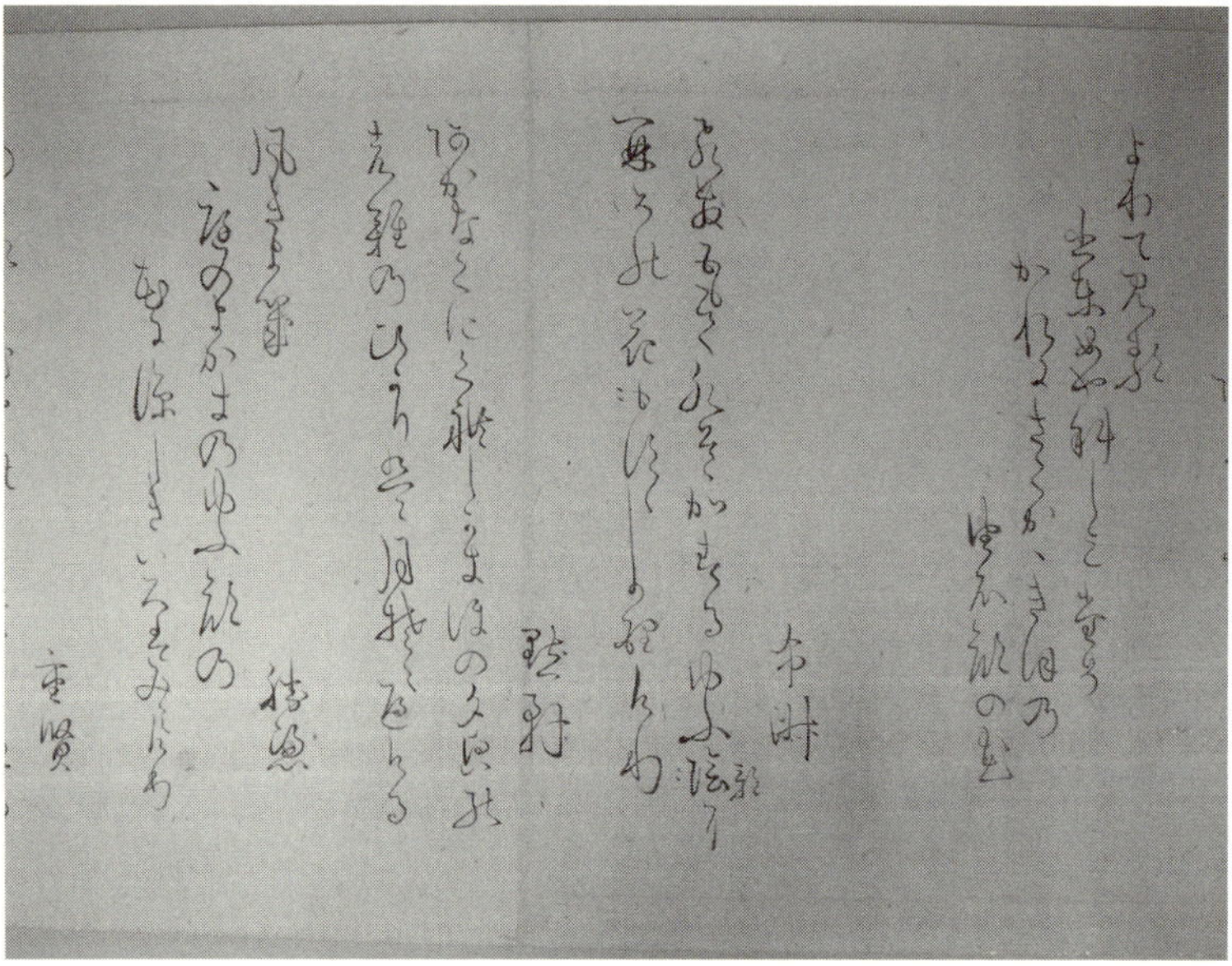

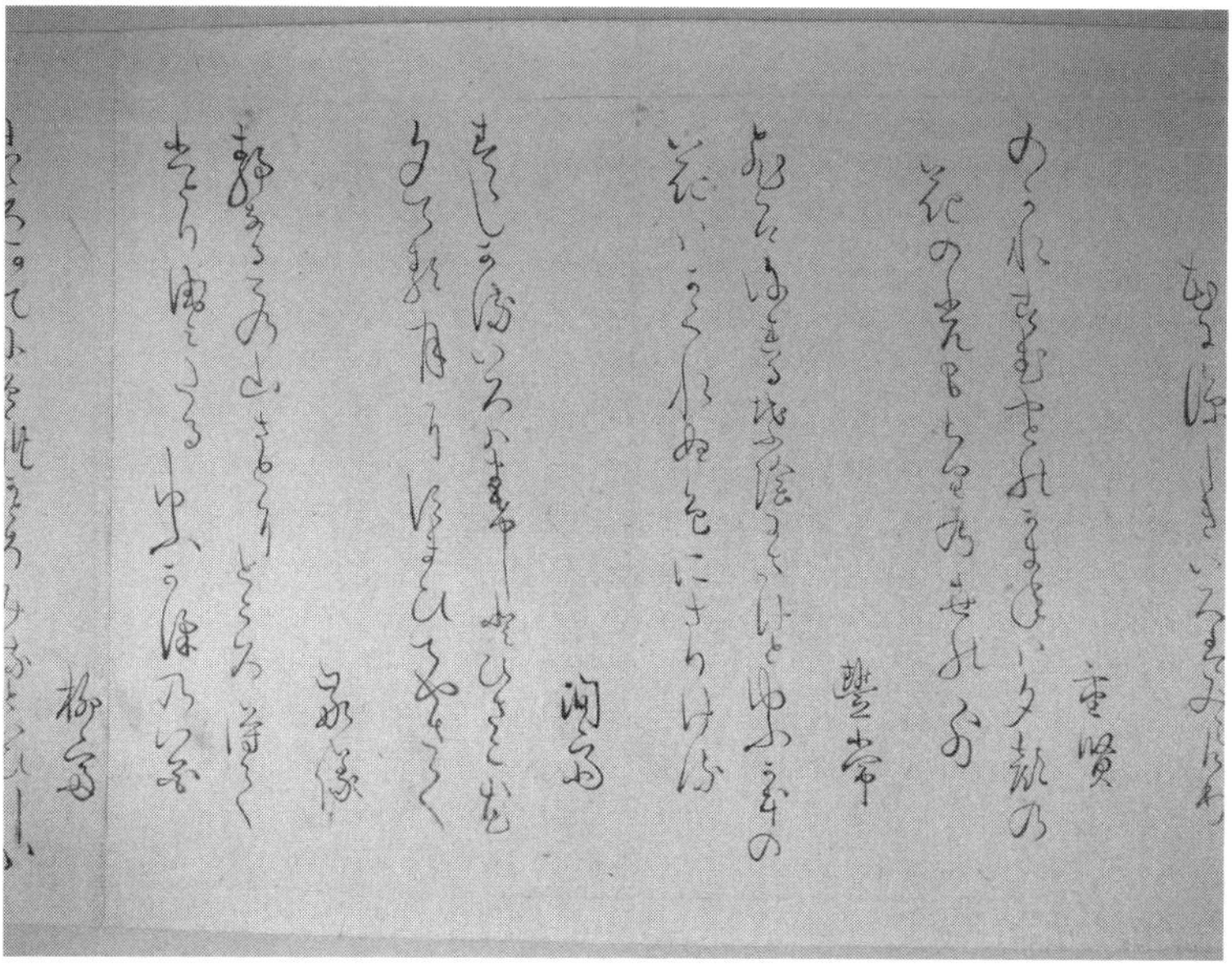

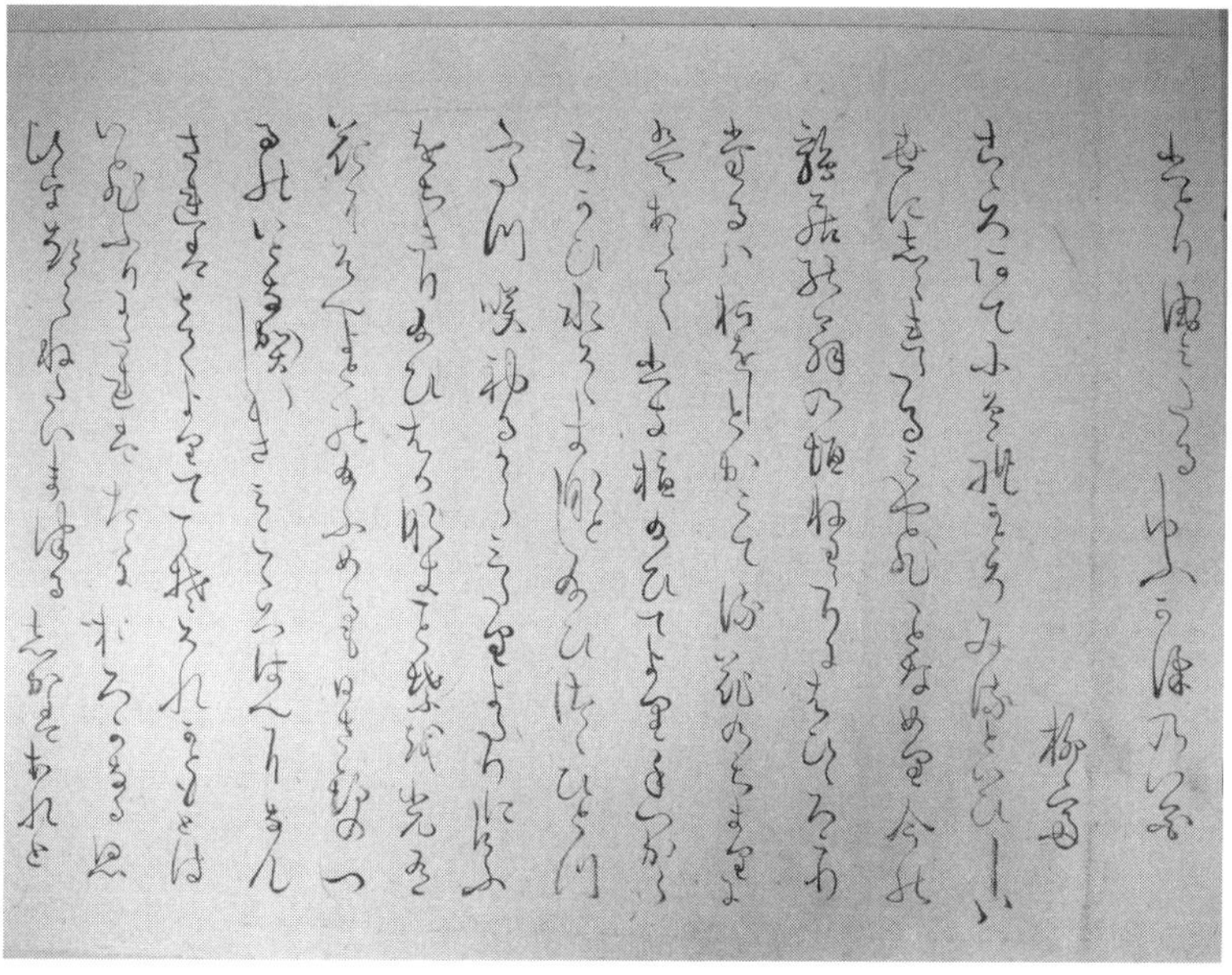

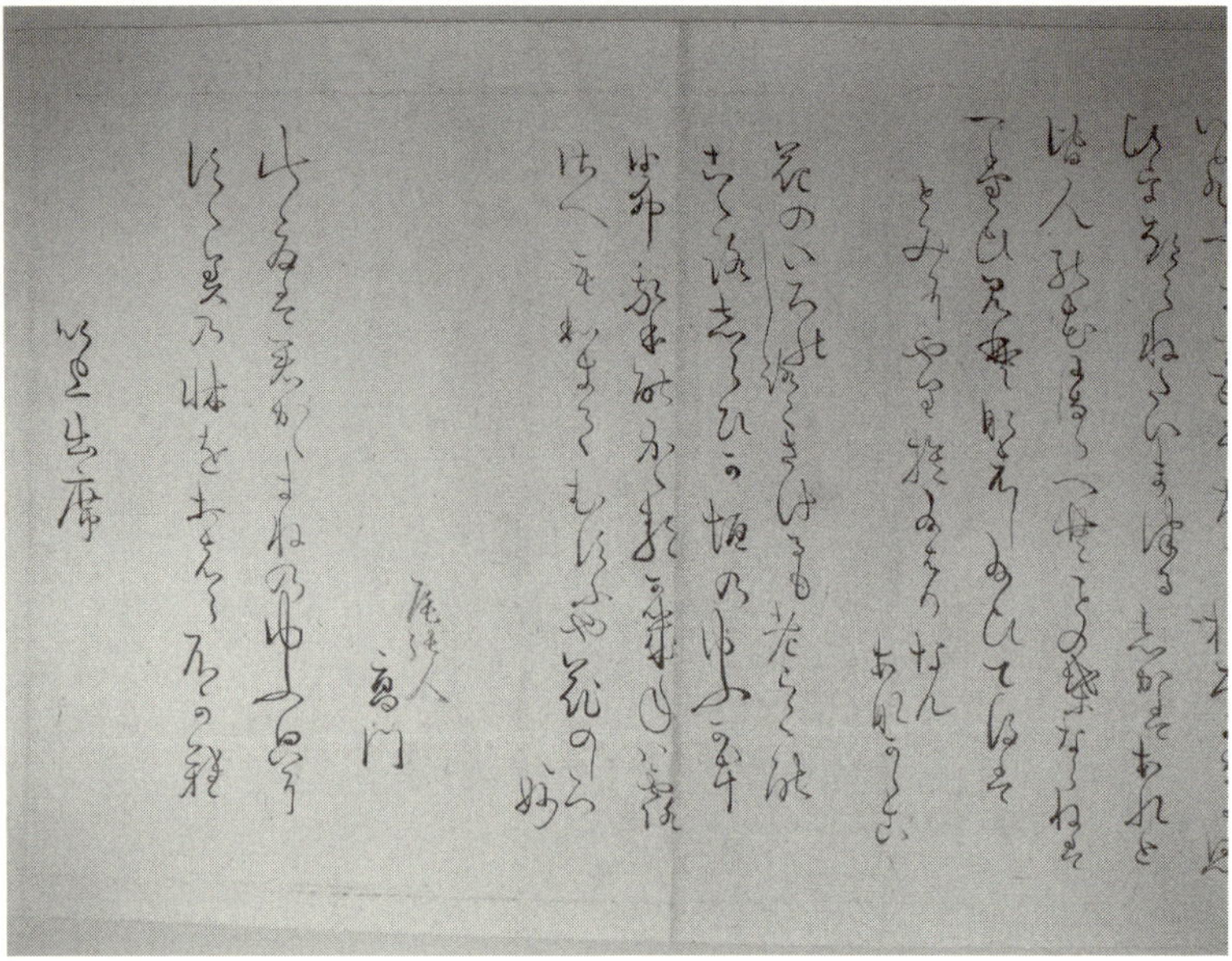

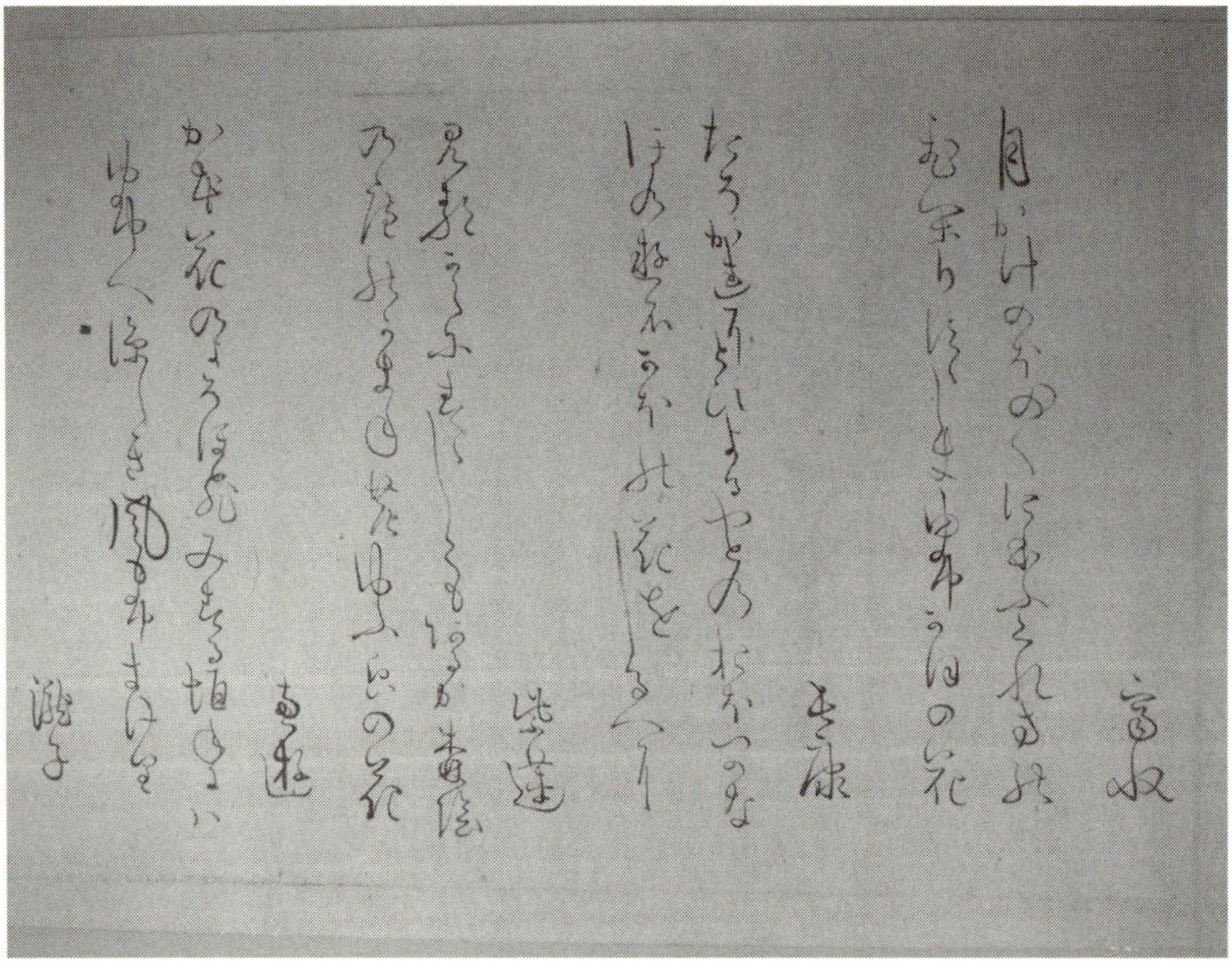

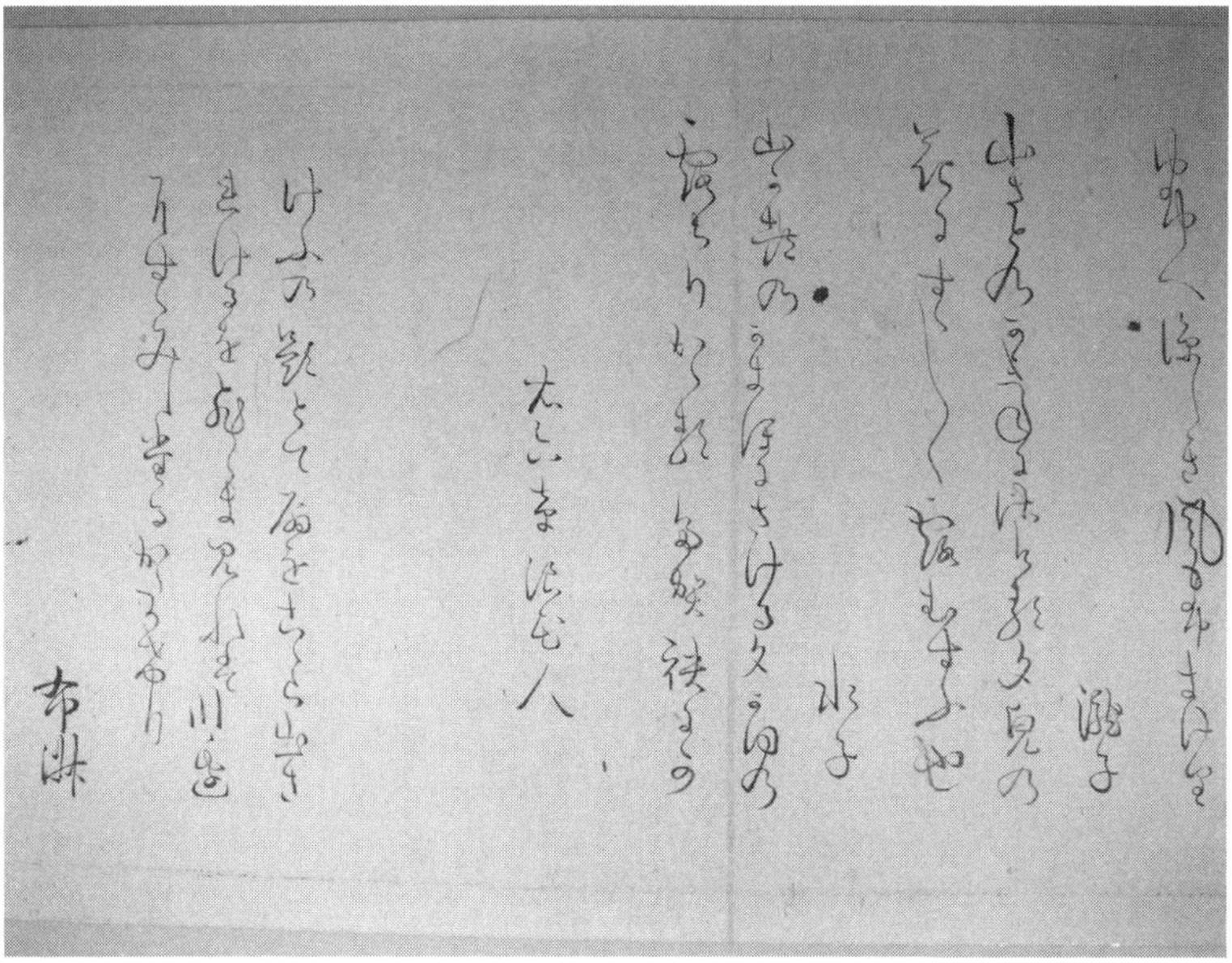

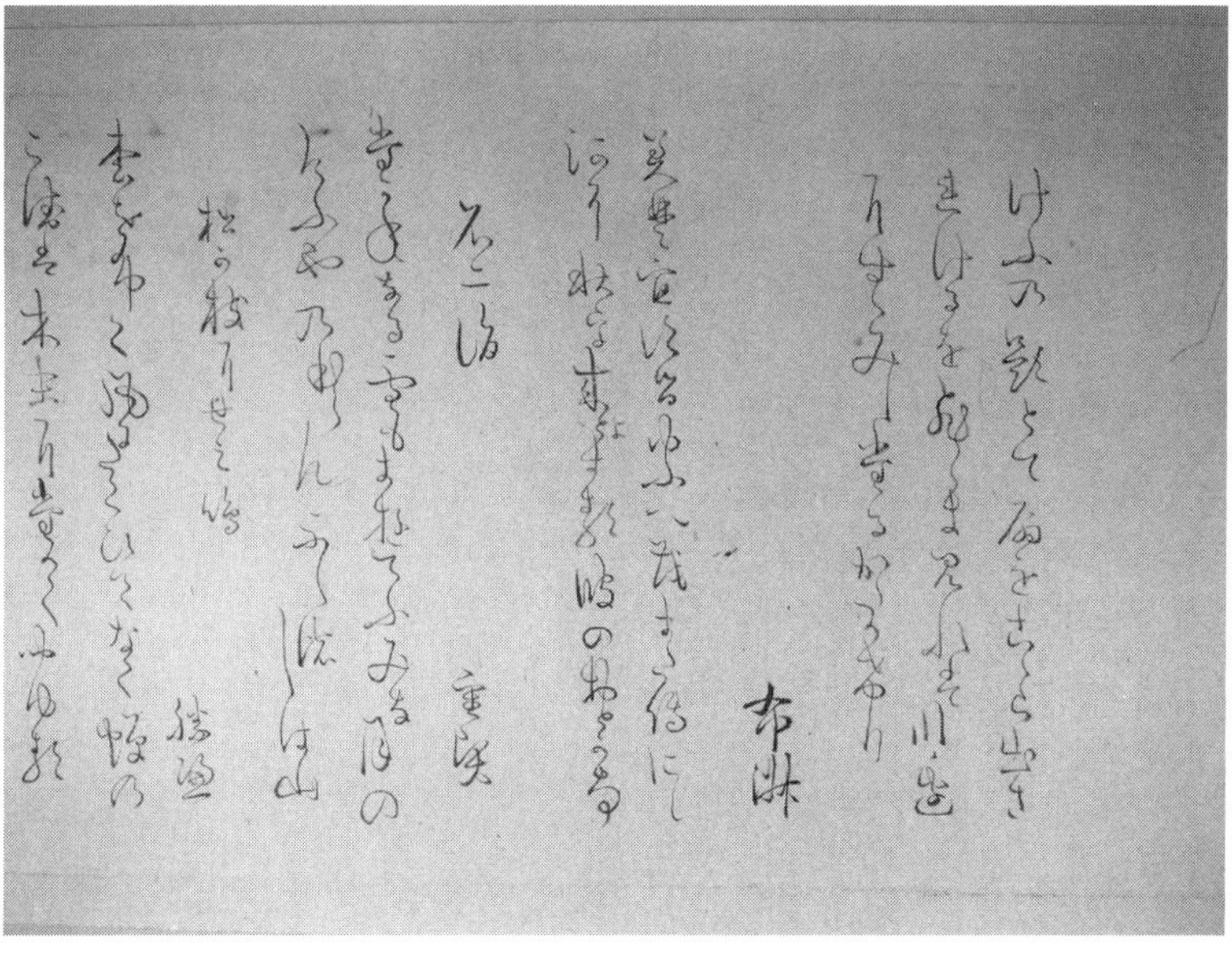

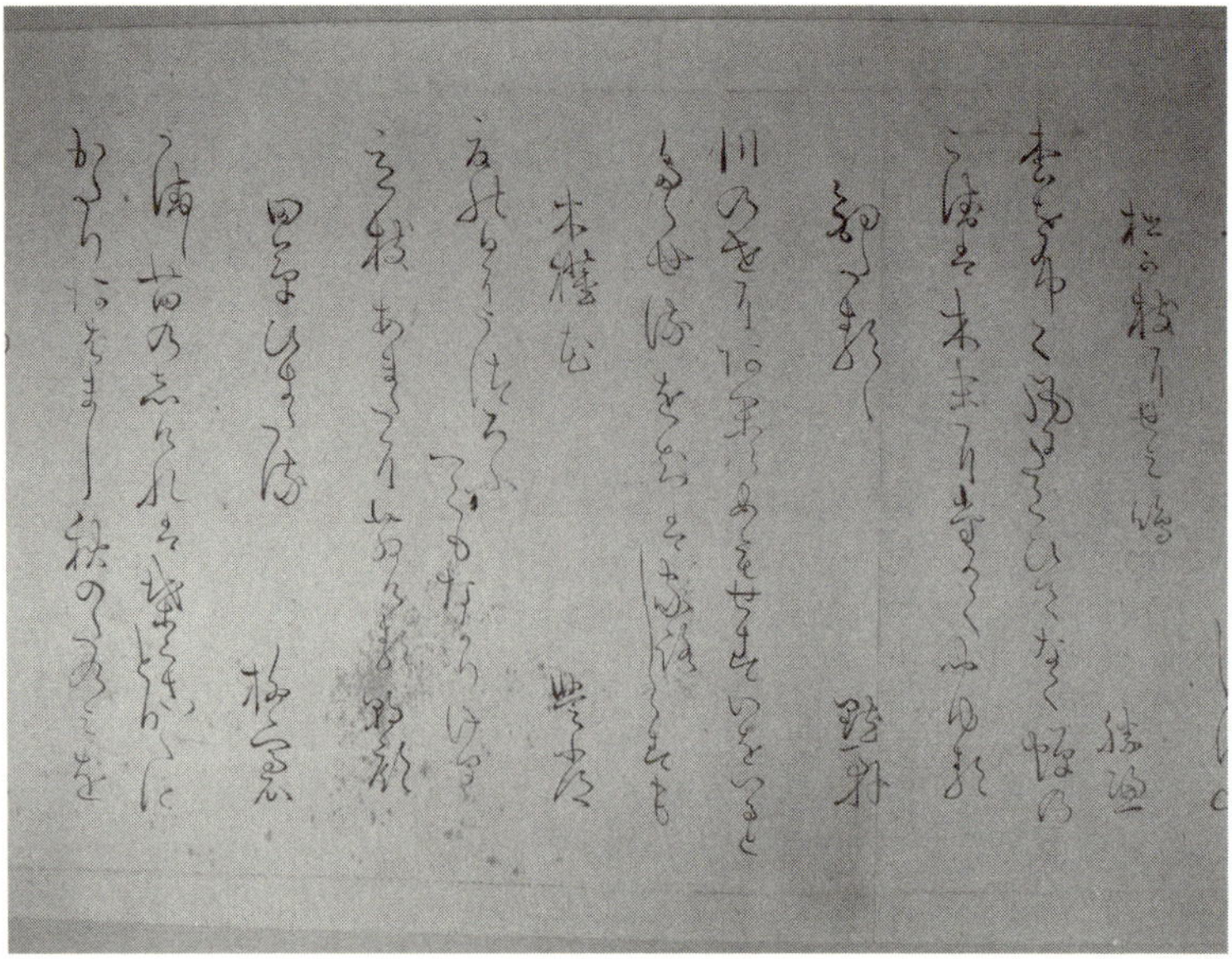

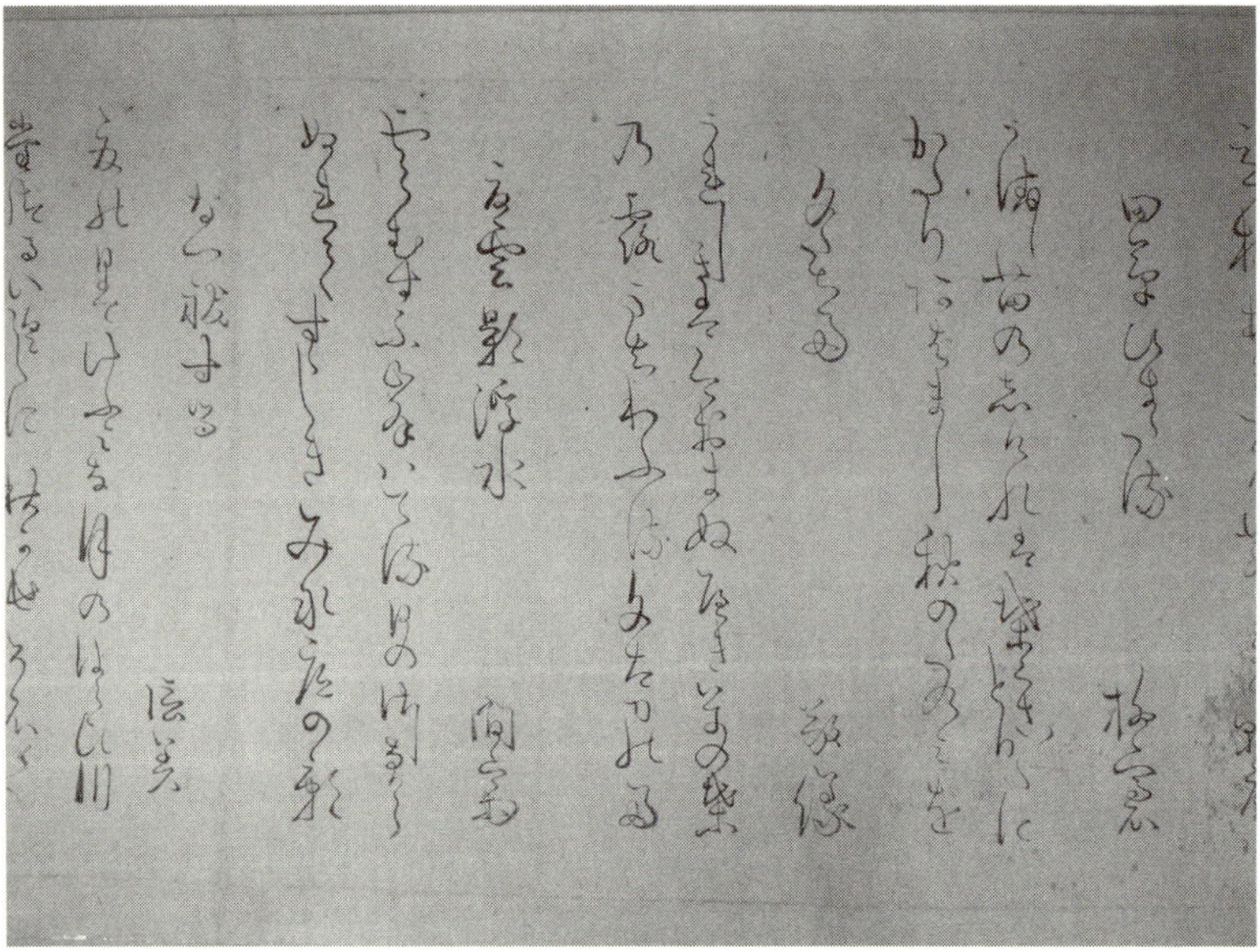

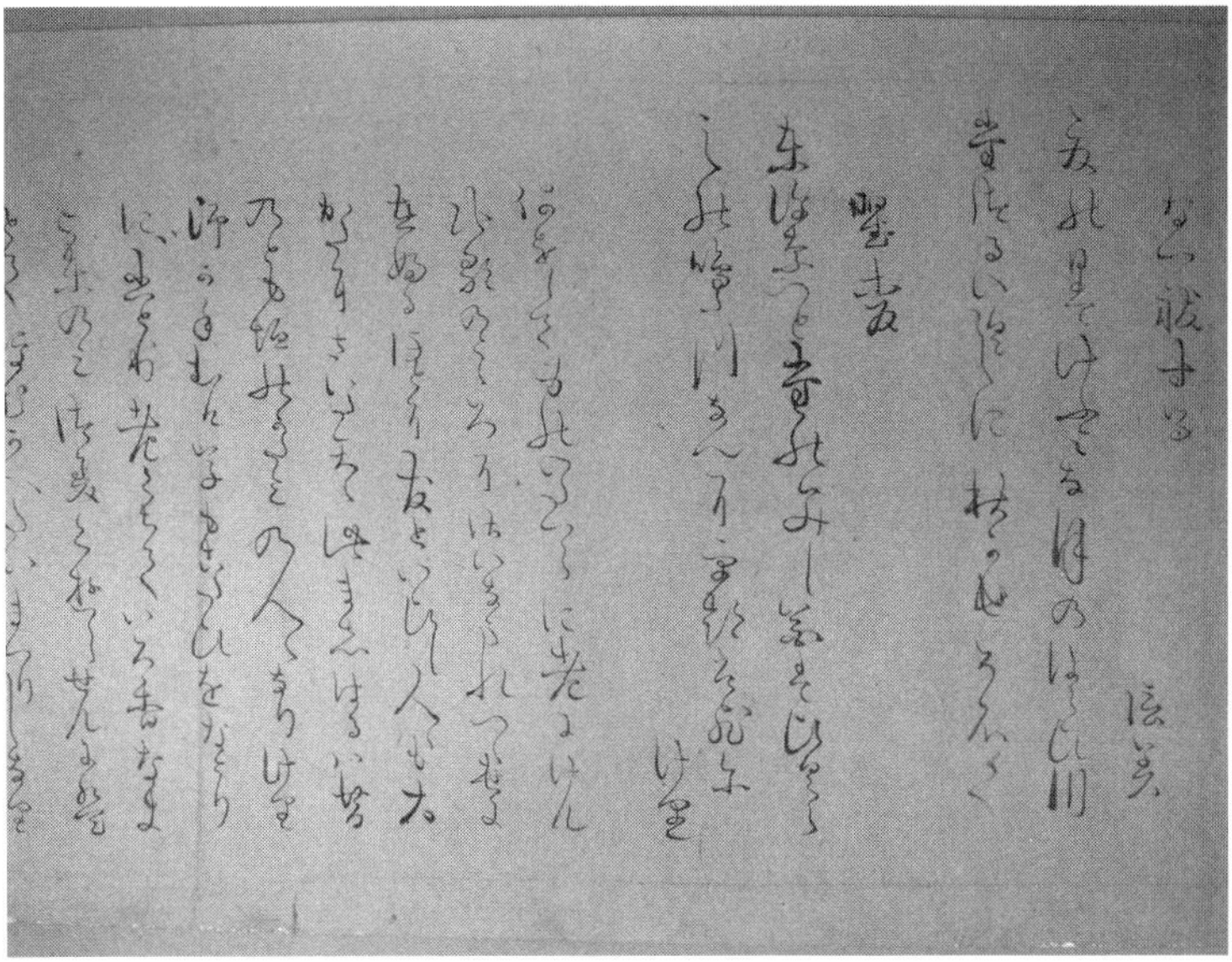

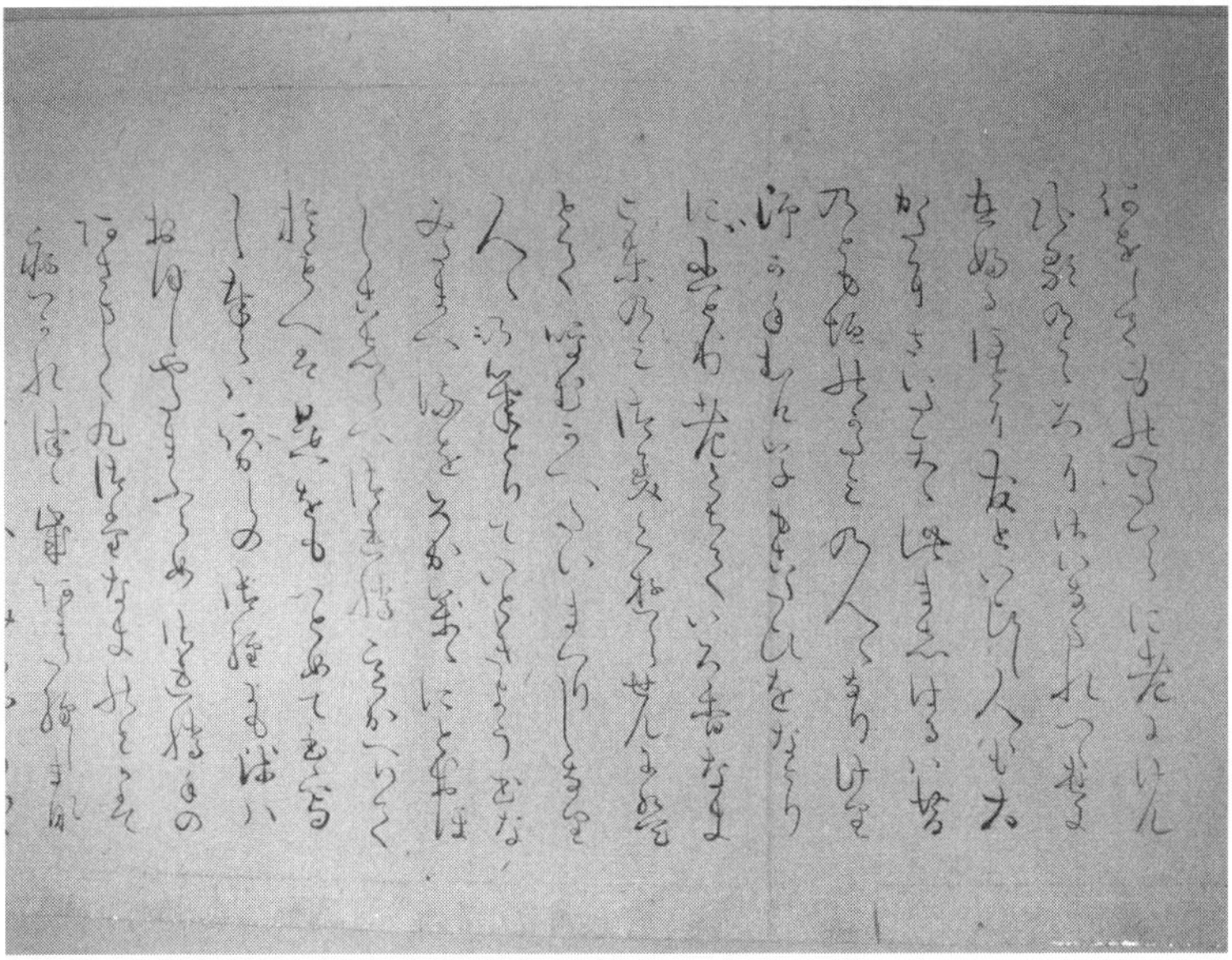

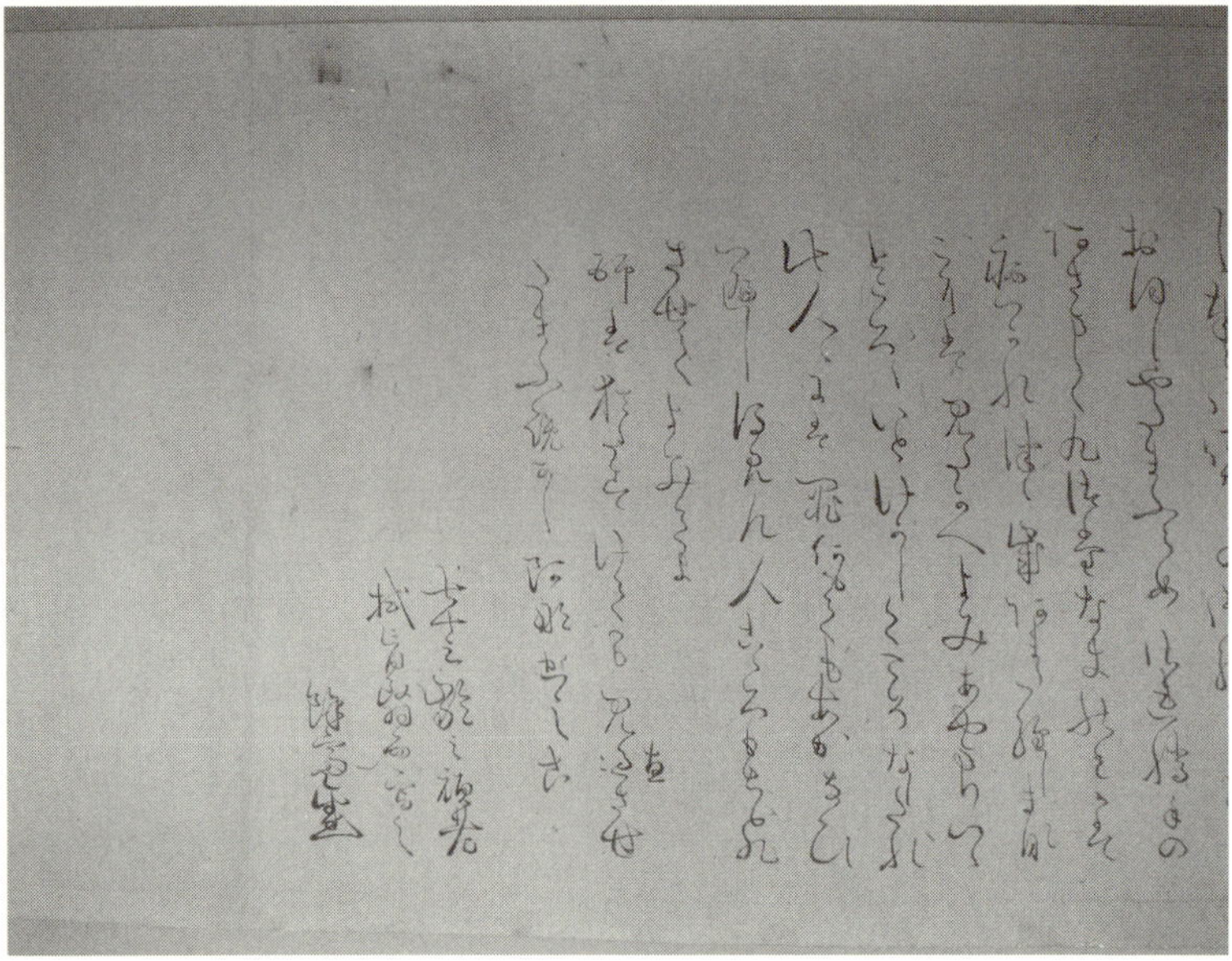

〔補論〕

以上のように、『〔宇万伎三十年忌歌巻〕』は、従来知られなかった宇万伎三十年忌の歌会の記録であり、秋成と蘆庵社中や大坂の知友たちとの雅交を窺うことのできる恰好の資料でもあった。ここでは、本資料から窺える事柄のうち、本編で言及できなかった特筆すべき二つの事柄について触れておきたい。

①恵遊尼のこと

寛政十年頃から養女として秋成の世話をしていた恵遊尼であったが、文化二年（一八〇五）四月頃の大坂滞在中に、秋成のもとから一時出奔したとされている。のち文化五年頃の谷川家宛秋成書簡に見える「素閑《そかん》」という尼が恵遊尼と同一人物だとすれば、秋成の晩年には再び彼のもとに戻ったようだが、[注1]宇万伎の三十年忌が催された文化三年当時は秋成のもとには不在で、大坂に滞在していたことが分かる。

この出奔について中村幸彦は、『生立ちの記』がその寓意を込めたものであるとしたうえで、恵遊尼に相愛の男性が出来たための出奔ではないかと推測した。[注2]確かに『藤簍冊子』巻六所収「よもつ文」の「御むすめのみ心にかなはぬとてないたまへる」[注3]や、谷川家宛書簡の「素閑のかたくなこまり申候」[注4]から推すに、両者の相性は必ずしも良いとは言えないようであり、『文反古稿』「難波人重政におくる」の「べうざの尼逃失し後は」[注5]との記述からも、恵遊尼が秋成のもとを去ったらしいことが窺える。

しかし、両者の関係が絶えてしまったわけでは決してなかった。宇万伎三十年忌に詠歌を寄せているように、不在中も秋成と恵遊尼との関係が保たれていたこと、また後年秋成のもとに戻った可能性があることを考え合わせるならば、出奔とされる一件についても再考が求められるのではないか。

いまこの問題に明確な回答を与えることはできないが、ひとつ鍵になりそうなのは、『〔宇万伎三十年忌歌巻〕』

の「右六章浪花人」という記述である。これは恵遊尼（を含めた六人の詠者）が単に大坂に滞在していることを指しているのではなく、出自が大坂であることを意味しているのではないだろうか。注[6] 恵遊尼は大坂の人であった可能性がある。

仮にそう考えると、この出奔の要因として、秋成と相性が良いとは言えず、かつ病弱だった恵遊尼が、養生などを目的とした里帰りを行った可能性も浮上してくるのである。そもそも『生立ちの記』は、「いなつきの翁」の一人娘が、翁の秘蔵する宝の貝を失ったことを気に病んで病臥したのを、宝よりも命は大事であり、娘を死なせるわけにはいかないと考えた翁が、娘の過ちを許すという話であり、これを出奔や恋愛・結婚などと結びつける必然性はない。養生か否かは措くにしても、両者の関係については、恵遊尼が大坂出身であった可能性を考慮に入れたうえで、改めて考え直す必要があるだろう。

②大館高門のこと

次に注目されるのは、大館高門が宇万伎追善歌会に出座していることである。高門は文化初年には名古屋から京へと移住しているが、秋成と高門の関係については、文化二年（一八〇五）六月に秋成が高門に宛てた「尾張人大館高門に答ふ」という煎茶に関する小文が知られる程度であった。これは文化元年（一八〇四）に秋成から借りた陳元輔《ちんげんぽ》『茶略《ちゃりゃく》』の出版を計画し、校閲を依頼してきた高門への返信の体裁をとりながら、秋成が煎茶に関する持説を開陳した文章である。高門が名古屋の豪商内田蘭渚に宛てた書簡（文化元年（カ）四月二十日付）のなかで、

> さて無腸老人抜粋之茶書ふたとぢ御座候。尤写本なり。足下は書籍に冨被㆑成候人故、一問之上御所蔵無は借進可㆓申上㆒候。いろ〳〵唐ごとをぬき出したるおもしろき書なり。注[7]

と報じた秋成抜粋の茶書二冊というのも『茶略』を指しているのであろう。さらに実法院の法全に宛てた文化二年

八月二十三日付秋成書簡には、

　尾州ノ少年、行ヘ回書漸揮毫ス。板下ノ清書代筆ニテ下ス也。毎々ノ事ナガラ伝達ヲ乞奉ル也。注[8]

とあって、同年九月に高門の手によって出版されることになる『茶略』板下に関する記述も見えている。加えて、文化四年（一八〇七）二月十二日、曾禰好忠《そねよしただ》の『毎月集《まいげつしゅう》』に倣って詠作を続けていた秋成のもとに訪れた高門のため、秋成が煎茶を供したという出来事も伝わっている。注[9] こういった一連の出来事からも窺えるように、秋成と高門の関係が主として煎茶を通じてのものであったことは確かであろう。

　しかし、某年正月二十八日付の法全宛秋成書簡に、

　尾州大館へ一書御伝達申乞候。今度定而順路、院主可レ有二御対面一、前日仁竜子伝音申候。併難レ斗候。今度用書差遣候。初老になられ候由、齢には不似合の人、依レ是憎くはあらず候。尚後日以レ参可レ申レ謝候。注[10]

とあり、法全を介した両者の更なる交流が窺えることに加え、『〔宇万伎三十年忌歌巻〕』によって明らかとなった、高門の秋成主催歌会への出座は、従来想定されていたよりも近しい両者の関係を物語るものである。

　また、煎茶に話を戻すならば、秋成文芸との関連において、最晩年の秋成に煎茶に関する著作が多いことの意味をどのように考えるかという問題が否応なく想起される。文化四年成立の『茶瘕酔言』、文化五年成立の『背振翁伝』など、とりわけ晩年の秋成は煎茶の精神に傾倒していた向きがある。ならば、同時期に成稿した『春雨物語』を始めとする文芸と煎茶道との関係は、もっと追究されてしかるべきであろう。

　以上、やや駁雑となった嫌いはあるが、『〔宇万伎三十年忌歌巻〕』から窺える、秋成の交流に関する問題点について考察を加えた。筆者は秋成の人的交流には彼の著作を理解するためのヒントがあると考えているが、そういった観点からも、ここで抽出した問題について、今後さらに検討を重ねてゆかねばなるまい。

【注】


［1］日本近世文学会編『没後二〇〇年記念　上田秋成』の解説（長島弘明執筆）参照。

［2］中村幸彦「秋成伝の問題点」（『国文学解釈と鑑賞』第二十三巻第六号、一九五八年六月）。

［3］中央公論社版『上田秋成全集』第十巻二七一頁。

［4］京都大学国語国文資料叢書別巻一『谷川家蔵上田秋成資料集』（臨川書店、一九八〇年）一七五頁。

［5］注［3］四九八頁。

［6］そう考えたとき、河内国日下に住む紫蓮（唯心尼）を「浪花人」と呼ぶかどうかという新たな問題も生じる。当時は「浪花」「摂津」「河内」が明確に区別されていたとも言われるが、ここでは京に住む秋成が、大坂方面を指して広く「浪花」と称したものと一応考えておきたい。

［7］名古屋市鶴舞中央図書館蔵『名家書翰集』（市一〇‐二二）に収まる、名古屋の豪商内田蘭渚に宛てた高門の書簡群のうちの一。この書簡群は、明治年間に蒐集された「名古屋市史資料」の一として謄写され、明治四十五年（一九一二）五月下旬、奥村定の校訂を経たものである。なお、同じ文化元年と思われる十一月十一日付書簡にも、
　さて秋翁がぬき書したる数寄のふみ二とぢ見せ奉る由を、ひかにみたまひてよ。

と記されており、どうやら『茶略』は最終的に蘭渚に送付されることになったようである。なお、蘭渚が木村蒹葭堂と交渉を持っており、当時上方で流行していた煎茶を、蘭渚が名古屋に移入し、同好の士に広げようとしていたことが、岸野俊彦「名古屋商人、内田蘭渚の文化世界」（『尾張藩社会の文化・情報・学問』、清文堂出版、二〇〇二年）、同「寛政・享和期の名古屋・大坂文化交流──内田蘭渚と十時梅厓・木村蒹葭堂の交流を中心に──」（同編『尾張藩社会の総合研究』第二篇、清文堂出版、二〇〇四年）で指摘されている（神谷勝広氏ご教示）。文化期に入り、名古屋出身の高門が秋成に接近したのも、こうした名古屋における煎茶への関心が背景にあったものと考えられよう。

［8］浅野三平「上田秋成の晩年──実法院宛書簡集をめぐって──」（『上田秋成の研究』、桜楓社、一九八五年）。

［9］大阪府立中之島図書館蔵『毎月集』（甲和一二四七）奥書。

［10］注［8］に同。

第二部　秋成の学問と文芸

第一章　秋成の師伝観と『戴恩記』

一、『雨月物語』「仏法僧」と『戴恩記』

秋成の著した『雨月物語』（安永五年〈一七七六〉刊）の巻三に「仏法僧」という話がある。旅に出かけるのを老後の楽しみとしていた伊勢国相可の人夢然は、ある初夏の夜、息子作之治とともに高野山で行き暮れ、野宿をすることになった。二人は弘法大師を祀る霊廟前の灯籠堂で通夜をするが、夢然が「鳥の音《ね》も秘密《ひみつ》の山の茂《しげ》みかな」という発句を詠むと、亡霊の豊臣秀次一行が現れ酒宴を始める。夢然は酒宴に呼び出されて先の発句を披露させられるが、あわや修羅道に連れて行かれそうになった時、夜明けとともに秀次一行は姿を消したのであった。

この酒宴のさなか、秀次によって「絶《たえ》て紹巴《じやうは》が説話《ものがたり》を聞ず。召《め》せ」として呼び出された里村紹巴《さとむらじようは》の相貌は、次のように記されている。

大《おほい》なる法師の、面《おもて》うちひらめきて、目鼻《めはな》あざやかなる人の、僧衣《そうえ》かいつくろひて座の末《すゑ》にまゐれり。注［1］

この箇所については、早く今泉忠義『雨月物語精解』（技報堂、一九五〇年）によって、江戸前期の文人松永貞徳《まつながていとく》が著した『戴恩記《たいおんき》』（天和二年〈一六八二〉刊）の次の記述が拠り所として指摘されていた。

顔おほきにして眉なく、明《あきらか》なるひとかは目にて、鼻大きにあざやかに、所々少くろみて、耳輪あつく、こゑ大

きに、きつきひゞきありて、ざれごと申さるゝも、いからるゝやうに侍り。注[2]

この指摘は、以後の注釈にも継承されていて、まずは出拠として認められてきたと言ってよいだろう。ところが、鵜月洋『雨月物語評釈』（角川書店、一九六九年）では、

秋成が何に拠って紹巴の相貌を描いたか未詳であるが、この記事（『戴恩記』の記事―筆者注）とほぼ一致しているから、この辺に拠ったのかとも推測される。

と記され、やや慎重な書きぶりとなっていることに加え、井上泰至によって、寛政九年（一七九七）の刊行以前に写本として行われていた『集外歌仙』の挿絵を文章化したものであるとの指摘がなされるなど、注[3]『戴恩記』の利用に関しては、諸手を挙げての賛意が表されていたわけではなかった。

ところで、後年のことになるが、秋成の和学上の門人であった林鮒主が著した『二松庵家譜』（文政二年〈一八一九〉成）に載る、次の秋成に関する記事は、従来検討された形跡がない。

予曽て国書を学びし師鶉居大人の常にいへらく、むかし松永貞徳翁の戴恩記といふ書などすさうなるは、誰々もかくあるべき事にこそといはれしも、またすさうの人也。注[4]

この鮒主の言は、国書（和学）について師と仰いでいた「鶉居大人」（秋成）が、『戴恩記』を「すさう（殊勝）」な書として評価していたことを伝えて貴重である。したがって、読書経験の時期如何という問題は残るものの、秋成が『戴恩記』に親しんでいたことは疑いなく、「仏法僧」の出典の一つとして『戴恩記』を想定してよいことの、ささやかな傍証ともなるだろう。

以上の検証は出典の追考という瑣事に過ぎないが、秋成が『戴恩記』を称賛していたという事実を考慮に入れるならば、自ずから秋成文芸と『戴恩記』との関係を検討する必要性が生じてくるだろう。秋成はいったい『戴恩記』のどのような点を「すさう（殊勝）」と評価し、共感を覚えたのか。本章はこうした問題をめぐって、秋成文芸と『戴

恩記』の関係について考察を加え、秋成の師伝観形成の背景を探るものである。

二、『二松庵家譜』と『戴恩記』

まずは右の秋成の言を伝える『二松庵家譜』なる書について一言しておこう。本書は京の狂歌一門である二松庵の来歴とでも言うべき書である。鮒主の奥書によって成立の経緯を記せば次のとおり。

二松庵の八世となった戸田水月《すいげつ》が、本来文政五年（一八二二）に行うべき初世下間皓々《しもつまこうこう》の五十年忌追善を、前倒しして文政二年（一八一九）に行い、その追善歌と歴代宗匠の像を描いた巻子を鮒主のもとに持参した。いわく「私水月が若年の頃までは二世百々万英《どどまんえい》が健在で、門生は皆二松庵の師伝を知っていたが、私が亡くなった後にその師伝を継承する人が絶えてしまうことが口惜しい。鮒主家には伝来の書が多いのだから、師伝を詳しく記して欲しい」と。その志に感銘を受けた鮒主が、志水了山《しみずりょうざん》（『狂歌初心式』の著者）や、父路芳の日記、自身の書留などに基づいて記したものが『二松庵家譜』であるという。二松庵初世から八世、およびその門人などの周辺人物たちの事跡を、彼らの詠歌とともに書き留めていて、これまで諸辞典（例えば『国書人名辞典』）で未詳とされてきた上方狂歌師たちの没年や享年、号などを含めた新たな伝記的事実や足跡が判明するなど、当時の上方狂歌壇の一面を伝える資料として珍重に値する。

さらに鮒主の奥書には、以上のような経緯とともに、師伝を尊ぶべき旨を記した、ある種の学問観が披瀝されている。

　今の世は人の心さかしらにのみ成ゆきて、かく書よむ輩をはじめ、はかなき狂句をもてあそぶ類までも我師に増るとおもはぬはなければ、師の統をひきてかくいふものを見てはうつけたる書と思《オモヘ》るは、すべもなき世のさがにこそ有けれ。おのが師にまさるも、もとの師の影なるをおもはずや。

学問に励む人や狂歌を嗜む人に、利口ぶって師を軽んずるような人物が多い現状を憂えた一節である。本書を執筆したのも、師恩を忘れ、自身の才を誇る人々に対し、師の尊さを訴えようとするためであった。その主意は、

そも何の道にまれ、師なくて得べきやは。さらば師を尊むべきはさらにいふべくもあらず。

という言に尽くされていようが、前に引いた秋成の言も、こうした文脈の中で引用されたものであることに、まずは留意しておきたい。

一方、『戴恩記』の説明はいまさらめくものの、行論の都合上、本章で問題となる事柄を中心に記すことにしよう。注[5]本書は、和歌・連歌・俳諧など、多才を以て鳴った近世初期の文人松永貞徳（元亀二年〈一五七一〉～承応二年〈一六五三〉）が、晩年に幼少年時代からの六十余年間について語った自叙伝であり、伝記ばかりではなく、貞徳の歌学や中世末近世初期の文壇・文化の様相を知ることができる貴重な書である。執筆の動機は、貞徳自身が、

「和歌ニ無シ二師匠一」とあれば、師伝といふ事有まじきと思ふ人あり。それはおろかなる事なり。是にまづ両説あり。一には和歌は舞諷などのやうに、古ごとをくちまねする事にあらず。あたらしくよみ出すによりていふといへり。一には上古の歌仙をたづぬるに師匠は見えざるによりいふといへり。注[6]

と述べているように、藤原定家『詠歌大概』に「和歌無師匠」とあるのを誤解（あるいは曲解）し、師伝を軽んずる風潮があることを嘆き、自己の師伝を記して末生の邪路に入ることを防ぐためであったという。

「和歌無師匠」といえば、『詠歌大概』のあまりにも有名な一節であり、中世以降侃々諤々たる議論を呼んだことでも知られる。貞徳によれば、近世前期における「和歌無師匠」の解釈には、ひとつに古い詞章をそのまま真似るのではなく、「あたらしくよみ出す」ことが肝要だとされてきた認識によるものであるという説があり、ふたつに古代の歌人には師匠が存在しなかったことからの謂いとする説があったという。注[7]

前者の説は、同じ『詠歌大概』の冒頭にある「情以レ新為レ先求二人未レ詠之心一詠レ之」との関連から持ち出された解釈であり、この冒頭の一節もまた中世以降近世期に至るまで長らく、堂上にとっても地下にとっても、作歌作法として検討すべき切実な一句とされ、多様な解釈を生んできた。注[8] 他方、後者の説は近世中後期の歌人小沢蘆庵の歌論などに見られる見解ではあるが、貞徳によれば、早く近世前期の堂上歌壇にあっても同様の議論が行われていたという。

このような貞徳から見れば不届きな解釈が横行していた現状を憂い、とりわけ後者の説を念頭に置いて、彼は次のように反論を加えている。

此両説いづれも言にたらず。万葉集を見るに、「あさもよひ、き」とつゞくる事をば、人丸すでに石川のなにがしよりつたへ給たると見えたり。能因は長能に習ひ、俊成は基俊より伝ふ。又必ず直伝ならねども、たとへば孟子の道千歳のちに、程子のつがれしがごとく、自解仏乗する人もあるべし。つらゆき言、「小野小町《おののこまち》は、古の衣通姫の流なり」とあれば、和歌に師弟のなきにはあらず。「今も人丸の御弟子あるべし」と、幽斎法印はつねにのたまひしなり。注[9]

和歌史上でどれほど著名な歌人であっても、ご多分に漏れず師の教えを受けているものであるということを貞徳は強調していたのであり、この発言の背後に、先に述べた「和歌無師匠」の誤解（曲解）と師伝の軽視が目にあまる当代歌壇の状況があったことは確かであろう。貞徳自身はそのような状況のなか、九条稙通《くじょうたねみち》や細川幽斎、中院通勝《なかのいんみちかつ》といった和歌の師匠や、連歌の師里村紹巴など、「師」と呼ぶべき人々と、その人々から受けた恩恵を存分に書き尽くしたのであった。本書は天和二年（一六八二）に刊行され、以後も版を重ねて広く流布することになる。注[10]

このように概観してくると、『二松庵家譜』と『戴恩記』が結びつく理由は、両書に共通する師伝の尊重にあったらしい。鮒主が『戴恩記』に関する秋成の言を引用したのも、まずもって師の尊さを説くための権威付けとしてであったと考えるべきであろう。和学者・歌人としてはもちろん、京の狂歌師たちからは、『海道狂歌合』（文化八年〈一八一一〉刊）を著わした人物としても認知されていた泉下の師の言を利用することで、師伝を軽視する当代の狂歌師たちへの戒めの効果を期待したのではなかったか。なお鮒主自身も、『戴恩記』を殊勝な書と述べた秋成を「またすさうの人也」と称賛しているように、師恩への敬意を忘れてはいない。

三、秋成の師伝観

秋成の言説は、あるいは貞徳狂歌の流れを汲む上方狂歌壇へのリップサービスであったのかも知れない。しかし、仮にそうした一面があったにせよ、なお秋成と『戴恩記』との関係は一考に値する問題には違いないだろう。本節では、秋成の歌論にもしばしば披瀝されている、師伝に関する発言を俎上に載せてみたい。

秋成の師伝観といえば、次の『胆大小心録』五の言説などが即座に思い浮かぶところではないか。

独学孤陋といへど、其始は師の教へにつきて、後々は独学でなければと思ふより、私ともいへ、何ともいへ、独窓のもとに眼をいためて考へて見れば、どうやら知れぬ事も六七分はしれたぞ。[注11]

初めは師の教えに就いたとしても、いずれ独学によって師を乗り越えていかなければならないという、独学の必要性が強調されている。あるいは、『つゞら文』の次の一節。

よき師にあふは、世のさち人なり。おろそげなるに問ふは、まち人なり。さる人も年月におもひわたりつゝ、其教へにたがふとも、たゞ〳〵いにしへの跡をふみて、我は道にすゝむべき也。師につきては魚も千さとを行といへど、其まねぶりてのみあらば半徳を減ずとも聞えたり。[注12]

よき師に巡り会うか、指導の疎かな師に就いてしまうか、それは遇不遇によるものである。しかし、どのような師に就いたとしても、長年自問自答を繰り返し、たとえ師の教えに背いたとしても、師の口真似をするだけではなく、古人の跡を辿り、自身の信じる道を進むべきである、と。このような歌学びにおける秋成の独学主義については、現在では周知の事柄に属すだろう。しかし、前に引いた『胆大小心録』五の異文を参照してみると、やや異なったニュアンスが感じられるのではないか。

独学孤陋といふは、初めより師なしにまねぶ事をいましめたのじや。此すぢゆけ、と示されて後に、又それよりよい道を見付て学ぶが、真の好者じや。師を学べば其半徳を、といふぞ。その師の半とくはいかにぞ。独学して師にこゆるが道の為の忠臣じやとい。注[13]

独学の必要性を説く趣旨に変わりはないが、秋成にとって師伝とは、物学びの初期段階における必須の階梯として理解されていたのであった。さらに、『藤簍冊子』巻四に収まる「月の前」からは次のような発言を拾うこともできる。

谷ふかき鶯の声、信濃路出る荒駒のあゆみ、いづれの道、何のわざにも、始よりすぐれたらんは鬼にこそ侍らめ。注[14]

谷深くにこもっている鶯や十分な調教が施されていない若駒という、才ありながらも未成熟な者たちの例を出し、和歌に限らず、諸道・諸芸においても、最初から優れた才を発揮できるものは極めて稀であり、まず師に就いて手解きを受けることが大切だという認識を示しているのである。次は『つゞら文』の前引部分の直前にある一節。

何の道にも其本乱れては、末いかに成くたつ覧。さるは、師とて参りつかふまつる其始に、よくえらびて膝折らずは、かひ有まじき事なり。注[15]

どの道においても基本が肝心なのであり、最初に師事すべき人の選択を間違ってしまっては、元も子もないという。このように、秋成にとって正しい師伝は、学問の初期段階において、必要不可欠のものとして認識されていたのであった。

以上の検討は、秋成の言説を集積し、彼の師伝観を抽出しただけの平凡な作業に過ぎず、また既に吉江久彌『歌人上田秋成』（桜楓社、一九八三年）などでも試みられている類いのものであって、こと新しい見解ではない。しかし従来、このような秋成の師伝尊重の立場は、専ら秋成自身の経験知から導き出されたものとのみ考えられてきた向きがあった。

確かに、『楢の杣』序例で、下河辺長流や契沖に導かれてきたことを顧みながら、「いとも有がたき道の栞」「いと得がたきはよき師なり」「よき師、すぐれたる人、しき〳〵に出くるは、今のおほん時ばかり有がたき御代はあらじ」注[16]などと述べているように、自身の学問の初期段階において、よき先達に導かれた経験が彼にはあった。また、直接の師である宇万伎に対する思慕の念も、再三の追善歌会の主催や顕彰活動、著作の端々における発言から容易に指摘することができ、そのような経験が、彼の師伝観の形成に響いていることは確かだろう。

しかし、例えば次の一節を比較してみるとどうだろう。

此卿（定家―筆者注）の眼と見給へる歌書は古今集一部とせり。然者おほくの歌仙の中にも、貫之を師匠と定む。つらゆきは又人丸を師匠と定め給るゝと見えたり。（『戴恩記』注[17]）

都なれば、歌よむと云人多し。皆口真似のえまねぬ也。師と云人も我に似よと也《ナリ》。京極中納言の巧みによく似せんとぞ。其師は貫之、躬恒在し世も知らぬにはあらざるべし。貫之、忠岑は人丸をたうとめりぞかし。かゝるあそびにさへ阿諛はありて妨るよ。（『胆大小心録』一注[18]）

『戴恩記』は、定家が『古今集』を唯一肝要な歌書と見做し、他の多くの歌仙の中から貫之を師匠と定めていたこと、さらにその貫之は人麻呂を師匠と定めていたことを述べる。一方『胆大小心録』は、京の堂上家は専ら定家を仰いでいるが、定家の先達に貫之・躬恒がおり、さらに貫之・忠岑の先達には彼らが師として仰ぐ人麻呂がいることを述べ、堂上批判を展開しているのである。西田正宏によれば、定家―貫之―人麻呂を和歌三尊とし、師弟関係で結んだのは『戴恩記』が初めてであるという。[注19]さらに『戴恩記』には、

世上の人口にては、定家〳〵と申さるれども、誓紙して心実をいはするならば、定家を上手とはいふべからず。是師伝なきゆへ也。無師伝して正知ならざる人は花風をこのむもの也。[注20]

などといった記述もあり、師伝がないために定家を絶対視する現今歌人たちを揶揄している。秋成は貫之を定家の師とは明言していないものの、貫之や躬恒らを顧みることなく、定家のみを絶対的な存在として仰ぐ当代歌人たちへの批判は、定家にさえ師があったことを説く『戴恩記』からその着想を得たものではないだろうか。

このように、『戴恩記』から秋成歌論への影響が看取できることも併せ考えるならば、秋成の師伝観形成の背景に、自身の初学期の経験に加え、『戴恩記』の師伝観を想定することは、あながち失当とも言えないだろう。秋成が『戴恩記』を「すさう（殊勝）」と評した理由は、その師伝尊重の姿勢にあったと見るべきであろう。

四、秋成歌論の形成

『雨月物語』巻二「浅茅が宿」で、京へ商いに旅立つ勝四郎が妻宮木を慰める際に発する「いかで浮木《うきぎ》に乗《の》つもしらぬ国に長居せん」[注21]の「浮木」は、七夕伝承にまつわる張騫説話に基づいた歌語であったが、この説話は『戴恩記』にも載るところであった。[注22]また、『春雨物語』「海賊」で、

だいの心をきけば、万は多数の義、葉とは、劉熙が釈名に歌は柯也。いふ心、人の声あるや、艸木の柯葉にひとしと云て、何のこゝろぞとよめば、ことわりゆきあはず。（文化五年本）[注23]

と記されるなど、秋成が自身の歌論で再三言及する見解と関連する記述も、『戴恩記』に、

又歌は木にかたどるといふは、「歌は柯なり」と字註に侍り。歌の字の篇に可の字二つかさねてあるは、木の枝のつらなりたる形也。（中略）枝ありて葉を生じ、花咲実のる時其木の名もあらはれ、よきあしきもしらるゝなり。人も物云にて其心をしる也。故に物いふを詞とは云なり。草木に葉の有がごとし。歌を言の葉といふもこれより次第して付たる名也。注[24]

とあった。本章冒頭の『雨月物語』「仏法僧」の記述も併せ考えるならば、秋成は創作にあたっても『戴恩記』を参照していたのかも知れない。

ただ、では秋成が「すさう（殊勝）」なる書として評価した『戴恩記』が秋成にとって何であったのかを考えるならば、それはまず第一に、正しい師伝観を伝える書、すなわち師伝尊重の模範書として認識されていたに違いない。秋成の師伝観といえば、師の大事さよりも、独学尊重の立場の方が強調されてきた観があったが、初学時の師伝の必要性を説く秋成の師伝観に『戴恩記』が与えた影響は、決して小さなものではなかっただろう。

さらに、秋成歌論の形成という観点から注意すべき点は、秋成の歌論が、自身の経験知や真淵学の継承、親友蘆庵の歌論などの同時代的な関連からばかりではなく、それ以前の歌学からも大なり小なり影響を受けているということである。もうひとつ例として、「目ひとつの神」を、あえて学問的色彩の濃い富岡本から引用しよう。

すべて芸技は、よき人のいとまに玩ぶ事にて、つたへありとは云はず。上手とわろものゝけぢめは必ありて、親さかしき子は習ひ得ず。まいて文書歌よむ事の、己が心より思得たらんに、いかで教へのまゝならんや。始には師とつかふる、其道のたづき也。ひとり行には、いかで我さす枝折のほかに習ひやあらん。注[25]

初期段階の師の必要性、その後の独学奨励、堂上批判など、本章で見てきた秋成の師伝観のエッセンスが詰まった記述となっているが、ここに見える和歌自得の精神は、

歌をよむことは心のおこるところなり。更に人の教へによらず。されば父堪能なりといへども、子必ずしもその心をつがず。師匠風骨あれども、弟子又其体をうつすことなし。注[26]

とある順徳天皇『八雲御抄《やくもみしょう》』の一節に似る。本書は寛永十二年（一六三五）刊本をはじめ、幾度も版を重ねていることに加え、右の引用箇所は『詠歌大概抄』（三条西実枝《さんじょうにしさねき》述、細川幽斎録）など、他の歌論書にもしばしば引用されている。したがって、近世歌人たちの口の端に上ることも多かったものと思われる言説で、秋成もこのあたりから着想を得たものかと思量される。『楢の杣』や『古葉剰言』などで『八雲御抄』を引用していることもその傍証となろうか。

かつて鈴木健一は、『藤簍冊子』に収まる秋成の句題和歌を取り上げ、その中に三条西実隆《さんじょうにしさねたか》と同じ漢詩句を題とした和歌（「竹与心倶空」・「雲有帰山情」）があることを指摘した。注[27] また李婷は、現在知られている秋成の句題和歌を網羅的に検討したうえで、『献神和歌帖《けんしんわかじょう》』に載る「静談古人書」という句題について、白詩では「静読古人書」とあるのに対し、『雪玉集《せつぎょくしゅう》』が『献神和歌帖』と同じ「静談古人書」なっていることを指摘し、「秋成もそれに倣ったのであろう」と述べた。注[28] 秋成が壮年期の頃に著わした浮世草子『世間妾形気《せけんてかけかたぎ》』巻四の二「一人娘の奢は末のかれた黄金竹」の冒頭に引用された、

あかなくに月のうちなる薬もが老をかくして幾秋も見む注[29]

という和歌が『雪玉集』所収歌（ただし第四句「老をかへして」）であったことも勘案するならば、早くから秋成が実隆の和歌に関心を示していたことは確かなようである。そしてこのことは、もう少し広く、秋成の堂上和歌・歌論への関心という問題に発展する可能性を孕んでいるのではないだろうか。

このように秋成が中世から近世初頭にかけての歌壇にも関心を示しているのだとしたら、秋成の歌論は従来考えられていたよりもはるかに複雑な形成過程を辿ったことも想定される。その可能性が考えられる以上、秋成歌論の

分析は、真淵や蘆庵の影響は当然のことながら、中世の歌論や堂上の歌論などとの関係を含め、なお広い視野から進められてしかるべきではないだろうか。

【注】


［1］中央公論社版『上田秋成全集』第七巻二六八頁。

［2］日本古典文学大系九十五『戴恩記・折たく柴の記・蘭東事始』（岩波書店、一九六四年）六七頁。なお、井上泰至『雨月物語』典拠一覧」（飯倉洋一・木越治編『秋成文学の生成』、森話社、二〇〇八年）参照。

［3］井上泰至「『雨月物語』典拠追考」（『読本研究新集』第三集、翰林書房、二〇〇一年）。

［4］浅井善太郎「狂歌師「柿谷半月」の一資料」（『敦賀市史研究』第一号、一九八〇年）の翻印による。なお、『二松庵家譜』については牧野悟資氏から多くのご教示を賜った。厚く御礼申し上げる。

［5］小高敏郎『新訂松永貞徳の研究』（臨川書店、一九八八年）をはじめとする氏の一連の業績、西田正宏『松永貞徳と門流の学芸の研究』（汲古書院、二〇〇六年）など参照。

［6］注［2］二七頁。

［7］近世前期頃の『戴恩記』の注釈類を参照すると、貞徳の挙げた二点以外に、①「詞」を先達に倣う以外は、「師匠」がいないという解釈、②「詞」は先達に習いつつも、古歌を熟読して「心」を古風に染め、古歌の心情を抱けるように詠むべきであるという解釈、③古歌からはあくまで風体（詞）を学ぶべきであって、歌そのものは新しい「心」で詠むべきであるとの解釈、といった潮流が存在していたものと見られる。

［8］上野洋三「歌論と俳論」（『元禄和歌史の基礎構築』、岩波書店、二〇〇三年）、大谷俊太「新情の解釈――詠歌大概注釈と堂上和歌――」（『和歌史の「近世」――道理と余情――』、ぺりかん社、二〇〇七年）など参照。

［9］注［2］二七頁〜二八頁。

［10］注［2］解題参照。

［11］中央公論社版『上田秋成全集』第九巻一三四頁。

［12］中央公論社版『上田秋成全集』第十一巻三八一〜三八二頁。

［13］注［11］二五〇頁。

［14］中央公論社版『上田秋成全集』第十巻一九〇頁。

［15］注［12］三八一頁。

［16］中央公論社版『上田秋成全集』第二巻三五頁。

［17］注［2］七九頁。

［18］注［11］一三一頁。

［19］注［5］西田書。

［20］注［2］八八頁。

［21］注［1］二四八頁。

［22］「浅茅が宿」の「浮木」の背景に張騫《ちょうけん》の説話があることを指摘したのは、井上泰至「引歌の方法──「浅茅が宿」試論──」（『雨月物語論──源泉と主題──』、笠間書院、一九九九年）。井上が挙げる張騫の故事が載る書は『俊頼髄脳《としよりずいのう》』『和歌色葉《わかいろは》』『八雲御抄』『奥義抄《おうぎしょう》』『悦目抄《えつもくしょう》』『続歌林良材集《ぞくかりんりょうざいしゅう》』だが、『戴恩記』もここに加えることができる。

［23］中央公論社版『上田秋成全集』第八巻一六五頁。

［24］注［2］八四頁。

［25］注［23］三五一頁。

［26］『日本歌学大系』第三巻（風間書房、一九五六年）七三頁。

［27］鈴木健一「近世五言句題和歌史のなかの堂上」（『近世堂上歌壇の研究　増訂版』、汲古書院、二〇〇九年）。

［28］李婷「上田秋成の句題和歌──中国文学受容の一端──」（『女子大国文』第一四二号、二〇〇八年一月）。

［29］注［1］二〇六頁。

第二章　秋成歌論の一側面――『十五番歌合』をめぐって――

はじめに

秋成は生涯を通して和歌の門人を取ることをしなかった。その理由について、彼は最晩年に次のように語っている。

芦庵云、そなたは何わざもせずして在が、いたづら也。人の歌なほして、事広くして遊《アソ》べよ、と云。答、人の歌直すべき事知らず、と云。いなや、たゞおろか者をかしこくしてつかはさせよと思ひて勤めよ、と云。いなく〳〵、其方にうまれえぬ人は、かへりて愚にするにこそあれ。親のおしへしわたらひをよく心得し人も、おのれになき才学は、学ぶとはいへども、愚になるのみ也、と云しかば、芦庵答なかりし。（『胆大小心録』一二）注[1]

親友蘆庵の慫慂を受けても、天賦の才なき者への和歌の指導は、かえってその者を愚かにする恐れがある、と門人を取ることを頑なに拒み続けたのであった。事実、秋成が他人の和歌を添削した資料は、これまで一つも報告されていない。

ところで、歌合歌論の史的・体系的研究を行った岩津資雄に倣い、仮に歌論を歌学型歌論（歌の本質論を中心に理論的組織を整えたもの）、批評型歌論（個々の歌や歌人などについての具体的な批評）、挿話型歌論（物語・日記・随筆などの歌書以外の作品に挿入されたもの）の三つに分類したうえで、注[2] 秋成の歌論を区分けしてみると、歌学型歌論としては、まとまった歌論は存在しないものの、『楢の杣』序例や『金砂剰言』、『つゞら文』などに断片的な歌論的言説が認められ、挿話型歌論としては『雨月物語』『春雨物語』を始めとした物語や紀行文などを挙げることができる。

ところが、批評型歌論となると、秋成が和歌の指導を拒んだこともあり、当代歌人への批評や彼らの和歌に対する添削資料はほとんど存在しない。もとより秋成には『万葉集』や『古今集』などの古歌に対する注釈書があり、そこから秋成歌論の特質を引き出すことも可能ではある。注[3] しかし、前代の和歌を規範として作られる当代の和歌を、秋成がどのように批評していたのかという問題へのアプローチは、秋成の和歌観や、詠歌にあたっての本音を探るうえでも、多くの示唆に富むものであろう。秋成の当代和歌への批評としては、『秋の雲』や『天保六章解《てんぽうろくしょうかい》』などに、自詠に附した自注が備わるが、これとても注のほとんどはごく簡単なものであって、その中から秋成の歌論を抽出することは難しい。注[4]

そこで注目したいのが、秋成が自詠を左右に番え、自ら判詞を加えた自歌合である。他人の歌を評したものではないが、秋成が自身の詠歌に対し批評を行うとともに、優劣と根拠を述べたもので、一定の分量もあることから、当代の詠歌に即した批評型歌論の一種として、参照するに足る資料であろう。秋成の歌論研究にも、和歌研究にも資するところは少なくないものと思われる。

本章では、秋成の自歌合をめぐって、成立事情がやや錯綜している『十五番歌合』を俎上に載せ、成立過程に関する考察を行ったうえで、その判詞の分析を行い、秋成の歌論や詠歌との関係に話を及ぼしてみたい。

一、『十五番歌合』について

『十五番歌合』は、秋成がかつて住んだ堂島ゆかりの橋の名称に基づく、渡辺橋守と田簑漁夫（後述する伝瑚璉尼筆本では「田簑漁翁」）という二人の作者に仮託した秋成の自詠を番え、判を加えた自歌合である。

自歌合とは、自詠の和歌を左右に番え歌合としたものである。自身あるいは他者の判によってその優劣を定めるが、判を伴わないこともあった。早く黒主・豊主という二人の作者に仮託した凡河内躬恒の『論春秋歌合』や、馬の毛名を歌題風に脚色して詠む康保三年（九六六）の『源順馬名歌合』があったが、いずれも遊戯的なものであって、自讃歌を集成し、当代の著名歌人に加判を依頼した自歌合の嚆矢は、西行の内宮外宮への奉納の自歌合、すなわち文治三年（一一八七）俊成加判の『御裳濯河《みもすそがわ》歌合』、文治五年頃定家加判の『宮河《みやがわ》歌合』であった。この両宮歌合が後代に与えた影響は大きく、西行への追慕の念もあって、良経《よしつね》・慈円《じえん》・定家・家隆《いえたか》・後鳥羽院《ごとばいん》ら新古今時代の歌人も多く自歌合を編み、以降、鎌倉・室町期には数多くの自歌合が編まれることとなったという。注[5] 近世に入ってからも、木下長嘯子《きのしたちょうしょうし》『虫歌合』や、『貞徳自歌合』をはじめ、堂上・地下を問わず多くの歌人や和学者らによって制作が続けられていった。

秋成の自歌合は現在、『十五番歌合』『五十番歌合』『花虫合』『海道狂歌合』の四種が知られており、うち判を伴う自歌合は、本章で検討する『十五番歌合』を除けば『花虫合』のみ。その判も他ならぬ秋成自身である。また、『五十番歌合』と『花虫合』には秋成の識語が残されており、寛政十年（一七九八）頃、日下村の唯心尼の求めに応じ、秋成が自ら筆を執り、歌を番え、判詞まで加えたものであったことも分かっている。すなわち、自詠を左右に番え、当代の著名歌人や師筋の人物に判を依頼する伝統的な自歌合に対し、基本的には自身で判を加えている秋成の自歌合は、伝統に囚われることのない、まさに風雅の「遊び敵」（『金砂剰言』）として生み出された、遊戯的なものであった。

では次に、『十五番歌合』について、中央公論社版『上田秋成全集』第十二巻の解題を参照しつつ概略を記しておこう。

『上田秋成全集』は底本に天理大学附属天理図書館所蔵の秋成自筆『秋成文稿《あきなりぶんこう》』（「上田秋成雑集」七二）所収本文を用いており、制作年時が明記されていないものの、『秋成文稿』所収他編と同じ筆付であることや、収められた他の文章・和歌などから推して、享和から文化初年に成ったものと考えられている。また底本とは別に、底本からの転写本の系統と目される京都大学大学院文学研究科図書館所蔵の『上田余斎歌文《うえだよさいかぶん》』（国文学―Ｌｔ―８）所収本文、および浅野三平『秋成全歌集とその研究』（桜楓社、一九六九年）に初めて紹介された、当時伊賀上野市沖森直三郎氏所蔵の伝瑚璉尼筆の巻子本が存するが、後者は『上田秋成全集』編集時には閲覧することができなかった由で、同集解題では底本と京大本との関係にのみ言及がなされている。ちなみに、『十五番歌合』はこれ以前に藤井乙男『秋成遺文』（修文館書店、一九二九年）にも翻印が備わるが、底本は同じ天理図書館所蔵の自筆本であり、また浅野が『秋成全歌集とその研究』収録に際して用いた一本も、これまた同じく天理本であった。

つまり、これまで知られていた『十五番歌合』の本文は、いずれも天理図書館に蔵される自筆本（および同系統の京大本）のみであって、伝瑚璉尼筆本については、浅野がかつて沖森直三郎氏宅にて瞥見し（浅野三平氏ご教示）、長島弘明が直三郎氏の御令孫にして国語学者の沖森卓也氏のご厚意によって披見したことはあったものの（長島弘明氏・沖森卓也氏ご教示）、その内容が世に紹介されたことはこれまでなかったのである。

二、伝瑚璉尼筆『十五番歌合』

そこで伝瑚璉尼筆本『十五番歌合』を紐解いてみると、そこからは今まで知られなかった新たな事実が浮かび上がってくる。最初に書誌を簡潔に記しておこう。

架蔵。巻子本一軸。伝瑚璉尼筆。薄紅色地草花唐草文様表紙（縦一六・五×横二四・一糎）。全長七四八・九糎（見返し二三・八糎、本紙七二〇・八糎）。見返しは薄紅色箔真砂散らし。外題なし。内題「十五番歌合」。本文一葉目に「十五番歌合／左　渡辺橋守／右　田簑漁翁」。歌合本文には茶・黄・緑などの色替り料紙を用いる。巻末に「粟田山の木樵」（秋成）による奥書。巻頭に「十五番歌合／年月未詳／寛政八年以前か／六十二三歟／判者　粟田山のきこり／左渡辺の橋守」と旧蔵者の識語を記した紙片を貼付。印記「閣石」（陰刻）。沖森直三郎氏旧蔵。

続いて奥書を掲げる。

いにし水無月はての頃、難波のたよりにつけて、此十五番歌合に判詞つくべきことの聞えためるに、身のかよはくてふせりがちなるおこたりのみにあらで、渡のべのはし守田蓑のむらぎみ、ともに世間に聞えたるうたよみの翁なめれば、三十一字をだにはか〲しうつゞけえぬわがよしあしなどいふべうもなくて程へにたるを、きし打浪のしき〲にせめらるれば、さてあらんも中々なめしかりなんと、心のかぎりかいつくるはあたれりやあらずやのさだめごときかまほしさにて、をこにしるし侍るなり。ゆめうら風になちらし給ひそと粟田山の木樵が申す。

末尾に「粟田山の木樵が申す」とあることから、伝瑚璉尼筆本は、秋成が寛政八年（一七九六）三月に衣棚通丸太町から転居して以降、羽倉信美邸内の鴨塘寓舎に移る寛政十年冬頃まで住んだ、知恩院門前袋町で制作されたものであったことが分かる。この頃書き上げた著作の中には「寛政八年秋九月粟田山の麓のやどりにて　余斎しるす」（『冠辞続貂《かんじぞくちょう》』序）や「寛政八年の冬かんな月、粟田山の麓のやどりにて閲改めぬ」（『万葉集見安補正《みやすほせい》』序）という「粟田山の麓」に居住していることを示す記述も見出すことができ、『十五番歌合』も同時期の成立とみて大過ないだろう。またこの奥書には、秋成が渡辺橋守と田簑漁翁の依頼によって加判した旨が記されているが、これは作者秋成の韜晦に他ならず、歌も含めて全て秋成自身の作であることは、本歌合所収歌が天理大学附属天理図書館に蔵される『手ならひ』『秋成歌反古』『藤簍冊子脱漏』といった歌稿に収められていたり、染筆された自筆短冊が伝わっていたりすることからも明らかである。

なお本書は「瑚璉尼筆」とされるが、瑚璉尼の筆か否か、にわかには判断し難い。比較対象となる瑚璉尼の自筆資料自体がほとんど伝存していないことに加え、唯一瑚璉尼の筆と考えられている大東急記念文庫蔵『ゆきかひ』（賀茂真淵の書簡集）の筆跡とも一致しないためである。女筆であることは確かかと思われるのだが、唯心尼や恵遊尼の筆跡とも異なっており、誰の書写にかかるものかは判然としない。したがって、本章では便宜上「伝瑚璉尼筆本」の呼称を用い、書写者については後考を俟つことにしたい。

続いて内容に話を移す。まず何より刮目させられるのは、全十五番に加えられた判詞が、天理本（および京大本）とすべて異なっており、ときには優劣の判定すら異なっている場合があることである。左に天理本と伝瑚璉尼筆本の優劣判定を一覧にして掲げておく。なお、勝負は付されていないため、優劣判定は判詞によって行った。

	1	2	3	4	5	6	7	8	9	10	11	12	13	14	15
天理本	持	左	右	左	左	持	左	右	左	持	右	持	右	右	左
伝瑚璉尼筆本	左	右	持	左	左	右	左	右	左	左	持	左	持	左	左

表のように、一・二・三・六・十・十一・十二・十三・十四番の優劣が異なっていて、また優劣が同じでも判定理由が異なっているなど、両書は明らかに別系統の伝本と判断される。例として二番を掲げてみよう。まずは天理本から。

きゞす

岡ごえの小松まじりのつゝじ原ありかを見せてなく雉子かな

春雨に垣根の小柴ふみたてゝやどりがほにもきゞす啼く也
左、見るが如くに仕立られたり。右、墻ねふみ立てやどり顔も面白かれど、小松交りの躑躅原にありかをみせてなど、しらべ高くいと長閑にて、けしきまさりて承る。

ここでは、右の「墻ねふみ立てやどり顔」という措辞も面白いけれども、左がいかにも実景を詠んだかのように仕立てられており、その調べの高さと長閑な様子が優れている、と左の歌に軍配を上げていることが分かる。

続いて伝瑚璉尼筆本の二番から判詞のみを掲げる。

をかべのつゝじにまじりて、ちいさき松のまばらなるあたりにかくろひかねて、鳴きゝすの妻ごひもさることなれど、岡ごえとあらば、ゆきかふこと葉もあらまほしう覚ゆるは、れいのことぢにゝかはつくるにや。雨のひに垣ねの柴生ふみたて、やどりがほに来鳴らむ雉子、しづけさことばの外に顕れて、山里のさまおもひしれ侍りぬ。

こちらは、いずれの勝ちか明記されてはいないものの、左歌は初句に「岡ごえ」とあるにもかかわらず、往来を思わせる詞句がないことを難じているのに対し、右歌は言外に表れる山里の静謐な様子が看取されるとして、右歌を高く評価していることが窺える。

このように優劣の判定や評価の基準まで異なっていることを勘案するならば、寛政八年頃から文化初年頃にかけて、秋成の評価基準に変化が生じたか、あるいは判者が異なっているか、いずれかを想定すべきであろう。このとき注目されるのが、天理本の一番の判詞冒頭に「信美判云」と記されていたことである。「信美」は、周知のとおり秋成の友人の一人にして、蘆庵門人でもあった羽倉信美である。秋成がこの世を去ったのも、他ならぬこの信美の邸宅であった。

従来、「信美判云」という記述によって、天理本『十五番歌合』は、一番の判詞のみを羽倉信美が、二番以下を全て秋成自らが加判したと考えられてきた。注[6] しかし、右で確認した天理本と伝瑚璉尼筆本の異同を考慮に入れるならば、天理本の判者を信美、伝瑚璉尼筆本の判者を秋成と考えるのが自然なことのように思われる。なお、『上田秋成全集』解題では、天理本に加えられた訂正が反映している京大本にあって、一番の判詞に「……いかにもしてけさしものと狂ほしき……」とある見せ消ちのみが反映していないことを、一番のみを信美の評とみる一証と考えているようだが、筆者の調査によれば、三番の判詞にも京大本に反映していない訂正があり、「一証」とすることはできない。

以上を踏まえて私見を述べておくならば、秋成は寛政八年頃に制作していた『十五番歌合』（伝瑚璉尼筆本）を文化初年頃に再写するに際し、判詞を自ら加えるのではなく、以前から親しく交流していた羽倉信美に依頼して加えてもらったのではないか。その信美の判詞を含めて、秋成自身が書写し、奥書を添えたものが天理本ということになるのだろう。すなわち、これまで秋成の作品としてのみ理解されてきた『十五番歌合』は、二系統に分類することができ、一つは左右の作者と判者が全て秋成によるもの、もう一つは秋成と信美の二人による合作であったと思われるのである。第一部第三章では『金砂』が秋成周辺の、特に大坂の知友を読者として想定していたことを指摘したが、この『十五番歌合』成立の背景からは、晩年の秋成文芸の生成に、信美のような蘆庵社中をはじめとする周辺の人々が関わっていたこともまた想定することができるのではないか。注[7]

三、判詞の諸相

ここまで述べてきたように、現段階では天理本の判詞を秋成のものとして扱うことには慎重であるべきで、秋成の判詞として確実に指摘できるのは伝瑚璉尼筆本であった。ならば、その判詞を分析することによって、限定的ながらも、詠歌の指針や忌避すべき表現など、秋成が目指す詠歌方法が見えてくるのではないか。ここでは、伝瑚璉尼筆本の判詞を対象に、その他の歌論的言説も参照しながら、秋成の詠歌方法について分析を行いたい。

① 「よせ」の重視

最初に、前節で取り上げた二番から窺える秋成歌論の特徴を指摘しておきたい。二番の伝瑚璉尼筆本の判詞では「岡ごえとあらば、ゆきかふこと葉もあらまほしう覚ゆる」とあって、初句に「岡ごえ」とあるにもかかわらず、往来を意味する詞句がないことを難じていた。

「子をおもふ道のささ原岡越に誰ふみたてて雉なくらん」（正徹《しょうてつ》『草根集《そうこんしゅう》』、一七〇九、「岡雉」[注8]）のように「岡越」と「雉」の取り合わせは和歌では常套であったのだが、たしかに「岡ごえ」は、藤原信実《のぶざね》が「をかごえの道をくるしみかはぞひのあすかのかたをゆきかめぐらん」（『新撰和歌六帖』第二帖、六〇四）[注9]と詠んだように、道中の往来を意味する詞句とともに詠まれるのが通例であった。したがって、判詞でやや謙遜しながらも述べているとおり、左歌には言葉の「よせ」（縁語関係）が不足していたのであった。

このように「よせ」を重視する姿勢は、次の十番の判詞からも看て取ることができる（傍線は筆者による。以下同）。

関

かるかやの関のゆきゝのとぼしきにしの吹みだる秋の夕かぜ
あしがらの関の古道こえくれば不二のたかねの雪吹おろす

左のかるかや、右のあしがら、にしに東に国はへだゝれど、歌のしなおなじうして、ともにをかしう侍れど、右のふじの雪は吹おろすとありて風ともあらしとも見えず。かゝる歌、金葉集にありしかど、猶左のかるかやいひおとさずつかねられしを、すぐれたりと申侍らん。

難じられているのは、右歌に「不二のたかねの雪吹おろす」とありながら、「風」や「あらし」といった「よせ」が詠み込まれていない点である。

吹きおろす雪かとみれば白妙にまさごぞなびくふじの河風　（『為家集』下、雑、一三六〇、「ふじ河」注〔10〕）

吹きおろす高ねの雪やうづむらん嵐にたゆる富士の四方川　（正徹『草根集』、六〇一二、「河雪」注〔11〕）

このように、富士山に限らず、「雪」「吹おろす」と「風」または「嵐」はともに詠み込まれるべき詞句であり、『新編国歌大観』に拠る限り、「風」「嵐」（あるいは「颪」）が欠けている例はない。秋成はこうした伝統を踏まえ、「あしがらの」歌に「よせ」に対する配慮が不足している点を問題視したのであった。

②題詠観

続いて、次の九番をご覧いただきたい。

海辺里

軒ごとの芦のすだれも汐なれて見いれ悲しきすまの浦里

神垣に跡をとゞめてものゝふのかばね草むすかまくらの里

左、汐かぜになれたらん須磨の蜑士のすみか見いれなんは、うちつけにかなしうこそ。右、鎌倉のさとにて、むかしのいくさびとらが名をとゞめたるをおもひいでためる。なみだもおつるものゝ、海辺里の題にはうみべのことばの見えざるがくちをしきやうにや。

左歌を、潮風によって簾がよれてしまった須磨の海士の住居をのぞき込むと、突然悲しく思われてくることだ、と解するのに対し、右の歌は、数ある神社に跡を留めている、鎌倉で散った武士らを思い出した歌だろうと解したうえで、涙が落ちるほど感慨深いとしながらも、「海辺里」という題にもかかわらず「海辺」を意味する詞句が見えないという、いわゆる落題を難じているのである。題意を詠み落とす落題や、主題とは別の事柄を中心に詠んでしまう傍題は、歌合において最も忌避すべき欠陥のひとつで、歌の調べや措辞の問題とともに重視されてきたものであった。秋成も例に漏れず、題の的確な読みこなしを必須としていたことが分かる。

秋成は「すべて題詠はゆきてたゞに見しばかりの感なし」(『也哉抄《やかなしょう》』)と、題詠は実地についた歌と比較したとき、与える感動が少ないと述べ、「題詠の仮粧」(『金砂』巻十)[注12]「猶二之生旦上レ場」(『藤簍冊子』巻二)[注13]などと喩えるなど、基本的に実情・実景を詠んだ歌に比べて一段劣るものと認識していた。これは、師筋に当たる賀茂真淵も同様であって、たとえば明和二年(一七六五)成『にひまなび』(寛政十二年〈一八〇〇〉刊)では、

心に思ふ事、目に見、耳に聞ものは、皆歌の題となりぬ、その時歌をばよみて、後にその有し事をはしに書時は、歌おのづからゆたか也。その事を先書て後歌よむ事は、古人はなかりき。[注14]

とあり、歌は題ありきなのではなく、実情・実景がそのまま歌の主題となるのだということを力説していた。さらに真淵は絵の題、詞書の題、古今六帖雑思部の題を許容できる題とするものの、文字題に関しては「文字題ならば一字二字を過べからず」(明和五年六月十八日斎藤信幸《のぶゆき》宛書簡)[注15]として難題を批判するなど、厳しい制約を設けていたのである。[注16]

秋成も実情・実景を重視する点は同様だが、真淵ほど題詠に対して批判的ではない。実際に、『藤簍冊子』(文化二〜四年〈一八〇五〜七〉刊)をはじめ、様々な歌稿に句題和歌を含めた複雑な題で詠んだ歌が数多く残されており、また「七十二候」を題として詠んだ和歌群も伝わっている。秋成は文字題を排除していたわけでは決してなかったのである。

真淵は、題の心を適切に歌に詠み込むことにこだわるあまり、「まこと」の心が失われている中世以来当代まで続く題詠の罪科を難じた。[注17]その一方で、秋成は実情・実景の歌を尊重しながらも、複雑な題による題詠を否定する

ことなく、題詠に当たっては落題を犯すことのないよう、題意の相応の読みこなしを強調していたのであった。秋成が題詠に対し批判的な言葉を放っていたためか、これまで秋成の題詠観については、それ以上の踏み込んだ言及はさほど多くなかったようである。注[18] しかし、和学者・歌人たちの歌論と詠歌にしばしば齟齬が見受けられるように、秋成には難題を詠んだ題詠も少なくない。ならば、題詠にあたって秋成が要諦としていたことが何であったのかは、もっと追究されてしかるべきであろう。

③四季の法

②の題詠観と関連する事柄として、ここでは五番を取り上げて、秋成の四季の法との関係を確認しておきたい。

初秋月

星合のあふせにさはる雨過て涼しき風に月すめるそら

月かけて野路の萩原分くれば浅き河瀬の音のさやけさ

ほしのゆふべに、雨はれて月すめらんけしき、すゞしさたぐひあらじかし。つきかけて萩はらわけこしに、川音さやにきこえむも面白かべけれど、萩はなかの秋にも茂てあそぶべければ、初秋の心すこしおくれ侍らむか。

七夕の夜の雨が晴れて月が澄んでいる様子も、月が欠けている夜に萩原を分け来たところ、川音がさやさやと聞こえるというのも、とりどりに面白くはあるけれども、右歌に詠み込まれた「萩」は、初秋だけではなく中秋でも茂るものでもあるため、必ずしも初秋に適した措辞とはいえず、題の詠みこなしがいま一歩であるとして、左歌を勝ちとする。ここでも②で確認した落題を批難する判詞となっているが、この判定の背後には、四季における景物の固定化を人為的なものであるとして批判し、自然のままに詠出すべきであるという秋成の信念があった。

されば あめつちのまゝに、冬より春をかけ、やよひの卯月にわたり、夏を時とする物の、秋までも色にゝほひ、秋とおぼえし物の、夏より咲出るも、長月のかんな月に移りゆくも、事広く法を立たらんには、よき人のよしとこそおぼしたらめ。（『金砂』巻二）注[19]

春夏秋冬の時々をわたりみえて、見るまゝに歌はよむべし。式といふ物に泥みて、天地に私する、風流の拙也。（『茶瘕酔言』）注[20]

自身の著述で再三繰り返している発言である。鶯ならば春、紅葉ならば秋などといった固定観念を墨守するのではなく、自然の推移に従って詠み出すことを奨励していたのである。したがってここでは、「萩」といえば「初秋」という人為的な通念にしたがって詠んでしまったことを瑕瑾と判断し、題意が十分に汲みとれていないことを以て、負けとしたのであった。これにより、秋成晩年に繰り返される法の絆しに対する批判的な見解が、寛政八年頃には既に持説として定着していたことを窺い知ることができよう。

なお、「あすもこむ野ぢの玉川萩こえていろなる浪に月やどりけり」（『千載集』巻四、二八一、源俊頼《としより》）注[21]を引きつつ記された天理本の判詞にも、「花も月も必初秋とは定めがたし」とあり、伝瑚璉尼筆本と近似する見解が披瀝されているのだが、これのみでは天理本が秋成の判なのか、その秋成に学んだ信美の判なのか、にわかには判断しがたい。

④余情・幽玄・有心

ここでは、例としてまず七番の左歌とそれに対する判詞を引こう。

木枯風

ゆくさには若葉のかげに駒とめし老曽の杜の木がらしの風

左のうた、ゆくさまにはかぜのすゞしきがために、駒とめし若葉の夏陰おもひかへせば、たゞきのふばかりなるに、森のこがらしすさまじき体、言外にあらはれ侍り。

行きがけには風が涼しいために若葉の陰に馬を留めた老曽の森だが、今ではすっかり秋になり、その老曽の森にも木枯らしが激しく吹きつけているという様子が「言外にあらはれ侍り」として、その余情を評価していることが分かる。「森のこがらしすさまじき体」を、それと表現する説明的な詠み方に陥らず、言外に感じさせている（余情ある）点が高評価の理由なのであろう。前節でも引いた二番の判詞にも「しづけさことばの外に顕れて、山里のさまおもひしれ侍りぬ」とあって、言葉で直接示すことなく、山里の静謐さを感じさせている点を評価していたことを思い合わせるならば、秋成が詠歌にあたって尊重していた事柄のひとつに、「余情」があったことは間違いないだろう。

続いて六番を引く。

雁

かりてほす豊の稲葉に時雨ふり夜寒の空を雁鳴わたる

つれわたる雁のおほひ羽ひまもりて光くだくる秋のよの月

左のうた、ふるきすがたにて、しらべことにをかしきを、おろかなるめにてみれば、上句は長月比の日影よはく〳〵とてれるが、うち曇りてしぐるゝ体也。さるを、下句に夜寒とあるが、ことたがひたらむやうなり。右の旅雁うちかはすつばさのひまより、月光のくだけてもわたらむ深夜のさま、いとも幽玄なれば左にはまさり給ふべし。

左歌を蒼古な姿で調べも高いと称賛しながらも、九月頃の日中に、日の光が弱く照り、やや曇って時雨が降っている景を詠んだ上句に対し、下句に「夜寒」という夜の景を詠んでいるのは、上句と下句で景が異なっているのではないかと指弾する。そのうえで、右歌の、旅雁が飛び交わす翼の隙間から、月の光が漏れている深夜の幻想的な景を「幽玄」であると評価して勝ちとしているのである。

次に四番についても触れておきたい。

　氷室

水無月のてる日もさゝぬ谷かげにめすひをけふとみつぐ山人

袖ひぢて夏をわするる手まさぐりとくるひさしき君が御まへに

ひだりのうた、水無月のと打いづるよりめすひをけふといひのばへて山人とゝぢむるまで、心詞すゞしくこそ侍れ。みぎもたくみにて、しかもこゝろ有さまなめれど、うたがらひだりにはおとり給へる成べし。

一首全体の心や詞が涼しい感じを与えることを重んじ、左歌に勝ちを与えている秋成ではあるが、右歌の風格を「ひだりにはおとり給へる成べし」としながらも、「たくみ」で「しかもこゝろ有さま」と評価している点は見過ごすことができない。右歌は『源氏物語』蜻蛉巻で、薫が女一宮を垣間見した場面を踏まえていると思われ、注[22]そうした王朝物語を想起させるような風情をめぐらしている点を「こゝろ有さま」と指摘しているのであろう。

注意されるのは、右に見た七・六・四番それぞれの判詞にある「余情」や「幽玄」「こゝろ有さま」（「有心」）といった用語である。これらはいずれも中世歌学の用語として、歌論や歌合判詞に広く用いられてきたものであった。注[23]もちろん、「幽玄」や「有心」については、例えば基俊や俊成、定家、長明、為家、正徹らが、とりどりに議論を展開しており、またその意味内容に関する現在の解釈も区々であって、必ずしも秋成の「幽玄」なり「有心」なりの定義と、中世歌人たちのそれが一致するとは限らない。また、秋成の資料からは管見の限り他に用例を見出せないため、遺憾ながら秋成がどのような歌を「幽玄」や「有心」と評していたのか、帰納的に導くこともできない。

しかし、ここで筆者が強調しておきたいのは、秋成がこうした中世の歌論用語にも関心を示していたこと、それ自体である。「余情」については、近世においても堂上歌論はもとより、地下歌人達の歌論でも問題にされてきた類いのものであり、必ずしも秋成特有のものではない。注[24]しかし、「幽玄」や「有心」は、師筋の真淵が批判対象としてきた中世以降の歌論において尊重されてきた理念である。にわかに中世歌論の影響などと即断することは慎むべきだろうが、これらの理念に秋成が関心を示していたとするならば、秋成の歌論や詠歌の捉え方にも、再考が迫られる可能性を孕んでいるのではないだろうか。

⑤面影の尊重

④に関連することとして「面影」の尊重を指摘しておこう。前節で引いたように、二番の天理本の判詞には「見るが如くに仕立られたり」とあったが、このように詠まれた景が彷彿とするかどうかという問題は、伝瑚璉尼筆本の判詞においても評価基準のひとつとなっていた。例として一番とそれに対する判詞を引いてみる。

雪のこれり

霞こめあらしもぬるき春の日にゆきまだのこるひえのたに〴〵
此春はくるとあくとに雪の山こゝろとけずも日数へにけり

左の五文字よりこしの句まで、いかにもみやまにうちむかひたらん春のこゝちせらるゝに、谷々の雪まだ残れるさま年々に見るものゝ、昔よりよみ残したればか、あたらしく思ひなされ給へる。右の、雪のやまも日数ふるけしき、をかしからぬにはあらねど、ひえのたかさにはをよびがたくや侍らむ。

霞が立ち籠め、吹きつける風も生暖かくなってきた春の日に、比叡山の谷々に雪がまだ消え残っている景を詠む。傍線を引いたように、その判詞で秋成は、初句から第三句までがいかにも春の深山に向かっているような心持ちがすると指摘しているのである。俊成や定家、長明らによって用いられてきた「面影」という語こそ用いられていないものの、詠まれた景が眼前に浮かぶさまが評価されていることが窺えよう。

こうした面影を重んじる立場は、「やまとうたは、ことのおこり、やがてあるべきことをよむべき」（長久二年

〈一〇四一〉二月『弘徽殿女御十番歌合《こきでんのにょうごじゅうばんうたあわせ》』、七番、藤原義忠《のりただ》判[注25])や、「誠にみゆることなれば、をかしく聞きなされ侍るべし」(寛喜四年〈一二三二〉三月二十五日『石清水若宮歌合《いわしみずわかみや》』、五番、藤原定家判[注26])などと判じられているように、中古・中世の歌合においても尊重されてきたものであった。秋成の判詞も、まずはこうした伝統のうえに成り立っていることが指摘できると同時に、実情・実景を尊重した真淵流和学を学んだ秋成らしい判詞であるとも言うことができよう。

同様に七番の判詞には、右歌「木がらしの風に高師の浜松もあらそひかねて下葉散かふ」に対して「見るがごとくにてさびしくおぼゆれ」とあり、十二番の左歌「立山の雪消にごれる水花にくだくと見えてはなつ船橋」に対する判詞には「とりはなつ船はしのあまたなるをくだくと見んさま、めのまへのやうにつゞけられぬ」という言も見えている。和歌は実景・実情を偽らずに詠むべきものであるという主張を繰り返していた秋成ではあるが、題詠に際しては、いかに情景が彷彿と思い浮かぶように仕立てられるか、ということを要諦のひとつと考えていたのであった。[注27]

⑥俳諧的表現の否定

秋成は俳諧にも遊び、狂歌も嗜んでおり、『万匂集《まにおうしゅう》』(安永四年〈一七七五〉刊)や『海道狂歌合』(文化八年〈一八一一〉刊)といった狂歌集も著わしているが、歌合において俗語的・俳諧的表現は忌避すべきものと考えていたようである。十一番を引く。

雨夜はるゝ

まつまたる思ひ捨しをさ夜中に雨はれておもふ友があたりを
嶋かげの苫の雫に更る夜の雨はれて月はあかしがたかな

左、よるの雨、俄にはれて、友のあたりとひやせんのこゝろいでくめる閑人の有べき態なりかし。されど、おもひ捨し、はれて思ふの詞句をへだてたれば、歌合にては難とすべし。右、嶋陰の泊舟もさること成べけれど、雫にふくるの詞甘心とす。落句もすこし俳諧めきためれば、なずらへて同科と申べきか。

左歌は、雨後の夜に友のことをゆかしく思う閑人の心を、右歌は、島陰に停泊している舟から雨後の月の光を眺める清澄な夜のさまを詠む。しかし、左歌は「おもひ捨し」と「はれて思ふ」の詞句が隔たっていること、右歌は「雫にふくる」の措辞と俳諧めいた結句が落ち度であるとして、同科と結論付けている。「已に俳諧の体を存し、尤も誑誕となす」（長承三年〈一一三四〉九月十三日『中宮亮顕輔家《ちゅうぐうのすけあきすけけ》歌合』八番、藤原基俊判）注[28]と判じられるなど、古来歌合においで俳諧的表現は忌避すべきものとされており、この判もその伝統に連なるものであった。

ところで、ここで槍玉にあがった少し俳諧めいた表現とは、「あかし」の語に「（月は）明し」と地名の「明石（潟）」とを掛けた技巧を指すのだろう。「時しもあれ千里に月はあかしがたよを長月の有明のころ」（建長三年〈一二五一〉九月十三日『影供《えいぐ》歌合』、一二三番右、沙弥寂縁《じゃくえん》）注[29]と詠まれたことはあったが、ほとんど用例のない掛詞であった点が俳諧めいたものと判断されたものかと思われる。

また、秋成には壮年期の浮世草子『諸道聴耳世間狙《しょどうききみみせけんざる》』（明和三年〈一七六六〉刊）巻二の一「孝行は力ありたけの相撲取」の道行文で「所の名さへこり須磨《ずま》や。明石《あかし》がた〳〵ふるひつゝ」注[30]という、「がた」に「（明石）潟」と「がた（〳〵）」を掛けた経験があった。同様に城崎旅行を回想した俳諧紀行文『去年《こぞ》の枝折《しおり》』（安永九年〈一七八〇〉成）でも、

今宵は十三夜也。所がら行やは過んとて、あかしの泊定めぬ。此家のうしろは浜辺にて、波こゝもとにと云古言も思ひ出てあはれ也。枕の戸は皆明て、月を夜すがらみる。浜風をひきてなん。むかしの梅翁があかしがた〴〵ふるふ暁といひしは、また〳〵今宵のさましたり。

月は入ぬ彼朝霧のあかしがた注[31]

とも記していて、晩年の俳論書『俳調義論《はいちょうぎろん》』（文化六年〈一八〇九〉成）では、西山宗因《にしやまそういん》の「恋はたゞ捨入道のひとり

寝に／あかしがた〳〵ふるふあかつき」注[32]を引きつつ、明石潟の景を描いている。「明石潟（明かし方）」の措辞に関して右のような経験があった秋成にとって、掛け方が異なっているとはいえ、歌合にとっては不適切な俳諧的表現として映ったのかも知れない。

歌合に限った性質のものではあるが、判詞から知られる秋成歌論の特徴のひとつとして挙げておく。

⑦調べの説

秋成が庶幾した「調べ」については、既に諸氏による多くの言及が備わるため、ここでは簡潔に述べるに留めたい。

前掲した六番のうち、左歌とそれに対する判詞を引く。

雁

かりてほす豊の稲葉に時雨ふり夜寒の空を雁鳴わたる

左のうた、ふるきすがたにて、しらべことにをかしきを、おろかなるめにてみれば、上句は長月比の日影よは〳〵とてれるが、うち曇りてしぐるゝ体也。さるを、下句に夜寒とあるが、ことたがひたらむやうなり。

判詞全体では、上句が昼の景を詠むのに対し、下句が「夜寒」という夜の景を詠んでおり、時間的な齟齬があることを批判していたのだが、調べそのものについては「をかしき」として評価する姿勢を見せている。例えば『万葉集』の「離家旅西在者秋風《イヘザカリタビニシアレバアキカゼノ》　寒暮丹鴈喧渡《サムキユフベニカリナキワタル》」（巻七、羈旅、一二六一、寛永版本）などを思い起こさせる古歌の姿・調べは、真淵流に連なる秋成にとって極めて重要な要素であり、自詠の『毎月集』から歌を選び、自解を加えた歌集『秋の雲』の冒頭歌「秋の雲風にたゞよひ行みれば大旗小ばたいもが栲領巾」にも自ら、

秋風吹て白雲飛と云句のこゝろに、いささか巧みをそへしなるが、たゞ調のよろしきと思ふもて、よしとはほこりかに云し也。注[33]

と注しているように、調べを庶幾する秋成の言説は、彼の著作のここかしこから拾うことができる。伝瑚璉尼筆本において、調べの用例はこの六番のみだが、寛政八年頃の段階で、既に調べに対する高い意識が備わっていたことを示していよう。

以上、やや冗長になった嫌いはあるが、秋成の判詞を分析し、そこから窺える秋成の詠歌上の姿勢について述べてきた。あるいは『十五番歌合』を、判詞も含めて中古・中世の歌合風に仕立てた遊戯的創作と見做し、その判詞を秋成歌論と即断することに躊躇する見方があるかも知れない。しかし判詞からは、調べや余情、四季の法など、晩年の秋成歌論に通ずる見解も見出すことができ、秋成の本心が表出していると見て問題はないだろう。特徴としては、題詠をめぐる一連の「面影の尊重」「よせ」「四季の法」などに関する意識が顕著であること、また案外細かな措辞に関する指摘が多い点を挙げることができようか。また、真淵流の古調を重視する傾向も見られなくはないが、中古末期頃から盛んに行われてきた歌合の判詞における評語を積極的に用いていることなど、秋成の中世歌学に対する意識も垣間見ることができる点、注目に値しよう。

四、秋成の改案

続いて問題にしたいのは、右で指摘してきた詠歌方法が、秋成の詠歌にどのように反映しているのかということである。ここでは前節で検討した判詞を踏まえ、具体的な秋成の詠歌に即して見ていきたい。

秋成には『藤簍冊子』の他に、自身の詠歌を集成した歌稿類が多く残っており、この『十五番歌合』に載る詠歌も、その半数程度が歌稿に収まったり、あるいは短冊として知人や友人などに贈与されたりしている。なかんずく「文化二年五月某日／余斎／七二歳書（花押）」の奥書を持つ天理大学附属天理図書館に蔵される、晩年の筆跡とおぼしき『秋成歌反古』など、『十五番歌合』より後にまとめられたことが分かる歌稿への収録が目立つのだが、これらに収まる詠歌や自筆短冊には、秋成にあっては当然のことながら、種々の異同が認められる。従来、この瑣末な異同にはさほど注意が払われてこなかったようだが、これらの異同のなかには、秋成の歌論上の持説が反映したものがあると考えられるのである。そこで、その異同から詠歌方法の問題を見ていくことにしよう。

次に改めて伝瑚璉尼筆本の二番の左歌を判詞とともに引く。

　きゞす

岡ごえの小松まじりのつゝじ原ありかをみせて啼きゞすかな

をかべのつゝじにまじりて、ちいさき松のまばらなるあたりにかくろひかねて、鳴きゞすの妻ごひもさることなれど、岡ごえとあらば、ゆきかふこと葉もあらまほしう覚ゆるは、れいのことぢにゝかはつくるにや。

ここで難じられていたのは、初句に「岡ごえ」とあるにもかかわらず、往来を思わせる語が詠み込まれていないことであった。そこで秋成は次のように改めた。

かた岡のつゝじ交りの小松原ありかを見せて鳴きゞす哉[注34]

「かた岡」は、丘の片側、あるいは片一方の低くなった丘。二・三句にも異同があるが、これは記憶違いか、あるいは歌語としては珍しい「つゝじ原」を意図的に避けたか。いずれにしても、問題は「岡ごえ」と「かた岡」の異同である。西行に「かた岡にしばうつりしてなくきぎすたつはおととてたかからぬかは」（『山家集』上、春、三十四、「きぎすを」[注35]）という詠もあるほか、慈円や頓阿らにも「かた岡」と「雉子」の取り合わせは見られる。また、俳諧の付合語集である『俳諧類船集《るいせんしゅう》』（延宝四年〈一六七六〉刊）でも「片岡」と「雉子」は付合となっており、杉風《さんぷう》の「片岡に雉子《きじ》の蹴合《けりあ》ふ羽音哉」（『木曽《きそ》の谷《たに》』注[36]）という発句も伝わっている。つまり、秋成は「よせ」を重視する立場から、「岡ごえ」という不適切な措辞を省いて、常套表現である「かた岡」と「雉子」の取り合わせを選択することにより、不自然さを解消したのであった。

続いて前節でも扱った九番の改案を検討しよう。

海辺里

軒ごとの蘆のすだれも汐なれて見いれ悲しきすまの浦里

神垣に跡をとゞめてものゝふのかばね草むすかまくらの里

左、汐かぜになれたらん須磨の蜑士のすみか見いれなんは、うちつけにかなしうこそ。右、鎌倉のさとにて、むかしのいくさびとらが名をとゞめたるをおもひいでためる。なみだもおつるものゝ、海辺里の題にはうみべのことばの見えざるがくちをしきやうにや。

判は、左の寂寥とした雰囲気を湛える歌に対し、右歌は落涙を催すほどの情趣に感動しながらも、海辺を示す表現が詠み込まれておらず、題意をつかみきれていないとの理由から、左歌に軍配を上げたものであった。この歌は天理本でも異同はない。しかし、秋成が渡辺橋守と田簑漁夫による問答という形式に仕立てた天理本の奥書には、橋守の言として「かま倉の郷もとより海辺なれば、みづく屍としも承らばやとも思ひつれど、草むすと云方に昔はしのばるれ」とあって、天理本の判詞で「海べの風情いかゞにや」とされたことに対する秋成の弁解めいた言辞が載る。

そこで、文化三年頃の筆跡と思われる自筆短冊（同志社大学図書館蔵、九一一・一五-U九一二〇）では次のように改めた。

神がきの跡のみとめてものゝ部の屍水づく鎌くらの里

細かな異同がいくつかあるが、何より第四句を「屍水づく」へと改変していることに注意したい。伝瑚璉尼筆本で、自身でも題意をつかんでいない嫌いがあることを悟っていた秋成は、『万葉集』の大伴家持の長歌「賀㆓陸奥国出㆑金詔書㆒歌」にある「海ゆかば　水《ミ》づく屍　山ゆかば　草蒸屍」（巻二十、四〇九四、表記は『金砂』による）に拠って、最終的に「屍水づく」へと改案したのであり、これによって、「海辺里」という歌題に即した詠歌となり得たのである。なお、この歌は『秋成歌反古』にも「神垣は昔ながらにものゝふの屍水づくかま倉の里」と、若干の異同があって収まる。

もう一例確認しておこう。三番を掲げる。

芦しげし

我門の水沼の岸におふ芦の夏は垣ほに茂りあひにけり

かやり火は水吹風によこをれて芦にこもれる三島江の里

左の、水沼の岸なるあしの、かきほかけて茂りあふらん、まことにしげしと云べし。第三のおふ芦の、とおかれたる句、少し詞たらぬやうに聞なさる。いかでおふるあしとはいはれざりけむ。右の、芦にこもれる三島江の里、しげれる限りとみゆ。されど、かやり火の煙はよこをれて、とこそ有べう覚ゆれ。火とのみにてはかゞりびにあやまたるゝもひがめにぞ侍らむ。左右ともにおなじほどなめれば、なずらへて持と申すべし。

左歌が、自邸の沼岸に生えている芦が、夏になって垣根に亘るほど茂っている様子を詠むのに対し、右歌は、芦が一面に生い茂った淀川の、水辺に吹いた風によって蚊遣火が横折れる風情を詠んだものであり、判定は持であった。

ここでは右歌を問題にしたい。その判詞には、一面に芦が生い茂っている様子が表現されているが、「かやり火の煙はよこをれて」とあった方がよく、「(かやり)火」とあるのみでは、「かゞりび」に間違われる可能性があるというのである。藤原為家が「かやりびの煙ばかりやしらるらんは山がみねの柴のかり庵」（『夫木和歌抄』巻九、夏、千首歌、三三八〇[注37]と詠むように、「蚊遣火」は、蚊を追い払うために燻した煙であり、多く「煙」や「くゆる」「ふすぶる」「もゆる」など、燻す行為を表わす語と取り合わされることが多く、単独で用いられた例は少なかった。浅野三平の『増訂秋成全歌集とその研究』（おうふう、二〇〇七年）によれば、「蚊遣火」を詠んだ歌が秋成には八首ある。いま右の歌を除いた七首全てを引いておこう。

風もなきかやりの烟なびきあひて暮猶あつき里の中道　（『藤簍冊子』）
玉だれのすげきにもれて香に薫る薄き烟や蚊遣なるらん　（『藤簍冊子』）
ともし火はかゝげならはぬ芦のやに夏は蚊やりの影ぞかゞよふ　（『山霧記』）
朝よひの仏のつかへをこたらでかやりをかねにくゆる薫物　（『山霧記』）
蚊遣火のくゆる煙も横をれて梢吹きならす夏の夕風　（『納涼詞』）
蘆陰にひとつふせ屋のゆふいそぎくゆらでもゆるかやり艸はも　（『後宴水無月三十章』）
あしの屋のあたりにくゆる蚊やりかな夕さく花のいぶせ顔にて　（『秋の雲』[注38]）

以上、七首のうち、実に六首が「蚊遣火」の縁として「くゆる」「もゆる」「煙」といった措辞を用いていることが分かる。こういった認識を示していた秋成であるからこそ、判詞に「煙」という「よせ」を必要としたのであった。では、右の歌はどのように改案されたのかというと、『手ならひ』と『秋成歌反古』という二つの歌稿には、次のような形で収まっている。

いさり火は水吹風によこをれて芦にこもれる三しま江の里

三島江は淀川を代表する歌枕であり、古来多くの和歌に詠まれてきた。平安時代以降、ともに芦が詠み込まれることも多く、現実に広く繁茂していたものと考えられている。[注39]その三島江とともに詠まれる火は、藻塩火であり、芥火であり、漁火であって、決して「蚊遣火」ではなかった。漁火は夜間に魚を集めるために漁船でたくかがり火のこと。つまり秋成は、「蚊遣火」と「煙」を詠み込むことを断念するとともに、より三島江の景物として相応しい漁火に変え、芦が一面に生い茂った淀川で、漁火が風によって靡いているという歌へと改案したということだろう。

ここでは数例しか示すことができなかったが、前節で抽出した秋成の批評型歌論の特徴を踏まえ、秋成が自己の歌論上の理念によって自詠を改案していたことを明らかにしてきた。これまで、何の気なしに看過ごされてきた観のある秋成歌の異同だったが、そこには異同が生じるだけの必然性があったことが浮かび上がってきたのではないだろうか。

おわりに

以上、本章では、秋成の『十五番歌合』をめぐって、その系統に二系統あったこと、その二系統で全く判詞が異なることを指摘したうえで、判詞の分析を通して、秋成が詠歌にあたって留意していた事柄を垣間見るとともに、その理念に基づく改案を行っていたことを明らかにしてきた。

従来、主として秋成歌論の分析対象となってきた歌学型歌論からだけでは見えてこなかった秋成の詠歌上の本音を、批評型歌論に即すことによって浮かび上がらせることが本章の目的であった。歌論と詠歌の関係を云々することは困難を極めるが、右のように具体的な批評に即して分析することで、詠歌に際して秋成がどのような点に配慮していたのかということが、朧気ながら見えてきたのではないだろうか。

真淵にせよ、蘆庵にせよ、秋成にせよ、和学者・歌人には、理念としての（歌学型）歌論と、実作としての詠歌の間に齟齬が見出されることがある。その理由は各人の置かれた立場により様々であろうし、各々の戦略性があったのかも知れない。いずれにしてもそうした歌論と詠歌のあいだを埋める、つまり和学者たちの本音を垣間見ることができる資料として、添削資料や歌合判詞は貴重な情報を提供してくれているのではないか。

本章で抽出した批評型歌論の特徴を踏まえたうえで秋成の詠歌を眺めることによって、一層彼の詠歌への理解が深まるならば望外の喜びである。

【注】

［1］中央公論社版『上田秋成全集』第九巻一三一頁。

［2］岩津資雄『歌合せの歌論史研究』（早稲田大学出版部、一九六三年）。

［3］事実、こうした方面からの研究として、丸山季夫「上田秋成の歌学考」（『国学者雑攷』、吉川弘文館、一九八二年）、浅野三平「秋成の歌論」（『増訂秋成全歌集とその研究』、おうふう、二〇〇七年）、吉江久彌「上田秋成の歌論」（『歌人上田秋成』、桜楓社、一九八三年）などが備わっている。

［4］『秋の雲』に関しては、近衛典子「秋成歌集『秋の雲』考――冒頭部における諸問題――」（『上田秋成新考――くせ者の文学――』、ぺりかん社、二〇一六年）が備わる。

［5］以上の記述は、『和歌文学大辞典』（古典ライブラリー、二〇一四年）の「自歌合」項（吉野朋美執筆）を参照しつつ記述した。なお歌合に関しては、その他、注［2］の岩津書、峯岸義秋『歌合の研究』（復刻版、パルトス社、一九九五年）、萩谷朴『平安朝歌合大成』第十巻（赤堤居私家版、一九六九年）、堀部正二『纂輯類聚歌合とその研究』（大学堂書店、一九六七年）などの諸成果から多くを学んだ。

［6］なお、注［3］吉江書第一部「四季の歌」では、「二番以下は不明。やはり荷田信美か」と記され、信美の可能性を指摘する声がないわけではなかった。

［7］蘆庵社中の存在の大きさは、晩年の秋成文芸生成の背景を考える上で、看過することはできない。例えば『後宴水無月三十章』は、秋成と蘆庵社中が加藤宇万伎の三十年忌追善歌会を催した折に秋成が詠じたものであった。また、より物語

めいた創作として『生立ちの記』という物語がある。ここには、秋成自身の戯画化である「いなつきの翁」をはじめ、秋成周辺の実在人物たちが戯画化して登場するなど、何らかの事実に基づく物語と考えられている。中村幸彦「秋成伝の問題点」(『国文学解釈と鑑賞』第二十三巻第六号、一九五八年六月)は、登場する翁の友のうち、「髭長の真海老」を佐々木真足《またり》、「早瀬の宇治丸」を村瀬栲亭《こうてい》あたりと想定している。その当否は未詳ながら、羽倉信美の書写にかかるとされる巻子本が新日吉神宮蘆庵文庫に蔵されている事実を勘案するならば、そこに登場する人々が蘆庵社中の、例えば小川布淑や田山敬儀であっても、何ら不思議ではないのである。


［8］『新編国歌大観』第八巻「私家集編Ⅳ」(角川書店、一九九〇年)一一〇頁。

［9］『新編国歌大観』第二巻「私撰集編」(角川書店、一九八四年)三七八頁。

［10］『新編国歌大観』第七巻「私家集編Ⅲ」(角川書店、一九八九年)四四二頁。

［11］注［8］一八二頁。

［12］中央公論社版『上田秋成全集』第三巻三七七頁。

［13］中央公論社版『上田秋成全集』第十巻四二頁。なお「生旦」は役者の意。

［14］続群書類従完成会版『賀茂真淵全集』第十九巻二〇九頁。

［15］続群書類従完成会版『賀茂真淵全集』第二十三巻一五二頁。

［16］高野奈未「賀茂真淵の題詠観」(『賀茂真淵の研究』、青簡舎、二〇一六年)。

［17］注［16］高野稿。

［18］わずかに、③四季の法とも関連する視点から、注［3］丸山稿に「彼が題詠を詠む場合如何に季節其ものに注意を払ったかを見るべきであらう」と、宍戸道子「上田秋成の和歌と自然――『七十二候』を中心に――」(『国文学解釈と鑑賞』第七十四巻第三号、二〇〇九年三月)に「題詠の際には、題と実際の季節の関係に拘りを尽くすのも、秋成の詠歌態度の一つであった」との指摘が備わる程度であろう。

［19］注［12］九四頁。

［20］注［1］三四四頁。

［21］『新編国歌大観』第一巻「勅撰集編」（角川書店、一九八三年）一九一頁。

［22］天理本の判詞に「氷をもてあそばせし物がたりをや思よせられけん」とあるのも、『源氏物語』蜻蛉巻のことを指しているのであろう。

［23］なお、「余情」や「幽玄」、「有心」については以下の諸書を主に参照した。能勢朝次『幽玄論』（河出書房、一九四四年）、田中裕『中世文学論研究』（塙書房、一九六九年）、武田元治『中世歌論をめぐる研究』（桜楓社、一九七八年）、谷山茂『幽玄』（谷山茂著作集一、角川書店、一九八二年）、手崎政男『有心と幽玄』（笠間書院、一九八五年）、久保田淳『中世和歌史の研究』（明治書院、一九九三年）、武田元治『「幽玄」――用例の注釈と考察――』（風間書房、一九九四年）、大谷俊太『和歌史の「近世」――道理と余情――』（ぺりかん社、二〇〇七年）。

［24］注［23］大谷書で堂上における、また高野奈未「真淵の当代和歌批判――和歌指導に即して――」（注［16］高野書）で真淵における余情の尊重が取り上げられている。

［25］『新編国歌大観』第五巻「歌合編／歌学書・物語・日記等収録歌編」（角川書店、一九八七年）七八頁。

［26］注［25］五七四頁。

［27］注［18］宍戸稿にも同様の指摘あり。

［28］注［25］一八一頁。

［29］注［25］六二三頁。

［30］中央公論社版『上田秋成全集』第七巻四三頁。

［31］国書刊行会版『上田秋成全集』第一巻一六六頁。

［32］藤井乙男「上田秋成の俳調義論」（近衛典子監修・解説『秋成研究資料集成』第十二巻（クレス出版、二〇〇三年））の翻印による。

［33］中央公論社版『上田秋成全集』第十二巻二一五頁。

［34］神谷勝広氏が所蔵する自筆短冊。また、注［3］浅野書によれば、他の自筆短冊には初句「かた岡の」、第三句「つた日原」とある由。「つた日原」は未詳。なお、『手ならひ』は『十五番歌合』と異同なし。

［35］『新編国歌大観』第三巻「私家集編Ⅰ」（角川書店、一九八五年）五七七頁。

［36］『古典俳文学大系』第八巻（集英社、一九七二年）三七五頁。

［37］注［9］五四五頁。

［38］以上の秋成作品の引用は、いずれも中央公論社版『上田秋成全集』による。『藤簍冊子』は第十巻五五頁、『山霧記』は第十一巻一九五頁、『納涼詞』は同巻四二頁、『後宴水無月三十章』は第十二巻一六八頁、『秋の雲』は同巻二四二頁。

［39］久保田淳・馬場あき子編『歌ことば歌枕大辞典』（角川書店、一九九九年）参照。「三島江」の項は安田純生執筆。

附　伝瑚璉尼筆『十五番歌合』翻印と影印

〈凡例〉

一、漢字および仮名は原則として通行の字体に改めた。
一、判詞・奥書には適宜句読点を施した。
一、和歌・判詞・奥書ともに適宜濁点を施した。
一、踊り字は「ゝ」・「ゞ」・「〱」・「〲」で表記した。ただし、漢字の繰り返し記号はいずれの表記であっても「々」に統一した。
一、原本の行移りは無視した。
一、題の上部にわたくしに番号を附した。

翻印

十五番歌合

左　　渡辺橋守
右　　田簑漁翁

一　雪のこれり

霞こめあらしもぬるき春の日にゆきまだのこるひえのたに〴〵
此春はくるとあくとに雪の山こゝろとけずも日数へにけり
　左の五文字よりこしの句まで、いかにもみやまにうちむかひたらん春のこゝちせらるゝに、谷々の雪まだ残れるさま年々に見るものゝ、昔よりよみ残したればか、あたらしく思ひなされはべる。右の、雪のやまも日数ふるけしき、をかしからぬにはあらねど、ひえのたかさにはをよびがたくや侍らむ。

二　きゞす

岡ごえの小松まじりのつゝじ原ありかをみせて啼きゞすかな
春雨に垣ねの小柴ふみたてゝやどり貟にも雉子なくなり
　をかべのつゝじにまじりて、ちいさき松のまばらなるあたりにかくろひかねて、鳴きゞすの妻ごひもさることなれど、岡ごえとあらば、ゆきかふこと葉もあらまほしう覚ゆるは、れいのことぢにゝかはつくるにや。雨のひに垣ねの柴生ふみたて、やどりがほに来鳴らむ雉子、しづけさことばの外に顕れて、山里のさまおもひしれ侍りぬ。

三　芦しげし

我門の水沼の岸におふ芦の夏は垣ほに茂りあひにけり
かやり火は水吹風によこをれて芦にこもれる三島江の里
　左の、水沼の岸なるあしの、かきほかけて茂りあふらん、まことにしげしと云べし。第三のおふ芦の、とおかれたる句、少し詞たらぬやうに聞なさる。いかでおふるあしとはいはれざりけむ。右の、芦にこもれる三島江の里、しげれる限りとみゆ。されど、かやり火の煙はよこをれて、とこそ有べう覚ゆれ。火とのみにてはかゞりびにあやまたるゝもひがめにぞ侍らむ。左右ともにおなじほどなめれば、なずらへて持と申すべし。

四　氷室

水無月のてる日もさゝぬ谷かげにめすひをけふとみつぐ山人
袖ひぢて夏をわするる手まさぐりとくるひさしき君が御まへに

ひだりのうた、水無月のと打いづるよりめすひをけふといひのばへて山人とゝぢむるまで、心詞すゞしくこそ侍れ。みぎもたくみにて、しかもこゝろ有さまなめれど、うたがらひだりにはおとり給へる成べし。

五　初秋月

星合のあふせにさはる雨過て涼しき風に月すめるそら
月かけて野路の萩原分くれば浅き河瀬の音のさやけさ

ほしのゆふべに、雨はれて月すめらんけしき、すゞしさたぐひあらじかし。つきかけて萩はらわけこしに、川音さやにきこえむも面白かべけれど、萩はなかの秋にも茂てあそぶべければ、初秋の心すこしおくれ侍らむか。

六　雁

かりてほす豊の稲葉に時雨ふり夜寒の空を雁鳴わたる
つれわたる雁のおほひ羽ひまもりて光くだくる秋のよの月

左のうた、ふるきすがたにて、しらべことにをかしきを、おろかなるめにてみれば、上句は長月比の日影よは〳〵とてれるが、うち曇りてしぐるゝ体也。さるを、下句に夜寒とあるが、ことたがひたらむやうなり。右の旅雁うちかはすつばさのひまより、月光のくだけてもりたらむ深夜のさま、いとも幽玄なれば左にはまさり給ふべし。

七　木枯風

ゆくさには若葉のかげに駒とめし老曽の杜の木がらしの風
木がらしの風に高師の浜松もあらそひかねて下葉散かふ

左のうた、ゆくさまにはかぜのすゞしきがために駒とめし若葉の夏陰、おもひかへせばたゞきのふばかりなるに、森のこがらしすさまじき体、言外にあらはれ侍り。右の浜まつ下葉ちりかふも、見るがごとくにてさびしくおぼゆれど、おいそのもりのとしのはうにはをよばぬ成べし。

八　冬旅

あづま路はわたりせごとにみなぎりて霜にもかれぬ流なりけり
わりなしや雪の下にも春かけて越路の旅に宿りする我

ひだりのわたりせごとによまれたるは、うまやつゞきにあなる河々のおほきをいへる成べけれど、初句を大ゐ河とせば、かの川の幾瀬にもわかれたるに叶ふべからむとおもはるゝはひがごとにぞあるべき。右の雪中に春まちて越路にやどれる旅客の情、ことにわりなくあはれに侍れば、此かたに心ひかれはべるなり。

九　海辺里

軒ごとの芦のすだれも汐なれて見いれ悲しきすまの浦里
神垣に跡をとゞめてものゝふのかばね草むすかまくらの里

左、汐かぜになれたらん須磨の蜑士のすみか見いれなんは、うちつけにかなしうこそ。右、鎌倉のさとにて、むかしのいくさびとらが名をとゞめたるをおもひいでためる。なみだもおつるものゝ、海辺里の題にはうみべのことばの見えざるがくちをしきやうにや。

十　関

かるかやの関のゆきゝのとぼしきにしの吹みだる秋の夕かぜ
あしがらの関の古道こえくれば不二のたかねの雪吹おろす

左のかるかや、右のあしがら、にしに東に国はへだゝれど、歌のしなおなじうして、ともにをかしう侍れど、右のふじの雪は吹おろすとありて風ともあらしとも見えず。かゝる歌、金葉集にありしかど、猶左のかるかやいひおとさずつかねられしを、すぐれたりと申侍らん。

十一　雨夜はるゝ

まつまたる思ひ捨しをさ夜中に雨はれておもふ友があたりを
島かげの篷の雫に更る夜の雨はれて月はあかしがたかな

左、よるの雨、俄にはれて、友のあたりとひやせんのこゝろいでくめる閑人の有べき態なりかし。されどおもひ捨しはれて思ふの詞句をへだてたれば、歌合にては難とすべし。右、島陰の泊舟もさること成べけれど、雫にふくるの詞甘心とす。落句もすこし俳諧めきためれば、なずらへて同科と申べきか。

十二　船橋

立山の雪消にごれる水花にくだくと見えてはなつ船橋
おやなくばはなたじとしも思ひしを五月雨はれぬさのゝ舟はし

ひだり、たちやまの雪消ならばみづばなさこそとしらるゝに、とりはなつ船はしのあまたなるをくだくと見んさま、めのまへのやうにつゞけられぬ。右は、五月の長雨によりて名におふ舟はしはなつらむも有べきわざながら、第四句少し短く聞ゆれば、かの神通河のには及びがたかるべし。

十三　老て友なし

よはひとて我をいはへるもろ人にさてもとはれぬことのひさしさ
春ならぬ霞に老がめをきりてふみの友さへうとくなりぬる

左の齢をいはひてわかき茶奉りけん人々のうとかるべきにもあらざなれど、寂き老の心にはさばかりにぞおもふらん。右、見ぬよの人を友とすべき古書みんに、めのきれはうとからむもことわりに聞えてあはれに侍れば、よろしき持と申べくこそ。

十四　原野

草深き清見がはらの野づかさの飛鳥のてらも淵はせとなる
たかの原の上野ゝ萩の花つまをよそにぞ鹿のつれわたる見ゆ

左はあすかでらの荒趾艸深くなれるから、淵瀬にかはる世間をおもへる感慨きはまりなかるべし。右のたかのはらの萩もなつかしけれど、よそにぞのぞ文字おもく聞えてとゞこほれば、清見がはらには負給はんかし。

十五　神社

清江の神のみむろの鷺の戸に声のみよする沖つしら浪
軒ふりし吉備津のみやの高梯を風吹おろすすゞしめのこゑ

墨江神社にうけ給はりをよべる鷺の戸のめづらしきに、松のしづえあらふてふ沖つ浪のと、こゝもとにひゞくらんは、いさぎよくてあかぬ心ちす。吉備津のみやのすゞしめの声、高楷《(ママ)》のもとにてきかんもいとかう〴〵しかれど、名におへるすみのえの浪ぞ立まさり給ふべかめる。

いにし水無月はての頃、難波のたよりにつけて、此十五番歌合に判詞つくべきことの聞えためるに、身のかよはくてふせりがちなるおこたりのみにあらで、渡のべのはし守田蓑のむらぎみ、ともに世間に聞えたるうたよみの翁なめれば、三十一字をだにはか〴〵しうつゞけえぬわがよしあしなどいふべうもなくて程へにたるを、きし打浪のしき〳〵にせめらるれば、さてあらんも中々なめしかりなんと、心のかぎりかいつくるは、あたれりやあらずやのさだめごときかまほしさにて、をこにしるし侍るなり。ゆめうら風になちらし給ひそと粟田山の木樵が申す。

影印

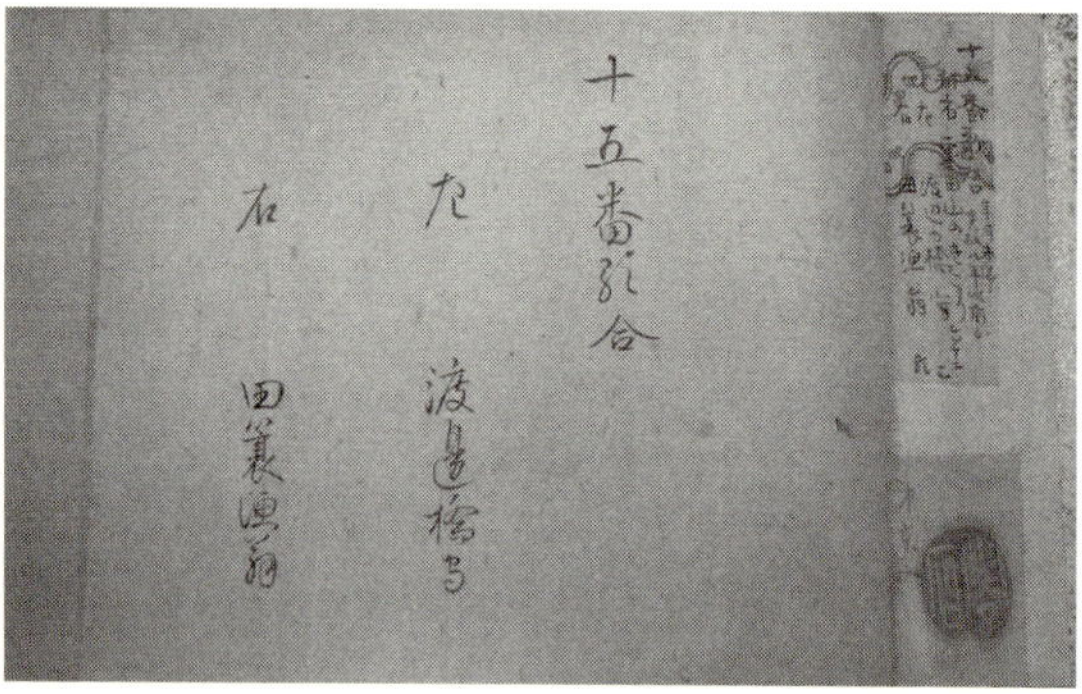

十五番歌合

左

右

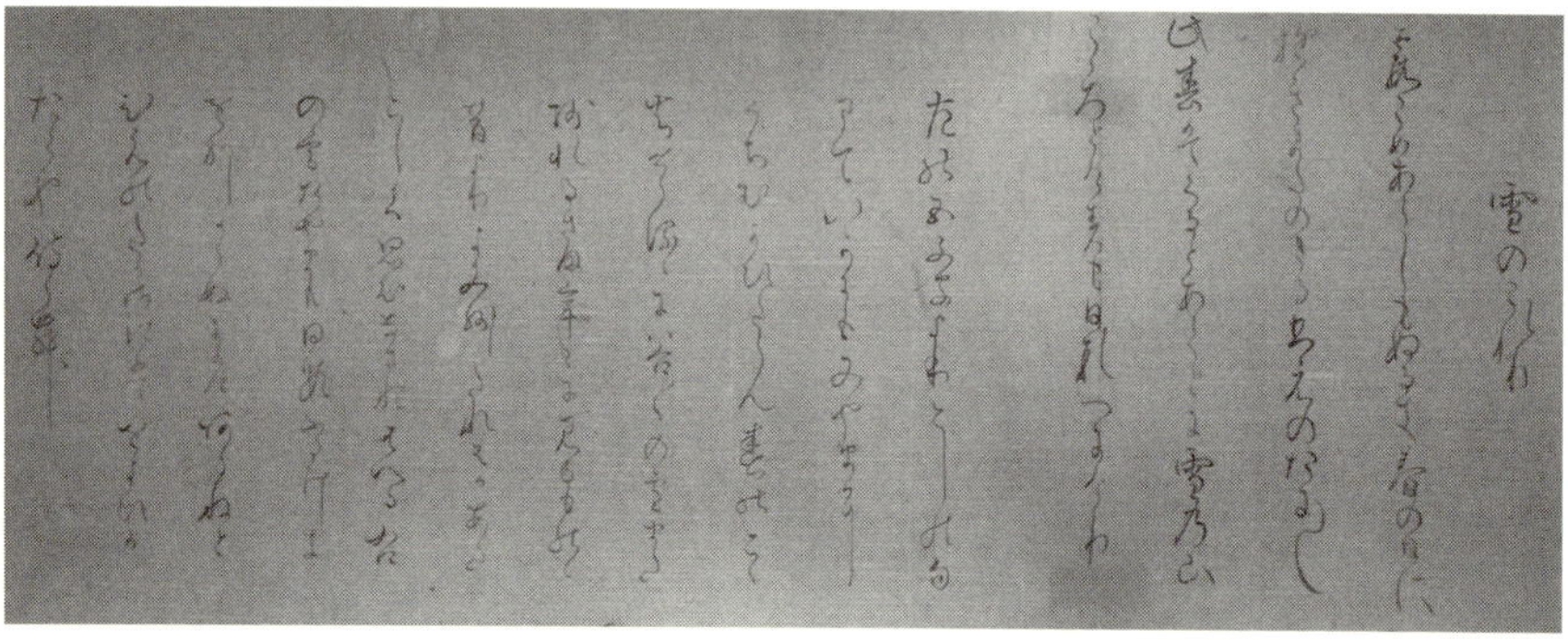

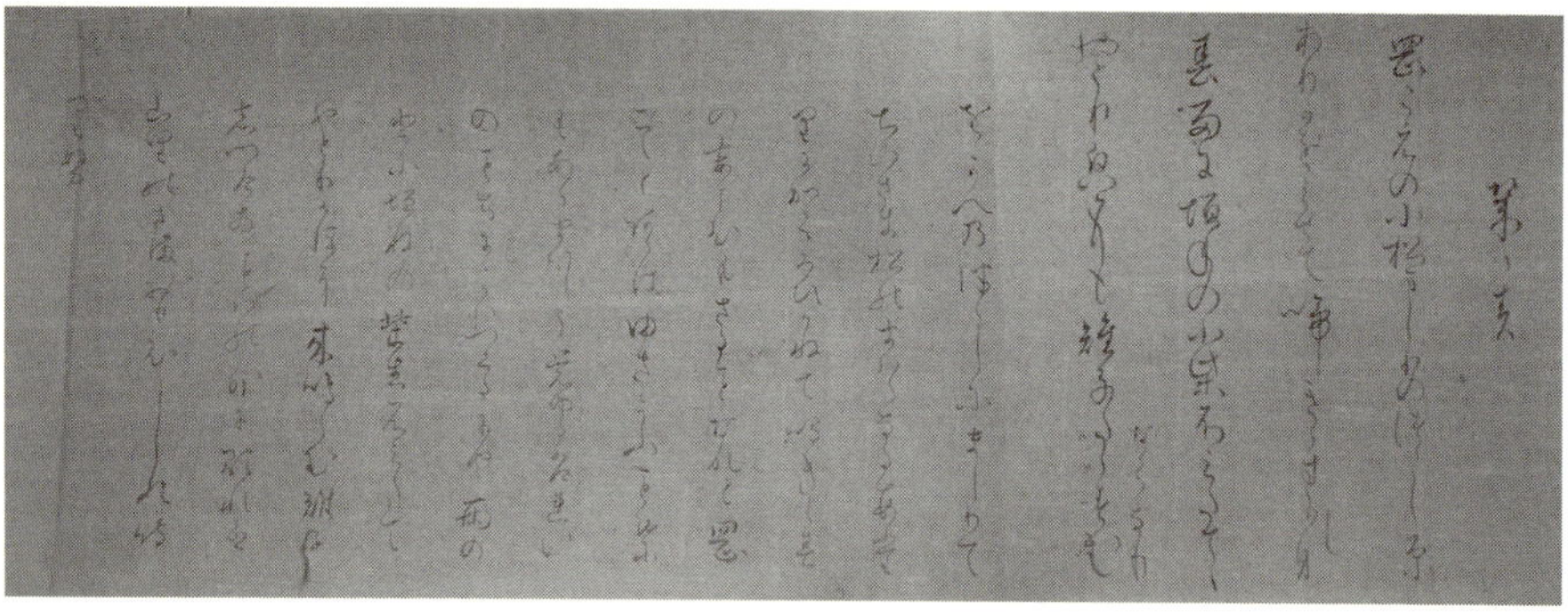

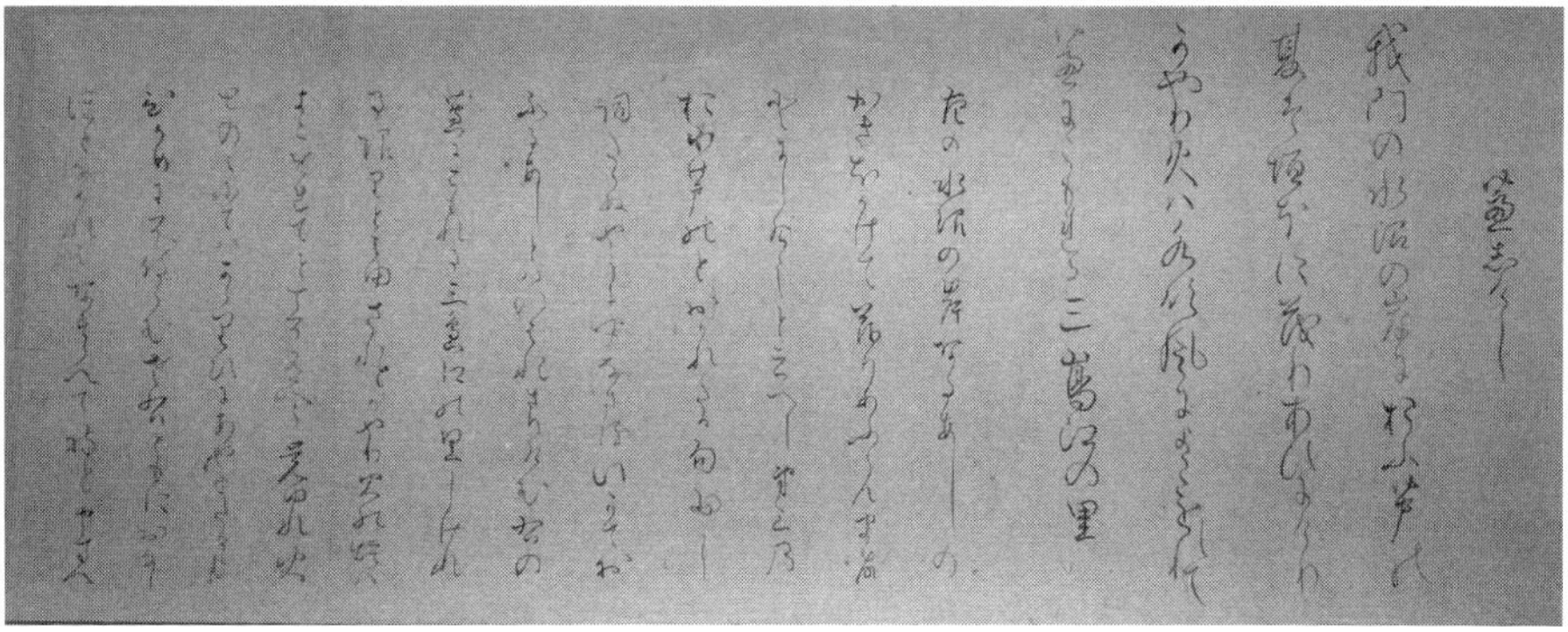

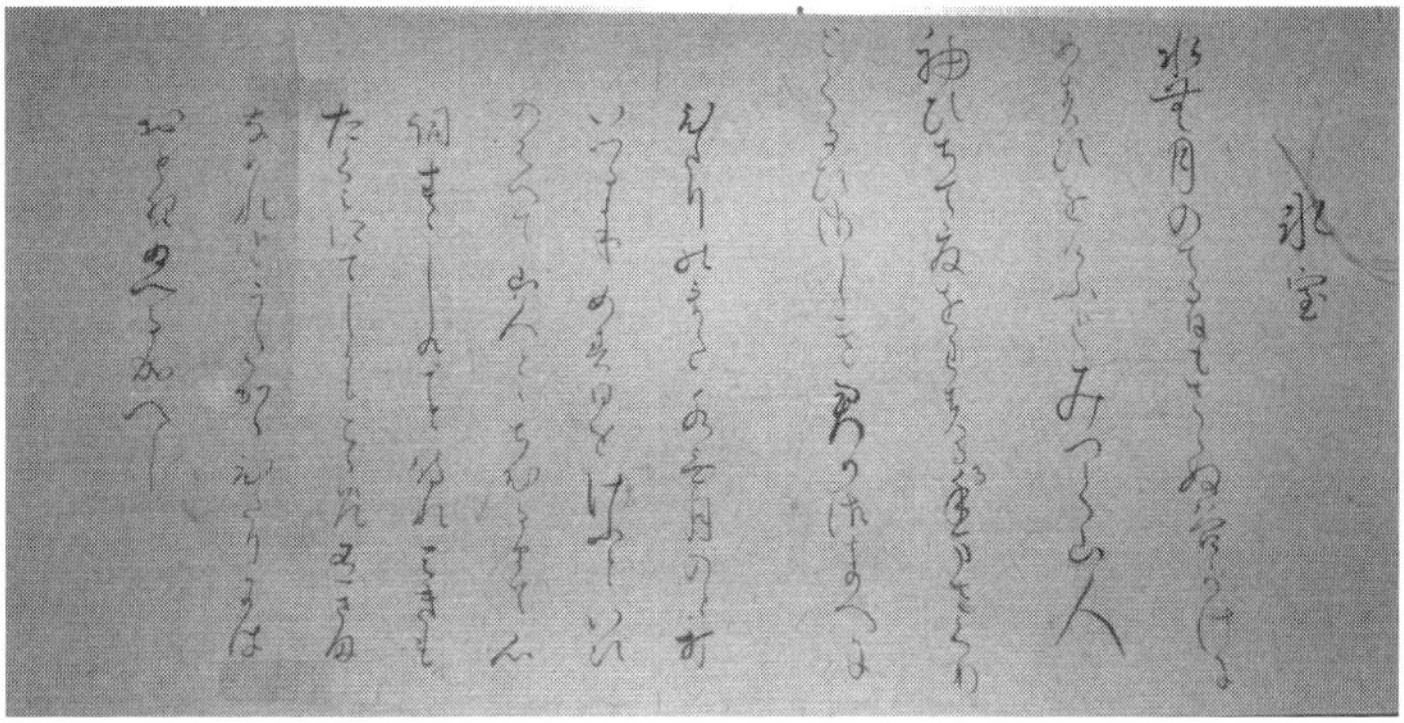

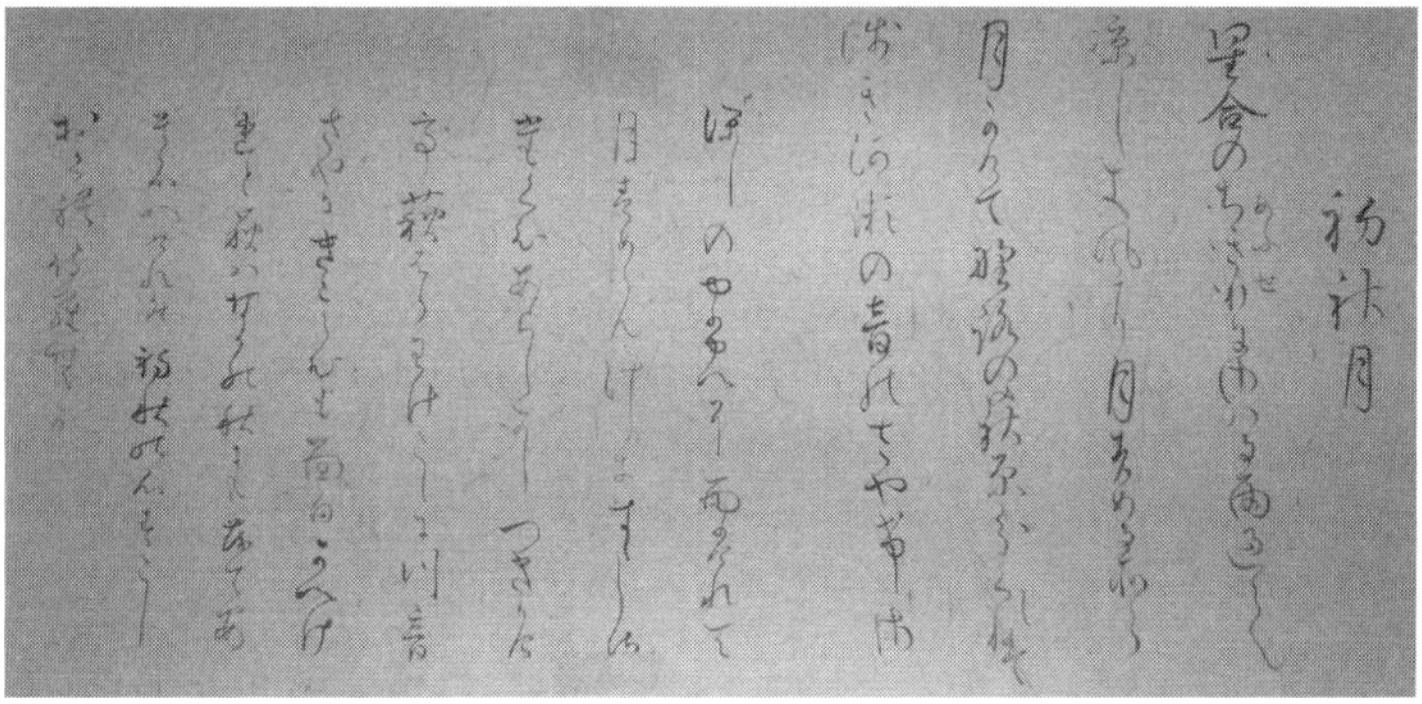

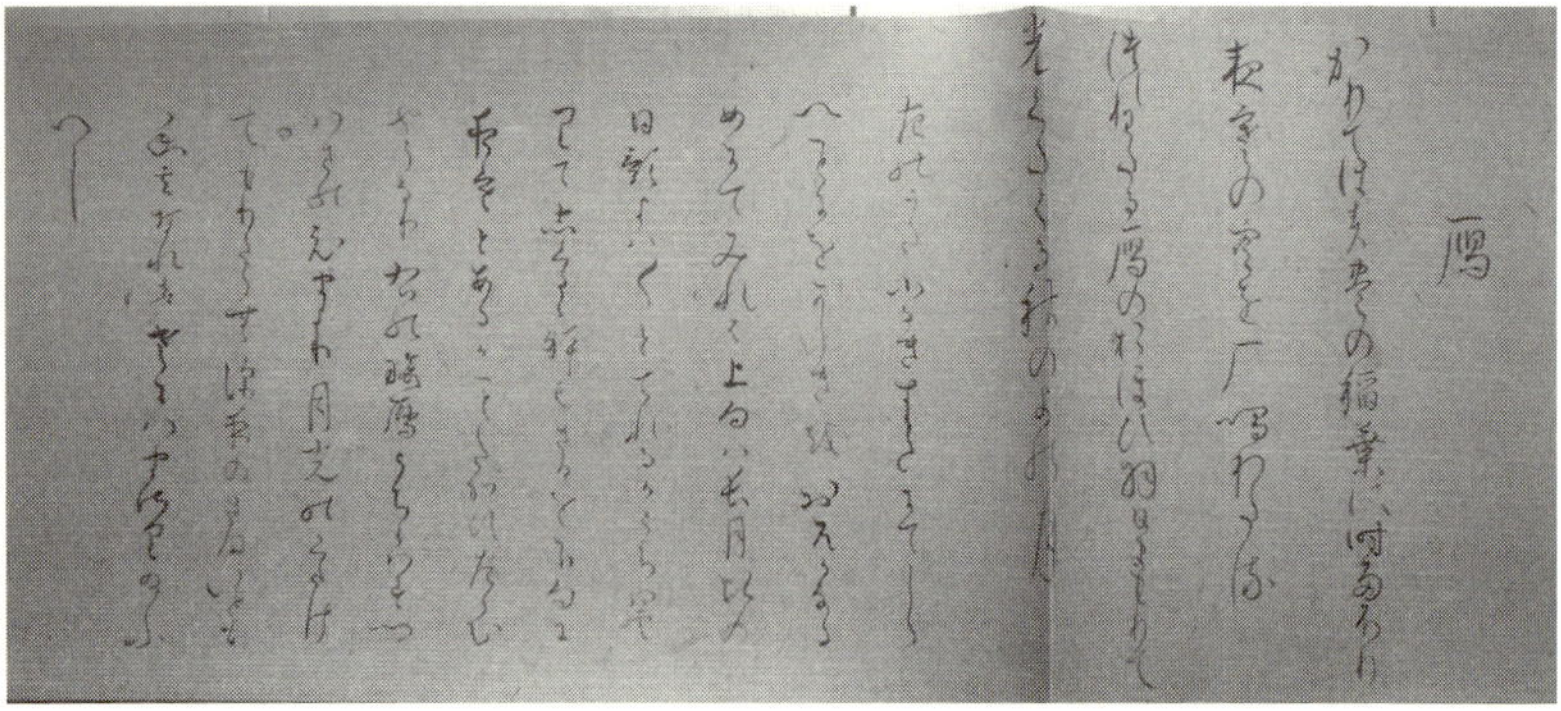

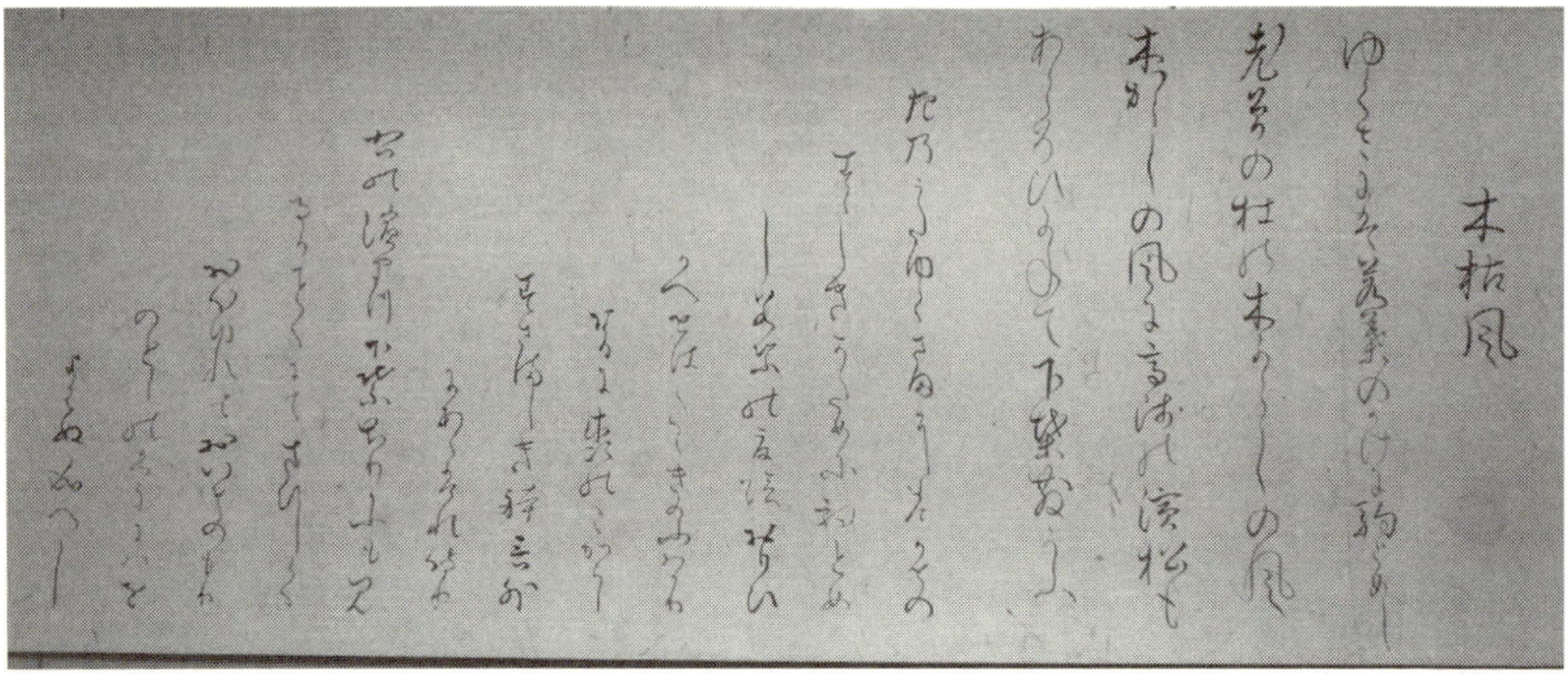

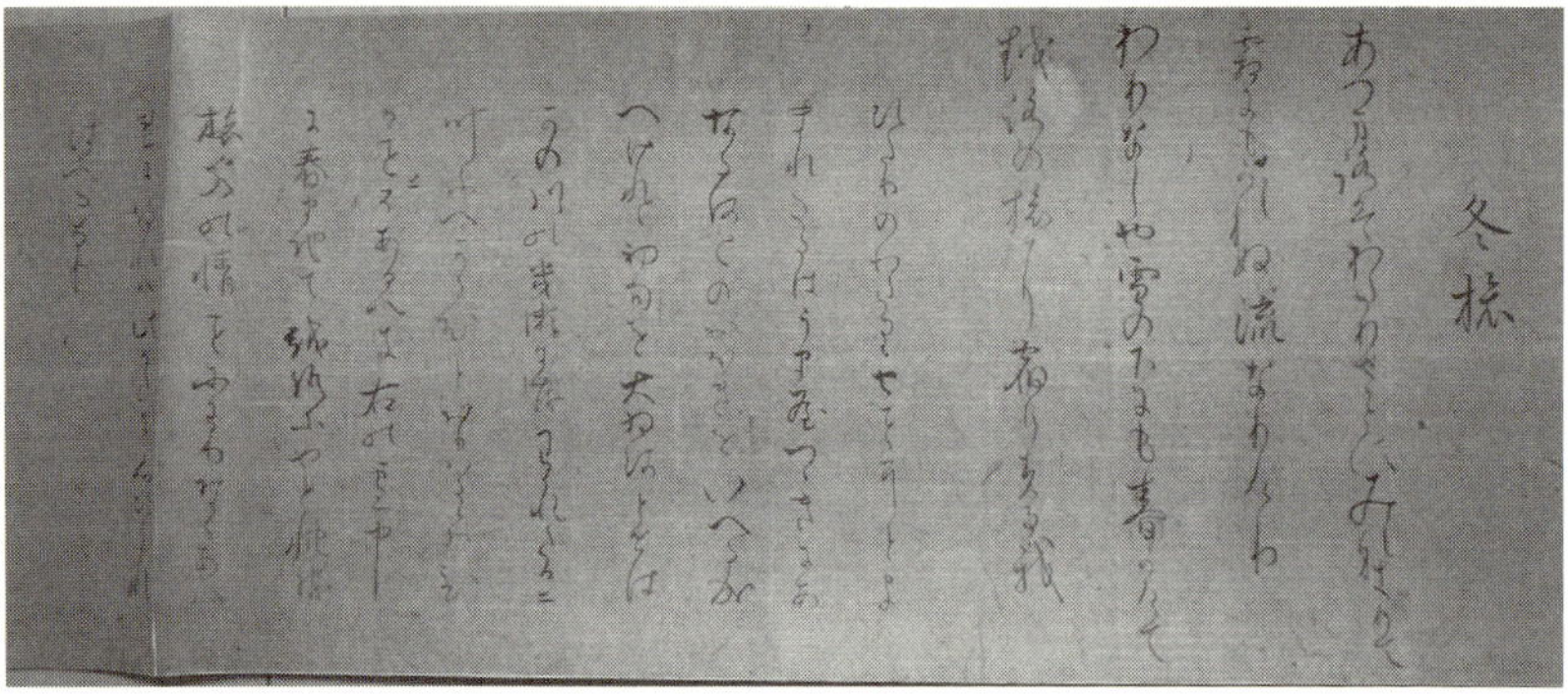

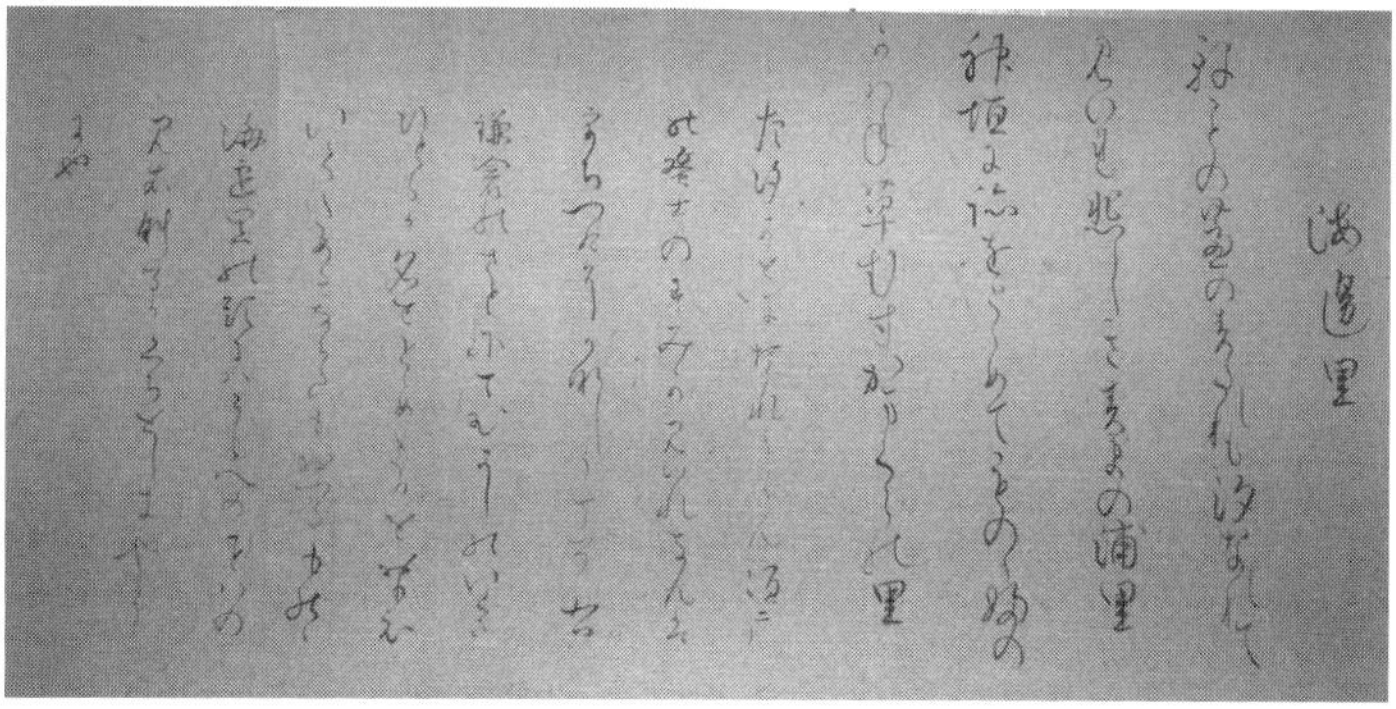

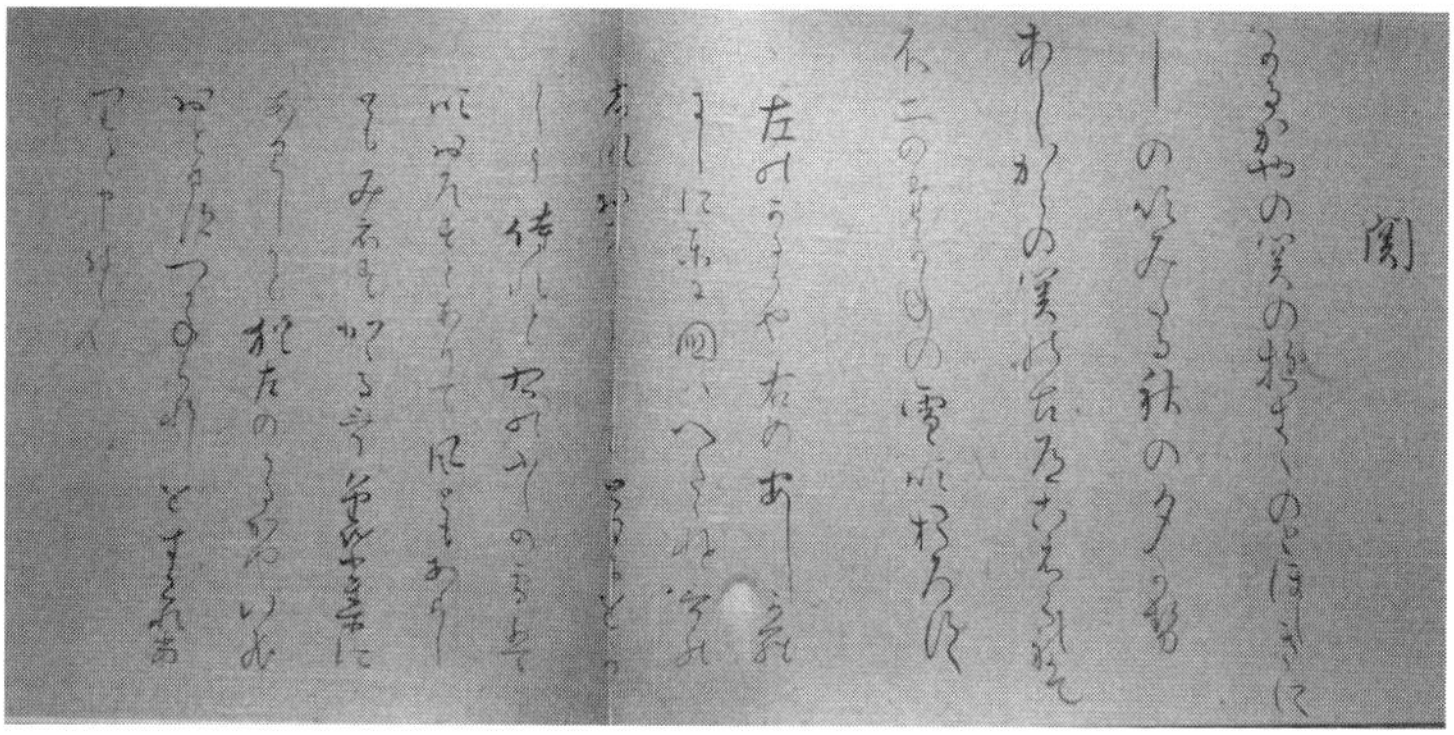

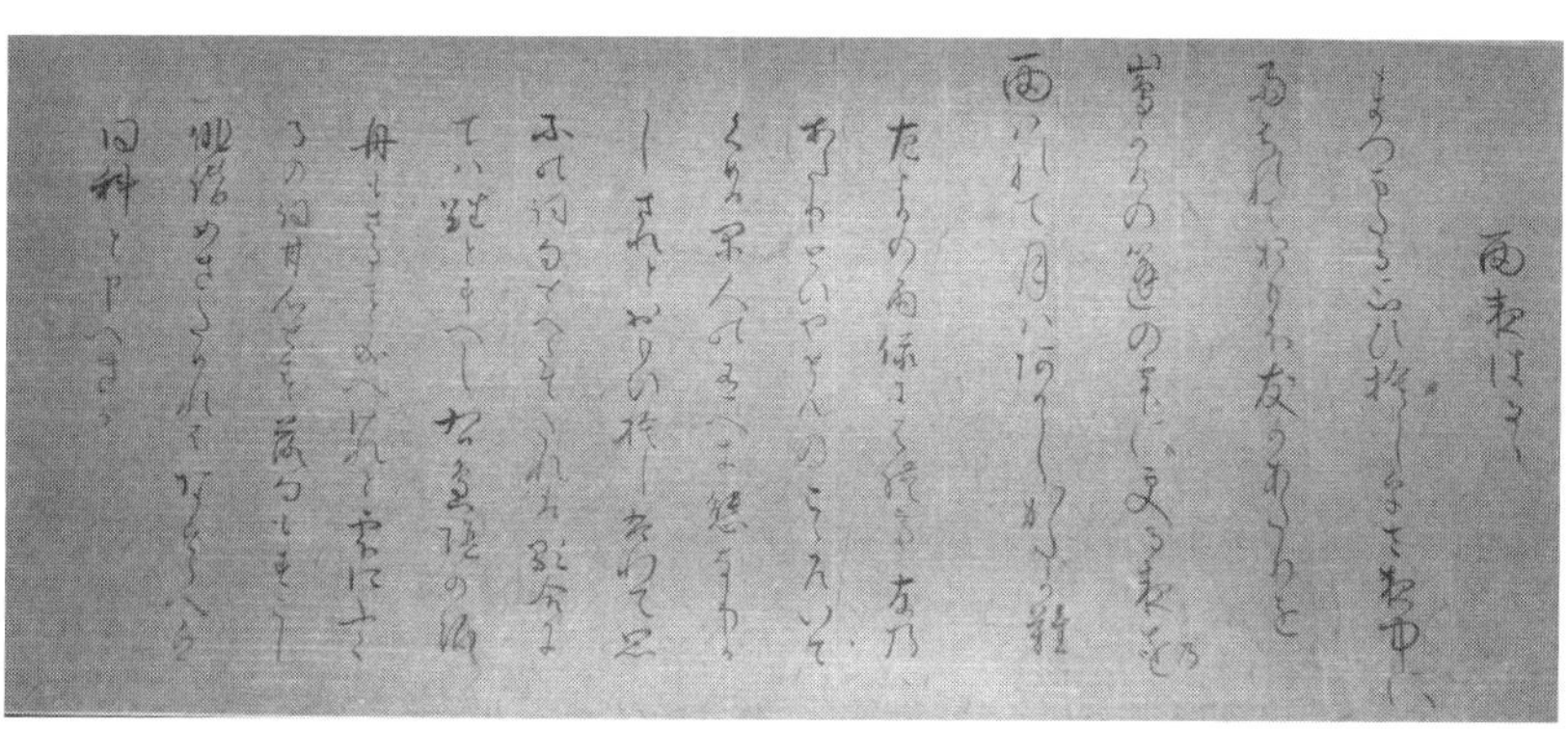

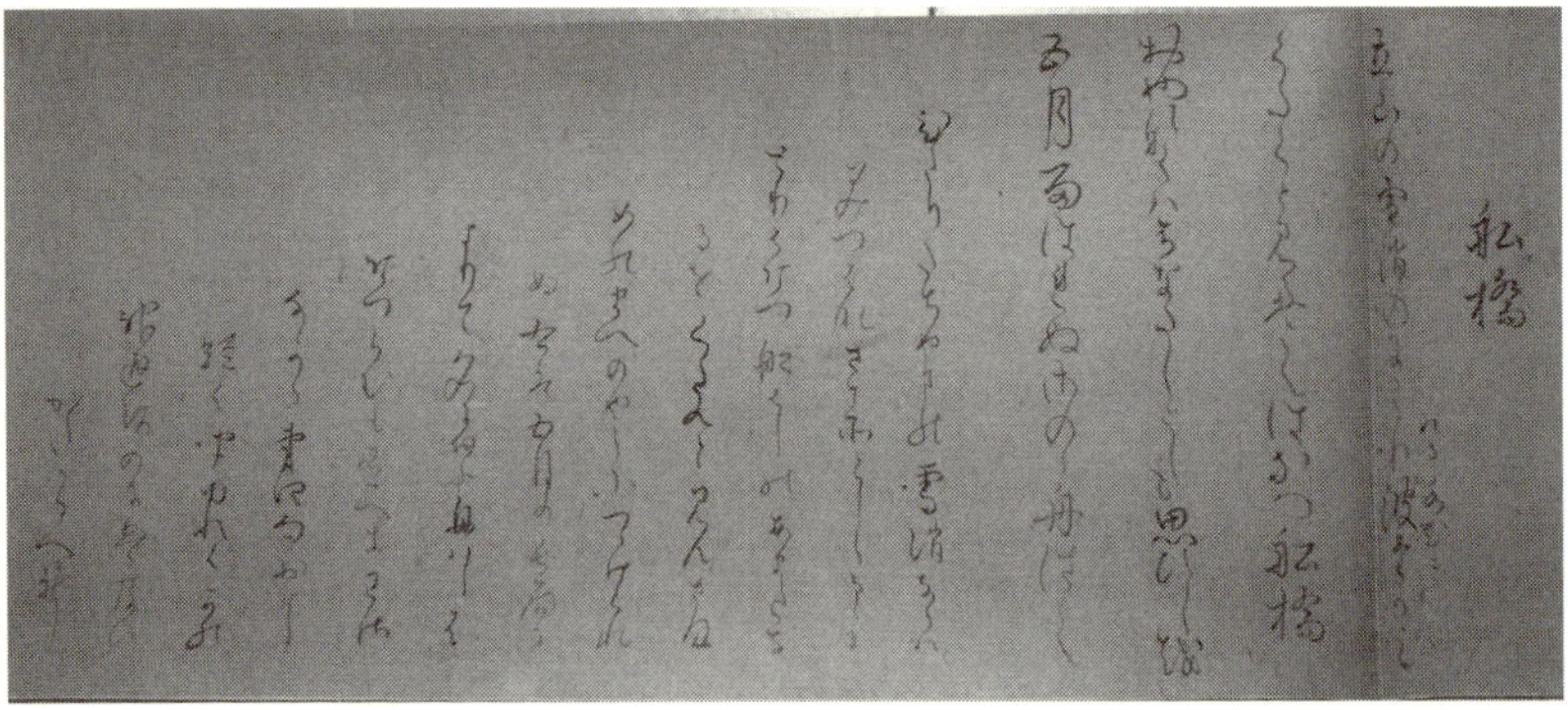

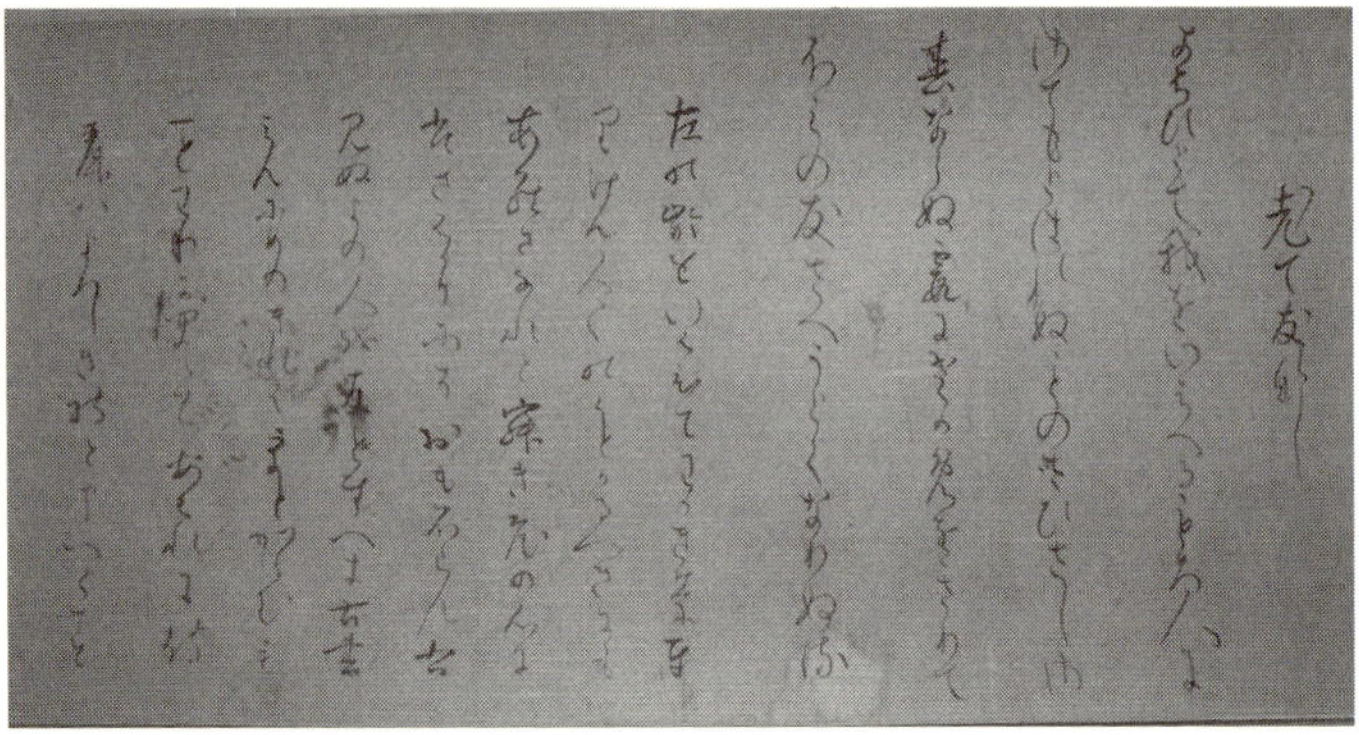

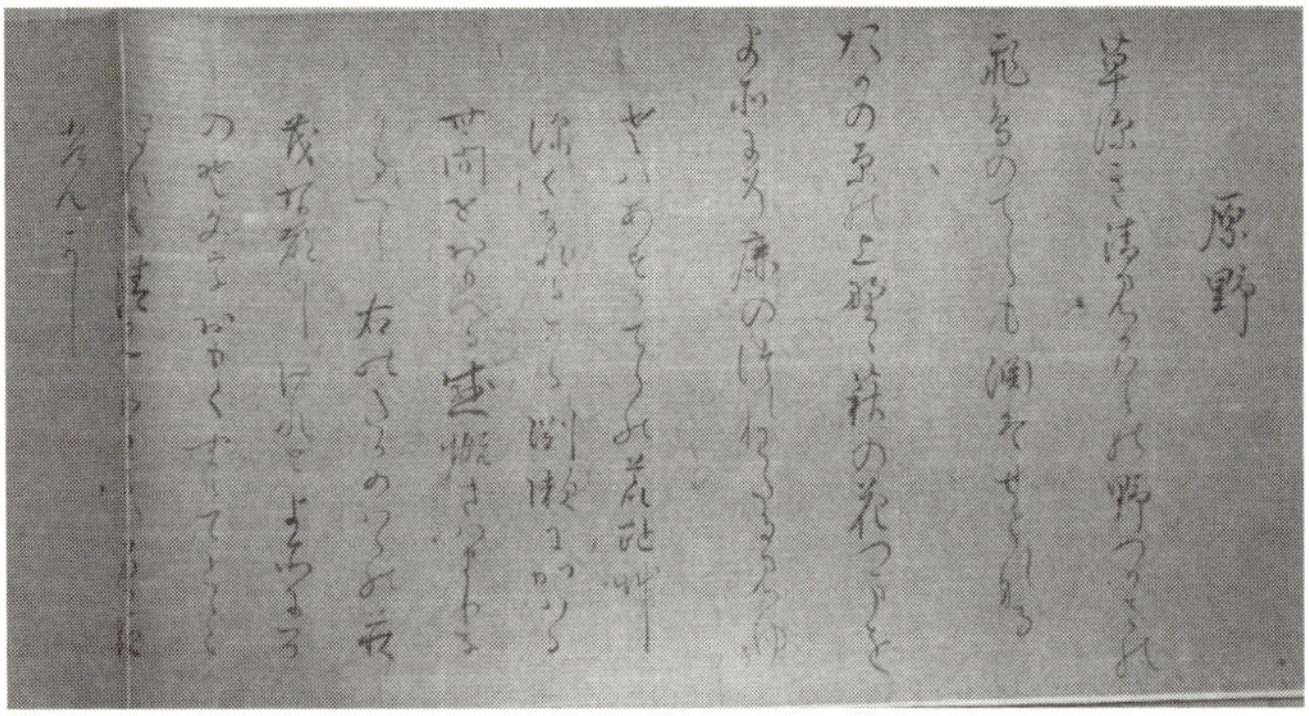

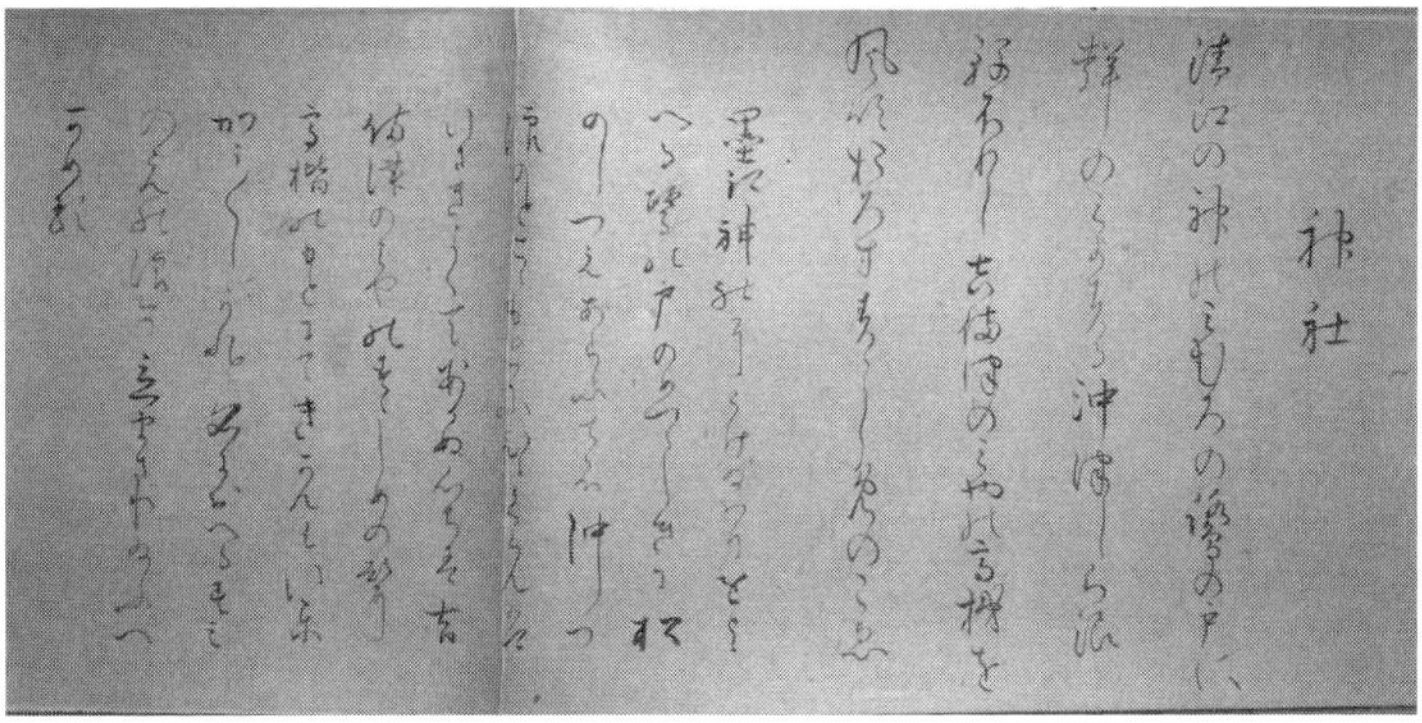

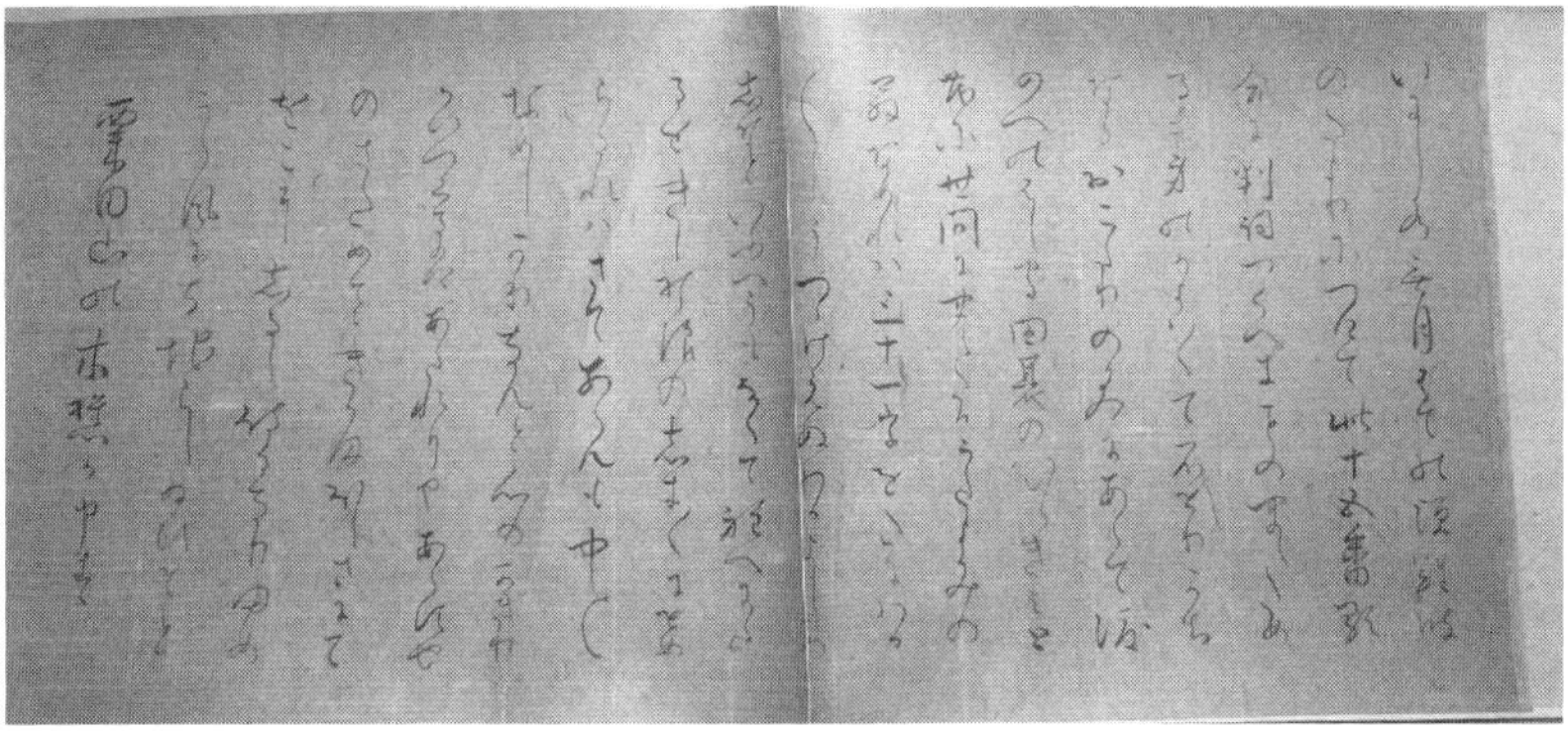

第三章　『春雨物語』「目ひとつの神」の和歌史観

はじめに

秋成最晩年の著作『春雨物語』（文化五年〈一八〇八〉成）には、鵜月洋に、
長年の研鑽の結果、いまはすっかり国学者としての知識と識見を身につけ、国学者としての姿勢と地位をきずきあげた秋成が、その基礎の上にたって書いた小説が「春雨物語」である。だから「春雨物語」は、端的にいえば、国学者の書いた小説であり、国学者秋成の学識と識見を十分にもりこみ、批評と主張をつようち出した作品であった。注[1]

という要を得た解説が備わるように、和学者としての秋成が自著において繰り返し開陳してきた言説を、登場人物に代弁させている部分が多く認められる。また、「海賊」然り、「歌のほまれ」然り、秋成自身の思想や学問的見解が構想の契機になっていると考えられる話もあり、それらを勘案すれば、『春雨物語』が和学者の書いた小説という性格を有していることは疑いない。本章で検討を加える「目ひとつの神」もまた、物語終盤に姿を現す神が、隻眼であった秋成の戯画化と見なし得ることも含めて、秋成の和学上の持説が披瀝された一篇といえよう。

「目ひとつの神」は、応仁の乱の余燼消えやらぬ文明・享禄（「長享」の誤カ）という時代を背景に、歌道の修行を

志し上洛を試みた相模国の青年が、その途次の近江国老曽杜で神や妖怪らと邂逅し、堂上歌壇の頽廃を批判して東国への帰郷を諭す神の啓示に従って、故郷に帰還する物語である。本篇については、「秋成の三傑作」と評した佐藤春夫を始め、[注2]既に重友毅、森山重雄、浅野三平、中村博保、鈴木淳、野口武彦、長島弘明らによる、成立、創作意図、典拠、モデル等に関する一定の研究成果が備わり、主として舞台である老曽神社や神の造型などに関する見解が提出されてきた。[注3]

ところが、本話の眼目のひとつとも言うべき歌論部分については、『文反古』下所収「難波の竹窓に」[注4]や、『文反古稿』所収「物問ふ人にこたへし文」に同旨の文があることが指摘されたほかは、[注5]重友毅によって小沢蘆庵『布留《ふる》の中道《なかみち》』に開陳される歌論と「目ひとつの神」の歌論との類似が唱えられてきた程度で、[注6]堂上批判・歌道伝授批判などの言を以て措かれてきた観があり、歌論そのものに立ち入った分析はほとんど例を見ない。また、秋成と蘆庵の近しさを勘案すれば、重友の指摘は首肯できる見解には違いないのだが、「目ひとつの神」の歌論を検討していくと、蘆庵歌論との関係だけでは片付けることのできない、当代歌論との密接な関係にも気付かされる。

本章は、秋成の持論が展開される物語後半の神の言説を中心に分析を行い、「目ひとつの神」読解の一助とするものである。

一、「四五百年前」に対する疑問

物語後半、神は京を目指す相模の国の青年に対し、堂上歌壇の衰退を説き、東国への帰還と郷里での精励を促す。次はその一節である。引用は富岡本による。

汝は都に出て物学ばんとや。事おくれたり。四五百年前にこそ、師といふ人はありたれ。みだれたる世には、文よみ物知る事行はれず。高き人も、おのが封食の地はかすめ奪はれて、乏しさの余りには、何の芸はおのが家の伝へありと、謳りて職とするに、富豪の民も、又ものゝ夫のあら〳〵しきも、是に欺かれて、へい帛積はへ、習ふ事の愚なる。すべて芸技は、よき人のいとまに玩ぶ事にて、つたへありとは云はず。(中略)あづま人は心たけく夷心して、直きは愚に、さかしげなるは佞けまがりて、たのもしからずといへども、国にかへりて、隠れたらんよき師もとめて心とせよ。注[7]

四五百年前ならば京にも師とするに足る人物はいたが、乱世には学問などは行われず、高貴な人も所領を奪い取られ、貧しさのあまり我が家に秘伝があるなどと偽って職とする有様だが、富豪の民や荒々しき武士までがこれに騙され、進物を積み整えて教えを乞うことは愚かであるという。なお、「目ひとつの神」が収められる佐藤本『春雨草紙』、文化五年本には、「四五百年前」の部分に「五六百年前」(『春雨草紙』)、「五百年のむかし」(文化五年本)という異同が認められるものの、議論が複雑多岐に亘る『春雨草紙』を含め、師の不在と秘伝意識、諸芸の職業化などを説いている点に関しては諸本間で大きな違いはなく、一貫して秋成の持説が投影されていると見做してよいだろう。

この歌論については、重友毅が『文反古』下所収の「難波の竹窓に」に、中村幸彦が『文反古稿』所収「物問ふ人にこたへし文」にそれぞれ開陳される秋成の見解と類似することを指摘していた。それらの歌論は適宜参照するとして、ここではまず堂上歌壇の頽廃ぶりを指弾する一節に見える「四五百年前にこそ、師といふ人はありたれ」という発言に注意したい。というのも、この発言に関する従来の解釈は必ずしも一定ではないのである。

比較的よく利用される注釈書の注を次に示してみよう。

○日本古典文学大系五十六『上田秋成集』(中村幸彦注、岩波書店、一九五九年)

文明・享禄より四五百年前は、古今・後撰・拾遺の三代集が出た頃にあたる。

○『春雨物語　付春雨草紙』（浅野三平注、桜楓社、一九八三年）
　平安時代の文運さかんな頃。
○新潮日本古典集成『春雨物語　書初機嫌海』（美山靖注、一九八〇年）
　文明（一四六九～八七）・享禄（一五二八～三二）から逆算すれば、十世紀から十二世紀にかけてのころか。『古今集』（九一四ごろ成立）、『毎月集』（曾禰好忠、九七一ごろ成立）、『拾遺集』（一〇〇七ごろ成立）、『金葉集』（一一二七成立）などの時代を指していることになる。
○新編日本古典文学全集七十八『英草紙　西山物語　雨月物語　春雨物語』（中村博保注、小学館、一九九五年）
　平安の末から、院政期。真淵『ふぶくろ』に「師となるべき人、すべて五六百年このかたにはなければ」。
○角川ソフィア文庫『春雨物語』（井上泰至注、二〇一〇年）
　平安時代末期から、鎌倉時代にかけて。

こうしてみると、諸注に揺れがあることが分かる。中村幸彦注と美山注はいずれも舞台として設定されている文明・享禄からの逆算と明記したうえで三代集の時代頃と注していて、浅野注もおそらく同時代を想定しているものと思われる。一方、中村博保注と井上注は、平安末期から院政期あるいは鎌倉時代と、やや下った時代を想定しているが、分量の制約もあってかその算出方法は記されていない。なお、文化五年本に初めて施注された三弥井古典文庫『春雨物語』（山本綏子注、二〇一三年）では注が附されていない。

中村博保注と井上注の根拠がやや不分明ながら、どうやら神の言う「五百年前」は、文明・享禄からの逆算であることが、自明の事柄のように認められてきた観がある。まずはその定説に揺さぶりをかけることから始めたい。

二、「目ひとつの神」と真淵の和歌史観

前節で引用した諸注のうち、中村博保注には注目すべき記述があった。賀茂真淵が弁の君（野村弁子《ともいこ》）をはじめとする女性の門人に宛てた書簡の集成『ふぶくろ』の引用である。これについては、中村自身の論考では別段注意が払われておらず、注[8]これまでさほど問題にされてこなかったようだが、この引用はもう少し重く捉えるべきではないか。

中村博保注から示唆を受け、『ふぶくろ』の記述をやや長くなるが確認しておこう。引用は『増訂賀茂真淵全集』第十二巻（吉川弘文館、一九三二年）による。

その歌の中にかけ高き松を冷泉家の事にたとへ給ふはいかにか侍らん。京家にて高き家といふは摂家又は清花家などこそあれ、冷泉家などはひくき家也。かゝる事もその人にむかひてはいかにもいふ事なるを、外より打まかせては心有べき事也。東にてはいとやんごとなき人すら京家の人たちをば高き事とのみ思へど、京にも高き下き家のわかち有ぞかし。又冷泉などの弟子に成ことはいとやすき事なるを、かく題にて歌をあつむるなどはをかしき事ぞかし。されど人のせちに頼まんはよみもしつ。よりてその心にてなほしつ。此よし御物がたり候へかし。京に久しくをりしからは、かの人々の門弟に成てよくは、われらもなりぬべけれど、師となるべき人すべて五六百年このかたにはなければ、われらは弟子に成侍らず。物ぐるひにてひとりいふにも侍らざる也。

真淵は、歌の家として名高い冷泉家も、摂関家や清花家に比べれば格の低い家であって、入門などは容易いことであると言い、京に長い間滞在していたからには、冷泉家の門弟になるべきだが、師とするに足る人は「五六百年」出現していないので弟子にならなかったのだという。ここで真淵が冷泉家を批判する態度、そして「五六百年」という年数を含めた論旨が、「目ひとつの神」で展開されている堂上批判に近似している点は注意されてよい。

周知に属することながら、秋成が三十歳頃より下冷泉家へ入門し、教えを乞おうと図ったものの、その対応に失望したというエピソードが伝わっている。注[9]『胆大小心録』（異文二）五を引く。

わかい時は、人のすゝめで、俳かいといふ事習ふたれば、さつても〳〵よい口じや、とほめられたので、四十にちかいまで、是を学ぶにひまがなかつた。人の云は、歌よんだがよい、俳かいはいやしい物じや、といわるゝに、ふと思ふたは、歌はお公家さまの道じやとおしやれば、こちとのよんだとてと思ふたけれど、人のすゝめにて、下のれんぜい様へ入門したれば、さても、そなたはよい歌よみにならりや（ろ）。問やる事どもは追てこたよふとおしやつて、そのこたへなし。注[10]

以後、契沖の著書などによる独学、加藤宇万伎への入門を経て、真淵学へ傾倒していくこととなるが、習作段階の秋成が冷泉家へ接近し、それを否定的媒介として出発している点は銘記すべきであろう。秋成には『ふぶくろ』における真淵の発言に共感を覚えるだけの経験則が備わっていたのであった。

その『ふぶくろ』は写本でしか伝わっていないが、秋成が『ふぶくろ』を閲していた可能性は高い。大東急記念文庫には『ゆきかひ』という写本が蔵されるが、その書写者は他ならぬ秋成の妻瑚璉尼と考えられていて、初丁には亡妻の遺墨の散逸を恐れ、大通寺塔頭の実法院に本書を収める旨を記した秋成自筆の識語が貼付されている。この識語が収録される中央公論社版『上田秋成全集』第十一巻の解題（中村幸彦執筆）に指摘はないが、この『ゆきかひ』、外題が異なるものの、実は内容は『ふぶくろ』そのものであり、当然前掲の書簡も収められている。秋成は友人野村遜志《のぶもと》の依頼で、県門であった兄嫁弁子が筆録した真淵の『古今集』講義を『古今和歌集打聴』として刊行したが、注[11]同書に模刻された弁子書簡（長島弘明氏蔵）を秋成が所持していたことを勘案すれば、『ゆきかひ』（『ふぶくろ』）もまた、遜志あたりからもたらされたものと考えられ、同書に秋成の手にかかると思われる朱筆校合が書き入れられていることからも、秋成が閲していた蓋然性は極めて高い。

ところで、真淵の「四五百年」前、あるいは「五六百年」前という時代に対する関心は『ふぶくろ』にのみ披瀝されているものではなく、真淵がこだわっていた一つの和歌史観であったらしく、他の真淵の著書や書簡からも見出すことができる。

いくつか例を挙げておこう。『続万葉論《しょくまんようろん》』巻九の「ほのぐ〵とあかしの浦のあさ霧に島がくれゆく舟をしぞおもふ」（『古今集』巻九、羇旅、四〇九）の注に、

凡公任卿博学の人也といへども、今いふ古今六義の伝などのことを、公任卿よりの伝とて、定家卿為家卿古今伝来の奥書に見ゆるも皆あらぬこと也。又定家卿歌よむことはよろしかれど、古歌を解給ふものはみなたがへり、是を以て考ふれば、ともにとるにたらざる也。然るに近世難波の契沖といふ人余材抄に書るも、誤り有といへども、四五百年来の人の注よりはよろしく見え侍るまゝ、先是をいひて其うへを論ずべし。注[12]

とあり、詠歌ではなく、堂上家に伝わる秘伝秘説による注釈を指弾した一節ではあるものの、「四五百年」間の学問不振について述べている点は、「四五百年」間師とするに足る人物がいないことを説く「目ひとつの神」と符合する。

また、明和三年（一七六六）正月十六日付長野清良《ながのきよよし》宛書簡には、

御懐紙のこと先日申上候は、五・六百年以来、後世及当時之体のみに御座候。古は後世の体の歌会と申こと見当り候はず。注[13]

との見解が記されているほか、宝暦元年（一七五一）某月某日森繁子《もりしげきこ》宛と推定されている書簡には「後世五百年来の作は、詞のみを案候故、漸々にいやしく成候」注[14]とあって、写実を尊重する真淵による後代の歌会批判や、技巧的な詠歌に対する批判が展開されている。さらに、真淵が門人龍草廬《りゅうそうろ》の問いに答えた宝暦十年（一七六〇）四月成立『龍のきみえ賀茂まぶち問ひ答へ』（以下、『問ひ答へ』）にも、古語の解釈は後代のものに拠るのではなく、古書によって

論定すべしと述べたうえで、「重ねて凡六百年ばかりこなたの人の古語古歌などいへる事を挙て問給ふことなかれ」注[15]とあり、「凡六百年」ほどの人々の古語古歌を一顧だにしていない。

右に掲げた例の中には、京における師の不在を説く『ふぶくろ』や「目ひとつの神」とは異なり、詠歌や注釈に関する史観も含まれてはいるものの、真淵が「四五百年」間の歌壇や歌学に価値を認めようとしない発言を繰り返していた点は銘記しておくべきであろう。

このように、真淵は、新古今時代やそれ以降に詠まれた和歌、および中世歌学を否定的に捉えていた人物であった。注[16]さらに、次に引く『問ひ答へ』の一節は、「目ひとつの神」との関連からも看過することができない。

鎌倉の世となりては、京家は政事をいふ事ならず。たゞ遊芸の家となりて、それをだにわが家の事とせんとせし俗意より、よろづおこれり。

政務に携わることなく、ただ遊芸を専らとする家に成り下がった中世以降の公家を批難しているこの一節は、先に引いた神の言説と通ずるところがある。以上のことを勘案するならば、真淵から秋成への和歌史観の継承を想定することができるのではないか。

三、「目ひとつの神」と秋成の和歌史観

前節で検討した「四五百年前」以降の歌風や歌学に対する批判的な眼差しは、秋成も同様であったと思われる。『胆大小心録』一四五には次のような発言がある。

国風も三十一字に必と定りての後は、秀歌少きは、あし曳きの山鳥の尾のしだり尾の、と文装をくはへて、ながながし夜の独寝のなげきの意を、くわしくはつくさずありし。五百年来は、たゞ心をつくして、思ふかぎり

をいはんとす。賎妓の物がたり聞にひとしく、いとくだ〳〵しくうたてし。注[17]

『万葉集』に多く見られた長歌が衰退し、和歌が「三十一文字」に固定化した結果として秀歌が少なくなった理由を述べた一節である。『拾遺和歌集』の巻十三に人麻呂歌として載る「足引きの山鳥の尾のしだり尾の長々し夜を独りかも寝ん」を例に、かつては文装を加えることによって、思うところをくどくどと述べ尽くすことがなかったのに対して、ここ「五百年来」は心の隅々まで言い尽くそうとして詠むため、くどい印象を受けるという。これは歌風の変遷に対する言及ではあるが、真淵や秋成に見られるこのような和歌史観の符合は、決して偶然ではないだろう。注[18]

このような用例を勘案すれば、神の言説に真淵歌論の影響が見られることは動かないものと思われる。「目ひとつの神」で述べられる「四五百年前」という大凡の年数は、舞台となっている文明・享禄からの逆算ではなく、秋成が生きた近世中後期からの逆算と考えるべきではないか。「目ひとつの神」で語られる歌論が問題にしているのは、中世以後の歌壇、より具体的に言えば、『春雨物語』から約五〇〇年前の一三〇〇年前後、すなわち為家やその子孫たちによる二条・冷泉・京極への分裂を見る時期あたりからの歌道衰退であったと考えられ、秋成は「四五百年前」頃を歌道史上の一つの分水嶺として認識していたようである。

そこで次に秋成の中世以後の歌壇に関する言及を拾ってみたい。例えば歌論『つゞら文』の一節。

さて次々の世にさかしき人しき〳〵に出たまひて、心はたくみにあふれ、言はあやに過、しらべいとくるしく息づかれて、姿は花鳥のぬひ織してまばゆきばかりなるも、色音のにほはしからぬは、世につれよろづ花やぎゆくがやめる也。注[19]

とあって、「次々の世」（中世）以後の歌壇が細部にまでこだわって、華美な表現技巧に心を砕いていることを指弾しているが、これらは、前節で引用した『胆大小心録』一四五や、『金砂』巻一で述べられる、いにしへの歌は、打まかせて物に比興して思ひをやる事、詩の三百篇に似たり。後々の詩歌は、言に尽さんとするから、思ひ過ては、譌かざりてさかしぶるにぞ、おのづからおとるべし。たとへば卑賤の者の言多きに似たり。注[20]

という、言い尽くそうとしたり、表現を飾り立てたりする後代の歌風に対する発言と同断であろう。「後々」を平安朝以後とする見解もあるが、注[21] 前掲した『胆大小心録』一四五との近似を考慮に入れれば、「五百年来」、すなわち中世以後と考えるのが至当である。

そして、歌道の衰退とともに秋成が語るのは、和歌が堂上の占有物となってしまったことへの嘆きである。やはり『胆大小心録』から一三四を引く。

歌は必雲の上につかへて、冠さうぞくたゞしく、ものゝふの道ニはあづからぬ君たちのよむ事となりしこそ、あさましけれ。武をわすれさせしにこそ、ものゝふにたわめられて、君とは申せども、めゝしきをうやまふ事となりんにたり。注[22]

和歌は「雲の上」すなわち朝廷に仕える堂上歌人が詠むこととなった結果、「めゝしき」詠風を貴ぶことになったという。ここでは古代の雄々しき詠風が、平安朝以降に失われたことを言っているのだが、直後に、後述する『太平記』巻十一に載る佐介貞俊《さすけさだとし》のエピソードを引用し、貞俊が今際の際に詠んだ歌を「まことの歌」と称賛しているように、秋成は一三〇〇年頃までは「まことの歌」が命脈を保っていたという認識を示していた。同書一〇でも「歌は必縮神の御芸にてといへど、昔はそうでもなかりし也」注[23] と述べたうえで同様のエピソードを引用していて、秋成は「四五百年前」以降、当代に至るまで和歌の権威をほしいままにしてきた堂上の姿勢が、詠歌を本来の姿から変容させてしまったことを指弾していたことが分かる。秋成によるこうした堂上歌壇を批判する態度を勘案すれば、神の言説が秋成の肉声であることは疑いのないところであろう。

従来、文明・享禄という舞台設定が神の歌論を理解する際の足枷となっていたようだが、ここでは神の言説が秋成の言説そのものであることにもう少し留意が必要である。我々は既にこのような物語上の時代設定を無視した言説を知っている。同じ『春雨物語』の一篇「海賊」において、帰郷を果たした貫之に宛てた書簡中、文室秋津《ふんやのあきつ》と思われる海賊が貫之の訓の誤りと無学さを指弾する一節で「ある博士の、以貫と付しは、つらぬきとこそよみためれ」[注24]と記しているが、この「以貫」は諸注が指摘するように、大坂の儒学者穂積以貫《ほづみいかん》（元禄五年〈一六九二〉～明和六年〈一七六九〉）を指している。既に披瀝されていた海賊の言説を考えれば、海賊が秋成の分身であることは疑うべくもないが、とりわけ近世中期に生きた以貫が引き合いに出されたこの部分は、「秋成的評論空間」の侵入によって『土佐日記』的物語空間」が破壊されていることを象徴していよう。[注25]

「目ひとつの神」も同様に、文明・享禄が舞台として設定され、老曽の森における出来事も青年の視点からリアリティを以て綴られてはいるが、そこで若者を諭す神の言葉は秋成の言説に相違なく、ここでの神は時空を越えて乱世に姿を現した秋成に他ならない。『春雨物語』の読者は、既に目ひとつの神が登場した場面で、物語内に現れた秋成の姿を認識していただろうが、さらに秋成の持説が神の語りと重ね合わされたことで、神の言説が秋成のいつもの議論であることを察し、その発言に耳を傾けることになるのである。

四、秋成の和歌史観と当代

ところで、ここまで検討してきた和歌史観が必ずしも秋成自得のものでもなければ、真淵からの単線的な影響のみに留まるものでもないことには注意が必要である。ここで寛保二年（一七四二）に荷田在満《かだのありまろ》が著した『国歌八論《こっかはちろん》』に注目したい。『国歌八論』の革新的な議論は、当時の歌壇に多大な影響を与え、田安宗武・真淵を交えた論争が展開されたことに加え、本居宣長や伴蒿蹊《ばんこうけい》、大菅中養父《おおすがなかやぶ》、荒木田久老などが加注し、また評書をものすこととなった。その国歌八論論争関連書からも中世以後の歌道衰退に関する言説は見出されるのだが、なかでも在満歌論の特色が如実に表われており、論争の一つの争点ともなった「翫歌論」には、次のような指摘が備わる。

中古以後の官家の人は、天下の政務の武家に移りて、わが閑暇なるままにひたすらに歌のみを好みて、終に「わが敷島の道」と称す。これ歌の本来を知らざるのみならず、道といふことをも知らざるからの妄言なり。論破するに足らず。注[26]

政権が武士に移った中世以後、朝廷の人々が暇を持て余し、ひたすら和歌に執心していくさまを、その病弊の象徴である「わが敷島の道」という言を取り上げて批難した一節である。この部分については、この史観に反応した蒿蹊が『国歌八論評』で、

「天下の政務武家に遷りてわが閑暇なるまゝに」云々とは実に然るべし。歌には限らず、縉神家にその家といふものゝ出で来たるは職としてこれが由なり。中世以上、儒家より外に何の家といふ名目を聞かず、歌に流儀といふことも見えず。顕輔朝臣歌に名ありしより六条家の一流聞え、俊成卿より定家卿に至りて相続せられしかば終に二条家の名立つ。二条家分れて冷泉家といふものも出で来たりしかば、終にその家の人といはれし諸卿は、「わが敷島の道」とも詠み給ひけるなり。注[27]

と、在満に左袒する見解を述べ、堂上公家における職としての宗匠家の成立と、その後の分裂に伴って「わが敷島の道」などと詠む諸卿が現れたことを指摘していた。また、秋成の親友にして、従来から「ただこと歌」や「無法無師」の論と秋成歌論との関係が指摘されてきた小沢蘆庵もまた、このような歌論の流れとは不可分であったと思われる。注[28] 既に国歌八論論争関連書との影響関係が指摘されている『布留の中道』から「塵泥」の一節を引く。

たゞ元久建保の比の体こそ、今めかしくやさばみて面白けれど、後世に流るゝ一品あり。さる心より詞のやさ

ばみたるを求め、すこしもこはぐ〳〵しからんを除きて、優しく奇ならんとのみ心懸けたる故、歌といふものは詞の数定りたるやうになり、或は家々にて不二庶幾一の詞、加難の詞などやうの事出で来、甚しきに至りては、伝受、口伝、家説、などやうのことさへ出で来にけり。注[29]

元久年間（一二〇四〜〇六）から建保年間（一二一三〜一九）、すなわち新古今風が最も行われた時代以後になると、各宗匠家において制詞などが定められ、ひいては二条や冷泉などの宗匠家によって独自の説がたてられるなど、秘伝意識までも生まれてきたという。さらに、本居宣長も『排蘆小船《あしわけおぶね》』において、俊成より衰退の兆しが窺えると述べつつも、

為家卿に至つて歌も大きに劣れるに、かの家といふこと長じて、歌の家になり固まれり。こゝに至って歌道大きに衰ふ。悲しい哉、悲しい哉。注[30]

と嘆くなど、為家に歌道衰退の始発を見る視点を持っていたことが分かる。

このように、歌道における宗匠家の分裂と、それによる秘伝意識の高揚を見た和学者たちの中世以後の歌壇に対する視線には共通するところが多く、秋成の和歌史観もこういった近世中後期の上方という風土の中で生まれてきたらしいことは、秋成歌論のみならず、近世歌論の展開を考えるうえでも看過できない事象であろう。

こうした周辺歌論との関係は、続く「みだれたる世」の学問状況の把握からも窺うことができる。ここでの主張は、乱世に貧乏した公卿が芸道の家と称し、秘事があると偽って職としているが、富豪や武士らが金銭を積んで習うことは愚かで、芸技は身分ある教養人がいとまあるときに弄ぶものであり、伝授などということはない、というのである。同旨の見解は、中村幸彦に指摘があるとおり、秋成の書簡文集『文反古』所収の「難波の竹窓に」に、

こゝの足利の世のさわぎより、縉紳達の所領を奪はれて、かなしき物から、我は何の家、何と云ならひは、我にきかずはさだまらぬよと、みそか言して世をわたらせしを始にて、（中略）彼芸技は、今はこれにちかづき奉

りて、いやしき市人も立ふるまひ、くちがしこく云なり。茶かきたつるは朝夕の雑事なるを、大事ありと云。足利の世の乱によりて、おこれるわろくせぞかし。注[31]

と見え、諸芸の伝授が盛んになった時代を、「足利の世」と明記している。同様の史観は安永八年（一七七九）に成立した『ぬば玉の巻』にも既に見えており、『雨月物語』「浅茅が宿」からのモチーフの継承という問題（後述）とも関連してこようが、ともあれ秋成は、鎌倉期に高まった二条・冷泉・京極三家の紛争に象徴されるような伝授思想が、足利乱世の困窮に至って古今伝授を生むとともに、諸道・諸芸においても秘説が生まれてきたとの認識を示していたようである。この認識は、例えば宣長が『排蘆小船』で「常縁なにゆゑに古今伝授といふことを作りたるや」との問いに答える形で述べた次の言説とも重なってくるだろう。

しかるに足利将軍家の末に至り、天下大きにみだれて世の中騒がしかりしゆゑに、むかしの書物ども多くうせて世にまれになりしに、この常縁多く古書を所持して、世になき書物どもゝありしなり。その中に定家卿の顕注密勘など、その外もあるを見て、それに本づきてさま〲のことを作り加へて古今伝授といへるなり。（中略）かくの如く諸道・諸芸などに伝授あれば、此の道にも必ず伝授あるべきと愚人は思ふゆゑに、此の偽り物をもまことゝ思ひて貴むなり。注[32]

広義の古今伝授は既に平安後期には発生していたとするのが現在通行の解釈であろうし、また東常縁《とうのつねより》自身も折に触れて、自身の古今伝授が為家の弟子素暹《そせん》法師（東胤行《とうのたねゆき》）の説を継承するものであるとして「八代末葉平常縁」と記すなど、為家を継いだ由緒正しいものであることを強調していた。注[33]にもかかわらず、常縁が文明三年（一四七一）に宗祇《そうぎ》に行った古今伝授（『古今和歌集両度聞書《りょうどききがき》』）によって、近世の和学者たちは常縁が古今伝授を創始したものと認識し、批難してきたのであった。その嚆矢とも言えるのは「これ蓋し東の常縁が偽作にて、宗祇法師より弘まるものなり」注[34]と述べた在満の『国歌八論』であったが、この認識は多大な影響力を以て後代の和学者たちにも継承されていく。右の宣長の言もその研究史の一齣であり、「足利将軍家の末」に至って乱世となってしまったために、常縁が「偽り物」である古今伝授を興したという言説は、それをそのまま秋成の「難波の竹窓に」や「目ひとつの神」に当てはめても誤るまい。

応仁の乱以降、乱世ゆえに窮乏し、古今伝授が創始されたという事態は、秋成にとって当代の堂上歌壇まで続く強固な伝授思想の確立として理解されていたのだろう。従来、神の言説は、堂上批判・歌道伝授批判として片付けられることが専らだったが、ここには秋成の中世以後の歌道衰退と、乱世における古今伝授の成立という事態そのものへの慨嘆が含まれていることも見逃してはならない。秋成が「目ひとつの神」の舞台を「みだれたる世」（＝文明・享禄）に設定した背景には、あるいはこのような和歌史観が与っているとも、考えられるのではないだろうか。

五、「思ふ心をよむこそ歌なり」

中世以後の歌道衰退を説き、京で学ぶことを無意味であると断じた神（秋成）が若者に示した道は、東国への帰郷と独学であった。独学論については、既に丸山季夫や吉江久彌らに言及が備わり、[注35] 筆者も第二部第一章で若干言及した。また、帰郷のモチーフについては次章で詳述することとして、ここでは本章で検討してきた和歌史観に支えられた神の主張に関して、さらに踏み込んで発言の真意を明らかにしていきたい。

ここで改めて『国歌八論』を参照しよう。前節で引用した「翫歌論」の一節にある「わが敷島の道」とは、『太平記』巻二「僧徒六波羅召捕事付為明詠歌事」に載る二条為明《ためあき》の詠歌「思ひきや我しき島の道ならで浮世の事を問はるべしとは」を指すが、この為明のエピソードには秋成も強い関心を示しており、『胆大小心録』一〇および一三三などに言及が見られる。さらに、このエピソードが、「目ひとつの神」のモチーフとして確かに存在したことが、最

初期の稿本と目される『春雨草紙』の「目ひとつの神」に、

　鎌くらの愚なる大将の前にとらへられて、宮中の事いかにと問れ、我しき島の道ならで浮世の事を問はるべしとは、いかに〳〵。朝庭につかふまつるは、ことの葉によりてつかさ位やすゝむ。又、世の大事をもて浮世の事とは、法師のいふべきを、冠さう《（ママ）》高きに坐したる人の心とも聞えず。[注36]

とあることから分かる。秋成はここで、本来政治を担うべき朝廷の人間が、和歌にのみ没頭し、「我しき島の道」などと述べることを難じているが、『国歌八論』はもとより、蒿蹊『国歌八論評』でも議論の俎上に載せられていることを併せ考えれば、為明の説話が堂上による和歌の占有化を象徴する糾弾すべきエピソードとして、当代の和学者らにある程度共通した認識となっていたことを窺わせよう。秋成が「目ひとつの神」で中世以後の歌壇の頽廃を糾弾する際に取り上げたのも、このような和歌史観を拠り所としていたと考えて大過あるまい。

しかし、秋成はここからさらに議論を発展させていく。『春雨草紙』では右のエピソードに対置する形で『太平記』巻十一「金剛山寄手等被レ誅事付左介亮貞俊」に載る佐介貞俊の説話が引用されている。

　同じ乱の末に、皆とらへられて、六条河原に首刎らるゝ時、

　　みな人の世に有時は数ならで憂にはもれぬ吾身なりけり

　と打泣たる佐介何某は、武士の数にもかぞへられずして、阿諛乱業の者どもに、常には膝折かゞめたるぞよ。歌は武士の任にあらずと定めたるは聞にくし。

同様の記事は、やはり『胆大小心録』一〇および一三四などに記されるが、『太平記』に載る二つのエピソードに歌道衰退を読みとった秋成が主張しようとしたのは、「歌は武士の任にあらずと定めたるは聞にくし」ということに他ならない。同じエピソードを載せる『胆大小心録』で、和歌が堂上公家の占有物と化した状況と、いたずらに華美な表現に走る詠風を「うたてし」「あさまし」の言を以て一蹴したうえで、「いやしき民草たりとも、よき歌

よむべし」（一〇）、「文官武官のわかちはあらで、思ふ心をよむこそ歌なりけれ」（一三四）と述べていることもその証左になるだろう。

中世以後の歌風や歌壇に対する秋成や和学者たちの批判的な視線は既に見てきたとおりだが、身分の相違など関係なく、思ったことを素直に詠むことこそが歌であるという秋成の主張は、そのまま形式的な歌を我が物としてきた堂上への批判となるだろうし、反面「いやしき」身分でも（たとえ東国歌人であっても、あるいは東国歌人だからこそ）「よき歌」を詠み得ることを説く秋成の言は、「目ひとつの神」の主張と軌を一にするものである。

ことは「目ひとつの神」にとどまるものではない。乱世の東国（下総）に舞台が設定され、和歌的修辞が鏤められた『雨月物語』（安永五年〈一七七六〉刊）巻二「浅茅が宿」の結末部において、勝四郎が「口鈍《にぶ》くも」詠んだ「いにしへの真間《まゝ》の手児奈《てごな》をかくばかり恋てしあらん真間《まゝ》のてこなを」という拙い歌に対し、語り手が添えた「思ふ心のはしばかりをもえいはぬぞ。よくいふ人の心にもまさりてあはれなりとやいはん」[注37]という評以来、和学者としての秋成が抱懐し続けてきたモチーフの継承であることもまた明白であろう。中村幸彦が日本古典文学大系『上田秋成集』の解説で「関東の青年が戦乱の物情騒然たる中に希望を抱いて上京するのは、浅茅が宿の勝四郎の面影」と指摘して以来、「モティフの継続があったことは否定できない」と述べた中村博保、「老曽の森」の設定に『雨月物語』に対する「二重三重のパロディ性」を読み取った高田衛によって、「浅茅が宿」との連続性が指摘されてきた。[注38]

しかし、モチーフの継承という観点からいうならば、「目ひとつの神」の主眼のひとつである神（秋成）の歌論に、「浅茅が宿」で仄見えていた秋成の和学上の主張が、より明確な形をとって継承されている事実もまた見逃してはなるまい。[注39]神（秋成）が東国への帰郷を促すのは、たとえ東国人の性が荒々しく愚直・奸佞であったとしても、技巧に走らず表現の洗練されていない地域にこそ、情感豊かな詠風が残されているということを説いてきた秋成の主張からすれば、当然の帰結であった。

『春雨草紙』の「目ひとつの神」には、『太平記』のエピソード以外にも、人麻呂論や大津宮遷都・壬申の乱をめぐる批評といった秋成の著書に散見する主張や、「歌のほまれ」で展開される類歌論などと共通するところが多く、当初「目ひとつの神」は、それらの主張を取り込む形で構想されていた。[注40]のちにそれらは解体され、再構成されることになるが、中世以後の歌道衰退に対する秋成の和歌史観は、『春雨草紙』に比べて幾分か見えにくくなったとはいえ、「四五百年前にこそ、師といふ人はありたれ」という言に、確かにその痕跡を留めているといえよう。

おわりに

舞台として設定された乱世において、堂上公家は京を追われて周辺地域への疎開を余儀なくされていた。そうした戦乱下の京における学問状況に対する秋成の認識は、「目ひとつの神」に描かれたごとき惨憺たるものであり、師とすべき人物の不在という歌壇の状況を、そのまま当代の堕落した（と秋成の目に映った）堂上歌壇の現況に重ね合わせることは容易であっただろう。秋成の憤りが発露される場として乱世が選ばれたのは、ある種の必然であった。

本章では、「目ひとつの神」の神の言説に、秋成の中世以後の和歌史に対する見識が投影されていることを明らかにしたうえで、その史観が時間的・空間的周縁と不可分であること、さらにその史観に基づき「目ひとつの神」が構想されていたことを指摘してきた。

『春雨物語』が和学者・歌人としての秋成が著した小説であるという事実に改めて注目したとき、秋成の思想、学問、交流といった和学上の営みが『春雨物語』を理解するための一視座となり得ることは疑いなく、その有効性は未だ失われていないだろう。秋成の著書から窺える断片的な記事に目配りをすることは当然のことながら、歌論史・和学史や周辺の和学者との関係を含め、より広い視野で、秋成の和学を位置づけていくことも、『春雨物語』を含めた秋成作品を理解するための階梯として必要なのではないだろうか。本章はそうした問題に、「目ひとつの神」の和歌史観の検討を通して迫ってみたものである。

【注】

［1］鵜月洋「秋成の思想と文学」（日本古典鑑賞講座二十四『秋成』、角川書店、一九五八年）。

［2］佐藤春夫「上田秋成を語る」（『上田秋成』、桃源社、一九六四年。初出は、『新潮』第三十一巻第八号、一九三四年）。

［3］例えば、重友毅「目ひとつの神」（重友毅著作集第四巻『秋成の研究』、文理書院、一九七一年）、鈴木淳「目ひとつの神像の彫琢と秋成の神秘主義」（『近世文藝』第三十五号、一九八一年十二月）、森山重雄「目ひとつの神」（『幻妖の文学上田秋成』、三一書房、一九八二年）、浅野三平「『目ひとつの神』考」（『上田秋成の研究』、桜楓社、一九八五年）、野口武彦「夢の対話篇――春雨物語『目ひとつの神』の幻視界――」（『秋成幻戯』、青土社、一九八九年）、中村博保「『目ひとつの神』研究」（『上田秋成の研究』、ぺりかん社、一九九九年）、高田衛「「目ひとつの神」逍遥」（『春雨物語論』、岩波書店、二〇〇九年）など。

［4］注［3］重友毅稿。

［5］中村幸彦訳注「目ひとつの神」（注［1］前掲書）。

［6］注［3］重友毅稿。その他、神の諭し（歌論）については、伊東明弘「春雨物語ノート・その六・目ひとつの神」（『詩林泝徊』第七号、一九六三年九月）、大輪靖宏「目ひとつの神」（『上田秋成文学の研究』、笠間書院、一九七六年）、勝倉壽一「「目ひとつの神」論」（『上田秋成の古典学と文芸に関する研究』、風間書房、一九九四年）などに言及が備わる。またモデルに関しては、目一つの神を秋成の戯画化とする見解は佐藤春夫、重友毅以来定説となっており、疑うべくもない。布袋については、重友毅氏による蘆庵をモデルとみる説のほか、布袋の心象を見る中村幸彦校注『春雨物語』（積善館、一九四七年）、両者を重ねていると解く注［3］森山稿などがある。

［7］中央公論社版『上田秋成全集』第八巻三五〇～三五一頁。以下、特に断らない限り、『春雨物語』の引用は富岡本による。

［8］注［3］中村博保稿。

［9］この入門で秋成が師事した人物については、中村幸彦氏の冷泉為栄《ためひで》説（日本古典文学大系『上田秋成集』二五三頁頭注）、近衛典子の冷泉宗家《むねいえ》説（「『世間妾形気』と古典――巻一―一「人心汲てしられぬ朧夜の酒宴」を中心に――」（飯倉洋一・木越治編『秋成文学の生成』、森話社、二〇〇八年））が提出されているが、定説を見ない。なお、当時の下冷泉家の零落ぶりについては、久保田啓一「上下冷泉家の確執」『近世冷泉派歌壇の研究』、翰林書房、二〇〇三年）に詳しい。

［10］中央公論社版『上田秋成全集』第九巻二四八～二四九頁。

［11］本書は天明六年（一七八六）十一月に序本末及び四季部八冊本が、寛政元年（一七八九）四月には賀部以下十二冊が追加された二十冊本が刊行された。

［12］続群書類従完成会版『賀茂真淵全集』第十巻三二二頁。

［13］続群書類従完成会版『賀茂真淵全集』第二十三巻四頁。

［14］注［13］一〇三頁。

［15］吉川弘文館版『増訂賀茂真淵全集』第十二巻二二二頁。

［16］このことを取り上げた近年の研究に、高野奈未「真淵の当代和歌批判――和歌指導に即して――」（『賀茂真淵の研究』、青簡舎、二〇一六年）がある。

［17］注［10］二二三頁。

［18］なお、天理大学附属天理図書館所蔵の雑文断簡所収断片では、「五百年来」の箇所が「五六百年」と記されており、『春雨草紙』の年数と符合している点、注意される。

［19］中央公論社版『上田秋成全集』第十一巻三八一頁。

［20］中央公論社版『上田秋成全集』第三巻九〇頁。

［21］勝倉壽一「中古文芸研究」（注［6］勝倉書）。

［22］注［10］二一四頁。

［23］注［10］一三六頁。

［24］注［7］三四七頁。

［25］この文辞は、飯倉洋一「「海賊」考」（『秋成考』、翰林書房、二〇〇五年）による。

［26］『日本歌学大系』第七巻（風間書房、一九七二年）八六頁。

［27］注［26］一九三～一九四頁。

［28］鈴木淳「『布留の中道』と歌源説」（『江戸和学論考』、ひつじ書房、一九九七年）が、『日本書紀』で日本武尊《やまとたけるのみこと》が荒海に身を投じた弟橘媛《おとたちばなひめ》を哀惜して嘆じた「吾嬬者耶」の一句を歌の資源とする『布留の中道』所収「塵泥」の見解の拠り所を、『国歌八論』や、中養父、宣長らによる評書の言説に求めている。

［29］新日本古典文学大系六十八『近世歌文集　下』（岩波書店、一九九七年）四三頁。なお、同書脚注（鈴木淳注）も併せ参照した。

［30］注［26］二九八頁。

［31］中央公論社版『上田秋成全集』第十巻四二三～四二四頁。

［32］注［26］三〇七～三〇八頁。

［33］小高道子「東常縁から細川幽斎へ」（横井金男・新井栄蔵編『古今集の世界――伝統と享受――』、世界思想社、一九八六年）。なお、歌道伝授については、横井金男『古今伝授の史的研究』（臨川書店、一九八〇年）、井上宗雄『中世歌壇史の研究　室町前期』（改訂新版、風間書房、一九八四年）、三輪正胤『歌学秘伝の研究』（風間書房、一九九四年）等の諸成果参照。

［34］注［26］九五～九六頁。

［35］丸山季夫「上田秋成の歌学考」（『国学者雑攷』、吉川弘文館、一九八二年）、吉江久彌「秋成の歌論と方法」（『歌人上田秋成』、桜楓社、一九八三年）など。

［36］注［7］二五九頁。

［37］中央公論社版『上田秋成全集』第七巻二五七頁。

［38］注［3］中村博保稿、高田稿。

［39］「浅茅が宿」に見える古代の歌に関する秋成の考えが、後年の『遠駝延五登』や『金砂』で説かれる見解に通ずるものであるとする、加藤裕一「「浅茅が宿」と秋成の歌論」（『上田秋成の思想と文学』、笠間書院、二〇〇九年）が参考になる。なお、『春雨草紙』を含めれば、「浅茅が宿」との関連を匂わせる記述は他にもあり、更なる検討が必要であろう。

［40］長島弘明「『春雨草紙』の「目ひとつの神」」（『秋成研究』、東京大学出版会、二〇〇〇年）。

第四章　『春雨物語』の「命禄」

――「目ひとつの神」を論じて主題と稿本の問題に及ぶ――

一、「鱸の膾」の寓意

『春雨物語』（文化五年〈一八〇八〉成）の一篇「目ひとつの神」は、和歌修業のために京を目指す相模国の青年が、京を目前にした近江国老曽の森で、ひとつ目の神や動物らの酒宴に遭遇し、堂上歌壇の頽廃を語り、帰郷を勧める神と僧（富岡本では神のみ）の教えに従って、故郷へと帰る話である。そのなかに、築紫から老曽の森を訪れた修験者が、酒宴の肴とすべく持参した土産を披露する場面がある。次は文化五年本の一節である。

立并たるが、かんなぎ申。修験はきのふ筑紫を出て都にありしが、又あづまに使すとて、こゝを過るたよりに、御見あげ申さんとて、道づとの物奉りてんと申さる。神とふ。又いづこにと指て、きのふけふとあはたゞしきぞ。されば、都の何某殿の、鎌倉の君に心合せて、ちかき中軍立せんとあるを告聞えてよと、仰かうぶりてこゝ過る。鹿の宍むら一きだ、油に煮こらし、出雲の松江の鱸の膾、鮮ければすゝめたいまつる。注[1]

天狗に擬される修験者が、筑紫を発ち、常人離れした飛行速度で京へ至った後、何某殿の使者として東国へと赴く道中、神への対面を目的として老曽の森を訪れたのだという。その時土産として持参したものが「鹿の宍むら」と「鱸の膾」であった。注[2]

この場面はこれまで、修験者が豪勢な土産を呈上する場面としてのみ理解されてきたようだが、土産のひとつが「鱸の膾」であったことには注意を要する。というのも、「鱸の膾」は、あるイメージを喚起する食べ物として、古典文学史上で扱われてきた歴史を持つからである。それは、秋成も親しんだ漢文の故事集『蒙求《もうぎゅう》』に載るところの「張翰適意」に出典が求められる。次にその全文を引こう。

晋書にいふ、張翰《ちょうかん》字は季鷹、呉の人なり。清才有り、善く文を属す。而も縦任《しょうにん》にして拘らず。時人、号して江東の歩兵と為す。既に洛に入る。斉王冏《せいおうけい》辟《め》して大司馬《たいしば》東曹《とうそう》の掾《えん》と為す。翰秋風の起こるを見るに因り、乃ち呉中の菰菜・蓴羹・鱸魚の鱠を思ひて曰く、人生は志に適ふを得るを貴ぶ。何ぞ能く数千里に羈宦し、以て名爵を要《もと》めんや、と。遂に駕を命じて帰る。俄かにして冏敗る。人皆之を機を見ると謂ふ。或ひは曰く、卿は乃ち一時に縦適《しょうてき》すべきも、独り身後の名を為さざらんや、と。答へて曰く、我をして身後の名有らしむるは、即時一盃の酒に如かず、と。時人其の曠達なるを貴べり。注[3]

文才は豊かだが、性質は気侭で礼節にこだわらなかった呉人張翰は、洛陽へ入り、斉王冏に見出されて官途に就いたものの、秋風が吹き起こるに及び、故郷の味である菰や蓴菜の羹、鱸の膾を思い出し、仕官して名誉や地位を求めることよりも、悠々自適な人生を送ることを望み、辞職して故郷へと帰ったのであった。

日本における『蒙求』の影響についてはここに贅言するまでもないが、張翰の故事も例に漏れず広く受容されるところで、早く平安後期の歌人源俊頼は、

とゞむれど不レ留といへる事を

秋風にすずきのなます思ひいでてゆきけん人の心ちこそすれ　（『散木奇歌集《さんぼくきかしゅう》』七、恋上、一一二二）注[4]

と詠み、張翰を薄情な人の比喩として用いい、引き留めるのを振り払って帰る薄情な男に対する女の気持ちを表現した。また西行の、

秋風に鱸釣舟走るめりその一箸の名残慕ひて　（『山家集』雑、一三九六）注[5]

は、久保田淳が指摘するように、『新撰朗詠集』に載る白居易「秋興」の一句「秋風一箸鱸魚膾」を下敷きにしており、張翰の故事が響いていることは疑いない。注[6] このように「鱸の膾」は、張翰の故事を踏まえつつ、帰郷のイメージを帯びた食べ物として享受されてきたのであった。

このイメージは当然のことながら近世期にも引き継がれていく。例えば談林派を代表する論客岡西惟中《おかにしいちゅう》は、随流『誹諧破邪顕正《はいかいはじゃけんしょう》』に対する駁論書『誹諧破邪顕正返答』（延宝八年〈一六八〇〉刊）の巻末に附したいわゆる「皮肉百韻」で、

鱠の酢三日かけて以前より
評判の張翰爰じやは〱
お宿にか陶淵明で御座ります注[7]

と詠むが、これはのちに自注（『誹諧破邪顕正評判之返答』）でも示すように、張翰の故事を踏まえた付合に他ならない。注[8] その他、いちいち用例を挙げることはしないが、管見に入ったものだけでも、三浦浄心《じょうしん》『慶長見聞集《けいちょうけんもんしゅう》』（寛永初年頃成）、浅井了意『伽婢子《おとぎぼうこ》』（寛文六年〈一六六六〉刊）、撃鉦《どらうつ》先生『両巴巵言《りょうはしげん》』（享保十三年〈一七二八〉刊）、自堕落《じだらく》先生『風俗文集《ふうぞくぶんしゅう》』（延享元年〈一七四四〉刊）、龍草廬「思郷」（七絶、『草廬集』初編（宝暦四年〈一七五四〉刊））、横井也有《よこいやゆう》『鶉衣《うずらごろも》』（天明七年〈一七八七〉刊）など、様々なジャンルの作品に摂取されており、「鱸の膾」＝帰郷というイメージが広く知れ亘っていたことが分かる。注[9]

秋成の周辺でも、切字論書『也哉抄』（天明七年刊）に序を寄せるなど、秋成と旧知の間柄だった蕪村《ぶそん》は、

秋風の呉人はしらじふくと汁　（『蕪村句集《ぶそんくしゅう》』（天明四年〈一七八四〉刊）他）注[10]

と詠み、蓴菜や鱸膾を思い出して帰郷した呉人（張翰）は、より美味な鰒汁を知らないのだろうと、「鱸の膾」の価値を反転させた諧謔味ある句を残した。また、こちらも秋成と交渉のあった中井履軒《なかいりけん》は、公家高辻世長（のち胤長《たねなが》）

の補佐役として京に滞在していた明和三年（一七六六）、故郷大坂の刺身を思い出して作った「懐魚膾戯賦（魚膾を懐い戯れに賦す）」という詩に、

張翰元来不相識　　張翰　元来　相い識らず
所以偏懐江中鱸　　所以に偏えに江中の鱸を懐う
試把鱸膾相陪侍　　試みに　鱸の膾を把りて　相い陪侍すれば
厨下只好飼婢奴　　厨下　只だ婢奴を飼うに好きのみ　（『洛汭奚嚢《らくぜいけいのう》』）注[11]

と詠み込み、「鱸の膾」などは台所で下僕に食べさせる程度の価値しかないと、張翰の故事を踏まえつつ、より美味な大坂の刺身によって込み上げた望郷の念を吐露している。

こうした伝統を踏まえて「目ひとつの神」に立ち帰るならば、土産として呈上された「鱸の膾」からは、豪勢な食事というよりはむしろ、名誉や地位を求めず、知足安分の生活を求めて帰郷した張翰の故事が想起され、相模国の青年が、神と僧の導きによって京での修業を諦めて故郷へ帰るという、結末の伏線として置かれたものであったことが見えてこよう。さらに、天理冊子本・富岡本・文化五年本では、京へ向かう途次とされていた老曽の森での一夜が、最初期の草稿と目される佐藤本『春雨草紙』では、青年が京で三年余り修業をしたうえで、京の歌道の頽廃ぶりを目の当たりにして、自ら故郷での独学を志して帰郷する途次に設定されており、構図がより張翰の故事に似る。この設定をも考慮に入れるならば、構想の背景に張翰の故事があったと考えても当を失してはいないだろう。したがって、「鱸の膾」呈上の場面は、張翰が帰郷するという『蒙求』の故事を効かせた、青年の帰郷を導くための伏線として理解すべきなのであった。

二、「帰郷」と「命禄」

前節では少々迂遠な注釈的手続きをとりながら、「目ひとつの神」における張翰の故事の影響を指摘し、「帰郷」という共通項を取り出してみたが、これだけではわずかにひとつの注釈を付け加えた程度の作業に過ぎない。しかし、利用されていたのが、才学がありながらも、時勢に合わず知足安分の生活を求めて帰郷した張翰の故事であってみれば、ここからさらに別のモチーフを炙り出すことも可能であろうと思われる。ことは知的遊戯という瑣事にとどまらず、「目ひとつの神」の主題に関わる問題、ひいては『春雨物語』をどのように理解するかという問題に深く関わってくるはずである。

秋成には『春雨物語』以前、張翰同様に都から故郷へ帰る男を描いた和文作品があった。歌文集『藤簍冊子』巻五に収まる「故郷《ふるさと》」がそれであるが、本作は副題に「倣下韓退之送三李愿帰二盤谷一序上」と記されているように、『古文真宝後集《こぶんしんぽうこうしゅう》』所収の韓退之《かんたいし》「送三李愿帰二盤谷一序」を下敷きにした和文である。秋成にはこういった漢詩文に基づいて創作した和文が多く、同じ巻五所収の「郝簾留銭《かくれんりゅうせん》」は、前節で提示した『蒙求』に拠ったものである。なかでも、『古文真宝後集』が発想の契機となった和文は多く、既に「応二雲林院医伯之需一、擬下李太白春夜宴二桃李園一序上」「硯《すずり》の銘《めい》」「古戦場《こせんじょう》」「枕の流」「初秋《はつあき》」「中秋《なかあき》」などが指摘されており、注[12]近世期における『古文真宝』の流行を考えれば当然のことながら、注[13]秋成の漢文名文集に対する関心もまた極めて高かったのである。

さて「送三李愿帰二盤谷一序」は、韓退之が、故郷の盤谷に隠居するために帰る友人李愿《りげん》を送って書いた作品である。冒頭で盤谷の地勢や名称を説いたのち、李愿の言を長々と引用するのだが、その内容は、時を得て権勢を振るい豪華な生活を送る大丈夫の様子や、立身出世を求めて汚れた行為をする人物の姿を伝えるとともに、隠棲の悠々自適なさまを描き、それこそが時に遇わなかった場合の理想的な生活であると評して、李愿自身もその隠居生活を望むことを表明する、というものである。

ここではまず、秋成が「送三李愿帰二盤谷一序」をどのように「故郷」へと和文化したのかという点を問題にしたい。幸い既に中村博保や正本（山本）綏子によって、両者の比較検討が行われているため[注14]、その成果を参考にしながら、翻案に当たって秋成が改変した部分を確認し、それによって前景化した「故郷」の主題を確認しておく。

まず冒頭の改変に注目しよう。李愿の住む盤谷の紹介から書き起こされる原話に対し、「故郷」では、

むかしの人も、世にあへるあり。時を失へるあり。其あといともおほかめるを、更にかぞへあげんが煩はしき。世にあへるが賢きにもあらず。時うしなへるが愚なるにもあらず。身の幸ひのおくれさいだち、あひあはぬにこそあらめ。世に遇てほまれとる人の、後におとしめらるゝもあり。楽しとするもうしといふも、求るまゝにはあらぬ、誰があたふるたま物ぞや。[注15]

という、時運認識が語られる。人の遇不遇はその人の賢愚によるものではなく、時運に遇ったか否かによるものであるという、命禄意識の表明である。原話では盤谷の紹介に続いて李愿の言が引用され、時に遇って繁栄する「大丈夫」の姿が活写されるのだが、李愿はその様子を、

大丈夫の天子に遇知せられて、力を当世に用ふる者の為する所なり。吾れ此を悪みて之を逃るるには非ず。是れ命有り。幸《ちか》つて致すべからざるなり。[注16]

と、命運によるものであると評していて、「故郷」冒頭の命禄意識を導く要素は、既に原話自体に胚胎してはいたものの、その要素を捉えて肥大化させ、主題として提示したところに「故郷」の独自性があった。

次に「故郷」では、時運に遇った者が政治で手腕を発揮して富貴な生活を送るさまが描かれるのだが、ここでも命禄（遇不遇）意識が前面に押し出される形で展開されている。さらに結末では、韓退之「送三李愿帰二盤谷一序」を認めて一歩退いた蘇東坡《そとうば》をも分に安んじた人物であると評し、命禄に従った知足安分を理想とする一節で閉じて

おり、やはり王充《おうじゅう》『論衡《ろんこう》』の思想を追体験する形で血肉化していった秋成が、「送㆔李愿帰㆓盤谷㆒序」を翻案するに当たって前景化させた主題もまた、一にかかってこの命禄なのであった。

　そして、もうひとつ翻案の特色として挙げられるのが、原話にはない秋成の学問的見解が披瀝されていることである。原話では、時に遇って政治で手腕を発揮した者と、中央を退いて隠棲した者という二種の人物とともに、立身出世を求めて貴人に取り入る人物が紹介されたうえで、李愿の理想が隠居自適の生活にあることが述べられて結びとなる。それに対して秋成は、自身が世間を見廻したときに目につく、主人に媚びへつらう若者らを批判的に描くとともに、分度を越えた物学びを望む人物の多いことを嘆く。

　物ひろくしり、人にこえたらんとおもふも、若きほどのはやり心の煩ひなり。物学ぶは人におもねるに等しと云教へもありとや。田舎とても、ひなのみやこといふあたりの人は、このわづらひをもとむるまけじ心の多かり。

余人の及ばない知識人として世に出ようとする自意識は、若者の軽率さゆえの煩いであり、田舎であっても地方の国府あたりの人は、人に負けまいとする自負心が強いという。引用文中の「物学ぶは人におもねるに等しと云教へ」の出典は未詳ながら、やはり分度を弁えない人々に対する批判の意を込めた引用であることは間違いない。

　以上の検討により、原話から「故郷」への改変で主題として浮上したものが、人の遇不遇は命禄によって決まるものであるという、王充『論衡』を背景とした命禄意識であり、命禄に従って分に安んずるべきことを説く、ある種の分度意識であったことが確認できるだろう。注[17] 秋成の歴史認識の方法として、また自身の身の処し方の指針として用いられてきた命禄が、和文創作のモチーフとしても確立していたことをここで知ることができる。

　さらに、もうひとつ強調しておかなければならないのが、前節で取り出した「帰郷」という行為が、命禄意識と強固に結びつけられていることである。すなわち、（秋成を含めた）不遇の人物が命禄に従って分に安んずるための方法として、「帰郷」が提示されており、それが理想の在り方として希求されているのである。自身の思想として命禄意識が血肉化していた秋成にとって、「送㆔李愿帰㆓盤谷㆒序」を「故郷」に和文化するという作業は、「帰郷」を和文創作のモチーフとして確立させるとともに、命禄意識と「帰郷」とを結びつけるひとつの契機になったということができよう。

三、「命禄」の物語としての「目ひとつの神」

秋成には命禄に従って中央を離れて帰郷、あるいは隠居をした歴史上の人物に対する関心があった。注[18] 彼がそこに薄禄不遇と観ずる自己像との対照を通して、命禄に従う行為としてのひとつの理想像を見出していたことは縷々述べてきた通りだが、この前提を踏まえたとき、「目ひとつの神」の解釈に、どのような可能性が開けてくるのだろうか。

ここで想像を逞しくするならば、前節で俎上に載せた「送㆔李愿帰㆓盤谷㆒序」は、韓退之が汴京《べんけい》（河南省開封県）の乱を逃れ、洛陽で官を求めようとしていた折の話であり、「目ひとつの神」の、戦乱の世に東国から京へ上って和歌を学ぼうとする青年の姿と重なる。またその韓退之に対し、帰郷して悠々自適に生活することが理想であると告げる李愿は、青年に京での和歌修業を諦めて東国への帰郷を促す神や僧を思い起こさせるし、「故郷」でも描かれていた、立身出世のためにへつらう人物に対する批判は、公卿に幣帛を積み調えて諸芸を学ぼうとする人々への批判を想起させる。

このように、極めて構図が似通っている「送㆔李愿帰㆓盤谷㆒序」と「目ひとつの神」の間に、「送㆔李愿帰㆓盤谷㆒序」の翻案（「故郷」）があり、また知足安分を求めて帰郷した張翰の故事が遊戯的に利用されていることを併せ考えれば、前節で炙り出した「命禄」に従う理想的行為としての「帰郷」というモチーフの延長線上に、「目ひとつの神」を位置付けることができるのではないか。

このように考えるのは、「帰郷」という共通項があるからだけではない。秋成が「故郷」への和文化に際して付け加えた学問観と同根の見解が、以下述べるように「目ひとつの神」の神と僧の説諭にも認められるのである。そこで、右の仮説を検証するために、帰郷を諭す神と僧の言説と、命禄との関係について考察しておきたい。神と僧は、京での和歌修業を目指す青年に、師とするに足る人物不在という京歌壇の頽廃を語り、帰郷を促す。次に僧の発言を引く。

若き者よ、都に物学ばんは、今より五百年のむかし也。和歌にをしへありといつはり、鞠のみだれさへ法ありとて、つたふるに幣ゐやしくもとむる世なり。己歌よまんとならば、心におもふまゝを囀りて遊べ。（中略）とくかへれ。神のをしへたとし。何の心もあらず。我はすぎやうしあるくさへ、耳さわがしく、跡のけがしきに、目とぢて過るよ。目一ッの神の、まなこひとつをてらして、海の内を見たまふに、すむ国なしとて、この森百年ばかりこなたにとゞまらせしを、時々とひ来て物がたりしなぐさむ。山ぶしのめぐみかうむりて、あやうからず故郷にかへり、一人の母につかへよ。[注19]

歌道の衰退と諸道における伝授の存在、伝授を学ぼうとへつらう人々の姿を描き、帰郷と素直な詠歌を促している。このように「心におもふまゝを囀りて遊」ぶべきだとする、歌道の在り方については、秋成が自身の著作で繰り返し述べており、

歌よむはおのが心のまゝに、又浦山のたゝずまひ、花鳥のいろね、いつたがふべきに非ず。たゞ〳〵あはれと思ふ事は、すなほによみたる。是をなんまことの道とは、歌をいふべかりける。[注20]

という同じ『春雨物語』の「歌のほまれ」（天理巻子本）を挙げておけば事が足りる。

ただし、このように和歌を認識するに至る背景にあったものが、本章で再三言及してきた命禄意識であったことには、改めて注意しておかねばならないだろう。学問上における秋成の命禄意識は、例えば、

命禄は遇と不遇とに有て、不遇の人は不遇に安んずる事、学道の大事也。（『楢の杣』巻五）注[21]

今の事は、目の前に在れば知やすし。古代の事は、師にあひて教へを受け、其師の言分明ならずは、書典に探りて明らめ、さて心を是に遊ばんこそ、楽しかるべけれ。（中略）たゞ色よきを取つみ、目に見さだむべきを、心にしるしとゞめて、遊び敵とせんものぞ。さるは損益にも拘はらねば、時に利無くとも、功あらずとも、薄禄不遇に安んぜんとのみ思へば、何の憤りも歎きもあらずかし。（『金砂剰言』）注[22]

などと述べるように、薄禄不遇に安んじて、学問を「遊び敵」（『金砂剰言』）として諦観する方向に向かうし、注釈などの学問的著作では、恣意的な解釈を斥ける不可知論として表出することが多い。このように命禄に従い、知り得ないことを無理に知ろうとすべきではないという諦念を含んだ秋成の不可知論は、同じく「私」を否定しながらも、人知の及ばない事物の運転（「自然」）の背後に「神の御はからひ」「神の御所為《シヨヰ》」（『玉くしげ』他）を措定することで、思想として体系化していった宣長のそれとは大きく異なるものであった。そして、こういった命禄意識を伴った秋成の不可知論は、和歌を学ぶ際の姿勢にまで敷衍されていく。『胆大小心録』（異文二）二を引く。

蘆庵云、そなたは何もせずして在るは、いたづら人也。人の歌なをして、世に交はれよ、と。答、人のうたなほすべき事、いかにしてともしらず、と。さりとはかたゐ心也。たゞ人をかしこうしてやると思ひて、交はりせよ。答、我は人を愚にするとおもふ也。いかりにらみて、其よしいかに。答、人は天稟のまゝにして、又親のたま物を受つぎ、世よくわたる者をまで、芸技学べば、大かたに愚かになるぞ。学びて千人の中にひとりはおじやるまい、といふたれば、ため息つきて、何ともおしやりやなんだ。注[23]

よく知られた一段である。蘆庵から和歌の弟子を取ることを勧められた秋成が、人には生まれながらの才能（「天稟」）が備わっており、生業に勤しむ者まで芸技を学ぶとかえって愚かになるため、弟子をとることはしないのだと応酬したのである。秋成にとって「天稟」に悖る歌学びは到底受け容れがたいものであった。

このような秋成の学問における命禄意識と、その意識を伴った不可知論などをも考慮に入れるならば、「目ひとつの神」で僧によって説かれていたことが、単なる帰郷と素直な詠歌にとどまるものでなかったことはもはや明白だろう。すなわち、ここでは東国における生来の生業を放擲し、京で和歌を学ぼうとした青年に対し、命禄論の立場から説諭が加えられていたのであり、我々は僧が帰郷と素直な詠歌を説く根底に厳然としてあった、秋成の命禄意識にこそ思いを致すべきであった。

従来の解釈は若者に好意的に過ぎた。確かに神と僧は堕落した当代の京歌壇を批判しており、それが秋成の本音であることも確かだろうが、同時にここには命禄に背いた行為に出ようとする青年への戒めが託されていたのであり、神と僧は青年と京歌壇をふたつながら批判する存在として措定されていたのである。

以上、京で学ぶことの無益さや帰郷、素直な詠歌を説く神と僧の発言をめぐり、僧による説諭を統御するモチーフとして命禄があったことを指摘してきた。既に自身の経験を通して、学問観や歌学びへの姿勢と命禄論が連結していた秋成には、それらのモチーフが「目ひとつの神」へと結実する契機が確かに存在したのである。ならば、「目ひとつの神」もまた、秋成が歴史や学問、歌道、人生をも規定する命禄意識で以て彩った、命禄の物語とも称すべき一篇であったということができよう。

四、『春雨物語』の「命禄」

「命禄」や「遇不遇」「冥福」「天禄」などの語が、晩年の秋成文芸を読み解くうえで重要なタームであることは、これまでも諸氏により繰り返し言及がなされてきた。「命禄」の語誌と秋成の用例について精細な分析を行った長島弘明は、『論衡』を出拠とする「命禄」を、秋成が自己の不遇の境涯に照らして検証することで、歴史解釈の原

理として、また自己の創作意識を規定するものとして、自家薬籠中のものにしていったことを明らかにしたうえで、

『春雨物語』は、自らの境遇を通して「命禄」の存在を認識した秋成が、「命禄」とは何かと自らに問いかけた物語であったというべきであろうか。注[24]

と述べ、『春雨物語』全体を統御するモチーフであったことを指摘した。この発言を踏まえるかたちで、稲田篤信は秋成の不遇意識が常に出生の不遇意識に回帰することを指摘するとともに、長島が具体的に言及しなかった「二《に》世《せ》の縁《えにし》」以下の作品に投影された命禄観の検討を通して、「命禄」を『春雨物語』全体を貫く主題として仮設し得ることを検証した。注[25]また飯倉洋一は「天津処女」における語りの多重性や、様々なレベルの語りに表出する命禄意識を捉えたうえで、「憤り」と「命禄」が相即不離の関係にあり、秋成が歴史を生きた人々の中に「憤り」と「命禄」の両方を幻視していたことを指摘している。注[26]このように、諸氏によって『春雨物語』を「命禄」の物語として捕捉しようとする試みが重ねられており、筆者もこの時流に棹さす形で、前節では「目ひとつの神」を命禄の物語として読解することを試みた。ここでは『春雨物語』の他篇にも話を及ぼし、もう少し『春雨物語』と命禄との関連について考えてみたい。

まず「海賊」を取り上げよう。「海賊」については、近年『古文真宝後集』所収の「漁父辞《ぎょほのじ》」の影響が指摘され、貫之と海賊の対峙という構図が、漁父と屈原の対峙に取材していることが明らかにされた。注[27]海賊は、

我は詩つくらず、歌よまねど、思ひほこりて人にねたまれ、且酒に乱て罪かうぶり、追やられしのちは、力量あるをたのみて、海にうかび賊をなし、人の宝を我たからに、おもひのまゝに酒のみ、肉に飽て、かくてあらば、百歳のよはひ保つべし。注[28]

と自ら境遇を述べているように、才学を誇ったがために、反感を買って中央を追放され、海の賊として自由気侭に生きている人物である。『古文真宝後集』の元文五年版等で漁父が「隠遁之士」と注されていることも踏まえるならば、

その人物造型を背景に、かつて中央を追われた人物として設定されている海賊もまた「隠遁之士」に他ならなかった。注[29]

その海賊は貫之を相手に、『続万葉集《しょくまんようしゅう》』題号論や『古今集』仮名序批評、同恋歌編纂批判、三善清行《みよしきよつら》の意見封事批判といった議論を展開したうえ、帰京した貫之のもとに「菅相公論《かんしょうこうろん》」を記した投げ文を届けるのだが、私見ではこれらの議論を貫徹する主題もまた命禄であり、ここは命禄に従って自身の立場（分）に安んずるべきことが説かれているものと考えられる。

例えば、前半の『続万葉集』題号論と『古今集』仮名序批評では、「ことの葉と云語、汝に出て末の世につたへ習ふは罪ある事ぞかし」と批評されるように、漢学に暗く、また「古言の心もしらぬ」（富岡本）貫之によって偽造された「言の葉」という語が後世まで疑念を持たれずに伝わってしまっていることを難じ、同様の論理で人間の感情を「六義」に分類する無意味さをも批難する。また、『古今集』恋歌編纂批判では、「国の令法にそむきてもしのびに心かよはするわりなさ」は「神代ながらの人の心」であるとして許容する一方で、勅撰集の撰者として倫理的態度で臨まなければならない立場にありながら、他人の妻への横恋慕を詠んだ歌などを「歌よし」として撰び、また恋の部を五巻も立てていることを罪であると指弾しているのである。

これらの批判には、学問に疎い学者が分に安んぜず「私」を働くことによって偽造された言語や歪められた倫理ですら、後代にまで伝わってしまうことがあるのだ、という命禄への関心が共通して認められる。この命禄意識が根底にある以上、「文献的ニヒリズム」を背景とした復古否定が指摘されるのも尤もなことであるし、注[30]三善清行の意見封事に対する批判が、「たゞ〳〵学者は古轍をふみたがへじとて、頑愚の言もある也」（富岡本）とあるように、時代の変遷という不可避の流れを理解せず、古代の理想を墨守しようとする姿勢に向けられるのも自然なことである。

さらに、帰京した貫之に宛てた「菅相公論」では、海賊が『論衡』幸偶篇の一節を引きながら、注[31]菅原道真の左遷を道真自身の不徳の致すところではなく、薄禄不遇によるものであることを述べつつも、藤原菅根《すがね》への罵辱や三善清行の未推挙、「奉二菅右相府一書《かんうしょうふにたてまつるのしょ》」の辛酉革命説の不採用などを以て、不幸を免れなかった理由としているのだが、ここには「翰林ヨリ出テ、槐位ニ昇ル」道真の命禄に従わない態度への批判が垣間見える。注[32]

このように、海賊の主張の背後には命禄意識が見え隠れしており、命禄に背く行為に対する批難で一貫しているという点において、「海賊」もまた命禄の物語と称すべき一篇であった。どうやら「目ひとつの神」と「海賊」の両話は、憤りを抱えながらも、不遇に安んぜんとする「秋成」による、命禄論の披瀝が主眼にあったようである。

こうして『春雨物語』を眺めてみると、例えば「血かたびら」の終局で、平城帝《へいぜいてい》が「あやまりつ」と述べた発言も、筆者は「平城帝が古の直さを再び実現しようとすることの不可を諦められなかった自らの〈私〉」注[33]や、「旧都に立った時の思いがけないノスタルジィの高まり、つまり一瞬の復古（旧都哀惜）の夢」による「譲位のためらい」に対する後悔の念注[34]と考える者である。しかし少々補足しておきたいのは、この「あやまりつ」に託されていたのが、「太古ノ質直ヲ仰慕シテ、西学ヲ排キ、復古ノ条理ヲ説ト雖、空ク擬古ノ游技已」（『安々言』）注[35]などの発言に如実に窺えるような分度意識であったことである。「直さ」を求めた平城帝の身の振り方が、結果として薬子《くすこ》の変を惹起した態度であったことをも考えるならば、平城帝の「あやまりつ」は、時代の変容を不可避のものと見定めることのできない復古の願望が天稟による分を越えた行いであるという、命禄意識を背景とした独白であって、ここには命禄に背いた「直さ」を求めることへの批判が寓意されていたのではなかったか。

『春雨物語』からは、作者秋成自身やその秋成が憑依した人物達による、命禄に背いた行為に対する批判と、命禄に従った行為の推奨を読み取ることができる。『春雨物語』全体を統御するモチーフとして命禄を指摘したのは既述のとおり長島弘明であった。長島をはじめ、この指摘を承けて『春雨物語』を命禄の物語として捕捉する試みを行ってきた稲田篤信や飯倉洋一らの検討をも踏まえれば、『春雨物語』における命禄の構造は、極めて複雑なものであったことが想定されるが、そのひとつの側面として、命禄に従って分に安んずるべきであるという、秋成の理想を託した身の処し方の言明があったことを看過することはできないだろう。筆者はこのような観点からも、「命禄」は『春雨物語』を捉えるひとつの視点として有効であると考えている。

五、『春雨物語』の稿本と読者

「故郷」の末尾には、原話の末尾に漢詩が置かれていることに対応させるように、長歌と反歌二首を置いて、長歌で和文同様に立身出世を願うことの空虚を説き、分に安んずることを願う気持ちを吐露したうえで、反歌二首を次のように詠む。

李氏は
出て遊ぶ魂は夢路かうつゝかもさむればかへる故郷の宿
我は
故郷にあらぬ都に在わびてかへる日しらぬ歎をぞする注[36]

李愿が自身の望んだ帰郷と隠棲を実現させたのに対し、秋成は京にわびしく日を送り、いつ故郷大坂に帰るとも知れない漂泊の我が身を嘆じた。その理由を、故郷大坂の喪失とみるか、京の風雅への固執とみるかは見解の分かれるところだろうが、いずれにせよ、不遇意識に由来する憤りを抱えながら晩年を京で過ごす秋成は、故郷に帰ることを切実に希求しながらも、それを実現させることのできない葛藤の中にいる。その葛藤は同時に、自分では如何ともし難い命禄という不可思議に出会った時に、如何に身を処すべきかと自問自答する苦悩でもあった。「目ひとつの神」に登場する神が、隻眼であった秋成の自己像の投影であったことを考慮すれば、「目ひとつの神」は、帰郷したくてもできない「秋成」が、青年に帰郷すべきことを説くという、自己省察を潜り抜けることで生まれた、ある種の自虐的な物語でもあった。

ところで、本章での『春雨物語』の検討は、主として文化五年本に基づくものであったが、例えば「目ひとつの神」の神と僧の説諭には、富岡本との間に、ニュアンスの相違が見受けられる。第三節で引用した神と僧の説諭に対応する富岡本の該当箇所を掲げてみよう。

上手とわろものゝけぢめは必ありて、親さかしき子は習ひ得ず。まいて文書歌よむ事の、己が心より思得たらんに、いかで教へのまゝならんや。始には師とつかふる、其道のたづき也。ひとり行には、いかで我さす枝折のほかに習ひやあらん。あづま人は心たけく夷心して、直きは愚に、さかしげなるは佞けまがりて、たのもしからずといへども、国にかへりて、隠れたらんよき師もとめて心とせよ。よく思ひえて社おのがわざなれ。注[37]

ここに引いた富岡本が、独力による和歌修業と帰郷を促すという学問的見解を率直に述べているのに対し、文化五年本は「すむ国なし」として森深くに隠居する神の様子が描かれており、秋成自身の命禄意識（不遇意識）は文化五年本の方に顕著であるといえよう。注[38]

実はこの問題は、「目ひとつの神」にとどまらず、『春雨物語』の他篇にも当てはめることができる。次に「歌のほまれ」の一節を引こう。

同じことうたひ出しはとがむまじく、おほんと黒人が歌とは世にかたりつたへずして、和かの浦をのみ秀歌と後に云つたふる事のいぶかしかりけり。注[39]

この和歌の遇不遇に関する発言を、天理巻子本からは見出すことができない。天理巻子本は「同じ事いひしとて、とがむる人もあらず、浦山のたゝずまひ、花鳥の見るまさめによみし、其けしき絵に写し得がたしとて、めでゝはよみし也」という、歌論上の持説を披瀝することに主眼があったのに対し、文化五年本は歌の遇不遇への関心がより顕著なのである。

右の「歌のほまれ」に関しては、早く木越治が「『春雨物語』へ――文化五年本からの出発――」（『秋成論』、ぺりかん社、一九九五年）で触れていた問題であった。木越はこの旧稿をはじめとする一連の論考や、近年発表した「『春雨物語』論のために――テキストの性格と改稿の問題をめぐって――」（『近世文藝』第九十七号、二〇一三年一月）で、富岡本の「高踏性」「古雅」に対する文化五年本の「わかりやすさ」「俗」を指摘し、富岡本と文化五年本の目指すところが異なっていることを強調している。首肯すべき見解であろう。

では、その性格の差異は何に由来するものなのか。もちろんここに秋成のシフトチェンジを読み取ることも可能であろうが、筆者は想定する読者による違いではないかと考えている。注[40]その時注目されるのが、先に確認した富岡本・天理巻子本にあった学問的・和歌的な要素が、文化五年本では削ぎ落とされる傾向にあるということである。ここに、富岡本「血かたびら」で平城帝一行が奈良へ戻る途次の宇治川における宴席での和歌四首が、あるいは天理冊子本の「二世の縁」で、「古き歌に」「定介にかはりてよむ」として載る和歌三首が、それぞれ文化五年本で省かれていることを付け加えてもよい。また「目ひとつの神」の若者の出身地が「大磯」（文化五年本）というごく一般的な地名であるか、より歌語的な表現である歌枕「小余綾」（富岡本）であるかの違いも、この稿本間の性格の相違に由来するであろうし、富岡本「海賊」で露わになっていた批評性が、文化五年本では後退し、虚構性が顕著になっていることや、注[41]『春雨物語』の改稿を史実からの逃走とする見方もまた、注[42]如上の論理に包摂することが可能ではないか。

すなわち、富岡本・天理巻子本は学問的・和歌的（「雅」的）要素が、文化五年本は大衆的（「俗」的）要素が色濃い稿本であって、それぞれの要素を強調する必要のある人物が読者として想定されていたのではないだろうか。その意味で、飯倉洋一が『春雨物語』の伝来をヒントに、富岡本・天理巻子本を羽倉信美などの蘆庵社中のために、文化五年本を長谷川家などの伊勢の豪商の注文によって書いたとする想定は魅力的である。注[43] 飯倉も述べるように、文化五年本の伝来を考えれば、その読者として伊勢の人々を想定することは妥当であり、本稿で述べた富岡本・天理巻子本の学問的・和歌的要素や批評性の濃厚さを考えれば、和歌や和学上の雅交があった蘆庵社中などの知友が読者として想定されていることの蓋然性も決して低くはない。文化五年本で命禄意識がより顕著なのは、読者に応じて学問的見解を削ぎ取った結果、晩年の創作モチーフとして備わっていた命禄意識が主題として表面化してきたといったところだろうか。

もちろん、現段階で『春雨物語』の全篇を如上の論理で説明することには慎重であるべきだろうし、改稿の理由の全てをここに帰着させることは慎まねばなるまい。しかし、『春雨物語』の各稿本が何を志向しているのかという問題を考える際に、学問的・和歌的要素と俗的・大衆的要素という、異なった行き方を示している一面があることは、注意されてよい。そして、それが想定する読者の違いに起因するものらしいことも。

今後は、稿本間の差異の分析が作品論に帰結するよう各篇の精緻な分析を重ねると同時に、想定する読者をも射程に収めながら、『春雨物語』各稿本の総体の性格や目指している方向を見定めていくことも改めて大事になるだろう。本章はその足掛かりとして、『春雨物語』の主題と稿本の問題に対するアプローチの可能性を、筆者なりに模索した試論である。

【注】

［1］中央公論社版『上田秋成全集』第八巻一七四～一七五頁。なお、以下『春雨物語』の引用は、特に断らない限り文化五年本（桜山文庫本）による。

［2］文化五年本は「鰽の膾」と記されるが、誤字と判断し「鱸」と訂した中央公論社版『上田秋成全集』の校訂に従う。な

お当該箇所は、富岡本・天理冊子本では、より簡略な記述になってはいるものの、呈上された土産に稿本間での違いはない。

[3] 引用は、岡白駒《おかはっく》の校訂箋注にかかる『箋注《せんちゅう》蒙求』（明和四年〈一七六七〉刊）により、白駒の注等を省き、書き下して記した。なお張翰の故事は、他に『晋書《しんじょ》』「文苑伝」や『世説新語《せせつしんご》』などにも伝わる。

[4]『新編国歌大観』第三巻「私家集編Ⅰ」（角川書店、一九八五年）四五〇頁。

[5] 和歌文学大系二十一『山家集・聞書集・残集』（明治書院、二〇〇三年）二六八頁。

[6] 久保田淳『新古今歌人の研究』（東京大学出版会、一九七三年）第二編第二章第二節、および同「蝶の歌から」（久保田淳著作選集第一巻『西行』、岩波書店、二〇〇四年）。

[7]『古典俳文学大系』第三巻（集英社、一九七一年）一六一頁。

[8] 試みに、俳諧の付合語を集成した高瀬梅盛《たかせばいせい》『俳諧類船集』（延宝四年〈一六七六〉刊）を参照すると、「鱸」の付合として「蓴菜《ジュンサイ》」「松江《ズンカウ》」が載るとともに、同項と「膾」の項には、ともに張翰の故事が紹介されており、やはり「鱸の膾」のイメージが、張翰の故事により広まったものと認識されていたことが窺える。

[9] なお、近世期のものではないが、かつて『春雨物語』の語彙との関連が指摘された謡曲「国栖《くず》」にも「蓴菜の羹、鱸魚とても、これ（根芹と鮎―筆者注）にはいかで勝るべき」とあって、張翰の故事を踏まえた詞章が見受けられる。山崎芙紗子「『春雨物語』語彙攷――「目ひとつの神」より――」（『国語と国文学』第八十五巻第五号、二〇〇八年五月）参照。

[10]『蕪村全集』第三巻（講談社、一九九二年）一三五頁。

[11] 大阪大学附属図書館懐徳堂文庫蔵。引用は、湯城吉信「『洛汭奚嚢』――中井履軒の京都行――」（『懐徳堂センター報』二〇〇四年二月号）による。

[12] 倉本昭「秋成和文の方法――『古文真宝後集』利用の一側面――」（『近世文芸研究と評論』第四五号、一九九三年十一月）、長島弘明「秋成の和文――『藤簍冊子』を例に――」（『秋成研究』、東京大学出版会、二〇〇〇年）。

[13] 林望「『古文真宝』なる顔つき」（『書誌学の回廊』、日本経済新聞社、一九九五年）。なお、同稿に三〇〇点ほどと記されていた林望蒐集の『古文真宝』は、最終的には四八〇点ほどに及び、ほぼ全点が国文学研究資料館に寄贈された（神作研一「特定研究「日本の近世における中国漢詩文の受容――三体詩・古文真宝を中心に――」」（『国文研ニュース』、第

三十八号、二〇一五年一月)。

［14］新日本古典文学大系六十八『近世歌文集　下』(岩波書店、一九九七年)、正本綏子『藤簍冊子』「故郷」の自己像」(『鯉城往来』第四号、二〇〇一年十二月)。

［15］中央公論社版『上田秋成全集』第十巻二一三頁。

［16］引用は、いわゆる諸儒箋解本『古文真宝後集』(付訓本、元文五年〈一七四〇〉刊、イ一三-〇〇九九三、早稲田大学図書館古典籍総合データベース)により書き下した。

［17］なお、不遇を「命禄」と受け止めて安んずる秋成の態度の裡に発憤欲求があることを飯倉洋一「秋成における「憤り」の問題――『春雨物語』への一視点――」(『秋成考』、翰林書房、二〇〇五年)が指摘する。また、中村博保「秋成の物語論」(『上田秋成の研究』、ぺりかん社、一九九九年)が指摘するように、「憤り」を才能ある人固有の「自意識」として捉えられるならば、「清才有り、善く文を属す」とされている張翰にも関心を抱くのは自然の成り行きであったのだろう。

［18］もちろん中央を離れて隠居をする人物といえば、秋成が自身の著作で再三言及する陶淵明や、『論衡』の著者王充なども想起される。秋成は自身と同じように不遇でありながら、分に安んじて帰郷したさまざまな隠者に対してただならぬ関心を向けていたのであり、李愿もまた陶淵明や王充らと同じように、才学がありながら時に遇わず分に応じて帰郷した人物の一人として、関心の射程にあったことは間違いない。

［19］注［1］一七六～一七七頁。

［20］注［1］三七七頁。

［21］中央公論社版『上田秋成全集』第二巻三九八頁。

［22］中央公論社版『上田秋成全集』第三巻三八八頁。

［23］中央公論社版『上田秋成全集』第九巻二四六頁。

［24］長島弘明「秋成の「命禄」――『論衡』の影響について――」(注［12］長島書)。

［25］稲田篤信「命禄と孤児――『春雨物語』の主題――」(『江戸小説の世界――秋成と雅望――』、ぺりかん社、一九九一年)。

［26］飯倉洋一「語りと命禄――「天津処女」試論――」(注［17］飯倉書)。

［27］村谷佳奈「「海賊」の典拠と主題――「漁父辞」と『土佐日記』――」（『金沢大学国語国文』第三十七号、二〇一二年三月）。

［28］注［1］一六七頁。

［29］井上泰至・一戸渉・三浦一朗・山本綏子編『春雨物語』（三弥井古典文庫、二〇一二年四月）。「海賊」の担当は一戸渉。

［30］日野龍夫「秋成と復古」（日野龍夫著作集第二巻『宣長・秋成・蕪村』、ぺりかん社、二〇〇五年）。

［31］注［29］前掲書。

［32］ただし、清行評と「菅相公論」のいずれもが、命禄に従わず不遇になりながらも、「かくおろかなりといへども、文に博く、事を知て問せたまはば、塩梅の臣とも後には成ぬべし」（清行）、「然レドモ生キテ人望ヲ得、死シテ神威ヲ耀カスハ、古ヘヨリ公一人已」（道真）という一文で閉じていることを勘案すれば、秋成の関心は、「罪」によって不遇に陥りながらも、結果として後代にまで名声を轟かしているという、命禄の不可思議に向けられているものとも考えられる。ならば「海賊」の命禄の構造は一層複雑であったということになりそうだが、この問題については別に考える機会を設けたい。

［33］小澤笑理子「「血かたびら」私解――稿本間の人物造型の差異を中心に――」（『読本研究新集』第三集、翰林書房、二〇〇一年）。

［34］高田衛「「血かたびら」幻想――二人の帝王の物語」（『春雨物語論』、岩波書店、二〇〇九年）。

［35］中央公論社版『上田秋成全集』第一巻三八頁。

［36］注［15］二一八頁。

［37］注［1］三五一頁。

［38］注［29］の「目ひとつの神」（担当山本綏子）に同様の指摘あり。

［39］注［1］二〇五頁。

［40］この見解は、木越論文（『近世文藝』第九十七号）でも言及される、平成二十四年度日本近世文学会春季大会（於明星大学）における鈴木淳の発言と軌を一にするものである。

［41］天野聡一「筆、人を刺す。――『春雨物語』「海賊」の諷刺と虚構――」（『国文学研究ノート』第四十一号、二〇〇七年一月）。

［42］長島弘明「『春雨物語』の自筆本と転写本」（注［12］長島書）。

［43］飯倉洋一『上田秋成――絆としての文芸――』（大阪大学出版会、二〇一二年）、同「『春雨物語』論の前提」（『国語と国文学』第八十五巻第五号、二〇〇八年五月）など。

第三部　秋成の和学とその周辺

第一章　山地介寿の在洛時代

はじめに

秋成とその周辺人物たちの交流には、近年にわかに光が当たった観がある。本書でも第三部第三・四章で、その一翼を担う秋成門人の林鮒主を取り上げるが、既に近衛典子や一戸渉らによる一連の論考も備わっていて、注[1]従来看過されがちであった近世中後期における上方文壇の動静が解明されつつある。個々人の事跡の解明もさることながら、そこから見えてくる文壇の性格の分析は今後も継続していく必要があろうし、同時にそういった上方文芸の世界が、秋成の創作あるいは学問の理解にどのように裨益するのかといった問題に関しても、より一層の追究が求められるところだろう。

本章で取り上げる、土佐藩士にして和学者でもあった山地介寿《すけかず》（明和五年〈一七六八〉〜文化十年〈一八一三〉）もまた、秋成の門人として京で活動していた人物である。彼の事跡については、夙に松山白洋による紹介が備わり、本居宣長をはじめ、上田秋成や伴蒿蹊らとの交流にも筆が及んでいた。注[2]しかし、松山稿が高知の郷土誌に掲載されていたためか、従来秋成研究の側からその成果が顧みられることはなく、それ以後松山の報告以上の新見もほとんど見出されていない。したがって、諸辞典の記述は概ね松山の論考に拠っていると考えられるのだが、松山が典拠を明示していない記事については、依拠した資料が何であったか現在では追跡し難いものもあり、介寿の活動を把握することは困難を極めている。

このような現状に鑑み、本章では筆者の管見に入った資料に拠りつつ、介寿の文事活動と交友関係についての整理を行う。介寿は伏見藩邸に留守居役として勤務していた京在留時代に、上田秋成や伴蒿蹊、また肥後の長瀬《ながせ》真幸《まさき》など、多くの和学者、文人たちと交流を持っており、和学者研究の側面からも、また秋成研究の側面からも看過し難い人物といえる。関係する資料は伝存未詳のものが多く、限定的な整理にならざるを得ないが、従来顧みられなかった介寿の事跡に再び光を当て、近世中後期における和学壇の諸相を究明する一助としたい。

一、介寿伝の検討

まず、既述した松山稿、および伝記について若干の新見が見出せる『高知県人名事典』（高知新聞社、一九九九年）に拠りつつ、私見を加えた略伝を記す。そのうえで、伝記上の問題点についての検討や補足を行っていく。

山地介寿〔①〕　近世中後期の藩士、和学者。通称克助、のち覚蔵。名、介寿。俳号、芳吹。明和五年、白札格の山地介景《すけかげ》（喜内）の次男として伏見に生まれる〔②〕。長男の正基《まさもと》は父の生家を継ぎ、介寿が山地家を継いだ。妹に多嘉尾《たかお》（久野、田鶴尾）。京伏見藩邸の留守居役を務めていた寛政五年（一七九三）四月二日本居宣長に入門。在洛中、最も親しかった友人に伴蒿蹊、上田秋成の二人がいる。寛政九年（一七九七）秋以降十年までの間に土佐に帰郷〔③〕。同十一年（一七九九）七月十六日今村楽《いまむらたぬし》らと桂浜に月見をするなど、宮地仲枝《みやじなかえ》、中山巌水《いずみ》、鹿持雅澄《かもちまさずみ》ら土佐の文人たちと交遊があった〔④〕。文化初年には、武藤致和《むねかず》編『南路志《なんろし》』中、幾部分かの執筆を担当。その縁もあって介寿没後、旧蔵書は全て武藤氏の手に帰したという。病臥五年、文化十年（一八一三）

九月二日没。四十六歳。著書に『問録』（対本居宣長、現存未詳）、『介寿筆叢《すけかずひっそう》』など〔⑤〕。墓石は、高知市歴史墓地公園丹地山に現存（ただし無縁墓）。

まず①山地介寿の訓について。介寿には従来、諸辞典において「すけひさ」（『高知県人名事典』、高知市民図書館、一九七一年。『本居宣長事典』、東京堂出版、二〇〇一年）、「すけとし」（『日本人名辞典』、思文閣、一九一四年。『国書人名辞典』第四巻、岩波書店、一九九八年。『和学者総覧』、汲古書院、一九九〇年）、「すけかず」（『高知県人名事典』、高知新聞社、一九九九年）といった訓が充てられており、その根拠が示されていないこともあって、定説をみない状況であった。しかし、その訓の確定に、東京大学総合図書館蔵『大和物語』（E二三―一六三、慶安元年〈一六四八〉刊、村上平楽寺版）の後見返しにある次の識語は大いに参考になるだろう。

　こはゆたけきまつりごとの六とせといふとしの文月中の七日に、書あき人佐々木の何某より買得て、山地のすけかず文庫にかくす。

寛政六年（一七九四）七月十七日に、「山地のすけかず」が慶安版『大和物語』を書肆「佐々木の何某」から購入し、自身の文庫に加えたことをいう。もちろんこれだけでは別人の可能性も残るのだが、『土佐国群書類従《とさのくにぐんしょるいじゅう》』巻一一〇（歌文部三）所収『建依別文集《たけよりわけぶんしゅう》』に載る、介寿の友人にして同じ鈴門和学者でもあった今村楽の「青葉の屋へ申やるせうそこ」にも次のように記されている。

　秋風や〻さむくなれるを、たひらかにものし玉ふらんや。よべより今村がりやどり侍るに、友とする人ひとりふたりあ《（なイ）》りき。君が青葉の屋見まほしなどいひあへり。ゆるし玉ひなんや、いかに。友人は、行水の小川の千分、足洩《（曳カ）》の山地のすけかず。注〔3〕

『建依別文集』は、近世土佐文人粒選りの和文を集めたもので、和学者・歌人として知られる楽の和文は全四十編中十八編を数える。介寿と楽に交友があったことは、寛政十一年七月十五日に介寿、徳久保、今村比樹とともに月見をした楽が、翌日纏めた「月見の言霊」なる歌文によって知られることに加え、[注4]「天狗といふもの丶話」末尾の「右は、梶浦老人の話、山地ぬしよりき丶つたへてしるしつ」とある記事、さらには高知市立市民図書館若尾文庫に蔵される某年九月七日付介寿宛楽書簡一通の存在により認めてよい。[注5] 以上の資料に拠って、訓を「すけかず」と確定する。

次に②出生について。山地家が三代に亘って京伏見藩邸の留守居役を務めていたことは、明治元年（一八六八）成立の藩政史料『皆山集《かいざんしゅう》』所収「忠孝者喜助が事跡」に、

天明三年の春伏見藩邸山地源助が家へ一年奉公の定《さだめ》にていたりけるに、忠実他に勝れたるものなりしかば、年を重ね月を積みて源助、喜内、覚蔵三代までを歴ける。[注6]

とあることから分かる。また、本居大平編『八十浦之玉《やそうらのたま》』に、介寿が詠んだ短歌二首、長歌一首が載せられたうえで、「右三首、介寿は山城伏見産土佐家士山地覚蔵」[注7]と記されていることからも、介寿の出生地は伏見と考えてよいだろう。

③帰郷時期については、同じく『皆山集』「忠孝者喜助が事跡」に、前掲箇所に続いて、

覚蔵寛政十年役ゆるされければ、喜助をも具して帰らんと思ひしに、代りの役黒岩久万太といへるは覚蔵親族なりけるが、喜助が貞実なるを聞て、残してよ、と乞ひしほどに、その意にまかすべしとてつかはしける。

と寛政十年（一七九八）帰郷の由が記されている。[注8] しかし、介寿の帰郷については、宣長側の資料からも窺うことができ、某年四月十五日付の土州御屋敷御留守居衆中宛宣長書簡には、

未レ得二貴意一候得共、一筆致二啓上一候、愈御安全御坐被レ成候哉、承度奉レ存候、然ば山地氏も、此中最早御国元え引越被レ申候半と奉レ存候ニ付、御頼申入候、愈最早引越被レ申候義ニ御坐候はば、此一封乍二御世話一御国元え御届被レ下候様致度、此義為レ可レ得二貴意一、如レ此御坐候、呉々も奉レ頼候、恐惶謹言[注9]

とあって、介寿が既に土佐へ帰郷したと思っていた宣長が、介寿宛の書簡を土佐へ転送してもらうように頼んでい

たことが分かる。筑摩書房版『本居宣長全集』は、

山地介寿が伏見より土佐国にうつるよしいひおこせたるによみておくる
よそに《思ひやる》きくおぼつかなさはめのまへの別れにまさる君が別路注[10]

という介寿の歌が、宣長の『自撰歌』巻四の寛政九年条に収められていることを踏まえ、右の書簡の年時を寛政九年と推定しているのだが、とすると『皆山集』の記事とのあいだに齟齬が生じてしまうことになる。本章第四節で引用する『荷田子《かだし》訓読《くんどく》斉明紀《さいめいき》童謡《どうよう》存疑《そんぎ》』や『歌聖伝』といった介寿写本の奥書の日付が、それぞれ寛政九年六月、同年七月となっていて、その時点でまだ帰郷していなかったことを勘案するならば、右の書簡は寛政九年のものではなく、寛政十年のものと判断した方がよいのではないか。

すなわち、藩主の命により帰郷が決まったことを宣長に伝えたのが寛政九年の某日で、実際に帰郷したのは寛政九年の秋以降、同十年の四月十五日以前と考えられるのである。現段階では帰郷時期を特定し得る他の資料が管見に入らず確言し難いが、ひとまず以上のように推定しておきたい。

続いて④土佐の文人との交流について。宮地仲枝との交流については、松山による『宮地仲枝日記』所載記事の紹介が備わっており注[11]、介寿の伏見在留時に仲枝が二度に亘って介寿を訪問していること、帰郷後には介寿、仲枝他数人による納涼会が催されたことなどが記されている。谷真潮《たにましお》の門人である中山巌水との交流は、内藤記念くすり博物館大同薬室文庫蔵『西帰東帰《さいきとうき》』に、巌水の謄写本によって介寿が書写した旨の奥書が残ることから明らかである（第四節参照）。また、仲枝の門弟にあたる鹿持雅澄との交流については、雅澄の家集『山斎集《さんさいしゅう》』（安政五年〈一八五八〉成）に介寿が没した際の「山路介寿死去之時哀傷作歌」が収められていることから分かるほか、次節で詳述するように、雅澄は『万葉集古義』所載の秋成説を、介寿を通じて知り得たものと思われる。介寿は土佐に帰郷後、数多くの文人たちと交流を持っていたようで、その様相の一端は松山の報告や竹本義明編著『今村楽歌文集』（土佐史談

会、一九九七年）から窺い知ることができる。

最後に、⑤著書について。『問録』は松山によると、介寿が高知帰郷後に和学について書簡を以て宣長へ問い学びをしていた記録であるが、昭和七年（一九三二）当時既に所在が不明となっていたという。注[12]未だその所在は知られず、介寿の和学活動の一端が知られないのは遺憾としか言いようがない。一方、『介寿筆叢』だが、高知新聞社版『高知県人名事典』には『介寿叢書』として載るが、国立国会図書館に『介寿筆叢』（一四二―一〇四）なる全十四篇の文章が記された書が蔵されており、恐らく同書を指すものと思われる。奥書には、

介寿筆叢一冊、蓋山地覚蔵介寿之所二抄録一也。今以レ逸二撰者名一記レ之備二後日探索一云。

天保七年丙申正月　　教授官員　安並雅景

とあって、介寿の抄録になる書であることが分かる。本書を謄写した安並雅景《やすなみまさかげ》は土佐の和学者であり、谷家の学問に傾倒して和漢の書を学んだ人物。のち土佐藩校教授館教授を務めた。

松山によると、介寿筆写本や旧蔵書は全て武藤家へ譲渡された後、市場に売却され、散逸してしまったという。近年、立教大学図書館に介寿の自筆本七種が入ったが、それらは散逸してしまった介寿筆写本の一部であると思われ、『介寿筆叢』とともに介寿の書写活動を知り得る貴重な資料と判断される（詳細後述）。

二、宣長と介寿

では、介寿の在洛時代の活動に焦点を絞って、多岐に亘る学問享受の様相とその意義について検討していきたい。まず宣長との関係を整理しつつ、管見に入った資料に基づいて交流の実態に迫っていく。

介寿が宣長に入門したのは、『授業門人姓名録』（自筆本）寛政五年条の「山城伏見松平土佐守殿家中　○山地覚

蔵　介寿」[注13]や、『寛政五年上京日記』四月二日条に「土州伏見留守居　山《入門》〔路《地》角《覚》〕蔵」[注14]とあるように、京の和学者の中では最も早い寛政五年（一七九三）である。この年の三月から四月にかけて上洛した宣長は、地下の歌人や和学者らと対面したばかりでなく、橋本経亮の周旋によって芝山持豊などの堂上歌人にも拝謁している。宣長はこの上洛中、林鮒主ら九名の門人を獲得することになるのだが、介寿も同じく、この宣長上洛中に入門した京における鈴門の先駆の一人であった。『授業門人姓名録』（自筆本）には、特に熱心な門人には丸印が一つから三つ記されているが、その中で、介寿には二つ付けられており、介寿は宣長上洛中の講義に列席したばかりでなく、京と伊勢という地理的な隔たりがありながらも、書簡等を以て度重なる指導を受けていた篤志の門人であった。

介寿の熱心な従学の様子を、宣長著書の利用の観点から眺めておこう。宣長は『借書簿《しゃくしょぼ》』（本居宣長記念館蔵）という、寛政七年正月（寛政七年以前も二十五点収録）から没する直前の享和元年九月十三日までの書籍貸出簿を残している。そこには貸し出した書名、貸出年月日、貸与者の氏名が記載され、返却された項は墨を引いて抹消するなど、宣長の著書（および宣長蔵本）の利用状況が窺える興味深い資料である。

さて、この『借書簿』を分析し、貸与者や貸出書などを整理した膽吹覚の「人名別貸出し回数」の表に拠れば、介寿は宣長から九回の貸与を受けている。[注15]これは、最多の柏屋兵助《かしわやひょうすけ》（七十三回）や本居大平（六十五回）に比べれば目を見張る数字ではないが、掲載者中十三番目に多い数である。また、「人名別貸出し冊数」の表を参照すると、介寿は十五冊の著書を宣長から借りているが、その十五冊は全て宣長の著書である。宣長の著書の貸与冊数はこちらも柏屋兵助や大平が飛び抜けて多いのだが、介寿の十五冊は七番目に多い数となっている。この数字は、京在住の和学者の中では城戸千楯や長谷川菅緒、上田百樹《ももき》らを遥かに凌ぐ数であり、介寿の熱心な従学ぶりが看て取れるだろう。次に『借書簿』によって介寿の貸出年月日と貸出資料を次に記す。

寛政五年六月某日　万葉問目（巻九・十・十三・十四）　※寛政七年十月十六日返却

寛政七年三月十日　呵刈葭
同年六月二日　万葉問目（巻十一・十二）
同年十二月五日　万葉疑問（巻十五・十六）
寛政八年四月一日　万葉問目（巻十七・十八・十九・二十）・再問二冊　※同年六月十五日返却[注16]

これによれば、介寿は主として『万葉集』に関する著書を宣長に所望していたらしい。寛政頃の京雅壇において万葉学や県門和学に対する関心が高まっていたことについては既に述べた（第一部第二章）が、そうした事象に照らせば、介寿の万葉に対する関心も極めて自然な成り行きであったのだろう。なお、『万葉疑問』も巻数を考慮すれば、『万葉問目』と同書と判断される。

ところで、『万葉問目』貸借を巡っては、右の記事と関連する宣長書簡が残されているので、少々触れておきたい。次に寛政七年十月十六日付の介寿宛書簡の一節を引く。

真淵翁へ万葉問目之儀被二仰聞一、此度弐冊掛二御目一申候間、御落手可レ被レ成候【五六七ノ分はいかゞ致候や、尋得ず】右ハくだ〳〵敷物ニ御座候へバ、人ニ見スべき物ニあらず候へ共、掛二御目一申候。[注17]

当該書簡の差出日である寛政七年十月十六日が寛政五年六月に貸し出した『万葉問目』巻九、十、十三、十四が返却された日であることは右に記した。それに対して『借書簿』に記載はないものの、右の書簡に「五六七ノ分はいかゞ致候や、尋得ず」とあることから、筑摩書房版『本居宣長全集』第十七巻の解説は「同書の一（二、三、四共）と八を寛政七年十月十六日に折返し貸出したものと推定される」と述べるが、これは右の書簡にある「此度弐冊掛二御目一申候」との記述をもとにした推定であると思われ、首肯してよいと思われる。

同じく『借書簿』に記載はないが、介寿が宣長からより多くの書物を借りていることが、数通残る介寿宛宣長書簡からも分かる。松山稿①が紹介する山地家所蔵の寛政七年八月十六日付の書簡には、詠草添削のことに加え、

菅笠日記之儀、其後愈川口三郎より御借り被レ成候哉、承度奉レ存候。且又、鉗狂人御落手被レ下候由、御写
相済次第、川口へ被レ遣可レ被レ下旨致二承知一候。

と記され、『菅笠日記《すががさのにき》』や『鉗狂人《けんきょうじん》』という宣長の著書の貸借をめぐる記事が見出せる。また、このことと関連する事柄としては、前掲した寛政七年十月十六日付の書簡に「稲掛生より入二御覧一候鉗狂人、川口三郎へ御伝達被レ下候由、致二承知一候、未此方へは返り不レ申候」とあり、宣長から借りた『鉗狂人』は、予定通り川口三郎（好《よし》和《かず》）の手に渡ったらしい。同書簡には、宣長校合の『新撰姓氏録《しんせんしょうじろく》』の借出を依頼したものの、執筆中の『古事記伝』の参考にするために貸与を断られている記事も載り、介寿が宣長学を積極的に取り入れようとしていたことが窺えるのである。注[18]

以上、介寿と宣長との関係を瞥見してきたが、松山稿①が触れる『問録』の存在などからは、寛政九年ないし十年に、土佐へ帰郷した後も宣長との関係は書簡を通して続いていた。さらに、宣長の『享和元年上京日記』五月二十日条には「山地（土佐家中）覚蔵　入来　此節伏見逗留ノ由也」注[19]とあって、帰郷後も上洛する機会はあったようで、宣長が享和元年に上洛した折には、宣長や従者らと面会する機会を得ていたことも分かる。なお、この上洛に同道した宣長門人石塚龍麿《たつまろ》の『鈴屋大人都日記《すずのやうしみやこにっき》』下巻によれば、当日宣長は『源氏物語』若紫巻の講義を行っており（筑摩書房版『本居宣長全集』別巻三、一五三頁）、介寿も講義を聴聞していたものと目される。

三、秋成と介寿

では、従来さほど注目されてこなかった秋成との交流について記していきたい。松山は、注［2］に掲げた松山稿①において、介寿が伏見在役中最も意気投合した人物の一人として秋成の名を挙げる。松山によれば、秋成が介

寿に送った歌が一首存し、また介寿が伏見から土佐へ帰郷する際に秋成が送った送別の文章（含歌二首）を、御子孫が保存していた由である（詳細は第六節）。

この資料の現存は確認されていないが、介寿と秋成に交流があったことは確かである。その事実を示す資料として、まず関西大学総合図書館蔵『歌聖伝』（N八C二―二八九・一―七）[注20]に残る奥書を引く。

歌聖伝一巻鶉居翁所レ著而借二写其手沢本一云

寛政丁巳秋閏七月念八日　　　山地介寿

『歌聖伝』は秋成による柿本人麻呂の伝記研究書で、天明五年（一七八五）九月十六日秋成五十二歳の成立であり、関大本は奥書によって「寛政丁巳」（寛政九年）に秋成手沢本を介寿が転写したことが知られる。前掲『自撰歌』巻四に載る宣長の詠歌が同年の詠であることに鑑みれば、介寿が土佐への帰郷を命じられた年ということになろう。つまり、介寿は土佐への帰郷以前に秋成との直接の関係により手沢本を借り写したことになり、両者の交流が窺える資料であると判断できる。なお、大阪府立中之島図書館蔵『歌聖伝』（三五二―一六四）には、関大本の奥書に続いて、

請二山地氏一而写レ之終

寛政丁巳冬十月十二日　　　貢　仲明

という奥書が記され、中之島本は関大本である介寿写本によって、貢仲明なる人物（不詳）が転写したものであることが知られる。

また、天理大学附属天理図書館蔵『荷田子訓読斉明紀童謡存疑』（以下、『存疑』）[注21]奥書にも介寿の名が見えている。その奥書には、

此童謡訓解并存疑、借二伏見土佐屋敷預山地介寿本一、令レ写レ之畢。寛政九年六月十二日　　長瀬真幸

とあって、介寿写本によって寛政九年六月に肥後の和学者である長瀬真幸が何者かに謄写させたことが分かる。『存

疑』は秋成著作というより経亮が整理した形で流布したものであるため、介寿は経亮との接点から書写したものと見るべきかも知れないが、いずれにせよ、松山の紹介にかかる介寿に宛てた秋成の送別の文章に加え、関大本・中之島本『歌聖伝』、天理本『存疑』の存在から、介寿が秋成の学問を享受していた一人であることは間違いない。

ところで、介寿と同じ土佐人で和学者であった鹿持雅澄は、近世万葉学の集大成とされる『万葉集古義』（以下、『古義』）を著わしているが、その稿本である土佐山内家宝物資料館山内文庫本に秋成説が一例書き入れられている。巻一下・四十六丁裏・六十六番歌「大伴乃《オホトモノ》。高師能浜乃《タカシノハマノ》。松之根乎《マツガネヲ》。枕宿杼《マキテヌルヨハ》。家之所偲由《イヘシシヌハユ》。」の雅澄注の上欄に朱で書き入れられたそれを引く。

秋成云、高師の浜は今高いしと里の名に呼り。其わたり今は浜寺とよびて、松林立はえしまさご路あり。いと清き浜辺なり。注[22]

鴻巣隼雄は本書入を雅澄が書き入れるに至った経緯について、「秋成説が『古義』に導入されるについて、一旦山地介寿の手をわずらわしたであろうと想像させる」注[23]と述べるが、鴻巣の推測を秋成側から再検討してみたい。当該歌の「高師能浜」について、寛政八年（一七九六）成立の池永秦良《いけながはたら》著・秋成補『万葉集見安補正』（文化六年〈一八〇九〉刊）の巻五「高師浜《タカシノ》」の項には、

大伴の三津の下に、已に云。和名抄、和泉の大島郡に、高石《タカシ》の郷見ゆ。今は高いしと呼。注[24]

とあり、また寛政八年脱稿の枕詞研究書『冠辞続貂』（享和元年〈一八〇一〉刊）巻二の「大伴の」項には、

摂津といづみの両国のさかひに茅沼《チヌ》の郷在。〈今は堺の津といふ〉この郷の南に石津と云郷在。又其南に浜寺と云松林あり。それを過て、又南に大津高石〈今たかいしと云、いにしへの高師也〉など云郷々あり。浜寺は昔いかなる寺院の在けん。浜は即たかしの浜にて、石津は高石《タカシ》の津の略言也。注[25]

とあって、『古義』に書き入れられた説が秋成説であることは明らかだが、『古義』にある「まさご路あり」、「いと

清き浜辺なり」といった記述は秋成の万葉研究書からは見出せない。より近い記述は『楢の杣』巻二に「大伴の高師とは云。今高石村在。其北に浜寺と云白砂青松の海辺に在」[注26]と見えるが、同様に異同が認められる。『万葉集見安補正』や『冠辞続貂』を雅澄が読んでいたかは詳らかではないが、この両書と『古義』書入の異同を勘案すれば、雅澄は版本によって秋成説を知り得たのではないと判断され、よって介寿を介して知り得たとする鴻巣の見解は首肯されよう。

また、『楢の杣』は正親町三条公則のために起筆されたもので、伝本も大東急記念文庫蔵の秋成自筆本が存するのみ。広く流布したものとも思われず、また起筆された寛政十二年（一八〇〇）には介寿は既に土佐に帰郷していた。[注27]とすると、介寿が秋成説を知ったのは、帰郷以前の秋成の講義によるものではなかったか。第一部第一章で述べたように、秋成は寛政五年に摂津国淡路庄村から京に移住して以来、『万葉集』をはじめとした古典の講義を繰り返しており、介寿が秋成の『万葉集』講義を聴聞していたことは十分に想定できるだろう。

以上、介寿と秋成の交流について、いくつかの傍証資料を用いながら追証してきた。関大本・中之島本『歌聖伝』や天理本『存疑』によれば、介寿の京在留時代に両者に交流があったことや、介寿が秋成の学問を享受していたことは動かない。また、やや憶測めいた検証となったが、雅澄が『万葉集』についての秋成説を摂取するに、介寿の媒介があった可能性も十分に考えられるだろう。

四、長瀬真幸と介寿

介寿は、詠歌や古学に関する該博な知識を求め、宣長や秋成に師事していたが、その旺盛な勉学意欲は、当然のことながら京に集散する地方の和学者との交流をも生むこととなった。本節では肥後の長瀬真幸との交流を指摘しておきたい。

天理本『存疑』が、介寿写本によって寛政九年六月に真幸が何者かに謄写させたものであることは前述した。改めてその奥書を掲げると、

此童謡訓解并存疑、借二伏見土佐屋敷預山地介寿本一、令レ写レ之畢。寛政九年六月十二日　長瀬真幸

とあって、真幸が上洛した際に伏見在勤中の介寿と会う機会があり、『存疑』を借りて写させている。

さらに両者の交流が窺える資料をもうひとつ、内藤記念くすり博物館大同薬室文庫蔵『西帰東帰』（四六七八九。以下、大同薬室本）を提示しておく。注[28]真淵の紀行である『西帰』『東帰』は、真淵門流を基幹として和学者たちによって広く写本で行われたようであり、注[29]大同薬室本にも数種の奥書が残る。次にそのうちの介寿と真幸の奥書を引く。

右借二于中山秀金賢兄一使二工謄写一焉

寛政七年乙卯三月五日　山路介寿

此西帰東帰二篇土佐国山内地侯家臣伏見邸留守司山路介寿本借与。予則課二山口真積一写レ之畢。寛政八年歳次丙辰十一月廿九日。　長瀬真幸

大同薬室本は介寿の手元に届く以前に、県門和学者である谷垣守《かきもり》によって土佐にもたらされたこと、介寿や真幸の手を経た後には九州豊後岡藩士で和学者でもあった古田広計《ひろかず》に伝えられたことなどが他の奥書によって知られる。右の奥書からは、介寿が京在留時代の寛政七年（一七九五）三月五日に、上洛していた土佐人中山秀金（巌水）から『西帰東帰』を借りて書写したこと、真幸が介寿写本によって『西帰』『東帰』を書写したことが分かり、介寿・真幸の両者に直接の交流があったことが窺える。

では、両者の交流はいつごろ始まったのか。介寿が伏見に在勤していたのは、寛政九年頃までであった。つまり、この時期までに真幸が上洛した折、それも天理本『存疑』と大同薬室本『西帰東帰』の書写時期からさほど隔たっ

ていない時期と考えられるだろう。大同薬室本『西帰東帰』奥書につけば、介寿が書写した寛政七年三月五日以降、真幸奥書の寛政八年十一月二十九日の間に二人が対面を果たしていることは間違いない。

そこで、寛政八年頃で真幸が上洛した時期を探ると、同年四月初旬、松坂への途次に京に立ち寄っていることが分かる。真幸はこの上洛時に橋本経亮や本居春庭《はるにわ》と対面していた。この後、真幸は宣長を訪うため松坂へ向かい、五月十三日から同月晦日まで逗留した後江戸へ下向する。江戸では、橘千蔭・村田春海らに師事した他、塙保己一《はなわほきいち》の『群書類従《ぐんしょるいじゅう》』編集も手伝っていたが、間もなく郷里熊本が大洪水に見舞われたことを聞き急いで帰郷したという。注[30]また、慶應義塾大学斯道文庫蔵『存疑』（〇九一―C／一一―一。以下、斯道文庫本）には、

寛政八丙辰年六月以二肥後長瀬真幸本一写畢　稲掛大平

との奥書が残っていることから、寛政八年六月以前に真幸が『存疑』を入手していなければならない。したがって、四月に京で介寿から貸与、または介寿本によって書写し、その後訪れた松坂で大平に貸与したとすれば辻褄が合う。また、『西帰東帰』は、寛政八年年十一月に肥後の門人山口真積に書写させた由である。次に真幸が上洛するのは翌寛政九年三月であるから、『西帰東帰』も寛政八年四月の上洛時に入手したもので、郷里肥後に持ち帰って謄写させたのであろう。

ところで、前掲天理本『存疑』奥書を巡っては、従来不可解な問題が存していた。その問題については中央公論社版『上田秋成全集』第一巻の『存疑』解題（日野龍夫執筆）で触れられている。すなわち、前掲天理本が寛政九年六月の書写にかかるが、斯道文庫本『存疑』奥書には「寛政八丙辰年六月以二肥後長瀬真幸本一写畢　稲掛大平」とあって、天理本の奥書よりも早い段階で、大平が真幸本によって書写していることを示しているのである。これについて日野は「（天理本―筆者注）識語だけ後から記入したのであろうか」との推測を示しつつ結論を留保する。

もし天理本『存疑』の書写年時が誤りでないとしたら、おそらく天理本『存疑』と斯道文庫本『存疑』の「長瀬真幸本」

は別本であろう。天理本『存疑』奥書には、「令レ写レ之畢」とあって、別の誰かに写させたであろうことが窺知できる。つまり、『西帰東帰』同様、介寿より貸与された本を肥後へ持ち帰り、寛政九年六月、何者かに写させたのであろう。真幸が介寿より天理本の原本となる『存疑』を借りたのが寛政八年か寛政九年かは不明だが、いずれかの上洛時に介寿より借り受けたことは間違いない。

以上、介寿と真幸の交流について検討してきた。両者は遅くとも寛政八年四月には相識となっており、掲出した『存疑』『西帰東帰』以外にも、書物交流があったと考えられ、介寿は肥後への和学書伝来に一役買っていた模様である。また、従来不可解であった『存疑』奥書の書写年時についても、真幸の動向と大同薬室本『西帰東帰』を補助線とすることによって、一応の見解を示すことができたのではないか。

五、介寿の人的・物的交流

本節では、介寿在洛時代の多彩な交流の一端を窺っていきたい。介寿の交遊圏については、介寿の友人の筆跡を交張りした半双の屏風が松山により紹介されていて、三十二名の名が掲げられている。いま、松山稿①によってその主な人々を次に掲げると、宣長、蒿蹊、楽らをはじめとして、橘千蔭、橋本経亮、谷真潮、長瀬真幸、帆《ほ》足長《あしなが》秋《あき》、秦永錫、大窪詩仏《おおくぼしぶつ》、伊藤東涯《いとうとうがい》、谷文晁《たにぶんちょう》、海量法師ら多くの和学者、文人が名を連ねている。名が載る人物全てと直接交流があったと即断することはできないが、直接間接を問わず、介寿が身を置いていた学問の地たる京でこそなしえた蒐集であったといえよう。以下、管見に入った資料に基づき、介寿の交流の広がりを明らかにしたい。

松山稿①で、秋成とともに介寿が親交を持った人物として挙げられている人物が、平安和歌四天王の一人伴蒿蹊である。だが、松山は同稿にて蒿蹊の歌文を紹介してはいるものの、それのみでは両者に交流があったか否かは少々不分明と言わざるを得ない。そこで両者に交渉があったことを示す資料として、まずは前節で引いた大同薬室本『西帰東帰』を掲げたい。大同薬室本には欄上に朱筆で「蒿蹊云」「蒿蹊按ニ」などと、伴蒿蹊説の書入が見られる。これによって、真淵の『西帰』『東帰』を蒿蹊が閲していたことが判明するのだが、問題は、転写過程のいつの段階で蒿蹊の書入が行われたのかということである。

広島大学附属図書館国語国文学研究室には、「蒿蹊自筆資料等」と区分される蒿蹊写本や旧蔵書の一群が蔵されるが、そのうちの『閑田子備遺亡諸書抜萃』（以下、『諸書抜萃』）を検するに、『東帰』からの抜書も収まる。そして、その奥書には、

右賀茂真淵著　　谷蟇麿垣守写
右以㆓山地介寿本㆒抄㆓写之㆒　　蒿蹊書

とあって、介寿本によって真淵紀行から抄写したことが明記されているのである。これによって蒿蹊は介寿本から抄写するに際して、介寿本への書入も行っていたことが分かる。大同薬室本は、介寿ののち真幸の手を経て、古田広計が書写したものだが、蒿蹊の書入もともに伝えられていったのであった。また、『諸書抜萃』には真淵の長歌・短歌の写しも収載されるが、その奥書を次に引くと、

右の長うたみじか歌十くさ
きんごの君の仰によりてたてまつるひのえとらのとしみなつき　　賀茂真淵
同年八月中旬書写　　谷挙準
右土佐国人山路介寿の本をもてうつす
寛政八年丙辰六月　　閑田子蒿蹊書

と数種の奥書が残る。「長うたみじか歌十くさ」は「詠㆓蝦夷島㆒歌四首并短歌」、「きんごの君」は田安宗武、「谷挙準」

は真淵門人にして垣守長男の谷真潮の幼名である。ここでも、蒿蹊が真淵の書を介寿蔵本によって書写していて、蒿蹊が真淵関連の資料を入手する際のルートの一つが介寿であったと考えられる。既述の宣長・秋成への接近からも窺えるように、介寿は京において真淵学へ傾倒する気配を見せており、そうした関心から真淵の著書の蒐集も行っていたものと考えられよう。

また蒿蹊の随筆『閑田次筆《かんでんじひつ》』（文化三年〈一八〇六〉刊）には、

万葉集中、長歌の奥に反歌とあるを、かへし歌とよみて、長歌一篇の意をつゞめて、三十一言によみたるものとおぼゆる人多し。然るを竜草廬の考へに、これは端書に何々歌并短歌とあるに同じく、反は短字の義なるべしといはれしを、さることゝおぼえしが、其後土佐の山地某も、こなたのみならず、漢の字義をも取出て論ずることありしが、今記得せず。さるに此比、日本後記を補へる加茂県主祐之著日本逸史を見るに（中略）是にて他の例引出にも不レ及、竜氏も山地氏も此書には及ばざりしかど、其考は適当せり。注[31]

とあることから、「反歌」の字義について介寿と議論をする機会があったと記しており、両者の間柄は極めて親密なものであったと考えてよいだろう。注[32] その関係も、秋成との師弟関係のようなものではなく、友人関係と理解するのが穏当のように思われる。

次に、立教大学図書館に新収資料として蔵される山地介寿自筆写本七種を取り上げよう。この写本群は、介寿没後に武藤家へ譲渡された後、市場へ売却された介寿旧蔵本の一部であろうと思われ、従来ほとんど知られることのなかった介寿の書写活動を知るうえで恰好の資料である。それら七種の介寿自筆本を奥書とともに紹介しておく。

○熊沢蕃山《くまざわばんざん》『三輪物語』（一二一・五五‐KU三六）八巻四冊

奥書「右三輪物語は熊沢了海の著せられたる処也。本庄甲斐守殿の侍医□□□家蔵之本を得て藤原光秀の手をかりて写しとゞめぬ／源介寿」（□―原本欠字）。

○室鳩巣《むろきゅうそう》『不亡抄《ふぼうしょう》』（一二一・五四‐MU七一）四巻四冊

奥書なし。

○田中道麿《たなかみちまろ》撰『新撰字鏡参考《しんせんじきょうさんこう》・二十一代撰集諸考《にじゅういちだいせんしゅうしょこう》』（八一三‐TA八四）二巻二冊

奥書「右新撰字鏡参考二十一代撰集諸考田中道麿所レ撰也。借二小林義兄所蔵之道麿自筆本一使二工謄写一焉／寛政五癸丑年八月／山地介寿」。

○山崎闇斎《やまざきあんさい》『山崎先生語録』（一二一・五四‐Y四八）一巻一冊

奥書なし。介寿による書入あり。

○『朱王学談《しゅおうがくだん》』（一二一・五三‐SH九九）一巻一冊

奥書なし。

○新井白石《あらいはくせき》『孫武兵法択《そんぶへいほうたく》』（三九九・二三‐A六二）十三巻三冊

奥書「右得二于煥章主人属宮文英秦永錫張繁一謄二写之一／天明戊申季春／山地介寿」（朱、「英」は欠画）。朱・紫墨の書入あり。

○新井白石『孫武兵法択副言《ふくげん》』（三九九・二三‐A六二）一巻一冊

奥書「天明七丁未年七月廿四日写了 大神真潮」「八月廿日写了 宮川正英」（朱）「寛政四年壬子冬十二月以二中山氏蔵本一写レ之 山地介寿」。

右に記した奥書によれば、介寿は熊沢蕃山『三輪物語』を「藤原光秀」（未詳）なる人物から、『新撰字鏡参考・二十一代撰集諸考』の田中道麿自筆本を小林義兄から、新井白石『孫武兵法択』を秦永錫から、『孫武兵法択副言』を中山巌水と思われる人物から借り写したことが分かる。中山巌水は前掲の内藤記念くすり博物館大同薬室文庫蔵『西帰東帰』を介寿に貸与した人物であり、小林義兄《よしえ》は近江彦根藩士にして、藤井高尚や海量法師とも親しく、万葉学への関心も高かった人物である。

さらに、介寿が書写している書のうち、『孫武兵法択』・『孫武兵法択副言』は介寿写本（すなわち立教大学図書館蔵本）により寛政六年に山本封山《ほうざん》が書写していて（西尾市岩瀬文庫蔵）、介寿と封山との交流を示すものと判断されよう。介寿写本によって封山が書写した書は、ほかにも『采覧異言《さいらんいげん》』（新井白石著、寛政四年写）、『遊室問答《ゆうしつもんどう》』（遊佐木斎《ゆさもくさい》・室鳩巣著、寛政四年写）、『殊号事略附録《しゅごうじりゃくふろく》』（新井白石著、寛政五年写）、『海国兵談《かいこくへいだん》』（林子平《はやししへい》著、寛政五年写）、『天寿随筆《てんじゅずいひつ》』（佐久間東川《さくまとうせん》著、寛政六年写）の五点が西尾市岩瀬文庫に収まっており、介寿が本草学・医学・儒学を講じていた山本読書室へと出入りをし、和漢諸学万巻の蔵書を形成した読書室の蒐集に一役買っていことが分かる。

蔵書形成といえば、介寿が京における書物の入手先として懇意にしていた書肆に、現在でも続く京の佐々木竹苞楼の二代目佐々木春行《はるゆき》がいた。第一節で引用した東京大学総合図書館蔵『大和物語』の識語を改めて引くと、

こはゆたけきまつりごとの六とせといふとしの文月中の七日に、書あき人佐々木の何某より買得て、山地のすけかず文庫にかくす。

とあって、「佐々木の何某」という竹苞楼らしき名が見えていたが、吉沢義則「藤貞幹に就いて」（『国語説鈴』、立命館出版部、一九三一年）が紹介する、藤貞幹《とうていかん》没後に春行が入手した貞幹遺品の明細である竹苞楼蔵『無仏斎遺伝書領目六《むぶつさいいでんしょりょうもく》』には、「五岳真形図《ごがくしんけいず》　一巻　土佐人へ譲」「諸先生諸説　一冊　土佐山地氏へ売」などと記されていて、介寿と春行には確かに交流があった。『大和物語』識語にある「佐々木の何某」も春行の可能性が高く、竹苞楼が介寿の多様な蔵書形成に与っていたものと思われる。

最後に、天理大学附属天理図書館に蔵される『〔古器図説《こきずせつ》〕』（栗田土満雑集）なる資料に触れておきたい。注[33] 栗田《くりた》土満《ひじまろ》が古器物の摸写図と若干の考証を記した断簡類を複数綴じた仮綴一冊であるが、その三箇所に「介寿按」などとして介寿説の書入が残る。その書入のうち二つには藤貞幹の著『好古小録《こうこしょうろく》』の名が見えるが、該書が寛政七年

（一七九五）の刊行であることを考慮すれば、それ以降の書入と考えてよいだろう。どのような経緯で介寿説が書き入れられるに至ったのかは明確でないが、介寿と土満という古風を志向する鈴門和学者二人に交流があった一証になるかも知れない。

以上、奥書資料や書入などに基づき、介寿の人的・物的交流を見てきたが、ここで介寿が書写している書を改めて眺めてみると、和学書に留まらず、儒学・兵学・垂加神道に関する書など、多岐に亘っていることが分かる。そのなかには土佐藩の京留守居役という立場上、実務に資する書や情報収集を目的とした書もあったであろうが、いずれにしても介寿の関心の広さを看て取ることができるだろう。管見に入った介寿写本のうち、和学関係書の奥書の年時はいずれも寛政五年以降であり、和学への傾倒は宣長入門以後であったかと思われるが、介寿はそれ以前からも幅広く和漢諸学を修めていた雑食の文人であったようである。

六、秋成の「送別」

以上のように京で多彩な活動を展開していた介寿は、寛政九年頃に主君の命によって土佐へ帰郷するに至るが、土佐へ移るに際し、秋成のもとを訪れ「送別」と題された文章を賜っている。この資料については、既に松山稿①に翻印が備わるものの、既に述べたように、ほとんど利用された形跡がなく、高田衛『完本上田秋成年譜考説』（ぺりかん社、二〇一三年）にも、また長島弘明『上田秋成の文業の書誌学的・文献学的研究』（平成十六年度〜平成十八年度科学研究費補助金（基盤研究（C））研究成果報告書）所載の「新訂上田秋成年譜」にも一切言及がない。本節ではこの「送別」を眺めることによって、両者の交誼の一端と秋成の学問態度を炙り出していきたい。なお便宜上、全文を四段落に分けて分析する。また、「送別」は伝存が不明のため、引用は松山稿からの孫引きとする。注[34] まずは冒頭の一節。

送別

土佐の国人源介寿、こたび君の御言かかぶりて、うぶすな国にかへりなむ水鳥の立のいそぎを告来たるけふはいとまあり気にて、物がたりそこはかとなくて、老がぬか歯もるる中にも、すめら御国の古こと学ぶべき心しらひ、いかにこころうべく求め聞えらるにぞ。いなや翁は世の物識人のつらにしあらで、野山にはひ隠るるしれ人なれば、何の道々しきたどりして心得をらむ。ただここにをりをり問くる友がき等に、教ふとはなしに、かたり言しつつ遊ぶ。

この「送別」が映し出すのは、藩主の命によって帰郷を命じられた介寿が、いとまある日に帰郷の旨を伝えるため秋成を訪れた日の穏やかな情景である。前歯が抜け落ちたなどと自身を戯画化する秋成に対し、介寿は和学を学ぶ際の心得を尋ねたのであった。二人は帰郷のこと、学問のことなど語り合ったことだろう。この二人のやりとりを考慮するならば、やはり両者の間柄は対等な友人というよりも、実質師弟の間柄であったと考えてよさそうである。介寿の質問に対し秋成は「自分は世に名高い知識人とは異なる隠居の身であるので、学問的な探求方法など何も心得ていない。ただここにしばしば尋ねてくる友人らに、教えるというわけではなく、語り合って遊ぶのみである」と言う。謙辞も含まれているだろうが、秋成の学問上の立場を明示して余りあるだろう。特に、自身の立場を「世の物識人のつらにしあらで」と述べている点には注意を要する。だが、そのことに触れる前に、もう少し秋成の言葉を聴いてみよう。

其ことわりは、君につかふまつり父母里の長等にもおほせたばらぬのどかなる時々には、真ごころをもとといにしへのふみはよめ、いにしへのふみをのみよみて今におろそげならむ、いとかたは也。さる心もせでいにしへをたとむ人は、あめのなしのままにたがひ、国ののりにももとりたらむには、すずろなる罪をさへかかむらんものぞ。さるをこ人のあだ〳〵しく教へ立て、世をいにしへにかへさまく、心熬たらむ、いとあぢきなし。

世をいにしへに復さまくすとも今天の下しらず。

父母や里長らの仰せ言を被らない長閑な折、一心に古書を読むのはよいが、古書ばかり読んで「今」のことが疎かになってしまっては片手落ちである。盲目にひたすら古ばかりを尊ぶ人は、自然に反し、国法にも背いてしまうようなもので、思いがけない罪をまで被りかねない。そのような愚かな人がいい加減に教えを立て、世を古に戻そうと心を砕くことは、大変無益なことであるという。秋成の思想的立場が明示されている一節であるが、この発言からは、同じ秋成の『安々言』（寛政四年成）を想起せずにはいられない。

　尊レ古ヲ卑レ今ヲ学者之流也トモ云リ。此升運治化ニ遇テ、太古之淳朴慕フベキニ非ズ。慕フトモ将不レ可レ得者也。古トシテレ古ヲ今トスルレ今ヲ之安ズルレ安キニヲコソ、庶民ノ分度ナルベケレ。阿奈加之古今之御時ヲ仰ギテ、己ガ分度ヲ看ツ、、戒心ヲ以テ書ハ読ベカリケリ。注[35]

あるいは、やや時代を遡るが、師である宇万伎の言を引用して述べた『呵刈葭』（天明八年〈一七八八〉頃成）の「吾師いへらく、往時は往時にして宜しく、今世は今世にして宜しと。此言、旨味あるかな」注[36]という一節や、『書初機嫌海』（天明七年〈一七八七〉刊）上巻の、

　又、ある国学者《こくがくしや》とか言ふが、何事もそろ〳〵太古《おほむかし》の質朴《すがた》に立かえるを見よといはれし道理に、是らも引付て云たい物なれど、さら〳〵そうではあるまい事、世の繁昌《はんじやう》につれて、人のさいかくもとつくりとそろ盤《ばん》と談合《だんかう》して、無益《むやく》の事ははぶいてせぬ事よと見えたり。注[37]

といった宣長風刺も軌を一にするものであろう。

ここで、特に注意したいのは、『安々言』が宣長の古代・皇国絶対思想を排するためにものされた書であり、『呵刈葭』の一節が宣長との論争において秋成が宣長に放った言、『書初機嫌海』が論争の只中で著わされた書であるという点である。「送別」における苛烈な物言いは、明らかに古書を絶対化し、復古を鼓吹しようとする（と秋成の目に映った）

宣長を意識したものである。とするならば、先の「世の物識人のつらにしあらで」の「世の物識人」は宣長を念頭に置いた謂いであり、その宣長と自身の立場の相違を明らかにした言といえるのではないか。こうした批判は、次の段落でより具体的に示される。

　皇孫の大御心にだも、おほしのまにまにならめやは。ましてもののべはかうべの上に君立ませり。民草には長有てそがおほせかかむらずは、いみじき国つ罪たばりぬべきものぞ。いにしへの世にも、よきとあしきならひあり。今の代はたしかるべし。たとひ往しへの事皆よしとも、いまの法に忌せ給はんをいかにかせまし。ただ古きふみを読ては、かかるためしも有けり、と心にしるしおきてて、事にふりてはしかじかの事有にき、と女子にもこと人にもかたりつべし。昔の事おぼししらで、からぶみにのみまげられん人あぢきなし。からぶみよみつべし。から歌学ぶべし。御国の直く、たけく、すくすくしき真ごころだに本立てなば、何のまが言にかまじこらん。なにの濁にかまみれなん。かのいにしへをのみをしへ立るは、けづり花の時ならぬ色を染つきてかさし出たらむを、あまい（ママ）みじ、と見はやせしも、年月をわたりては、其いろとなぐさめにてぞかいすつべく、ましてまことの色にやにほふ香やは。薫るふみをのみおしいただけば、ふみなきにしかじとや。もののふも民草もおのがほどほどあり。おのが所をわすれて、すすみ出たらむ、いと見ぐるしく、かつは罪かかむるべきわざにしもある哉。

「古」と「今」を明確に識別している点など、先の『安々言』や『呵刈葭』と同様の趣旨が、より具体的な記述をもって明示され、介寿に対しては、「ただ古きふみを読ては、かかるためしも有けり、と心にしるしおきてて、事にふりてはしかじかの事有にき、と女子にもこと人にもかたりつべし」として、古書との向き合い方が指南されている。

　秋成は決して古書を読むことを非難しているのではない。事実、続いて開陳される秋成の認識は、古書を学ぶことの意義を確かに捉えている。秋成は、漢文も漢詩も学ぶことを推奨するのだが、その心はすなわち、古書によって本邦古代の精神を会得さえしていれば、いくら漢文を読み、漢詩を詠んだところで、唐風によって惑わされることなどないというのである。大事なのは、古書とのつきあい方である。古書を読んで「古」を信奉するのみでは、古書を十分に味わっているとは言い難い。古書によって「古」を学び、「今」の益にすることこそが、古書との理想的な接し方であるという。注[38] 末尾の「もののふも民草もおのがほどほどあり。おのが所をわすれて、すすみ出たらむ、いと見ぐるしく、かつは罪かかむるべきわざにしもある哉」の言も含めて、やはり先に引いた『安々言』の命禄意識・分度意識と同根の見解が開陳されている。

右に見てきたような秋成の見解は、『安々言』をはじめ、秋成の著作でしばしば披瀝されていたものであり、殊更目新しいものではないが、なによりも興味深いのは、こうしたあからさまな宣長批判を、宣長門人である介寿に対して放っていることである。一戸渉は、『胆大小心録』における宣長批判の言を取り上げたうえで、その批判の鉾先が向かっていたのは、故人となった宣長ではなく、京雅壇における宣長学の浸潤という事態であったのではないかと指摘するが、注[39] 確かに秋成の介寿に対する言は、宣長に学び、「古」を学ばんとする宣長門人を牽制する一面を有していると見做せなくもない。先に見たように宣長から『呵刈葭』を借りていた介寿が、この秋成の言を如何なる気持ちを以て受け止めたのか今では知る由もないが、ことほどさように、宣長学や宣長を信奉する空気に対する秋成の批判は先鋭化していたと見るべきであろう。

いんし年、人々と歌よみてあそびしに、内日さす大宮てふ事をさぐりえておそるおそるよみける歌、

おもへども思ひやはえむいろに香に左の桜みぎのたち花

おもひてかつがつうるべくもあらず。よし得るともいふべき事かは。いそしかれまごころまなぶべし。真言の歌、せ子が国形の山谷にせられて所さくとも、心は前なる海の広きに、あえてくぬちうしはきませる健依別の神のたけきをもとつ心にして、君につかへてすくすくしくだにあらば、何ののりをか踰てたぬしとせんや。か

れほぎうたへらく、

二名洲おもてよつありてへますら雄のたけきこころはただひとすぢに難波にいたりてみそぎよくし、墨の江の大神にぬさの手むけゐやゐやしく、大船のもそろもそろに波の道、事なく喪なくて、うぶすな国にかへりませとなんあかずほぎまゐらす。あなかしこ。

みなもとの秋なり

故国において藩主に仕えることを奨励する言を以て「送別」は閉じられる。なお「二名洲」の歌は、浅野三平の博捜にかかる『増訂秋成全歌集とその研究』（おうふう、二〇〇七年）にも未載であり、介寿について従来ほとんど注意が払われてこなかったことが窺えよう。介寿に向けた秋成の「送別」は、秋成自身の思想的立場を明確に示している文章として大変興味深い資料である。宣長・秋成の両者と交渉を持っていた介寿にとっては、このうえない餞別となったことであろう。

おわりに

以上、従来等閑視されてきた山地介寿の事跡について、京在留時代の書写活動と交友を中心に再検討してきた。とはいえ、介寿はほかにも多くの学問書を臨写していたはずであるし、秋成やその他の和学者との関係にしても、未だ知られていない交流があるに違いない。より多くの資料の発掘が俟たれるところであり、本章で扱うことができたのは、介寿の活動の一端に過ぎない。

とはいえ、ここで介寿の活動を通して窺える和学者としての介寿の立場と、当時の上方文壇との関連についての素描を試みておきたい。介寿は天明頃より和漢諸学に関心を示し、書写を重ねてきた人物であったが、寛政五年の宣長上洛頃より殊に和学に傾倒していったらしく、宣長と書簡を通じた交流を深め、宣長上洛時にはその出張講義などにも列席し、和学を修してきた。同時に彼は、同じ県門流に属し、宣長との論争を経験した秋成のもとにも和学を学ぶために訪れ、和学関係書の書写と講義などによって知識を獲得し、古風への関心を徐々に深めていったものと思われる。そしてその修学は土佐に帰郷した後も継続されたらしく、宣長との書簡を通じた問学や、故国の和学者である谷真潮や鹿持雅澄らとの交流などは、その事実を如実に示していよう。

また、介寿が滞在していた当時の京は、宣長の度重なる上洛や秋成の移住も与って、伝統的な堂上歌壇とは異なる、古風への関心が高まっていた。そうした中で、介寿も例に漏れず、古風への傾倒を示し、宣長に入門し、また秋成にも学んだのであった。宣長・秋成という論争を行った当事者二人への入門は、彼の中で矛盾を来すものでは決してなく、論争に関してはあくまで傍観者的な立場であったのだろう。第三・四章で取り上げる鮒主も同じく、宣長・秋成の両者に入門しているが、介寿や鮒主も他の和学者たち同様、県門和学への関心が前提としてあり、そのうえで、論争などを経て当時求心力が高まっていた両者の教えを乞うという、和学者として極めて当然の理路であったと思われる。「送別」に込められた秋成の真意を知ってか知らずか、享和元年に再び上洛した介寿は、同じく伊勢から上洛していた宣長のもとを訪ねて、旧交を温めていたことも思い合わされよう。

さて翻って、介寿との関係から秋成を眺めてみるならば、別れに際して執筆した「送別」からは、秋成の宣長学に対する苦々しい思いが透けて見えてくるようである。そうした文脈の中で、秋成がたびたび主張する「古」と「今」に対する認識や分度意識が表出していることを併せ考えるならば、秋成の晩年の思想が、やはりある程度宣長へのアンチテーゼとして生み出されてきたこともまた認めなければならない事実なのかも知れない。では、仮にそう考えたとき、晩年の秋成文芸をどのように捉え直すことができるのか。今後の課題の一つとして、改めて考える機会を設けることとしたい。

【注】

［1］近衛典子『上田秋成新考――「くせ者」の文学――』（ぺりかん社、二〇一六年）第二部所収の諸論考、一戸渉『上田秋成の時代――上方和学研究――』（ぺりかん社、二〇一二年）第三部所収の諸論考など。

［2］①松山白洋「土佐歌人群像（八）」（『土佐史談』第三十九号、一九三二年六月）、②同「土佐歌人群像（九）」（『土佐史談』第四十号、一九三二年九月）。

［3］『土佐国群書類従』第九巻（高知県立図書館、二〇〇七年）三三〇～三三一頁。

［4］竹本義明編著『今村楽歌文集』（土佐史談会、一九九七年）二一九～二二三頁所収。

［5］注［4］五一八～五一九頁所収。

［6］土佐之国史料類纂『皆山集』第十巻（高知県立図書館、一九七八年）七〇一頁。注［2］の松山稿②にも言及あり。

［7］『新編国歌大観』第六巻「私撰集編Ⅱ」（角川書店、一九八八年）による。介寿が詠んだ三首の歌は次とおり。

いにしへは百船はてしかこの崎かくしも今はあせにけるかも

手結山にて

ますら雄の手結坂路の朝ぼらけ塩けにかすむ遠の国原

室戸崎にて

しながどり　阿波につづける　土佐の海　室戸の崎の　ありそわに　打ちすぎ見れば　あさもよし　紀路に名かかす　真熊野の　かみの御崎は　そがひにぞ　遠くありける　しらぬひの　つくしにむかふ　いなみなる　さたの御崎も　をとめ子が　眉引なして　波の間ゆ　おほに見えけり　これをおきて　又目にかかる　山もなく　国もなければ　久方の　天もひとつに　常世浪　立ちわたりつつ　かぎりなく　はてしなければ　いづる日は　海ゆいでつつ　入る日も　海にいりぬれ　言の葉も　思ひもたえぬ　あやしくも　たたふる海か　奇しくも　なりつる山か　むろと崎　神の面輪し　あやにともしも

玉かつま島だになくて天雲のむかふすきはみ波たちわた

〔8〕注〔6〕七〇二頁。

〔9〕筑摩書房版『本居宣長全集』第十七巻三六八頁。

〔10〕筑摩書房版『本居宣長全集』第十八巻二七六頁。

〔11〕注〔2〕松山稿②。

〔12〕注〔2〕松山稿②。

〔13〕筑摩書房版『本居宣長全集』第二十巻二一二頁。

〔14〕筑摩書房版『本居宣長全集』第十六巻五一一頁。

〔15〕膽吹覚「本居宣長『借書簿』考――鈴屋における宣長蔵書の利用に関する研究――」（第二十九回鈴屋学会発表資料）。

〔16〕筑摩書房版『本居宣長全集』第二十巻四三三～四三六頁。

〔17〕注〔9〕二九一頁。なお、同書の解説（六五八頁）に拠れば、この書簡は『万葉集問目』の再問第二冊の巻末に添えられているもので、書簡末尾には「右賀茂翁本居翁自筆之問答一巻、山地介寿投レ予以二表装一為二家蔵一　武藤忠五郎平道《むとうちゅうごろうひらみち》（花押）」との識語があるという。同解説は、『借書簿』で寛政八年四月一日に貸し出した五冊のうち、再問二冊中一冊に返却を示す墨線が引かれずに残されていることから、該書が介寿から返却されないまま、後に武藤氏の所蔵に帰したものと推測しているが、これは松山稿①が、介寿筆写本や旧蔵書は全て武藤家へ譲渡された、と述べていることと符合しており、認めてよいものと思われる。

〔18〕なお、松山稿①では、本書簡の差出年時を不明とするが、寛政七年十月十六日付書簡の内容と照合すれば、本書簡の年次は寛政七年と確定できよう。従って、松山稿①が介寿帰郷後の書簡のように受け取れる書き方をしている本書簡は、在洛中の書簡と判断できる。

〔19〕注〔14〕六五〇頁。

〔20〕関大本『歌聖伝』は従来未紹介の資料であるため書誌を略記しておく。大本一冊（二四・五×一七・三糎）。斜刷毛目表紙。全五十六丁。外題「歌聖伝」。内題「伝」。印記「草古堂蔵書」。寛政九年山地介寿写。

［21］天理本『存疑』の外題は「斉明紀童謡考訓解」とあるが、秋成著作として扱う際の統一書名として『荷田子訓読斉明紀童謡存疑』の称を用い、以下略称として『存疑』とする。

［22］稿本の複製である『万葉集古義』（高知県文教協会、一九八二年）による。

［23］鴻巣隼雄『鹿持雅澄と万葉学』（桜楓社、一九五八年）二〇八頁。

［24］中央公論社版『上田秋成全集』第四巻一九九頁。

［25］中央公論社版『上田秋成全集』第六巻一七一〜一七二頁。なお、割注は山括弧〈 〉で括って示した。

［26］中央公論社版『上田秋成全集』第二巻八七頁。

［27］前述のように、寛政九年頃に帰郷した後も上洛したことがあったようだが、管見の限り寛政十二年（一八〇〇）上洛の記録は見出せない。享和元年上洛の記事から、寛政十二年の時点で上洛していたと考えることもできようが、いずれにしても所説の異同に鑑みれば、雅澄が『楢の杣』に拠ったとは考えにくい。

［28］本資料は、一戸渉氏のご教示によって知り得た。従来紹介の備わらない資料のため、書誌を略記しておく。鳥の子色無地表紙。大本（二五・六×一九・四糎）。外題「西帰東帰」。全二十五丁（「西帰」十丁、「東帰」十五丁）。印記「古田氏蔵書」「古田蔵」「康章蔵印」「広計之印」「温故堂」「古田之印」。寛政十年（一七九八）古田広計写。

［29］拙稿「真淵紀行『西帰』の生成をめぐって　付、『冠辞考』成立管見」（『鈴屋学会報』第二十九号、二〇一二年十二月）。

［30］上妻博之「長瀬真幸伝（三）」（『日本談義』一二七号、一九六一年六月）。

［31］『日本随筆大成』第一期第十八巻（吉川弘文館、一九七六年）三七三頁。

［32］鴻巣隼雄は注［23］前掲書において、秋成説同様、蒿蹊説も二点『古義』に引用されていることを指摘したうえで、介寿の名が挙げられている当該部分を『古義』に取り入れているらしいことを根拠に、『古義』と蒿蹊説とを仲介した人物に介寿を措定している。

［33］一戸渉氏のご教示による。

［34］ただし、松山が漢字で翻字しているものでも、平仮名の字母と判断できるものについては、読みやすさを考慮し、平仮名に開いた。

［35］中央公論社版『上田秋成全集』第一巻五一頁。

［36］注［35］二四一頁。

［37］中央公論社版『上田秋成全集』第七巻三三〇頁。

［38］こういった学問態度が、秋成個人のものではなく、当代思潮として指摘し得ることについては、一戸渉「橋本経亮の蒐集活動」（注［1］一戸書）に詳しい。

［39］一戸渉「秋成門下越智魚臣とその周辺」（注［1］一戸書）。

第二章　荒木田久老『万葉考槻乃落葉四之巻解』の生成

はじめに

荒木田久老（延享三年〈一七四六〉～文化元年〈一八〇四〉）は、賀茂真淵の高弟にして近世中後期の代表的な和学者、万葉学者として知られる。若くして同郷伊勢の泰斗本居宣長と相知り、学兄と仰ぎ交誼を結んだことは、のちに宣長の名声が高まるに及んで反目に転じるとはいえ、久老の学業生活に大いに与ったことであろう。注[1] のちに、宣長が真淵の導きによって『古事記伝』を著したことは周知のことに属するが、一方の久老は真淵が最も研究に力を注いだ『万葉集』への志向を高め、その研究を継承していくこととなる。『万葉集』巻三の注釈書である『万葉考槻乃落葉三之巻解』（以下、『三之巻解』）が、既刊であり詳細を極めた真淵著『万葉考』の巻一・二を継承しようとして著されたという事情からも真淵学継承の高い意識は窺い知れよう。注[2]

ところで、『万葉考槻乃落葉』には上梓された『三之巻解』に加え、巻四の注釈書が存することも夙に佐佐木信綱「万葉考槻乃落葉巻四」（『万葉五十年』、八雲書店、一九四四年）に紹介が備わる。佐佐木稿では、橘千蔭『万葉集略解』や岸本《きしもと》由豆流《ゆずる》『万葉集攷証《こうしょう》』と一致する見解を挙げつつ、『万葉考槻乃落葉四之巻解』（以下、『四之巻解』）の価値に言及するものの、その後『四之巻解』はほとんど注目されることなく、研究の俎上に載せられることもなかった。注[3]

本章では、『四之巻解』が寛政十一年（一七九九）十一月の在坂中の成稿であることに留意しつつ、まず国文学研究資料館に蔵される久老説書入『万葉集』により、久老の京における『万葉集』講義の実態に迫る。そのうえで、講義の成果を取り入れる形で『四之巻解』が書き上げられていることを、特に秋成説受容の観点から立証し、『四之巻解』の注釈生成過程の一端を明らかにしたい。

一、久老の上洛と万葉集講義

久老は、数度に亘って上洛を果たしているが、殊に寛政十一年から享和元年（一八〇一）にかけての上洛では、門人たちへの講義や師真淵の遺著および自著の出版など、和学活動に勤しんでいたことが確認できる。宣長の京進出に焦りを覚えていたこともあるだろうが、この上洛の直接の契機はどうやら京の門人達による慫慂にあったらしい。上洛直前の寛政十一年正月十九日に野田広足《ひろたり》に宛てた書簡には次のようにある。

近々出京之積りに御座候。是も京師ニ門人出来ニて、達而上京すゝめ申候故に御座候。三月頃迄者、京師ニ罷在存心に御座候。京師より兼て望儀、播磨路遊覧も仕度候。夫より四国へも渡り申度候。京師御用も候はゞ、可レ被二仰聞一候。注[4]

右にいう門人は、上田百樹や城戸千楯、長谷川菅緒ら、宣長にも師事した和学者らを指しているものと思われ、のちに京における和学の拠点となる鐸舎の中心人物らが久老にも師事していたことは、彼らの県門和学への志向を窺ううえで実に興味深い。さらに、彼らが久老に求めていたことの一端が、右の書簡より約ひと月前の寛政十年（一七九八）十二月二十五日付野井安定《やすさだ》宛書簡から看て取れる。

京師も万葉学流行いたし、四五輩入門有レ之、何れも拙子出京を相待居申候由ニ御座候。貴境御同志も出来候哉。

無二御捨一御出精専一ニ存候。[注5]

京の門人たちが久老の上洛を待ち兼ねているというのであるが、「京師も万葉学流行」云々の言辞は、京の和学者たちの志向が「万葉学」にあり、また久老に対する上洛慫慂の目的が『万葉集』講義の聴聞にあったことを窺わせて余りあるだろう。伊藤正雄が述べるように、[注6]久老の本領は、『万葉集』および古代歌謡の注釈にあったのであり、加えて寛政十年の『三之巻解』の上梓も与って、予てより万葉志向の機運著しかった京の和学者らが久老の上洛を待望していたことは、極めて自然な成り行きであった。

こうして上洛を果たした久老は、右の書簡にあった『万葉集』を軸とした活動とともに、著書の成稿や序跋の執筆、また先にも述べたような自著および師真淵の遺著の上梓など、従来見られないほどの積極的な和学活動を展開していた。『荒木田久老歌文集並伝記』によれば、成稿に及んだ書は『難波旧地考《なにわきゅうちこう》』（寛政十二年〈一八〇〇〉刊）、『日本紀歌解槻乃落葉《にほんぎうたのかいつきのおちば》』（文政二年〈一八一九〉刊）、『酒之古名区志考《さけのこめいくしこう》』（文政四年〈一八二一〉刊）など五点、上梓に及んだ書は自著『竹取翁歌解《たけとりのおきなのうたかい》』や真淵著『歌意考《かいこう》』『にひまなび』『祝詞考《のりとこう》』など計七点に上る。また、久老は真淵遺著の刊行に加え、上記『歌意考』『祝詞考』及び『文意考《ぶんいこう》』など真淵遺稿の版下・序跋執筆なども行っており、真淵学継承の強い気概が窺えよう。そもそも、久老は宣長の著書が広く世に公刊流布されるのに比べ、先達真淵の著書が埋もれている現状に不満を覚えたようで、門人たちに対する講義とともに、出版等を通じた師真淵の顕彰も上洛の目的のひとつであった。[注7]こうした活動に加えて、例えば丘岬俊平『若狭続風土記考《わかさぞくふどきこう》』や早川広海《はやかわひろみ》『蟹胥《かにびしお》』など計十一点の序跋を草すなど、門人や友人らの求めに応じた、当代随一の和学者としての活動も重ねていたものと思われる。

さて、このような活発な活動が知られるわりに、先の書簡に見たような『万葉集』をめぐる久老の活動の実態については、資料不足も手伝って長らく不分明なままであった。久老が寛政十一年に門人たちの求めに応じて『万葉

集』の講義を行っていたことは、

　同人（久老―筆者注）当正月より上京、今に京師に逗留に而、万葉講談など有レ之候事に御座候、何とぞ京師も
　古学開ケ申候様に仕度奉レ存候。注[8]

とある寛政十一年五月七日の橘千蔭宛宣長書簡の記事や、「久老いまに在京に而、追々行はれ候由伝聞仕候」注[9]とある同年八月二十六日の橘千蔭宛宣長書簡から窺える。さらに、大東急記念文庫には、ほぼ全巻に亘る久老説書入を持つ『万葉集』（城戸千楯書入）が蔵されているが、その巻三には「久考」として『三之巻解』によるとおぼしき書入が残る一方で、その他の巻については「久老」「久老云」などの記名が残ることから、久老の講義に基づくものであると判断してよいと思われる。注[10] しかし、当該講義の記録を伝える大東急本の書入は各巻数例のみで、講義の全体像を伝えているかというと実に心許ないものである。

　筆者は第一部第一章で、季吟説・契沖説とともに秋成説と久老説が書き入れられた国文学研究資料館蔵『万葉集』（以下、国文研本）を紹介した。注[11] 加えて、該書が宣長および秋成の門人であった林鮒主の書入にかかるものであったことを立証したのだが、その巻一の表紙貼紙に、

此巻書入　紫墨　師鶉屋秋成大人説
　　　　　朱墨　円珠庵契沖密師説　万葉代匠記三十巻有
　　　　　緑墨　拾穂軒季吟説　万葉拾穂抄三十巻有
　　　　　藍墨　荒木田久老神主講説

とあることによって、鮒主が秋成の講義とともに久老の講義をも聴聞していたことが窺える。ただし、第一部第一章で縷述したように、右貼紙に示される四墨全ての書入が確認し得るのは巻四のみであることなどから、右の巻一貼紙は本来巻四に貼られているべきものであったと判断される。このことは、巻四の藍墨書入と『四之巻解』の所

説との対比によっても明らかとなるが、その検証は次節に譲りたい。

ここではまず、国文研本の鮒主による久老説書入が巻四に集中していることに注意したい。『三之巻解』を寛政十年に上梓した久老だが、彼の注釈作業は巻三に留まるものではなかった。先にも引いた寛政十一年正月十九日付野田広足宛書簡には次のようにある。

万葉考御覧被レ下候由、御吹聴被レ下度候。杜撰之義ども汗顔之義に御座候。残巻之考、書写為レ致候而入二御覧一候様に被二仰聞一候。四五巻迄者、中書出来候得共、其余者本書へ書入致し置候のみにて、草稿も出来不レ申候。草稿者何時にても出来候様に致置候。日々新考も出来ニ而、相改申候事故（不明）《ママ》義も致かね候。

傍線を引いたように、上洛直前の段階では、巻四・五の稿は進んでいるものの、日々考えが改まるため、定稿が得られない状態であった。寛政九年（一七九七）六月の段階で既に、「四ノ巻嗣出之積りに而、清書にかゝり居申候」（野井安定宛書簡）[注12]と述べていることを踏まえれば、数年来定稿が得られない状態が続いていたことになる。宣長が久老を評した一節で、

槻之落葉、跡はいまだ出来不レ申候由、久老は惣体あまり深く考へ入候に付、自分之考も、追々先キのは不レ宜候事共有レ之候様に覚え候に付、いよ〳〵定めかねて猶予致候様子に御座候。（前掲寛政十一年五月七日付千蔭宛書簡）

と述べ、『四之巻解』以下の進行の滞りを指摘しているのも、事情を的確に伝えているのだろう。

『四之巻解』の成稿が寛政十一年十一月であったことは本章冒頭で既に述べたとおりであるが、この久老の『万葉集』講義と『四之巻解』の成稿が同じ寛政十一年であったことは偶然ではあるまい。前掲書簡にある「中書」やそれを基にした手控えめいたものがあったか否かは措くにしても、どうやら京における久老の『万葉集』講義は、『四之巻解』成稿を前提として行われていたと考えられるのである。国文研本の巻四に久老説の書入が集中しているの

は、久老の講義が巻四を中心としたものであったことの徴証といえるのではないか。

二、『四之巻解』と国文研本

ここまで、久老の京における講義が鮒主ら門人たちに対して行われていたこと、その時期が寛政十一年と推定できることを述べてきた。本節および次節では、同年十一月に大坂の旅寓にて成稿した『四之巻解』が、その講義の成果を取り入れる形で成ったものであることを立証したい。その検証作業は自ずと先に久老の講義時期を寛政十一年と推定した筆者の見解の傍証ともなろう。

検証に先立って、まずは『四之巻解』について簡略に説明をしておきたい。伝本は石川武美記念図書館竹柏園文庫蔵本と、そこからの転写本であり「昭和十六年竹柏園佐佐木信綱蔵本ヲ模写ス」との識語を有する神宮文庫蔵本の二本が残り、本来は上下二冊であったと思われるが、上巻は現存せず、下巻一冊のみが伝わっている。佐佐木信綱『竹柏園蔵書志』（巌松堂書店、一九三九年）には、

> 巻四の解の下巻にて、形式は刊本巻三に等しきも、歌に傍訓を附せず。（中略）刊本の奥附に嗣出とある本の写本なり。前半を欠けるは惜むべきも、創見の見るべきものありて珍重すべし。巻五以下も稿成りてありしやも知られず、出現の日待ち望まる。

とあって、「出現の日待ち望まる」と述べた巻五以下の稿は未だ発見に至っていないが、後に定説となるほど創見に富んだ注釈を含む『三之巻解』同様、『四之巻解』も「創見の見るべきものありて珍重すべし」とする信綱の言は注意される。巻末には「万葉考槻乃落葉解　終　寛政十一年己未年十一月於浪華旅寓畢　久老」[注13]と、寛政十一年の成稿にかかることが明示されていて、学識の深化が注釈の完成度に反映されていることも確かだろうが、加えて久しく逡巡を繰り返

し、さらに後述するように、上洛講義の成果を取り入れるといった過程もその完成度の高さに与っているとみて相違ないだろう。

本文については、信綱の述べるように、傍訓が附されないものの、『万葉集』本文と割注の形式が巻三と共通しており、清書の趣がある。どうやら『四之巻解』は、数年来取り組んできた成果が取り込まれた清書本に極めて近い状態であると判断されるとともに、久老は『四之巻解』の近々の上梓までをも目論んでいたようである。このことは、『三之巻解』に「四五巻別記近刻」とある近刊予告や、久老の校訂にかかる真淵著『にひまなび』に「宇治五十槻大人出板書目録」の一として載る「万葉考槻乃落葉三四五巻別記添合八冊」の記事からも窺えよう。

さて、注釈内容を概観するに、久老は契沖や真淵、宣長らの名をしばしば明記しており、『三之巻解』同様、主として彼らの注釈や著述を参照していたことが知られる。その一方で、彼ら先学の名を記さずとも、その見解を注釈に反映させている例も見出せる。ここでは後者の例を数例掲げて確認しておきたい。まず、「同（大伴坂上）大嬢贈二家持一歌二首」のうちの一首、七三七番歌「云々《カニカクニ》人者《ヒトハ》雖云《イフトモ》若狭道乃《ワカサヂノ》後瀬山之《ノチセノヤマノ》後毛将念君《ノチモアハムキミ》注[14]」の「念」について。『四之巻解』を次に引く。

合今本念に為れり。上に不合頃者と書たるによりて、念は合の誤なるを知れり。

と解く。この箇所について、契沖は『万葉代匠記』（精撰本）で「将念君ハ、今按、念ハ合ヲ誤レル歟注[15]」と述べる一方で、『万葉考』では「会」の誤りとされており、解釈には二説並存していたようである。また国文研本の秋成説も「念ハ合ノ字カ会ノ字ノ誤ナルベシ」とあり、「合」と「会」の両説を挙げるのみで、結論を留保する姿勢をとる。そうした中、久老は「合」と断じ、自身の根拠を提示することにより解釈を補強したのであった。

続いて六二七番歌の「娘子贈二佐伯宿禰赤間呂一歌」という題詞について。『四之巻解』では、

今本、報贈とあれども、上に赤麻呂の歌なければ、報は衍字にやあらん。故今は除つ。

と述べる。だが、これは『万葉考』巻十三に掲載される、

今本、贈の上に報あるは衍字歟。此前に赤麻呂の歌落たりともなし。注[16]

という見解の踏襲であること、根拠までの符合を見れば明らかであろう。以上のように、『四之巻解』からは、久老が諸説を採り入れ、また吟味を施したうえで成っているといった生成過程の一面を窺うことができる。

とはいえ、『四之巻解』は、決して旧説の折衷に甘んじるものではなく、久老の創見も少なからず見出せる。そこで、次に国文研本と『四之巻解』から窺える久老独自の見解を考察することにより、国文研本の藍墨書入が久老説であることを確認するとともに、『四之巻解』の成稿過程を検討してみよう。まず、六二五番歌「高安王裹鮒贈二娘子一歌一首／奥幣往辺去伊麻夜《オキヘユキヘニユキイマヤ》為妹《イモカタメ》　吾漁有《ワカスナトレル》藻臥束鮒《モフシツカフナ》」について、『四之巻解』の一節を引く。

辺去伊麻往〈往今本夜に誤れり。私に改つ〉

対する国文研本の書入は次のとおり。

伊麻夜ノ夜ノ字往の誤ニテオキベユキヘユキイソユキト可レ読歟。

右で久老は寛永版本が「奥幣往辺去伊麻夜《オキヘユキヘニユキイマヤ》」としている「夜」の字が「往」の誤りであるとする持説を提示しており、先達の指摘しない独自の解釈がなされていることは「私に改めつ」と記されることからも窺える。

同様に久老独自の注釈の例を今ひとつ引いておこう。「湯原王贈二娘子一歌二首」のうち一首、六三一番歌「宇波《ウハ》弊無物可聞《ヘナキモノカモ》人者然許《ヒトハシカバカリ》　遠家路乎令還念者《トホキイヘヂヲカヘストオモヘバ》」について、まずは『四之巻解』から引く。

源氏箒木巻に、たゝうはべばかりの情にと有等のうはべの情もなきといふ意にや、と契沖云へり。宣長は物語にあいなしといふに同じ。俗にあいそもないといふに似たり、といへり。今按にうけはへなきなるべし。仮りにも彼にうけ入るゝ情なきにて、則なさけないといふ意也。

続いて国文研本。

ウケハヘナキト云訓にて承諾セヌコト也。

『四之巻解』は、寛永版本にて「ウハヘ」と訓ずる「宇波弊」について、契沖や宣長の説を紹介しつつも、それらを斥け「うけはへ」とする持説を提示する。一方の国文研本は極めて簡略ながら、同訓を提示しており、『四之巻解』との符合は明らかであろう。

このように、『四之巻解』と国文研本の藍墨書入には符合する説が多く確認できることから、国文研本の藍墨書入を久老のものとする表紙貼紙の記述は認められるとともに、如上の解釈の符合は、講義と注釈が極めて近い時期になされたことを窺わせる。さらに、『四之巻解』と国文研本藍墨書入を比較すると、『四之巻解』に見られない説がまま国文研本藍墨書入から見出されることから、鮒主が『四之巻解』によって書入を施したのではなく、久老が講義ののちに『四之巻解』を成稿したものと考えた方がよいだろう。

三、『四之巻解』と秋成説

前節では、久老が契沖、真淵といった先学や宣長らの解釈を十分に検討し、取捨選択したうえで注釈に採り入れていること、先学の解釈を吟味しつつも、それに泥まない独自の見解も多く提示していることを確認してきた。また、それら『四之巻解』注釈と国文研本との比較により、京での講義ののちに大坂で『四之巻解』を成稿したという推測を行った。とはいえ、契沖・真淵らの注釈は、近世後期の和学者にとっては当然参照すべき基本テキストであり、注釈への反映や吟味は何も久老に限ったことではなく、取り立てて強調すべき事柄でもないだろう。また、成稿した清書本を以て講義を行い、当座で補足意見を提示することも考えられるため、これだけでは講義と『四之巻解』の先後関係も確定できたとは言い難い。そこで本節では、『四之巻解』の注釈を秋成説摂取という観点から検討していきたい。

『四之巻解』注釈で注目したいのは、久老が京での講義において知り得た秋成説を摂取している向きがあることである。国文研本の書入主である林鮒主は、表紙貼紙に記されるように、久老の講義とともに師秋成の講義をも聴聞し、書入を施していたことが分かる。そして久老との講義に臨むにあたって、秋成説を久老に提示していたと思われることも既に述べたとおりである。その詳細については第一部第一章を参照されたいが、そこで触れなかった例を一つ挙げておけば、六三八番歌「湯原王亦贈歌一首／直《タヾ》一《ヒト》夜《ヨ》隔之《ヘダテシ》可《カ》良《ラ》爾《ニ》荒玉《アラタマ》乃《ノ》月《ツキ》歟《カ》経《ヘ》去《ヌル》跡《ト》心遮《オモホユルカモ》」の「遮」について、「迷ノ誤」とする秋成説書入に対し、久老説が「誤ニアラズ」と、秋成説への反論の形で書き入れられているのである。このように、秋成説に対する久老の追考や批評と思われる書入が散見することからは、久老が鮒主あたりから秋成説を知らされていたらしいことが窺えるのである。

ここでは、『四之巻解』と国文研本の秋成説（紫墨）との比較を通して、久老が京における講義で秋成説を知らされており、それを注釈に活かしていた（あるいは批判していた）事実を指摘し、『四之巻解』注釈の生成過程の一端を明らかにしたい。

まずは、久老が秋成説を吟味したうえで、それを不採用とした例を提示する。「更大伴宿禰家持贈二坂上大嬢一歌十五首」のうちの一首、七四五番歌「朝夕《アサユフ》二《ニ》将見《ミム》時《トキ》左《サ》倍《ヘ》也《ヤ》吾妹《ワギモコ》之《ガ》雖見《ミレド》如不見《ミヌゴト》由《ナヲ》恋《コヒ》四《シ》家《ケ》武《ム》」についての秋成説は「妹」の下に「児脱カ」とするものであるが、これは、鮒主と同じ秋成門人越智魚臣の書入にかかる静嘉堂文庫蔵『万葉集傍註』書入にも「児脱ナラント　鶉云」と記されていることから、契沖や真淵ら先学も提示していない純然たる秋成説と考えられる。注[17]このことは『楢の杣』巻四下で「朝夕《ヨヒ》に見ん時さへや吾妹児か見れと見ぬ如尚恋しけん」注[18]と記されることからも確認できるが、この説について久老は『四之巻解』で次のように述べる。

妹の下に児の字を脱せる歟といへれど、之をしと訓ては児の字なくてもよし。

秋成による「児脱カ」の見解を紹介しつつ、「吾妹之」の「之」を「し」と訓じ、「ワガイモシ」とすることによって「児」を不要と判断し秋成説を採らない。これは、久老が秋成の見解を参照したうえで、注釈を成した証左といえよう。

続いて、久老が秋成説を『四之巻解』に採り入れている例を確認していきたい。とはいえ、該書では契沖や真淵、宣長らの名こそ明記するが、秋成の名を明記することはない。そこで、国文研本に見出せる秋成の持説と『四之巻解』注釈の符合の例を提示することにより、久老による秋成説採用を実証していこう。まず、「大伴坂上郎女歌六首」のうちの一首、六六〇番歌「汝《ナ》乎《ヲ》与《ト》吾《ワ》乎《ヲ》人《ヒト》曽《ソ》離《サク》奈《ナ》流《ル》乞《イデ》吾《ワ》君《キミ》人《ヒト》之《ノ》中《ナカ》言《ゴト》聞《キ、》起《タツ》名《ナ》湯《ユ》目《メ》」について、国文研本の秋成説は「起」を「コス」と訓じたうえで「超ノ誤カ」と記されるが、対する『四之巻解』は、

超今本起に作れるは非也。きゝこすは、きこすの延言と師はいへり。ゆめ〳〵きこす事なかれといふ意也。

この「起」が「超」の誤りであるとする説は契沖、真淵をはじめとし、先学の提示しない解釈であり、当該説の一致は久老が秋成説を利用していることを示している。[19]

次に、六六三番歌「安部宿禰年足歌一首／佐《サ》穂《ホ》度《ワタリ》　吾《ワ》家《キヘ》之《ノ》上《ウヘ》二《ニ》鳴《ナク》鳥《トリ》之《ノ》音《コエ》夏《ナツ》可《カ》思《シ》吉《キ》愛《オモヒ》妻《ツマ》之《ノ》兒《コ》」の「愛」の傍訓について。寛永版本は「オモヒ」と訓ずるが、国文研本には「ハシキ」との秋成説が書き入れられている。ただし、この訓自体は契沖『万葉代匠記』（初稿本）で提示されて以来のものであり、秋成独自の訓ではない。問題はその後に書き入れられた次の説である。

愛《ハシキ》ハクハシキノ略ナリ。古クハシキトハヨキコトナリ。

右の説に関しては『万葉集見安補正』にも同旨の記述があり、秋成の見解であることは明らかだが、この「愛《ハシキ》」について、『四之巻解』では、

巻二に、愛伎妻等はとあり。今本の訓は非也。けしき《(ママ)》はくはしきにて、めでうつくしむ意、即くはし、めくは

し妹とも言へり。

と述べており、「ハシキ」は「クハシキ」の意であると述べる点、秋成説と一致することは明白であろう。

最後に傍訓の例を一つ、七六五番歌「在二久邇京一思下留二寧楽宅一坂上大嬢上大伴宿禰家持作歌一首／一隔山《ヒトヘヤマ》重成物《カサナルモノ》乎《ヲ》月夜《ツキヨ》好《ヨ》見《ミ》門《カド》爾《ニ》出立妹《イデタチイモ》可《カ》将待《マツラム》」の「重成」について触れておきたい。「重成」を寛永版本は「カサナル」と訓ずるが、国文研本の秋成説は「ヘナレル」と記される。『楢の杣』巻四下でも「一重山重成《ヘナレル》物を月夜よみ門に出立妹か侍らむ」注[20]として、わざわざ傍訓まで付し、注意を喚起する。対する久老も、『四之巻解』において数少ない傍訓をわざわざここに附し、「ヘナレル」と記す。当該訓は『万葉集略解』にも採用されており、今日でも定説とされる訓のようだが、当時契沖も真淵も寛永版本に従っており、「ヘナレル」は提示されていなかった。こうした状況にあって、秋成説と久老説の符合は、やはり久老が講義において知り得た秋成説を摂取している例と判断できるだろう。

もちろん、このような解釈の一致は偶然の可能性も否定はできず、状況証拠以上のものではない。とはいえ、第一部第一章および本節において触れたように、国文研本には秋成説に対しての言と思われる久老説の書入が施されていることや、『四之巻解』に秋成説を吟味した形跡のあることを勘案すれば、久老が上洛した際に知り得た秋成説を摂取している蓋然性は極めて高い。

ともすれば、早川広海『蟹胥』の序文や『斉明紀童謡訓解』をめぐる一件などによって、秋成への批判的な眼差しが想定される久老であるが、注[21]『蟹胥』が秋成の『霊語通』批判書であることを勘案すれば、それに寄り添う形で序を執筆するのはむしろ自然であり、その言を以て秋成に対する久老の視線を断ずることは当たらないだろう。少なくとも万葉注釈においては、先学ばかりでなく兄事していた宣長の業績に敬意を払い、また秋成らの同時代の和学者らの見解に対しても正当な評価を下し、公平に取捨選択していると考えられる。注[22]

本節では主として国文研本秋成説書入と『四之巻解』注釈との関係を指摘することにより、久老が京における講義で知り得た秋成説を自身の注釈に摂取していることを明らかにした。加えて、以上重ねてきた論証により、『四之巻解』が京における講義の後に、その成果を活かす形で成稿させていることも同時に立証できたであろう。久老は長きに亘り巻四の注釈成稿に苦心していたようだが、その過程で彼は京の門人をはじめとして、極めて多岐にわたる人脈を得、交渉を重ねることにより、様々な見解を知るに至ったのであった。注[23] 宣長の述べるように「自分之考も追々先きのは不レ宜候事共有レ之候様に」思う久老は、契沖や真淵、宣長の他、京で知り得た秋成説や門人その他諸家の説などを積極的に活用したと思われるが、こうした態度が「珍重すべし」と佐佐木信綱が述べる注釈の生成に繋がったものとみられる。

おわりに――久老と『万葉考槻乃落葉』のその後――

以上、従来その実態が不明であった久老上洛中の『万葉集』講義活動と『四之巻解』の生成過程について検討してきた。久老は寛政十一年十一月に大坂の寓居にて『四之巻解』を成稿することとなるが、その直前に京において千楯や鮒主ら和学者に対して講義を行っており、その成果が『四之巻解』に活かされていること、殊に講義の場にて知り得た秋成説を取り入れるといった成稿過程の一端が明らかになったであろう。久老のみならず、当時の和学者は著書からばかりでなく、書入あるいは人的交流によって伝えられた知見を自身の注釈に受容していたが、『四之巻解』もその一事例と見做すことができる。

本書は孜々として『万葉集』研究に取り組んできた久老による創見に富んだ万葉注釈として注目されてよい。また、同年の講義の記録であり『四之巻解』と所説が対応する国文研本は、欠本となっている『四之巻解』上巻の内容とも対応すべきものと考えられ、久老研究や万葉研究に資する好資料であるといえよう。今後はこれらの注釈内容の具体的な検討も期さなければならないだろう。

ところで、先掲の寛政十一年正月十九日付野田広足宛書簡に「四五巻迄者、中書出来候」と、また寛政十二年（一八〇〇）正月三日付久守宛久老書簡には「五六の巻近々註解出来致候」[注24]とあって、未だその行方は知られないものの、久老が『万葉考槻乃落葉』の巻五以降の成稿までをも目論んでいたことは疑いないだろう。上洛中の寛政十一年に成稿した『日本紀歌解槻乃落葉』に「猶万葉巻ノ五の考に委く云へり」と記されるのもその徴証と言えるが、ここでは国文研本からもその事実が窺えることを指摘しておきたい。

国文研本巻四の藍墨書入が久老説であることは繰り返し述べてきたが、実は巻五にも僅かな紫墨とともに、実に多量の藍墨書入が残されているのである。巻四と同墨、同筆であるとともに、例えば『日本紀歌解槻乃落葉』で「猶万葉巻ノ五の考に委く云へり」とされる、

万葉五に毛々可斯母由加奴麻都良遅家布由伎弖阿須波吉奈武遠奈尓可佐夜礼留《モヽカシモユカヌマツラチケフユキテアスハキナムヲナニカサヤレル》、何に差依《サシヨリ》てかえゆかず有きといふ意[注25]

との記述が国文研本巻五の「何によつてかえゆかぬといふ事なり」と対応していることなどに鑑みれば、巻五の書入も鮒主による久老説書入であると考えられ、久老の京における『万葉集』の講義は巻四にとどまらず、巻五にまで及んでいたらしい。ここからは、久老がこの上洛で巻五までを成稿させようとしていた気概が窺えるとともに、国文研本が『四之巻解』上巻のみならず、巻五素案の内容を伝えていることも明らかとなる。そういった意味でも、国文研本の資料的価値の高さは注目に値しよう。

最後に、享和元年、大坂に滞在していた久老が、京の門人である御薗常言《みそのつねとき》と世古帯刀《せこたてわき》に宛てた、京の和学壇に対する少々苛烈な評に触れておきたい。

天の下の古学の徒、宣長がいへる言としいへば、すべて金玉としてもてはやし、己等が説にあたれる事有をも、奇説或は僻説といひけちて、その善悪をも考るものなし。（中略）宣長が説の如く穏《オダヤカ》に而有たきよし申候との事故、己申候はざるは、江戸のみならず京師にも浪華にもいふ言也。皆万葉を釈得る事あたはず、己が学才なきゆゑたゞおだやかならむといへるは愚の至り也。（中略）すべて都会の学者、口腹のために虚名を売ひろめて学才なく、己が考とてはひとつもなきゆゑ、他のよき考有を妒ていひけつもの也。[注26]

右の書簡は「宣長はよく愚をいざなひて天の下に名を得しもの也」などと、反宣長の旗幟を鮮明にしたものとして引用される機会の多い書簡である。だが、本章でも触れたように、『四之巻解』には数は少ないながらも宣長説の引用も見られ、その引用も享和元年成立の『信濃漫録』の辛辣さに比べれば、極めて穏当なものである。

久老は上洛以前から宣長の名声の顕揚や著書の流布などに対する不満を募らせていたようだが、伊藤正雄も前掲書で述べるように、京の和学壇の現状を目の当たりにしたこの上洛こそが、宣長の学説に対する批判を尖鋭化させる契機になったと考えて大過ないだろう。そして、久老をしてその感情を起こさしめたものは、本章で述べてきたような、京での講義における和学者たちの言動であった。事実、宣長の学説に対する手厳しい批判は、上洛講義を経た後の久老晩年の著述に多く見られる。

宣長の言を盲信する京の和学者らをも誇る久老の筆鋒は鋭い。宣長への不満が募っていたことを考えれば、久老が敏感に過ぎた観もあり、額面通りに受け取ることには慎重であるべきかも知れないが、実際に京の和学に接した久老の評は、今後検討すべき課題として看過できない。やや年月を遡るが、秋成は天明四年（一七八四）頃と推定される荒木田末偶《あらきだすえとも》宛書簡で、

さても宣長と云ひとは、私言多くいひ、肯がたき事ども多かる。（伊勢のことを―筆者注）宇万之国といへども、かたし国の人にて、僻言におびたゞしかば、京、難波のひとは、かく云狂たるいはれども従はぬぞかし。[注27]

と、京・大坂には宣長の物言いに従う人などいないと述べる。しかし、この言が事実に反しており、上方においても宣長学への関心が高まっていたことについては既に先学の考証が備わる。注[28] 宣長は「とかく開ケがたきハ京師ニ而御座候」(寛政九年六月十九日千家俊信《せんげとしざね》宛書簡)注[29] と嘆いているが、歌学方面に関しては、宣長学は京の地にも浸透する兆しを見せていた。とするならば、そこからさらに下る久老の言は、京の和学壇の一面を捉えていると言ってよさそうである。反宣長という久老の立場を示すものとして多く利用されてきた久老書簡であるが、寛政・享和の京の学風を描き出しているという意味でも、もっと注意されてよい。

宣長や久老ら県門高弟に対する京の和学者たちの接し方、および彼らの和学享受の実態はどのようなものであったか。こうした問題の検証に、右の久老の言は確かな示唆を与えてくれているのではないだろうか。

【注】

[1] 久老は『古事記伝』刊行以前に宣長から直接借覧の機会を与えられていたことが、安永八年(一七七九)六月の久老宛宣長書簡から分かるほか、両者は頻繁に書物の貸借をしている。久老の著述には『古事記伝』からの引用が多く認められることから、宣長との交際が久老に及ぼした影響は小さくなかったといえよう。

[2]『続日本後紀歌解《しょくにほんこうきうたのかい》』(天明八年〈一七八八〉成)跋に、真淵から「かにかくに万葉をよく見よ」云々と訓示された逸話が載り、久老の『万葉集』研究が師真淵に導かれたものであったことが分かる。また、「己浅薄管見といへども、万葉一部におきては天の下己が右に出るもの誰かはある」(享和元年御薗常言・世古帯刀宛久老書簡)と述べる久老からは、当代随一の万葉学者たる自負が窺えよう。なお、伊藤正雄「荒木田久老の生涯」(『荒木田久老歌文集並伝記』、神宮司庁、一九五三年)によれば、『日本紀歌解槻乃落葉』も真淵が『日本紀和歌略註《にほんぎわかりやくちゅう》』で言い尽くせなかった遺業を継承したものであるという。なお、本章の久老の伝記については同稿に拠るところが大きいことを予め断っておく。

[3]『四之巻解』については、前掲の佐佐木信綱稿、伊藤稿の他、後掲する『竹柏園蔵書志』(巌松堂書店、一九三九年)と

『万葉集事典』（平凡社、一九五六年）など、所蔵者であった佐佐木信綱によって繰り返し言及されている。なお、本章で採用した『万葉考槻乃落葉四之巻解』の名称は、巻三注釈である版本『万葉考槻乃落葉三之巻解』の名称と対応させたものである。

［4］『荒木田久老歌文集並伝記』四五八頁。

［5］注［4］四五六頁。

［6］注［2］伊藤稿。

［7］例えば久老は『祝詞考』上梓に際し、寛政十二年五月二十七日付広田助侑《すけなみ》（久老弟）宛書簡にて「翁の功は隠行、本居が後釈のみ弘り候事憤存候より出板申付候事に候」（注［4］四六四頁）と述べている。

［8］筑摩書房版『本居宣長全集』第十七巻四五七頁。

［9］注［8］四七〇頁。

［10］当該問題については、第三部第三章で触れた。併せて参照されたい。

［11］国文研本の詳細については、本書第一部第一章を参照されたい。

［12］注［4］四三九頁。

［13］引用は、石川武美記念図書館竹柏園文庫蔵本に拠った。なお、『万葉集』の本文・割注を併記する際、割注は山括弧〈〉で括って示した。以下同。

［14］『万葉集』本文（含傍訓）の引用は、国文研本による。

［15］筑摩書房版『契沖全集』第二巻四九五頁。

［16］続群書類従完成会版『賀茂真淵全集』第四巻一五六頁。なお『万葉考』巻十三は当時未刊であったが、これによって久老が『万葉考』の草稿系統の本を披見していたらしいことも知られる。

［17］静嘉堂文庫蔵『万葉集傍註』には秋成説の他、契沖・春満・真淵・士清・宣長ら三十余名に及ぶ諸家の説が書き入れられており、その中で当該説が「鶉云」と明記されていることも秋成説であることの一つの証左となろう。

［18］中央公論社版『上田秋成全集』第二巻三四三頁。

［19］秋成は『楢の杣』巻四上にても「汝乎与吾乎人そ離《サク》なる乞吾君《コソアギミ》人の中言聞超名《キコスナ》ゆめ」としたうえで、「起は超の誤」（注［18］三二八頁）と記す。なお、当該箇所について『万葉集略解』は「越の誤歟」とする。

［20］注［18］三四八頁。

［21］高田衛『完本上田秋成年譜考説』（ぺりかん社、二〇一三年）三八八頁。

［22］加うるに、『四之巻解』には、例えば「吾友御薗常言がいへらく」として京の門人であった御薗常言の説が援用されたり、京ことばについての言及がなされたりしており、久老は上洛した折に摂取した説を注釈に活かしていることが窺える。

［23］なお、河喜多真彦《かわきたまひこ》『近世三十六家集略伝』（嘉永二年〈一八四九〉刊）には次のような言が久老のものとして伝わる。

江湖の学生を見るに古語の難者古典の解しがたきに至つて、これを釈得んと苦労し、机上若干の書を開きて沉按したりとて、いかでか真面目を得んや。吾学はまた異なり。楼上遊宴なし、妓婦を陪座せしめ、盃盤狼藉しかして未曾有に奇説を発す。是真の活考たり。世人の学問は多く死物たり。

真偽は俄に定めがたいものの、文書にのみ拘る学者を難じる姿勢は、本章で述べてきた人的交流による学問摂取を試みる久老の姿を髣髴とさせよう。右の逸話も故無しとしないのではないか。

［24］注［4］四六〇頁。

［25］早稲田大学図書館蔵本（リ〇五―〇四八八七、早稲田大学図書館古典籍総合データベース）による。

［26］注［4］四七三頁～四七六頁。

［27］中央公論社版『上田秋成全集』第十巻三七〇頁。

［28］一戸渉「礪波今道と上方の和学者たち」（『上田秋成の時代――上方和学研究――』、ぺりかん社、二〇一二年）。

［29］注［8］三七七頁。

第三章　林鮒主の和学活動と交流

はじめに

林鮒主（明和元年〈一七六四〉～天保二年〈一八三一〉）は、寛政五年（一七九三）、上洛中の本居宣長に入門した鈴門の一人であるとともに、上田秋成を「師」と仰ぐ和学者としても知られる。その関係が鮒主の私淑に留まるものでなく、直接講義教授されており、親炙に浴するものであったことは既に述べた。注[1] 少なくとも宣長の上洛や秋成の京への転居をみる寛政五年頃から、家業である味噌商を営む傍ら、和学活動に勤しんでいた人物であることは疑いないところであろう。しかし、鮒主の伝記や和学に関する事跡については、これまでほとんど言及されてこなかった。

林鮒主。字波臣。通称明田惣（宗・総）兵衛。号鮒主・栽松窩・宰松花波臣・養老館路産など。屋号菱屋。明和元年生、天保二年四月二十日没。享年六十八。父は狂歌師路芳、弟は秋告《あきのり》。京新町通御池南で書肆や味噌商を営む。儒学を松永淵斎《まつながえんさい》に、和学を本居宣長、上田秋成、荒木田久老らに学ぶ。城戸千楯や長谷川菅緒など鐸舎関係者をはじめとする多くの京和学者とも交流があった。寛政二年（一七九〇）の父路芳没後、遺編の作法書『狂歌言葉海』『狂歌俗名所坐知抄』（以上寛政七年〈一七九五〉刊）、父の詠草集『狂歌我身の土産』（寛政八年〈一七九六〉刊）を編刊。著書に『狂歌弁』（文政六年〈一八二三〉刊）。

以上は、『国書人名辞典』第四巻（岩波書店、一九九八年）や『本居宣長事典』（東京堂出版、二〇〇一年）など、先学の成果を参照しつつ、私見を加えて記した略伝である。鮒主の出生地に関しては、次章でも述べるように、関西大学総合図書館蔵『拾遺和歌集』巻頭の貼紙に名古屋出身の由が記されているが、真偽は未詳。そればかりか、鮒主の活動については部分的な言及こそあれ、彼の具体的な活動や、秋成を含めた周辺人物との交友関係など、未だ明らかにされていないことが多い。

京の人々の講義聴聞は特定の師にこだわらず、さまざまな人物のもとへ参じ、講義に列するものであったと思われるが、以下に詳述するように、鮒主も秋成門人としての書写活動や講義聴聞、師秋成の喧伝などに努めるとともに、他の県門・鈴門和学者のもとをも訪い、その学問を享受する姿勢をみせている。さらに、鐸舎における活動や弟秋告とともに行っていた書肆としての活動なども勘案するならば、鮒主は寛政期から文化文政期にかけて、京の和学界と積極的に交渉を持っていた人物といってよい。したがって、鮒主の事跡を明らめることは、秋成との関係はもちろん、近世後期の上方文壇の様相を解明する一助になると考えられるのである。

本章では、まず鮒主と宣長との関係を整理したうえで、管見に入った鮒主の写本や奥書資料などを通し、周辺の和学者、とりわけ秋成や久老、橋本経亮、鐸舎関係者らとの交流など、鮒主の和学活動の一斑を明らかにする。そのうえで、彼を京の和学壇に還元することによって、上方和学の諸相解明への足掛かりとしたい。

一、鮒主と宣長の交流

寛政五年、六十四歳の宣長は三月から四月にかけ、鈴屋派学問の伝播を目的とした上洛を果たした。この上洛において、宣長は橋本経亮の周旋によって、地下歌壇の中心であった小沢蘆庵・伴蒿蹊・賀茂季鷹《すえたか》らと面会したばかりでなく、堂上の真仁法親王・芝山持豊に拝謁した。これより三年前の寛政二年（一七九〇）十一月、春庭・大平らを同伴して上洛し、光格《こうかく》天皇の御遷幸を拝観した宣長は、それ以来古学伝播の宿望を懐いていたようだが、寛政五年の上洛はその念願を実現した格好であった。

この京滞在の折に入門した門人九人のうちの一人に鮒主がいたことが、『授業門人姓名録』（自筆本）寛政五年の条、

京新町御池下ル丁　林《ハヤ》宗兵衛　鮒主注［2］

の記事によって知られる。宣長の京における門人獲得は、寛政五年の上洛時に始まるため、鮒主は京における宣長門人の最古参の一人であった。

以来、鮒主は宣長上洛に際して、同じ京の和学者たちとともにその宿に参集していたようで、管見の限り『寛政六年若山行日記』閏十一月二十七日の条（筑摩書房版『本居宣長全集』第十六巻五三九頁）や、晩年の京行きの行跡を認めた『享和元年上京日記』四月一日の条（同六四三頁）に宣長の宿所を訪った鮒主の名がみえる。また、後者の上洛に同道した石塚龍麿の『鈴屋大人都日記』（享和元年〈一八〇一〉成）には、

四月朔日朝とく城戸、粕淵などきたりてとかくす。（中略）七里蕃民、林宗兵衛、金子義篤、河南某などとぶらひ来て、めづらしくものぼらせたまひける事かな。こゝにも人々待きこえ侍れば、いかでひさしくとゞまり給はなむ、雑事ども侍らばうけ給はり侍らむなどきこえて、酒さかな菓子などまゐらせたり。注［3］

とあって、土産を持参して宣長のもとを訪れた京の和学者たちとの交流のさまを垣間見ることができる。さらに、『石上稿』巻十七には、

林鮒主が家のなりはひの物を雲のうへまでめされて、たまものなど有けるよし聞て、ことぶきてよみてつかはす

雲ゐまで聞えし家の風の音は千世につたへて絶じとぞ思ふ注［4］

と、鮒主の「家のなりはひの物」（味噌カ）が朝廷に召され、褒美を賜ったことに対する宣長の祝歌が記されていて、宣長と鮒主の親近さが窺えよう。注[5] このように、鮒主は宣長の上洛の折には欠かさずその宿を訪れており、師である宣長に対する敬慕の念を看て取ることができる。

この両者の師弟関係については次に掲げる宣長書簡も参考になるだろう。寛政六年（一七九四）六月十五日付の清水広居《しみずひろいえ》・林鮒主宛書簡の一節を引く。

> 御両所様へ御詠草加筆致二返進一候。尚追々随分御出精可レ被レ成候。御返事別々ニ得二貴意一候筈ニ御座候へ共、殊外取込、乍二略儀一以二御連名一申入候。注[6]

広居と鮒主に対し宛名連名の略儀を詫びつつ、添削した和歌を返送し更なる精励を求めた一節であるが、本書簡により、鮒主が和歌に励んでいたこと、宣長への添削を乞うていたことが分かる。こうした和歌の添削は、寛政十年（一七九八）三月二十三日の鮒主宛宣長書簡にも、

> 御疑問御詠草御答申候。先は右得二貴意一度、如レ此候。尚期二後信一、草々、恐惶謹言。注[7]

と記され、数度に亘って行われていたようである。

続いて『玉勝間《たまがつま》』第三篇の出版をめぐる鮒主宛宣長書簡を二通提示したい。寛政十年正月某日の書簡の一節を引く。

> 旧冬玉かつま《第三篇》之儀申進候処、御承知ニ而出板可レ被レ成由、夫ニ付右書上木之儀、第一篇第二篇之通彫刻致し、出来上り候上、板本仕立等も第一第二篇ト違不レ申様、後々迄本仕立麁末ニ成不レ申様、最初之通ニ仕立、第一二篇トそろひ申候様ニ仕立候よう、且又彫刻之儀随分念ヲ入、板木師方ニ而手抜キ致し彫り悪所無レ之様、呉々御念を可レ被レ入候。是迄色々上木致候所、とかく書林并板木師方ニ而手抜キ有レ之、彫刻不レ宜候ニこり申候事多々御座候ニ付、別而入レ念申進候也。貴君へ御相対申候事ニ御座候へバ、御如在ハ有レ之間敷候へ共、尚又随分御念被レ入可レ被レ下候。右之通愈御承知ニ御座候ハバ、御返事次第板下さしのぼせ可レ申候、第三刻

全部三冊ニ而、丁数大低（ママ）第一第二篇之位ニ御座候、尚又追々第四刻第五刻も出し可レ申存念ニ御座候。注[8]

右の書簡は、宣長が『玉勝間』第三篇（巻七～九）の出版について鮒主に宛てたものである。宣長は『玉勝間』第三篇を刊行するにあたって、第一篇と第二篇の版元であった伊勢松坂日野町の書肆柏屋兵助から鮒主に変更した。その要因については、宣長自筆の『著述書上木之覚』注[10]に記された柏屋兵助による『玉勝間』二巻・三巻の板下紛失注[9]、柏屋が『玉勝間』の出版から手を引いた可能性等が提示されるが確証を得ない。ともあれ、右の書簡では、鮒主に「貴君へ御相対申候事ニ御座候へバ、御如在ハ有レ之間敷候」と信頼を寄せつつも、板木師による手抜きや本の粗末な仕立てを誡めている。もう一通の書簡は、先にも引いた同年三月二十三日のものである。

本月四日之御状相届、致二拝見一候。愈御安全之旨致二珍重一候、愚老無事罷在候。乍二慮外一御安念可レ被レ下候。然バ玉かつま上木之儀、先達而申進候処、此度御返事之趣致二承知一候。官庭并書林仲間差支之儀は、兼々此方ニ而も存知居申候儀、無二是非一候へ共、此度御紙面之趣、右書上木之儀、格別御望ニも無二御座一哉之様ニ相聞え申候。若格別御望之筋ニも無二御座一候ハバ、少しも無二御遠慮一其段御申越可レ被レ下候。何分今一往御返答之上、いかやう共致可レ申候。注[11]

前掲の正月某日の書簡を送ったのち、鮒主からの返書が三月四日になって届き、出版意欲の不足が窺える鮒主に対して、再度出版の意向を確かめたものと思われる。原稿の進捗状況や出板経緯は『著述書上木之覚』に、

七ノ巻　四十五丁
卯十一月板下出来　午ノ四月十二日　京宗兵衛へ遣ス
未ノ四月卅日　一番校合済遣ス
同五月廿六日　二番校済遣ス
同九月朔日　板本来ル注[12]

とあって、滞りなく寛政十一年（一七九九）九月の刊行に漕ぎつけたことが分かる。

鮒主と宣長の対面は以上紹介したように数えるほどしか確認できないが、上洛時の面会のみならず、文通による和歌の添削や『玉勝間』出版への関与など、宣長の晩年まで親しく交流がなされていたことが了解されよう。

二、寛政期の鮒主と秋成

鮒主と秋成の関係については、『海道狂歌合』（文化八年〈一八一一〉刊）の鮒主序文に、

そも吾先師鶉居翁のよみおける此海道狂歌合は、心に詞に狂をふくめて、姿は槻の木のいや高らに、歌のしらべをぞなべていそのかみふるきによれり。

とある記事や、実践女子大学図書館常磐松文庫蔵『藐姑射山・再詣姑射山』（ＥＢＪ〇二〇五三三）奥書の、

こは前師鶉居翁が、かたじけなき御園をよし有て、一たびまておろがみたいまつりて書おかれし言の葉なるを、是度佐野雪満が得たりとてもて来るをみれば、翁の筆のあとはまがふ処もなけれど、初の度の記はなく、後の度のは末の一ひら欠たり。[注13]

などによって、鮒主が秋成のことを「師」と称する門弟であったことが早くから知られており、従来の鮒主伝における両者の交流の記述もこれらの資料に基づいて記されていた。しかし、それ以上の具体的な関係についてはほとんど知られず、浅野三平による秋成と養老館路芳との関係を検討した論考においても、[注14] 鮒主についてはそれまでの記述を大きく出るものではなかった。

筆者は、国文学研究資料館に蔵される鮒主書入『万葉集』（以下、国文研本）を紹介し、鮒主が秋成の講義を聴聞していた人物であったこと、つまり寛政年間を中心に秋成と直接の交渉を持っていた人物であったことを明らかに

した。[注15]その国文研本の書入の中から、巻四・三十六丁裏・六三一番歌「湯原王贈二娘子一二首」のうち一首について記された書入を引くと、

此贈答ノ次第契沖真淵モ疑ヲナセリ。今秋也案ズルニ、奥マデ十二首次第混雑有トミユ。

とあって、「秋也」（秋成）の名が見え、以下三十六丁裏から三十七丁裏の欄上に秋成の改めた歌順が示されたうえで、末尾に「右之連観ハ秋也大人ノ見識也」と記される。ここにみられる秋成の歌順の説は、越智魚臣による秋成の『万葉集』講義の記録である静嘉堂文庫蔵『万葉集傍註』書入や、秋成の万葉研究書『楢の杣』（寛政十二年〈一八〇〇〉成）とも符合しており、秋成説であることは間違いない。しかしながら、『万葉集傍註』書入と国文研本とは、秋成説書入の箇所も量も全てが一致するわけではなく、また『楢の杣』に見られない説も散見することから、鮒主が秋成の講義を聴聞したうえで書入を施したことは明らかである。

では、鮒主と秋成の交流はいつ頃から始まったのであろうか。漠然と秋成が上洛した寛政五年六月頃であることは確かであろうが、現段階ではその時期を示す確たる資料は見出せない。ここでは、両者が師弟関係にあったことを示す早期の資料として関西大学総合図書館蔵『万葉集会説』（九一一・二二一―一〇七）の奥書を掲げよう。

右師鶉屋秋成大人説也（墨付十六葉）

于レ時寛政七年乙卯仲春既望写レ之　源鮒主

鮒主が秋成手沢本によったか、他の写本に拠ったかは措くとしても、秋成を「師」と呼んでいることから、両者は寛政七年（一七九五）二月の段階ではすでに師弟関係にあったと判断できよう。したがって、秋成が上洛した寛政五年六月以降、同七年二月の間に交渉を持つようになったのは疑いなく、その間秋成による『万葉集』などの古典の講義が行われていたものと思われる。

続いて、東海大学附属図書館桃園文庫蔵『土佐日記抄』（桃―二二―二三）を掲げる。本書は上巻の巻頭見返し、巻末、

下巻巻末と夥しい識語を有するが、そのうち下巻巻末に記された識語のうち一つを引く。

寛政七年四月十九日卒業越智魚臣記二于京南中田廬一

同　九年丁巳八月廿八日以二魚臣本一写レ之左京高松人　林牟良之卽魚主

右本ノ書入ハ尽ク名ヲアグ則　秋成号鶉居又余斎上田氏浪花ノ人宇万伎門人　蒿蹊号閑田子名資芳伴氏近江ノ人　宇万伎号静舎加藤氏東武之人旗本也岡部氏門人　源詮氏楠山祢僧正京人蒿蹊門人

魚臣及鮒主等也注［16］

右の識語は、寛政七年四月以前に秋成の『土佐日記』講義を聴聞していたと目される越智魚臣の書入本によって「林牟良之卽魚主」なる人物が転写した旨を記したものである。管見の限り「卽魚主」なる表記の他の用例を見出せず不審は残るものの、「鯽」が「鮒」と同義であることに加え、後掲する『延年舞記』の「左京高松　源朝臣鮒主」という奥書や、『狂歌弁』自序の「文政己卯のとしきさらぎつごもりつかたに／左京高松なる林鮒主（花押）」という記述につけば、「卽魚主」も鮒主を指していると思われ、従って鮒主が同門である魚臣の書入本によって『土佐日記抄』を転写していたことが知られる。本書には識語にあるように鮒主説の書入が上巻に二箇所、下巻に一箇所、「鮒主云」「フナ主思フニ」として記されるものの、鮒主書入が魚臣本に既に書き入れられていたか、鮒主による書写の際に書き入れられたかは不明で、鮒主と秋成に『土佐日記』をめぐる交流があったか否かは判断できない。とはいえ、魚臣が「吾友明《アケ》田鮒《タノフナ》主《ヌシ》は、古筆の鑑定に長ぜる人也」（『やいかま』）と述べるように、両者は秋成の同門にして友人でもあり、かつ寛政七年二月の段階で鮒主が秋成を「師」と称していることをも考慮すれば、秋成の『土佐日記』講義への同席も当然想定することができよう。注［17］

一方、鮒主による秋成の学問享受は、当然のことながら講義に留まるものではない。先掲した関西大学総合図書館蔵『万葉集会説』の書写はそのことを如実に示しているのだが、秋成が田安宗武の家集『天降言』から三十七首を選定抜粋した名古屋市蓬左文庫蔵『田安亜槐御歌』も、秋成の門人指導を伝える一書である。注［18］本書の詳細については第一部第二章を参照されたいが、秋成の新出奥書を有する本書は、秋成から鮒主の手に渡り、さらに宣長門人の和学者沢真風が鮒主写本によって書写した一本であった。そのことは、

　此写文は林の鮒主より見せしを、金槐集のは板本に校合し、たゞ亜槐卿のみ書写しぬ。尤本紙は墨附三十葉計也けり。　沢真風

とある真風奥書によって知られ、秋成の宗武歌抜粋の営為が門人鮒主の手に伝えられたばかりでなく、京の和学者の間で享受されていった様相を示している。本書の書写は寛政九年（一七九七）頃と思われ[注19]、鮒主が秋成から本書を示されたのはそれ以前であった。その時期がいつであったか明確には知り得ないが、本書は寛政年間の秋成と鮒主の交流が窺える一資料として注意されてよい。

三、『西帰』をめぐる秋成・経亮との交流

　続いて、賀茂真淵の紀行『西帰』をめぐる鮒主と秋成および経亮との交流を見ていきたい。真淵が江戸から郷里である遠江の岡部まで帰郷する折の旅路を記した紀行『西帰』[注20]は、上方の和学者を基幹として広く写本で行われており、真淵の学統に連なる秋成も鮒主の提示した一本によって書写している。しかし、その事情は少々複雑である。以下その経緯について検討したい。まず国立国会図書館に蔵される『西帰』（W一一九―三五）の鮒主奥書を次に引く。

　こはかもまぶち大人の
大君のむさしの遠のみかどより、ふるさととほつあふみの岡部といふ処にかへれる道ゆきなり也（衍マヽ）。橘の経亮大人がもたる翁自筆の本もて、享和二年五月廿日に写し畢ぬ。その本は外題に西帰とありて、料紙は端に嵩山房と記して、片ひらに十行ある板刻の境紙也。畢に名も有たるを、いかなる故にか切て取たりと見えたり。

林連鮒主書

この奥書から、国会本は「橘の経亮」(橋本経亮)が所持していた真淵自筆本を、享和二年(一八〇二)五月二十日に鮒主が書写した一本であることが知られる。また、鮒主が臨模した祖本である経亮本は、外題に「西帰」とあり、料紙の端に「嵩山房」(小林新兵衛)と記してある半葉十行の罫紙であるという。このように、奥書には鮒主書写に至るまでの来由が明確に記されているが、実はこの話には続きがある。

大東急記念文庫には秋成の奥書を持つ巻子本『西帰』(四三―一三―三四六〇)が蔵されているのだが、この一本が先の国会本と深く関わってくるのである。次に秋成の奥書を引いておこう。

加茂のあがたぬしの翁が、故さとにまかり申せし道くさのふみなり。ふん屋明田の何がしがさゝげ来て、是ぞ翁の筆也と人云。見あきらめて、しかるよし書くはへてよと云。よく見れば、あらで、我しづ屋ぬしの家に写とゞめられしなり。都に在てむなしくならせし時、枕にやありけんを、誰とりかくして、かく世には散よろぼひけん。むかしおもほえて、涙おとさるゝなへに、よみかへしつゝ見るに、所々たがへりと思ゆるがあるは、おほやけのいとまぬすみて、いとあはたゞしかりけん、おもほゆ。そを今かたはらにしるしつけぬ。猶人よく見かうがへよかし。藤原の宇万伎、静舎は、すむ家のよび名なりき。

享和二年しはすのはじめかいしるしぬ

上田秋翁(花押)[注21]

この奥書によって、秋成に『西帰』を提示したのが「明田の何がし」、つまり鮒主であったことが分かる。その鮒主に「是ぞ翁の筆也」と告げた「人」というのは先の国会本につけば橋本経亮に間違いなく、したがって大東急本は経亮が鮒主に提示した経亮本そのものということになる。経亮本によって書写した鮒主であったが、祖本である経亮本も自身の元に留め置いたのであろう。国会本は享和二年五月二十日に書写されているが、後述するように同年十一月下旬に秋成のもとを訪れて経亮本を提示することとなる。なお、大東急本が経亮本そのものであることは、大東急本が三十一枚半の罫紙を巻子本に改装したものであること、また柱記に「嵩山房梓」とあり、[注22]前掲国会本の「その本は外題に西帰とありて、料紙は端に嵩山房と記して片ひらに十行ある板刻の境紙也」という鮒主奥書の記述と符合していることからも明らかである。

ところで、中央公論社版『上田秋成全集』第十一巻にはもう一種の『西帰』の奥書が掲出されている。中村幸彦の解題によれば、日本橋高島屋「東都古書会大古書市」の目録に「県居翁西帰詩巻」として収められた『西帰』奥書の由だが、近時この原本が國學院大學図書館に蔵されていることを知り得た（浅田徹氏ご教示）。次にその奥書を記す。

此紀行は、我静屋う万伎ぬしの筆也。都にてむなしくならせし日、枕にやおかれけんを、誰とりかくして、かく世には散よろぼはしけんと思ふも、いとかなしきにぞ。せめてむかししのばるゝ心やりにとて、くらき眼を見はたけつゝ、たがへじと写とゞめ侍る。今ははや二めぐりばかりにや成はべらむ。浜千鳥の跡ばかりなつかしきものはあらぬよ。あなしのばし、あなかなし。

享和二年霜月廿日あまり、ふん屋明田か、加茂の翁のみづからかいしるされし草本なりと云、見あきらめてかいくはへてよと、乞来る。見れば、あらで、師が写とゞめられしなりと云事を、彼巻の末にかいつけてあたへぬ。是はこゝにしばしとゞまりてあるほどに、うつせし也。いと長々しき事を、たゞ問に、五日がほどにいとあはたゞしかりしかば、筆はあさましう立よろぼひてなん。

内容については、大東急本と大差ないが、これによって秋成が大東急本によって『西帰』を書写していた事実が知られることに加え、鮒主が秋成のもとを訪れた時期が享和二年の十一月下旬であったこと、鮒主が秋成のもとに数日間滞在していたことなどが分かる。

以上やや煩雑な手続きとなったため、本節において検討してきたことを整理して記す。

○橋本経亮

　宇万伎写本を真淵自筆本と誤認。

　経亮本（大東急本）を鮒主のもとへ持参。その際、真淵自筆本である旨を告げる。

○林鮒主

　享和二年五月二十日、経亮本（大東急本）により書写。

　享和二年十一月下旬、秋成に経亮本（大東急本）の鑑定識語を依頼。

○上田秋成

　享和二年十二月初旬、経亮本（大東急本）を鑑定。→真淵自筆本ではなく、加藤宇万伎の写本と判明。経亮本（大東急本）に識語を添書。経亮本（大東急本）によって書写。

　こうして、真淵の紀行『西帰』をめぐる鮒主と経亮および秋成の交流が明らかとなったわけだが、最後に鮒主の書写活動が窺える資料を、もうひとつ提示しておきたい。野上記念法政大学能楽研究所に蔵される鮒主写本『延年舞記』[注23]は、「興福寺延年舞式」「延年連事」「二荒山延年舞之図」の三種から成る合写本であり、いずれにも経亮の本奥書が残る。[注24]加えて、「興福寺延年舞式」には、「右以二経亮大人本一写レ之／文化二年丑八月十二日　宰相花人／鮒（花押）」、さらに「二荒山延年舞之図」の末尾には、

　右延年之曲三種者以二香菓橋本氏本一写レ之畢

　　文化二年乙丑八月十二日　左京高松　源朝臣鮒主

とあって、文化二年（一八〇五）八月十二日に鮒主が経亮本によって書写したことが知られる。経亮は同年六月十日に没しているため、この書写は経亮没後になるが、経亮生前の交流を勘案すれば、死後鮒主が経亮蒐集本や写本

の模写に努めていた可能性を示すものであり、鮒主の活動や関心を窺ううえで、興味深い資料であるといえよう。注[25]

以上、鮒主と秋成、および経亮の交流について管見に入った資料に基づき整理してきた。鮒主と秋成は、寛政五年六月の秋成上洛後まもなく師弟関係になったと目されるが、ここでは従来不透明であった和学を中心とした両者の交流の一端を明らかにした。また、有職家にして稀代の蒐集家である経亮との交流は、鮒主の関心や人的・物的交流などを究明していくに多分に示唆的であり、彼の上方和学壇における位置を見定めるうえでも注意されよう。

四、久老の万葉集講義の聴聞

第一部第一章で紹介した国文研本『万葉集』は、鮒主が秋成の講義を聴聞し書入を施していることを示していたが、同書の表紙貼紙にはさらに「藍墨　荒木田久老神主講説」ともあって、鮒主が上洛中の久老の『万葉集』講義に列していたことも窺知される。また、大東急記念文庫に蔵される『万葉集』は、鮒主とも交流のあった城戸千楯の書入にかかる一本であり（以下、千楯書入本）、ほぼ全巻に亘って久老説の書入が施されている。久老が京において『万葉集』の講義を行っていたことは、

同人（久老―筆者注）当正月より上京、今に京師に逗留に而、万葉講談など有レ之候事に御座候、何とぞ京師も古学開ケ申候様に仕度奉レ存候。注[26]

とある寛政十一年（一七九九）五月七日の橘千蔭宛宣長書簡などによって知られていたが、この両者の書入本はその徴証となろう。

国文研本は全巻均しく書入が施されているわけではなく、巻により大きな差がみられ、久老説であると確言できるのは巻四の書入のみであるが（前章参照）、鮒主と千楯の書入本『万葉集』巻四の久老説には、当然ながら符合の

認められる書入が散見する。そこで、本節では両書の巻四の書入を対比することにより、鮒主と千楯が久老の講義に同席していた可能性について考えたい。

まずは、十二丁表・四八四番歌「難波天皇妹奏下上在二山跡一皇兄上御歌一首」の「一日《ヒトヒ》社《コソ》人《ヒト》母《モ》待《マツ》告《ツゲ》長《ナガキ》氣《ケ》乎《ヲ》如此《カク》所待者《マタルレバ》有《アリ》不得勝《エタヘズモ》」の「告」についての両書の久老説を引く。

告ノ言ノ誤ニテ人モマツトイヘド読ベキカ。（国文研本）

告は継の意なれば一日に待継といふ言の有べきにあらねば決て言の誤也。（千楯書入本）

版本にある「告」に疑義を呈したのは契沖であったが、鮒主書入本は契沖説書入の「継也。一日ナドコソ人モ待ツ、ヾクレト云コ、ロナリ」とあるところを否定したうえでの「言」の提示である。千楯書入本の方が断定的ではあるが、「告」を否定した契沖の「継」をさらに否定し「言」としたところに久老の創見が認められよう。

次は十六丁表・五〇九番歌「丹比真人笠麻呂下二筑紫国一時作歌一首并短歌」、「臣女《マウトメ》乃《ノ》匣《クシナ》爾《ニ》乗《ノ》有《スル》」で始まる長歌冒頭の「臣女」についての久老説。

日本紀ニ朝庭ニ仕ル男ヲオミノ子《コ》ト云。然ラバオミノ女モ可レ有コト也。（国文研本）

書記ノ歌ニオミノコト云コト也。此例ニテオミノメトヨムベシ。（千楯書入本）

両所説が『日本書紀』を依拠文献としていることを含めて符合することは明らかである。国文研本では、秋成説として「臣女ハ姫ノ字ヲ二ツニ割タルカ」とし、「臣女」の右に「タヲヤメ」との傍訓が附されるが、それに対し左には久老が秋成説に反意を示したかのように「オミノメ」の傍訓が書き入れられている。

続いて、十七丁表・五一二番歌「草孃歌一首」、「秋田之《アキノタノ》穂田乃《ホダノ》刈婆《カリバ》加《カ》香《カ》縁相者《ヨリアハヾ》彼所《ソコ》毛《モ》加《カ》人之《ヒトノ》吾《ワレ》乎《ヲ》事將成《コトナサム》」の「刈婆」と「加」についての書入。

鎌ノコト可レ成。苅刄ノ意。（国文研本・「刈婆」）

所也。場所の意。　（国文研本・「加」）

カリバカは鎌を入る所也。刈刄處《カリハカ》の義也。鎌といふも刈刄の略也。　（千楯書入本）

国文研本では書入箇所が二つに分かれているが、言わんとすることは同じである。その他、符合が認められる書入を二箇所列記しておこう。

○十八丁裏・五二一番歌「藤原宇合大夫遷任上レ京時常陸娘子《ひたちのおとひめ》贈歌一首」、「庭立麻手刈干布慕《ニハニタツアサデカリホシシキシノブ》東女乎忘賜名《アヅマヲトメヲワスレタマフナ》」の「手」についての秋成の訓「タヘ」に賛同を示した書入。

爰ノタヘハ麻ニテ仕タルフトント見ルベシ。　（国文研本）

序歌也。アサテはアサタヘ也。白和布などに同じ刈干敷くとつゞけたり。シキシヌではしきりにしぬぶなり。　（千楯書入本）

○十九丁表・五二四番歌「京職大夫藤原大夫賜二大伴良女一歌三首」のうち一首、「烝被奈胡也《アツブスマナゴヤ》我下丹《カシタニ》雖臥《フセレドモ》　與妹《イモトシ》不宿者《ネヽバ》肌《ハダ》之《シ》寒霜《サムシモ》」の「烝被」についての書入。

アツブスマト云ハ、ウハツフスマニテ今云夜着也。ムシブスマハ筵《ムシロ》ブスマニテ、今ノフトン也。爰ハムシブスマ也。　（国文研本）

アツブスマはウハ《上》ツフスマ也。今の夜着也。ムシブスマは席《ムシロ》ブスマニテ今の蒲団也。　（千楯書入本）

書入の量は国文研本の方が多く、千楯書入本巻四にみえる久老説はわずか六例に過ぎないが、叙上のとおりそのうち五例は国文研本と符合する。

久老は『万葉集』巻三の注釈書である『万葉考槻乃落葉三之巻解』を上洛の前年寛政十年に上梓した。千楯書入本の巻三には「久考」として同書から所説を書き入れたことが明記されており、上方の和学者によって享受されていたことがわかる。しかし、巻四に関する注釈書は、前章で取り上げた写本『万葉考槻乃落葉四之巻解』が備わるものの、千楯書入本巻四には巻三のように「久考」とは記されない。加えて、千楯の久老説書入が巻三や四にとどまらず、ほぼ全巻に亘っていることをも勘案すれば、千楯は久老の著書ではなく、講義によって書入を行ったと断じて間違いないだろう。そして、同じく久老の講義によることが確実な国文研本との文辞レベルでの一致は、鮒主と千楯が久老の同じ講義に列していたことを窺わせる。明治大学図書館蔵本をはじめとする数本の『万葉集会説』には、

右師鶉屋秋成大人説也墨付十六葉
于レ時寛政七年乙卯仲春既望写レ之　源鮒主
寛政九年丁巳十一月朔写レ之畢　城戸千楯

という奥書が残ることから、両者は遅くとも寛政九年には相識になっており、したがって講義への同席も十分に考えられよう。

以上、久老が上洛中に行った『万葉集』の講義に鮒主と千楯の両者が列席していた可能性について述べてきた。久老が、

近々出京之積りに御座候。是も京師ニ門人出来ニて、達而上京すゝめ申候故に御座候。注[27]

と述べるように、京の門人達は久老の上洛講義を待望していたが、この折の上洛によって、その念願が果たされたわけである。そして、その講義時期は前章で検討したように、寛政十一年であったと考えられる。久老はこの上洛中に自著の出版をはじめ、自身や師真淵の学問を京洛に喧伝すべく、積極的な和学活動を展開していたが、鮒主や千楯への『万葉集』講義もその一環として行われていたのであった。注[28]

五、鮒主と鐸舎

鈴門和学者たちの学問所鐸舎が創設されたのは文化十二年（一八一五）の冬であったが、[注29] 鮒主と鐸舎関係者たちの交流は、早く鐸舎創設以前の寛政年間から確認できる。既述のとおり、鮒主と千楯の交流は遅くとも寛政九年には始まっており、また桃園文庫本『土佐日記抄』には長谷川菅緒による書入も残るなど、宣長や秋成の上洛を契機として、京の和学者らによる広汎な交流が深まっていったようである。

彼らの交流は宣長や秋成の没後も文会等を通じて続いており、後の鐸舎創設へ繋がることとなるが、鮒主は創設後の鐸舎とも学問を通じた交流を続けている。本居大平の「記紀之歌後撰集」についての出張講義を聴聞した人々の姓名を記した「鐸舎講釈聴衆姓名」（『夏衣』所収）には、「城戸市右衛門」（城戸千楯）、「長谷川三折」（長谷川菅緒）、「大橋九右衛門」（大橋長広）、「近藤吉左衛門」（近藤重弘）、「湯浅治右衛門」（湯浅経邦）らの世話人やその他の社中の人物とともに、「明田宗兵衛」こと鮒主の名が見えている。[注30]

また、鮒主の鐸舎における活動は、講義の聴聞のみならず、古典の校合作業などにも及んでいたようで、本居宣長記念館蔵『住吉物語』の識語には、

寛文四年辰正月中旬書レ之畢／一校合畢

右者嶋田何某所蔵古本於鐸舎／文化十三年子八月十三日一校合畢／城戸千楯／大橋長広／林鮒主

奥書云／住吉物語依二少人御所望一以二秘本一興行也

文化十三年子八月十九日以二養老館蔵活板一校合畢／千楯／長広

同　八月廿二日以二源熊檪本一　一校畢／千楯／長広

同　八月廿三日以二　印本一　校合畢／鮒主／熊檪

同　　八月廿七日以二群書類従本一校畢／千楯／長広

とあって、数種の諸本によって校合した旨の識語が載り、斛主が多くの鐸舎周辺の和学者たちと交流を持っていたことが分かる。

さらに、斛主と鐸舎関係者との関わりの深さは、弟秋告と共同で行っていたと思われる書肆としての活動からも窺い知れる。斛主と秋告は千楯らとともに和学書の出版に携わっていたようで、斛主・秋告（書肆林安五郎）と千楯（書肆恵比須屋市右衛門）の両書肆が奥付に名を連ねる和学書や歌学書が数多く見出せる（【表】参照）。注[31]『韓翰林集《かんかんりんしゅう》』は漢詩集のため、やや異色な観はあるものの、両者による出版は概ね和学に関する書であり、当代屈指の歌人賀茂季鷹や鐸舎に出張講義に訪れていた備前の和学者藤井高尚の著書が多くを占める。管見の限り斛主や秋告の書肆としての活動は天明年間から確認でき、本居宣長『玉勝間』第三篇の出版を請け負ったことをはじめ、二人の父である狂歌師養老館路芳の遺著『狂歌言葉海』、『狂歌俗名所坐知抄』などの狂歌書を上梓、あるいは秋成も序文を記すなど編纂に携わった『春葉集《しゅんようしゅう》』の刊記にも名を連ねている。また、久老から教えを受けていた関係からか、寛政十一年には荒木田久老の『竹取翁歌解』も上梓している。一方、千楯（市右衛門）の書肆としての活動は管見の限り寛政十二年から確認でき、注[32]その後間もない享和二年には安五郎と市右衛門が『かりの行かひ』や『文意考』を上梓していることなどを考慮するならば、鐸舎創設に先んじて、斛主・秋告兄弟と千楯らは、出版活動を通じて、和学の普及に努めていたことが想定できよう。

【表】林安五郎・城戸市右衛門連名出版書一覧

	書名	著者	刊年
1	かりの行かひ	賀茂季鷹	享和二年
2	文意考	賀茂真淵	享和二年
3	消息文例	藤井高尚	享和二年
4	万葉集類句	賀茂季鷹	文化三年
5	狂歌筒井管	仙掌亭不崑	文化六年
6	韓翰林集	野原衡	文化七年
7	おくれし雁	藤井高尚	文化八年
8	日本紀の御局の考	藤井高尚	文化十年
9	松屋文集	藤井高尚	文化十一年
10	名字弁	三宅公輔	文化十二年
11	蘭桂和歌集類題	北向雲竹	文化十三年
12	古今和歌集	／	文政四年
13	てにをは友鏡	義門	文政六年

秋告が没した翌年の文化十二年（一八一五）に上梓された遺稿集『林秋告遺草《はやしあきのりいそう》』（外題「波耶資の秋《はやしあき》」）からは、以上の考察の徴証となる交友関係が窺える。千楯の跋文を引く。

いにし秋のりの子はこよなきみやびをにて、三芳野の花、はしだての月とくまなく見ありきつゝよみ出られたる歌どもの、おかしう一ふしあるさまなりき。さるをせのきみふなぬしの菅緒とおのれとはなきひとのになきともにしありつれば、その歌の中にてさるべき撰いでゝよ、とかきつめおかれしかぎりとり出てあとらへられしを（下略）

鮒主は風雅を好んだ秋告の遺草を千楯と菅緒に渡し、遺稿集を編むようにと依頼したのであった。同様のことは鮒主跋文にも、

霜月廿日あまりひとひといふ日に、四十にはまだしきほどにてなん枯はてぬる。さてあひしれる人々のかぎりとぶらひたまひし中にも、菅緒ぬしと千楯主とはわきてかれがしらべを聞しれる友だちなれば（下略）

とあって、鮒主・秋告と千楯や菅緒ら京の和学者たちの昵懇な交流を偲ぶことができよう。注[33]

おわりに

以上、従来注目されてこなかった鮒主の事跡を整理することにより、彼が寛政期から文化文政期にかけて京の和学壇において多様な活動を展開していた重要な人物であったことを明らかにしてきた。最後に、本章で見てきた鮒主の活動を踏まえ、当代の京の和学壇における彼の位置について素描を試みるとともに、今後の見通しを示しておきたい。

京において和学を志向する人々は、その碩学たる宣長や秋成、久老らのもとを訪れ、またその著書により学恩を

蒙ることとなるが、京の人々が求めたものは、真淵、宣長と継承されてきた復古主義の思想面ではなく、歌文の方面であった。鮒主もその例に漏れないことは、本章で取り上げた宣長や秋成を始めとした周辺人物との交流の多くが、歌文をめぐるものだったことからも明らかであろう。また、伊東多三郎は京の学風について、「古典の註解と有職故実の研究、それに和歌・古文を玩ぶ文雅、かような学風が一般に喜ばれた」と概観するが[注34]、鮒主が有職家である経亮に近づき、その蒐集書を書写していたことも、こうした学風の反映と捉えて相違あるまい。

さらにこのような学風の中にあって、鮒主は秋成に入門を許された数少ない門人として、講義聴聞や著書の書写に努めるだけでなく、秋成の著述を他の人々に伝えるなど、秋成の営為を京の人々に喧伝する役割も果たしていたと思われる。秋成没後、『再詣姑射山』の前半の秋成自筆稿を入手した佐野雪満が鮒主のもとに携え来たったという『藐姑射山・再詣姑射山』（実践女子大学図書館常磐松文庫蔵本）の記述も、秋成門人としての活動とその周知が背景にあったことを窺わせよう。

一方で、鮒主は狂歌の入門書『狂歌弁』や秋成『海道狂歌合』の序文をものしており、狂歌師としての活動や交流も見過ごすことはできない。賀茂季鷹の狂歌書『狂謌云禁集《きょうかうんきんしゅう》』（聖心女子大学図書館武島文庫蔵）には、

　　養老館鮒主が家へ祇園会にまねかれしに、床に貞徳、季吟、貞柳《ていりゅう》の狂歌の軸の物をかけて一首と乞しかば

　此道にあつき心としられけりきやう歌三ふくの夏のかけもの[注35]

とあり、季鷹とも狂歌をめぐる交流があったことが分かる。和学関連書を著していない鮒主だが、自身の著書が備わる狂歌壇において、彼はどのような立場にあったのだろうか。

鮒主の活動について、本章で検証が及ばなかった問題は少なくない。鮒主旧蔵本の散逸が彼の活動や和学壇の動向の把握を困難にしていることは確かだが、上方の和学壇や狂歌壇の諸相を明らかにするためにも、また和学と狂歌の関連を考えるためにも、鮒主を含めた京の人々の活動を解明することは喫緊の課題であるといえよう。

【注】


［1］第一部第一章。なお、論の都合上、本章と一部重複があることを断わっておく。

［2］筑摩書房版『本居宣長全集』第二十巻二一二頁。

［3］筑摩書房版『本居宣長全集』別巻三、一二九頁。

［4］筑摩書房版『本居宣長全集』第十五巻四八六頁。

［5］鮒主は味噌商を営んでおり（『狂歌人名辞書』、広田書店、一九二八年）、「家のなりはひの物」は味噌を指していると判断できる。

［6］注［3］五六九頁。

［7］筑摩書房版『本居宣長全集』第十七巻四一三頁。

［8］注［7］四〇六～四〇七頁。

［9］筑摩書房版『本居宣長全集』第一巻解題。

［10］杉戸清彬「『玉勝間』の版本に関する一考察――本居文庫本『玉勝間』について――」（『国語と国文学』第五十六巻第三号、一九七九年三月）。

［11］注［7］に同。

［12］注［2］三七五～三七六頁。なお、第八巻・第九巻についても同旨の記述が載る。

［13］長島弘明「常磐松文庫蔵『藐姑射山・再詣姑射山』一巻・山岸文庫蔵『不留佐登』一巻」（『実践女子大学文芸資料研究所年報』第四号、一九八五年三月）の翻印による。

［14］浅野三平「上方狂歌史の一齣――林路芳斎と秋成――」（論集近世文学五『秋成とその時代』、高田衛編、勉誠社、一九九四年）。

［15］第一部第一章。

［16］当該奥書については、一戸渉「『土佐日記解』の成立」（『上田秋成の時代――上方和学研究――』、ぺりかん社、二〇一二年）

に言及あり。

［17］その他、鮒主と魚臣の間にあった書物交流を示す資料として、長崎県立長崎図書館伊勢宮文庫蔵『国意考』（一二〇―四三五）、京都大学附属図書館蔵『校本風俗歌神楽歌催馬楽』（四―二九―ア―一）がある。詳細は第三部第四章を参照されたい。

［18］請求記号雑三〇六一。近代短歌、歌書の蒐集家として知られる雑賀重良の旧蔵書。『名古屋市蓬左文庫所蔵　雑賀重良旧蔵書目録』（名古屋市蓬左文庫、一九九八年）所載。なお、本書と同歌数が同排列になっている近衛典子氏所蔵の秋成抜粋本『天降言』が存し、同氏による紹介が備わる。近衛典子「秋成と江戸歌壇――『天降言』秋成抜粋本をめぐって――（付、翻刻と解題）」（『上田秋成新考――くせ者の文学――』、ぺりかん社、二〇一六年）参照。

［19］蓬左文庫本『田安亜槐御歌』は、『万葉集会説』と合写。『田安亜槐御歌』に書写年時は記されないが、『万葉集会説』奥書に、寛政九年十二月に沢真風が城戸千楯から借り写した旨が記される。

［20］本章における『西帰』は、江戸から遠江岡部に帰郷する紀行の書名を指す。だが注意されたいのは、版本『賀茂翁家集』をはじめ、伝存する写本も悉く、元文元年（一七三六）四十歳の真淵が遊学中の京洛から遠江岡部に一時帰郷する紀行を『西帰』（別名『旅のなぐさ』）となっていることである。そして、本章で『西帰』と呼ぶ紀行は、『東帰』（別名『岡部《おかべ》日記《にっき》』）と称される。国会本・大東急本『西帰』奥書につけば、経亮の手に渡った段階で既に書名の錯誤があったと思われるが、本章では秋成・経亮・鮒主らが用いた『西帰』という書名を用いる。

［21］中央公論社版『上田秋成全集』第十一巻二八四頁。

［22］中央公論社版『上田秋成全集』第十一巻の解題を参考にしつつ、筆者の調査により増補した。

［23］本書は、『弘文荘待賈古書目』第二十二号（弘文荘、一九五二年）に掲載（掲載番号六二）される一本で、のち能楽研究所に入ったもの。

［24］請求記号一七四―関三。写本。半紙本一冊。全十四丁。二六・四×一八・七糎。横刷毛目（渋引）表紙。外題「延年舞記」と打付書。楮紙、ただし「二荒山延年舞之図」のみ薄様。文化二年八月十二日林鮒主写。

［25］注［23］に掲げた『弘文荘待賈古書目』第二十二号の本書項目には鮒主について「経亮に従学せるなるべし」と記されるが、両者の年齢などを考慮すると、「大人」と呼んでいるとはいえ、師弟関係とするには疑問が残る。

［26］注［7］四五七頁。

［27］寛政十一年正月十九日付野田広足宛書簡。引用は、『荒木田久老歌文集並伝記』（神宮司庁、一九五三年）四五八頁。

［28］寛政十二年（一八〇〇）五月二十七日付の広田助侑宛久老書簡に「此度之義は一向人出入も禁じ候而在京中は彼是日本紀歌解、万四ノ解と出雲風土記とニかゝり居候」（『荒木田久老歌文集並伝記』、四六五頁）、また『酒之古名区志考』（寛政十二年序）御薗常言の序に「こたみ萬葉考四の巻の槻の落葉かきをへ給へる」（同六二三頁）などとあるように、久老は上洛・上坂中に『万葉考槻乃落葉四之巻解』を著しており、鮒主や千楯への講義の成果と見做すことができる。鮒主書入本の久老説書入が巻四に集中していることもこの徴証となろう。

［29］藤井（山崎）芙紗子「藤井高尚と鐸屋――後期国学の一断面――」（『国語国文』第四十六巻第十二号、一九七七年十二月）。

［30］「記紀之歌」「後撰集」の講義は、三月十一日まで十九回を数えるが、そのうち鮒主は九度聴講している。

［31］なお、表に挙げた十三点に加え、国立国会図書館亀田文庫蔵『出定後語』（富永仲基、一八一一‐Ｔo四七八s‐k）と、甲南女子大学図書館蔵『振分髪』（小沢蘆庵、Z九一一・一‐〇三）に両書肆の名を見出すことができたが、奥付がそれぞれ『かりの行かひ』、『松屋文集』と全く同じものとなっており、かつ他に伝本がないことから、書肆による奥付の流用の可能性が高く、従って当該リストからは除外した。

［32］この点、青山英正「恵比須屋市右衛門出版・売弘書目稿（附鐸舎蔵板・製本書目）」（『書物・出版と社会変容』第十四号、二〇一三年三月）も同様の見解を示す。同稿は城戸千楯の書肆としての出版活動を網羅していて、近世後期における京の和学を捉え直すために大いに参考となる。併せ参照されたい。

［33］千楯の随筆『紙魚室雑記《しみのむろざつき》』所収の「北野奉納百首歌《きたのほうのうひゃくしゅうた》」に千楯、季鷹、長広、菅緒らとともに秋告詠歌が採録される他、文化七、八年頃に藤井高尚らが催した文会に千楯、秋告らが参加しており、『林秋告遺草』の跋で述べられる和歌を通じた交流のあったことが分かる。以上の事情に関しては、注［29］藤井（山崎）稿、本橋ヒロ子「化政天保期における京阪の国学の一断面――鐸屋と小柴屋について――」（『和洋国文研究』第十六・十七合併号、一九八一年十二月）などに詳しい。

［34］伊東多三郎『草莽の国学』（真砂書房、一九六六年）二二一頁など。

［35］盛田帝子「賀茂季鷹の『狂詞云禁集』――翻印と解題――」（『語文研究』第七十六号、一九九三年十二月）の翻印による。

第四章　林鮒主年譜稿

はじめに

林鮒主。字波臣。通称明田惣（宗・総）兵衛。狂号は路産、のち裁松窩・宰相花。家号菱屋。明和元年（一七六四）生、天保二年（一八三一）四月二十日没。享年六十八。父は狂歌師路芳、弟は秋告（号路由《ろゆう》）。代々京新町通御池南で書肆や味噌商を営む。儒学を松永淵斎に、和学を本居宣長、上田秋成、荒木田久老らに学ぶ。城戸千楯や長谷川菅緒など鐸舎関係者をはじめとする京の和学者とも盛んな交流があった。寛政二年（一七九〇）の父路芳没後、遺編の作法書『狂歌言葉海』（寛政七年〈一七九五〉刊）『狂歌俗名所坐知抄』（同年刊）、父の詠草集『狂歌我身の土産』（寛政八年〈一七九六〉刊）を編刊。著書に二松庵一門の師系を記した『二松庵家譜』（文政二年〈一八一九〉成）、狂歌の研究書『狂歌弁』（文政六年〈一八二三〉刊）などがある。

宣長や秋成らに学んだ和学者として、また得閑斎繁雅《とっかんさいしげまさ》門の狂歌師として、近世後期の京において多彩な活動を行っていた林鮒主ではあるが、従来部分的な言及こそあれ、正面から取り上げられる機会にはさほど恵まれてこなかった。筆者は本書第一部第一章、および第三部第三章で鮒主の和学に関する論考をものし、そこから窺える京の文壇についての記述を試みた。しかし、彼は和学者というだけでなく、既述のとおり当代の京において狂歌師としても名を馳せた人物であり、また弟秋告と協力しながら行っていたと思われる書肆としての、また古書に精通した蔵書家としての側面も持ち合わせている。

本章では、そのような鮒主の多岐に亘る活動を年譜の形で綴り、既に検討を加えてきた和学活動に加え、これまで言及できなかった狂歌師としての具体的な活動も取り上げる。これは、鮒主一人の顕彰にとどまらず、京の文壇研究についても資するところが大きいと考えるためである。可能な限り鮒主の事跡を網羅することに努めたが、片々たる鮒主関連の資料は今後も大いに発見が期待されるうえ、筆者の不明による遺漏や不備も少なくないと思われる。したがって、今後の補訂を要するものであるが、ひとまずここに年譜考証を試み、大方のご批正を乞う次第である。

年譜では鮒主の事跡を「○」で、関連する事柄に関しては「●」で、依拠文献については「△」で示した。なお、本章は年譜考証という性格上、他章との重複があることを予め断っておく。

明和元年（一七六四）甲申　一歳

○某月某日　出生、出身地を名古屋とするのは誤伝か

△関西大学総合図書館蔵『拾遺和歌集』巻頭遊紙貼紙

此書之校合ヲナシ、巻尾ニ其由ヲ自書セル

林鮒主大人

大人ハ名古屋ニ生レ京都ニ住シ、富有ノ生活ヲナシ、寛政五年本居宣長ノ門ニ入ル国学ノ大家タリ。此書ヲ校合セル奥書ノ文政十丁亥年ハ鮒主六十四才ノ筆ニ係リ、晩年ノ執筆トテ最モ珍重サル。天保二年四月二十日六十八才ニテ京都ニ没ス。

鮒主の生没年を明確に示す当代資料は伝わらない。右掲の貼紙の記事や狩野快庵『狂歌人名辞書』（広田書店、一九二八年）等によって、天保二年四月二十日没、享年六十八である由が伝わり、そこから逆算することで明和元年の生であるとの見解が導かれるのみである。

さて、右掲の記事で注意されるのは、鮒主の出身を名古屋とする点である。このような記述は該書以外には見出せないが、福井久蔵『大日本歌書綜覧』中巻（不二書房、一九二六年）には鮒主の弟である林秋告について、「秋告は尾張の人。林宗兵衛鮒主の弟」と記され、依拠文献不明ながら、秋告を尾張の人とする点は、関大本『拾遺和歌集』の記述と符合しており、何らかの根拠があったと思われ、兄弟ともに名古屋出身の可能性を窺わせる。

とはいえ、鮒主著『狂歌弁』（文政六年〈一八二三〉刊）自序の「左京高松なる林鮒主しるす」[注1]や野上記念法政大学能楽研究所蔵『延年舞記』（一七四－関三）奥書の「左京高松　源朝臣鮒主」といった記述から、鮒主が京左京高松（新町通御池南）の人であることは明らかである。また、その出生についても『狂歌弁』で、

鮒主如き者の雲上を知べきよしはなけれども、京師に産たれば、粗そのさまをうかゞふに、貴人のさまは野人とは境界懸隔の物にて野人の意に推量りて思ふやうなる有さまにはあらず。

と、自ら京出生の由を記していることを勘案すれば、名古屋出生という記事は甚だ疑わしく思われる。関大本『拾遺和歌集』貼紙の記事の拠るところが不明のため確言しがたいが、一応鮒主自身の言に従い、京の生であると考えておきたい。

明和七年（一七七〇）庚寅　七歳

●九月十五日　前橋芦江が没した

△『二松庵家譜』（文政二年成、柿谷家蔵）

明和七庚午《（マヽ）》年九月十五日、前橋芦江没。此人書をよミ書をよくせし人也。十九才より廿六才まで、昼は業をつ

とめて、夜は勤学して安くいぬる事なかりとぞ。儒を宮崎先生に学べり。

（浅井善太郎「狂歌師「柿谷半月」の一資料」、『敦賀市史研究』第一号、一九八〇年。以下同）

『二松庵家譜』は、路芳門人にして二松庵八世の戸田水月の求めに応じて鮒主が文政二年に著わしたもので、二松庵初世から八世と、その門人ら周辺人物たちの事跡を、彼らの詠歌とともに紹介した、いわば二松庵系一門の来歴である（文政二年項参照）。

前橋芦江は次項に記したように二松庵初世下間皓々の門人。儒学を学んだ「宮崎先生」は京儒宮崎筠圃《いんぽ》（享保二年〈一七一七〉～安永三年〈一七七四〉）。

明和九年（一七七二）壬辰　九歳

●七月二十一日　二松庵初世下間皓々が五十二歳で没した

△『二松庵家譜』

此幸によりて住捨たまひし、かの二つの松の庵を百々万英翁に譲給へり《（ママ）》言葉に、

繁昌をまつの庵に松を友千よを重て住持してたべ

此例によりて、代々此一軸を伝請るを詞宗とす。しか有て後、明和九壬辰年七月廿一日にかくれたまひぬ。年は五十二才に成給ふとぞ承およびぬ。此時は通名を下間修理の士といへり。もと坊官なりし家なればとて、宮内卿玄位と諡給へり。

八世まで続く二松庵を興したのは、この皓々であるが、その機縁については、同じく『二松庵家譜』に次のように記される。

其頃、寺田鈍全・芦田鈍永のともがら出て、世に行れぬれば、狂歌のすがた、いともいやしうあしざまに成行《ナリユク》

を歎て、ひとつの書を著して、師に慕ひよる輩に示し給へり。

すなわち、寺田鈍全《てらだどんぜん》（自然軒鈍全《じねんけん》）、芦田鈍永《あしだどんえい》（九如館鈍永《きゅうじょかん》）の師弟が出て、京で狂歌が勃興したものの、そのために狂歌の詠風が賤しくなっていくことを嘆き、書を著して、門人たちに示したものが始めだという。その書の趣意は、「狂歌はただつまらない戯れ言を詠むのではない。歌によって人心の高き賤しきも知られるのだから、心して詠むべきである」ということであったという。書名は『我身の上《わがみのうえ》』といったようだが、

此書は万英詞宗より路産が父路芳翁に伝はりて、予家に秘めおける外にあることをきかねバ、名をだに知れる人なし。

とあって鮒主の秘蔵にかかるものであった。本書の現存は確認されていないが、後述するように、鮒主や父路芳が狂歌について庶幾するところは、伝統的な雅言と日常的な俗言との調和によって一首が仕立てられていることであり、ここに貞柳系の理念のみならず、皓々に始まる二松庵系の理念の影響も認めることができよう。

下間皓々は、諱頼孝、号真山・渡江・二松庵・俊斎。通称は森延柳。姉小路の北、万里小路の東に住した。父は下間頼経《よりつね》。和歌を三条西公福《さんじょうにしきんとみ》に学ぶとともに、狂歌も能くした。門人に、百々万英、吉村壺童、志水了山、前橋芦江、殿村夷交、細辻舎風、須羽秀風など。

安永四年（一七七五）乙未　十二歳

●十一月四日　志水了山が五十八歳で没した

△『二松庵家譜』

安永四乙未年十一月四日、志水了山翁没。年五十八。此翁歌は隅谷正雅翁に学べり。又俳句は半時庵淡々に聞けり。かねて明和四丁亥のとし八月、狂歌初心式といふ書を著せり。当年梓に物して世に行ふ。

安永八年（一七七九）己亥　十六歳

●六月二十一日　池田霞橋が五十七歳で没した

△『二松庵家譜』

安永八己亥年六月廿一日、越角鹿津池田霞橋没。年五十七。

●九月七日　戸田一扇が五十九歳で没した

△『二松庵家譜』

同年九月七日、同国戸田一扇没。年五十九。

●十一月八日　三谷風子が六十一歳で没した

△『二松庵家譜』

同年十一月八日、同国三谷風子没。年六十一。

安永九年（一七八〇）庚子　十七歳

●七月二日　二松庵百々万英が五十九歳で没した

△『二松庵家譜』

安永九年庚子年七月二日、二世詞宗万英翁没。年五十九。辞世歌、

もどれよと迎にくれば是非なくもこのよのいとま申《(ママ)》なりけり

此時同じ道の友人各々悼の歌を贈られしを一帖となし、梓にものして、号を「時雨の松」と題せり。親しく教を請し人々、洛東真如堂に墳墓を建、歌集を「月の影」と題して世に行ふ。

二松庵二世百々万英は、初世の門人で、名秀則。号陸松庵・二松庵（二世）・万英。墓は京都東山真如堂。宝暦頃から京で活躍した狂歌作者で、歌集に『狂歌月の影』（天明四年〈一七八四〉刊）がある。門人に、南部烏髯、永井清楽、麻田倭文、細野如鏡、小林露集、吉江慶中、桂荘紫、池田霞橋、三谷風子、戸田一風らがおり、鮒主の父路芳もその一人であった。

なお、追悼歌をまとめたとされる『時雨の松』なる狂歌書の現存は確認できない。

天明元年（一七八一）辛丑　十八歳

●七月以前　永井清楽が二松庵三世を継いだ

△『二松庵家譜』

先師没して後、永井清楽翁を人々すゝめて三世の詞伯とす。頃は天明元辛丑のとし也。此賀莚有しかど、其歌今伝らず。

永井《ながい》清楽《せいらく》は、享保七年（一七二二）生、享和二年（一八〇二）十一月二十二日に八十一歳で没。名は信吉。号蒼松亭（庵）・清楽・二松庵（三世）。京粟田口の人で、儒学を小西梁山に学んだ。狂歌は二松庵二世万英に学び、天明元年その庵号を継いだ。著書に『狂歌巻轆轤《まきろくろ》』（明和八年〈一七七一〉刊）、『狂歌文字鎖《もじくさり》』（同年刊）がある。

●七月二日　百々万英の一周忌追善があった

△『二松庵家譜』

天明元辛丑のとし七月二日、前師一周忌の会有たれども歌不レ伝。

天明二年（一七八二）壬寅　十九歳

●三月中旬　百々万英の三年忌追善があった

△『二松庵家譜』

同二年壬寅年三回忌、七月なるを引上げて、三月中半に沢生赤子といふ人加茂の辺にて勤られたり。其題、「依レ花憶二故人一」と亡父（路芳—筆者注）の記に出たれども、一座歌不レ伝。

天明五年（一七八五）乙巳　二十二歳

○二月三日　『東遊歌図』を書写する

△京都大学総合図書館蔵『校本風俗歌神楽歌催馬楽』（四-二九-ア-一）「東遊歌図」奥書

右風俗歌古本我兄荒木田神主久老大人所二秘蔵一本也
天明二壬寅年十二月二日書写畢　弟度会正均珍蔵
天明五乙巳歳春二月三日写終　平安　源鮒主　在判
寛政乙卯夏五月　滽二宮埜公英一写レ之　越智直躬誌

一戸渉「見ぬ世の他者——秋成門人越智魚臣資料拾遺——」（『国文研ニューズ』第三十四号、二〇一四年一月）参照。

一戸によれば『校本風俗歌神楽歌催馬楽』は「東遊歌図」「神楽歌」「催馬楽」を合写したもので城戸千楯および隈《くま》川《かわ》春《はる》雄《お》旧蔵本。宣長門人の奈須守彦《なすもりひこ》筆写本で、そこに千楯が興田吉従《おきたよさゆ》本と賀茂季鷹本を以て校訂したものという。右の奥書からは、荒木田久老の蔵本が弟度会正均を介して京の鮒主へ伝わったことが知られ、後述する久老の『万葉集』講義の聴聞とともに、鮒主と久老の近しさを窺わせる資料である。また、寛政七年には越智魚臣のもとに伝えられていることも分かり、これが鮒主との直接の関係から行われたものならば、両者の関係を示す最も早い事例となる。

●五月十九日　殿村夷交が六十二歳で没した

△『二松庵家譜』

天明五乙巳年五月十九日、殿村夷交翁没。年六十二。

●八月二十六日　吉村壺童が五十五歳で没した

△『二松庵家譜』

同年八月廿六日、吉村壺童翁没。年五十五。

天明六年（一七八六）丙午　二十三歳

●七月某日　百々万英の七年忌追善があった

△『二松庵家譜』

天明六丙午年七月、先師七回忌会有たれども、一座歌不レ伝。

●十二月八日　須羽秀風が四十九歳で没した

△『二松庵家譜』

同年十二月八日、須羽秀風没。年四十九。

寛政二年（一七九〇）庚戌　二十七歳

●十二月十八日　父の林路芳が五十四歳で没した

△『二松庵家譜』

寛政二庚戌年詞伯、林路芳翁にいへらく、予、年老てことにいたつき有て物事むつかしければ、四世の詞宗を翁に譲らんと有しかど、翁いなみて詞伯いたつきあらば、ことしは詞伯に代りなんといひて、月毎に友をつどへて、礼正しう先師影供の会をつとめられたり。あくる辛亥の春はかならず譲りなん。請継れと契られしかど、

此年の十二月十八日に翁とミにいたつきて身まかられし。年は五十まり四つ也。辞世歌、

よき辞世よミて死んとおもひしに何をいふにも今になりては

本書の記述によれば、路芳の病没は、二松庵三世であった永井清楽が路芳に二松庵四世の座を譲ろうとしていた矢先の出来事であったという。二松庵継承の話に対して、路芳は代理として影供などの活動は行うものの、二松庵四世の座は固辞し続けたようで、名利や一門意識などに拘らない路芳の姿が偲ばれよう。なお、鮒主が編刊した路芳の遺草集『狂歌我身の土産』の鮒主跋にも、寛政二年五十四歳で没した旨が記され、右と同じ辞世歌も掲載される。

路芳は林氏。名成基。号暁松亭・養老館路芳・路芳斎・路芳斎林老。味噌商を営む。儒学を松永淵斎に、和歌を新玉津島の森川高尹《もりかわこういん》に学ぶ。狂歌は二松庵百々万英門。「早よみの路芳」（『狂歌我身の土産』麻田倭文序）と称された。門人に、脇坂花影、戸田水月、中谷鍾良らがいる。

○この年以前　父とともに松永淵斎に儒学を学んでいた

△『狂歌弁』松永昌氏跋

吾友波臣父ヲ曰二路芳ト一。父子倶ニ随テ二先師淵斎先生ニ一而学ブ焉。

右の松永昌氏の跋によって、鮒主が父とともに堀川二条下ル町の講習堂松永淵斎（名深原、字貞父、俗称昌輔）について儒学を修していたことが知られる。ただし、その従学がどの程度のものであったかは未詳。路芳の没したこの年を下限として、仮にここに配した。

跋を寄せた松永昌氏は京の儒学者で、字白環、号澄斎、俗称文吉。宸翰講習堂の教授を勤める。文化十年（一八一三）、文政五年（一八二二）の『平安人物志』「儒家」の項に所載。

寛政三年（一七九一）辛亥　二十八歳

○春　永井清楽から二松庵伝来の調度を贈られた

△『二松庵家譜』

三世の詞宗翁いたく歎て、またのとしの春契おきし事なればとて、初先師より請継がれし調度どもを取揃て、おのれ路産の方に贈らさる。

路芳の死を惜しんだ永井清楽が、二松庵継承を約していた路芳の息である鮒主に調度品を贈ったのである。これによると、二松庵に代々伝わる調度があったようだが、同書には、二松庵の鼻祖下間皓々（諱頼孝道、号真山・渡江）が二世百々万英に詞宗を譲る際の記事として、

此幸によりて住捨たまひしかの二つの松の庵を百々万英翁に譲給へり（ママ）言葉に、

繁昌をまつの庵に松を友千よを重て住持してたべ

此例によりて、代々此一軸を伝請るを詞宗とす。

と載ることからは、調度ではないものの、右の狂歌を記した一軸も鮒主への贈与品に含まれていた可能性がある。

○四月二十六日　二松庵伝来の調度を四世を襲った麻田倭文に譲った

△『二松庵家譜』

麻田和文翁を四世の詞宗と□（ママ）て寛政三辛亥年四月廿六日、脇坂華影・小林露集・林路産とミたり行て和文翁に譲る。

前項で、一旦鮒主に譲られた二松庵伝来の調度類であったが、四世を麻田倭文が襲ったために、鮒主から倭文に譲られたのである。

麻田倭文は寛延二年（一七四九）生、文化九年（一八一二）正月十五日に六十四歳で没。名は安備、号兄花堂。二松庵二世万英に学び、永井清楽から庵号を継ぎ、路芳に代わり二松庵四世となった。文化五年（一八〇八）六月八日に二松庵を脇坂花影に譲った後は、機織を業としていたことから蛬織殿と号す。門人に、小林百鯨、奥沢花イ、柿谷半月、池田啼烏らがいる。

なお、鮒主は寛政七・八年と路芳の遺著を相次いで上梓するに際し、倭文ら京や大坂の知人に序の執筆を依頼しており、上方の狂歌師たちとの交流が盛んであったことが窺える。

○五月某日　堀河百首題による歌合があった

△『二松庵家譜』

同年五月万英前師の時有し例によりて堀河院百首の題にて千首の歌合有。其作者は、麻田倭文詞宗・小林露集・戸田水月・林路産・奥田繁秋・猪股路長・中瀬里夕・角鹿藤田橋意・同玉井素来・同谷口里童、以上十人也。

堀河百首題は藤原公実《きんざね》ら十六人によって進詠されたもので、一題一首で全体として百題から成る、いわゆる組題の嚆矢であり、後代に至るまで規範として踏襲されていく組題の典型となった。その和歌史上における意義については、先学による少なからぬ蓄積が備わるため、注[2]詳細はそれらにつかれたいが、後代においても堀河百首題によって習作・稽古をすることが広く行われており、二松庵一門のこの歌合も、そのような伝統を背景としたものといえよう。

「万英前師の時有し例によりて」と記されるように、同書からは堀河百首題を詠む歌会や歌合の記事が散見する。西島孜哉は、後掲する『狂歌我身の土産』に、二松庵一門が、堀河院百首をはじめとして、栗柯亭木端《りっかていぼくいん》、日々庵了山などによる組題を中心に詠んでいたことを指摘していて、注[3]二松庵一門の活動を示して興味深い。また、享和元年（一八〇一）には鮒主が『狂歌組題簽《くみだいせん》』を刊行することになるが、これも二松庵一門の活動と不可分であることは容易に想像できよう。なお、この時の「衆議判なりしが、其秀逸なりし歌は」として載る鮒主の詠は次の一首。

　百姓のいふにぞはえて声々に豊の秋田をむしの鳴ごと

　　虫

○この年以降の六月　祇園会に賀茂季鷹を招いた

△聖心女子大学図書館武島文庫蔵『狂詞云禁集』

　養老館鮒主が家へ祇園会にまねかれしに、床に貞徳、季吟、貞柳の狂歌の軸の物をかけて一首と乞しかば、

　　此道にあつき心としられけりきやう歌三ふくの夏のかけもの

（盛田帝子「賀茂季鷹の『狂詞云禁集』——翻印と解題——」、『語文研究』第七十六号、一九九三年十二月）

『狂詞云禁集』は、賀茂季鷹の狂歌を一三〇首収録した狂歌集。盛田帝子によれば、附箋・書入などによって手の加えられた版下本風の稿本で、六樹園こと石川雅望《いしかわまさもち》の序を有する。成立も盛田の報告に拠ると、享和二年から天保元年（一八三〇）の間に「浪花の何某」が寄越した季鷹の「云禁集」に雅望が序を、さらに季鷹が題辞を附し、さらに没後になって大坂の書肆秋田屋太右衛門が扉を附け、出版すべく版下本として作られたものであるという。だが結局本書は出版されずに終わったらしい。書名の「云禁」は、季鷹の号「雲錦」を意識したもの。

ところで、右の季鷹詠がいつの頃のものかは判然としない。季鷹は十九歳だった安永元年（一七七二）に三島自《みしまじ》寛《かん》を頼って江戸に下向しており、帰洛時期は寛政三年から五年の間と推定されている（『和歌文学大辞典』、古典ライブラリー、二〇一四年。「季鷹」項（盛田帝子執筆））。いずれにしても、季鷹帰洛以後であることは疑いなく、ここでは仮にその上限とされる寛政三年の項に置いた。下限は序者雅望が没した天保元年であり、その間のいつかとしか限定し得ない。

なお、本書は、国文学者、歌人、詩人、作詞家として名高い聖心女子大学元教授武島羽衣《たけしまはごろも》（明治五年〈一八七二〉

〜昭和四十二年〈一九六七〉の旧蔵書。

寛政四年（一七九二）壬子　二十九歳

●**三月二十二日　二松庵二世万英の十三年忌興行があった**

△『二松庵家譜』

寛政四壬子年二世前師万英翁十三回、三月廿二日興行有。小林露集勧進各画題也。歌不レ伝。

二松庵万英が没したのは、既述のとおり安永九年七月二日である。万英の追善興行は数度に及んでおり、師を尊崇する一門の様子が窺える。なお「歌不レ伝」とあって、鮒主詠を含め、当該興行の記録は伝わらない。

寛政五年（一七九三）癸丑　三十歳

○**四月二日　上洛中の本居宣長に入門した**

△『授業門人姓名録』（自筆本）寛政五年癸丑条

京新町御池下ル丁　林《ヤ》宗兵衛　鮒主

（筑摩書房版『本居宣長全集』第二十巻二一二頁）

この年宣長は三月から四月にかけ、鈴屋派学問の喧伝を目的とした上洛を果たすが、『授業門人姓名録』によれば、この年の入門者は九人であった。宣長の京における門人獲得はこの年に濫觴をなすため、鮒主は京における宣長門人の最古参の一人といってよい。

●**六月某日　上田秋成が京に移住した**

●**七月十二日　小林露集が三十九歳で没した**

△『二松庵家譜』

同五癸丑七月十二日、小林露集没。年三十九。画は石田幽汀《いしだゆうてい》に学び、歌は栂井道繁翁に学。吾友の中にてはあはれ成しすき人なり。さのみ財をあませるほどにはあらねど、歌物語の書はあまた持てよめり。

小林露集が画を学んだ石田幽汀は円山応挙《まるやまおうきょ》や田中訥言《たなかとつげん》らの師であり、栂井道繁は不明ながら、あるいは栂井道敏《とがのいみちとし》（一室《いっしつ》）の誤か。であるならば露集は、画家として、また上方地下歌人としてなど、諸分野にその才を発揮した文人でありながら狂歌にも手を染めている点、狂歌が一つの交遊ツールとして機能していたことはもちろんだが、京の文人にとって狂歌がどのようなものであったかを考えるヒントになろう。

●十月十五日　増田其條が四十五歳で没した

△『二松庵家譜』

同年十月十五日、越角鹿増田其條没。年四十五。

○この年か　上田秋成に入門した

鮒主が秋成を師と仰ぎ、交流を持っていたことが確認できる最も早い資料は、後述するように寛政七年二月の書写にかかる『万葉集会説』（関西大学総合図書館蔵）であるが、該書で既に「師」と称していることは、鮒主の秋成への師事がそれ以前からのものであったことを物語る。秋成が京に移住した寛政五年六月以降の師事であろうと思われるが、いまその年時を確定しがたいため、仮にここに置く。

寛政六年（一七九四）甲寅　三十一歳

○正月十七日　宣長へ謝金を送った

△『諸用帳』寛政六年条

一、正月十七日 八匁　林宗兵衛

（筑摩書房版『本居宣長全集』第十九巻六四四頁）

『諸用帳』は、本居家の金銀出入を出金・入金・貸借・給与など講座別に記帳した帳簿。以後、『諸用帳』や後掲する『金銀入帳』に拠れば、鮒主は宣長が没する享和元年まで毎年謝金を贈っているのだが、いずれも年頭の祝儀、あるいは添削などに対する謝礼や授業料と目される。なお、以下『諸用帳』および『金銀入帳』の引用は『本居宣長全集』第十九巻に拠る。

○三月十九日　永久四年百首（堀河院後度百首）の春夏の題による歌合があった

△『二松庵家譜』

寛政六甲寅のとし、堀河院後度百首の題にて、又千首の歌合有。春夏の題は三月十九日。秋冬は七月朔日。恋雑はおくれて八年丙辰五月九日に有し。其時の作者は詞宗倭文・脇坂花影・細野如鏡・吉江慶中・中谷鍾良・林路産・奥田繁秋・猪股路長・大塚遠帆・藤本五朝、已上十人也。如レ前衆議判也。

堀河院百首が「堀河院初度百首」や「太郎百首」などとも呼ばれるのに対し、永久四年百首は「堀河院後度百首」や「次郎百首」とも称され、古くから堀河院百首と一連のものとして扱われてきた。近世期でも契沖や真淵、宣長といった和学者たちが堀河院百首とともに永久四年百首にも関心を持っていたことが、静嘉堂文庫所蔵の入江昌喜《いりえまさよし》校正本や清水浜臣《はまおみ》校正本、宮内庁書陵部蔵本、東京大学総合図書館蔵本の書入から窺える。注［4］二松庵一門の歌合も、堀河院百首と永久四年百首を一連のものとして享受していることを窺わせるように、寛政四年五月に催された堀河百首題による歌合を承け、今回は永久百首題によって歌合が行われたのであった。なお、鮒主の詠は次の一首。

故郷

伯父叔母もむかしに成てふる郷に我子とも立知るは松のみ

○六月頃　この頃宣長に詠歌の添削を乞うた

△清水広居・林鮒主宛宣長書簡（寛政六年六月十五日付）

御両所様へ御詠草加筆致二返進一候。尚追々随分御出精可レ被レ成候。御返事別々ニ得二貴意一候筈ニ御座候へ共、外取込、乍二略儀一以二御連名一申入候。

（筑摩書房版『本居宣長全集』別巻三、五六九頁）

広居と鮒主から詠草添削の依頼を承けた宣長が、添削を行い、返送した折の書簡である。本書簡により、鮒主が和歌に励んでいたこと、宣長への添削を乞うていたことが分かる。

○七月一日　永久四年百首（堀河院後度百首）の秋冬の題による歌合があった

三月十九日条参照。

○八月九日　宣長へ謝金を送った

△『諸用帳』寛政六年条

八月九日
一、八匁　林宗兵衛

○十一月二十七日　上洛中の宣長を訪問した

△『寛政六年若山行日記』閏霜月

○廿七日

川村嘉兵衛　入来
林宗兵衛　〃
金子専左衛門　〃
真風社中六人　〃

（筑摩書房版『本居宣長全集』第十六巻五三九頁）

前年、宣長に入門していた鮒主は、宣長上洛の報を聞き、宣長のもとを訪問したのである。この訪問では、金子義篤や沢真風らの和学者も同席していたらしく、宣長を介した鮒主と京の和学者との交流も窺えよう。なお、寛政九年には真風が秋成抜粋本『田安亜槐御歌』（『天降言』）を鮒主から借りて書写している。

○十二月頃　この頃には既に越智魚臣と相識だった

△長崎県立長崎図書館伊勢宮文庫蔵『国意考』越智魚臣識語（一二〇-四三五）

同じとし（寛政六年―筆者注）しはすのころ、とも墻明田の鮒主がもたるを得て、ふたたびよみかうがへぬ。

直躬しるす

越智魚臣は鮒主と同じく秋成が京に移住した頃からの門人。魚臣が「吾友明《アケ》田鮒《タノフナ》主《ヌシ》は、古筆の鑑定に長ぜる人也」（享和元年成『やいかま』注(5)）と述べるように、二人は友人でもあったが、魚臣が鮒主を「とも墻」と呼ぶ『国意考』識語からは、これ以前より両者に交渉があったことが分かる。

本書については従来言及がないようだが、鮒主や魚臣ら秋成門下の動向を知り得る早期の資料として注意されてよい。筆名「直躬」は「魚臣」に改号する以前の号。魚臣の改号については近衞典子によって「寛政六年末から翌年春頃にかけて改号を検討し始め、秋成の助言も入れて「魚臣」に改号と改号したのであろう」（近衞典子「秋成と江戸歌壇――『天降言』秋成抜粋本をめぐって――（付、翻刻と解題）」（『上田秋成新考――くせ者の文学――』、ぺりかん社、二〇一六年）との見解が示されているが、本書の号もその見解と矛盾するものではない。本書には右掲の識語に先立って、

この一《ヒト》まきのうつしぶみは、水《ミツ》とりの加茂《カモ》の大人《ウシ》、なべて世《ヨ》のことさへぐ、からくにぶりにまどへるをおどろかさんとてかきたるなり。されば、すべ国《クニ》の人ちふ人、こをつばらかによみてたなしらば、しきしまの大和《ヤマト》ごゝろをふりおこすのみかは、いそのかみふるきむかしをあきらめなん手《タ》づきともならざらめやは。寛政六年《ムトセトイフトシ》

うづき二十八日《ハツカアマリヤウカノヒ》に写《ウツ》しをへてかきつけつ。近《チカ》つあふみの国人《クニウド》越《ヲ》知《チ》なほみ（花押）

および、

寛政六年五月仲澣看過之次推二攷魯魚一以書二其旁一　直躬重識

との魚臣による奥書・識語（識語は朱筆）が記されていて、寛政六年四月二十八日に魚臣が書写し、同年五月中旬と十二月頃に鮒主蔵本を以て校訂を行っていたことが分かる。また、魚臣の書写奥書からは、魚臣の真淵学への傾倒を窺うこともできる。なお、本書は、『長崎県立長崎図書館古典籍目録』（長崎県立長崎図書館、二〇〇八年）および大庭卓也等編「長崎県立長崎図書館所蔵「伊勢宮文庫」目録」（『文献探究』第四十二号、二〇〇四年三月）に所載、魚臣については一戸渉「秋成門下越智魚臣とその周辺」（『上田秋成の時代――上方和学研究――』ぺりかん社、二〇一二年）に詳論が備わる。

寛政七年（一七九五）乙卯　三十二歳

○二月十六日　秋成の『万葉集会説』を書写した

△関西大学総合図書館蔵『万葉集会説』奥書

右師鶉屋秋成大人説也墨付十六葉

于レ時寛政七年乙卯仲春既望写レ之　源鮒主

秋成と鮒主との関係を示す最初期の記述であり、これ以前から鮒主が秋成に師事していたこと証する資料。また、明治大学図書館蔵本には、右の鮒主奥書に加え、「寛政九年丁巳十一月朔写之畢　城戸千楯」との城戸千楯の書写奥書も載り、鮒主と千楯の間にこの頃既に交流があったことも分かる。鮒主と千楯の奥書を有する系統の『万葉集会説』は最も伝本が多く、右掲の関大本および『上田秋成全集』第三巻解題所掲の明治大学図書館蔵本、射和文庫蔵本のほか、名古屋市蓬左文庫蔵本、ノートルダム清心女子大学図書館蔵本、宮崎記念文庫蔵本が管見に入った。蓬左文庫蔵本は、鮒主・千楯奥書に加え、寛政九年十二月三日に書写した旨を記す沢真風の奥書を有す。また、ノートルダム清心女子大学附属図書館蔵本・宮崎記念文庫蔵本には「文化四年丁卯三月写于㆓千楯家㆒借㆓写之㆒」と、都合三種の奥書が載る。なお、『竹柏園蔵書志』（巌松堂書店、一九三九年）「万葉集会説」の項に、射和文庫蔵本に見える奥書のうち、久守を除く三種の奥書が載り、寛政十年の奥書には「殿邑安守」の名が記されている。

○七月七日　宣長へ謝金を送った

△『金銀入帳』寛政七年条

　一、七月七日　八匁　林宗兵衛

『金銀入帳』は宣長の門人たちから寄せられた祝儀や各種認物に対する謝礼金などを記録した帳簿である。寛政六年まで『諸用帳』に記載していたが、当該年から門人からの謝金を記録する帳簿として『金銀入帳』を独立させたため、鮒主からの謝金はこちらに記載されている。

○七月　父路芳の遺編『狂歌俗名所坐知抄』を編刊した

△鮒主凡例

一、故路芳翁、諸国の俗名所を集て、坐知抄全部を草稿せり。俗名所とは古来より歌ニ用ぬ地をいふ也。此類の中に名さへ曲ありて、狂歌趣向の種と成べき所々を抄出す。たとへば、茶臼山・鞠子川などいふ類也。狂歌はおかしきを専とするなれば、雅名所を詠んより証歌ある名所を俗名所ニ対して、こゝに雅名所とさす時に臨みては、此名所珍らしく興あるべし。

一、此書いまだ草のまゝ也。予校合せんことを志すといへども、業繁くして、とみにならず。故に山河海池橋等の類、雅俗ともにあるは、雅名所を集たる書、歌枕秋の寝覚といふに挙たれば、しばらく彼書にゆづりて、今此書には彼書に不載名目の名所のみを抄出せり。全部は増補坐知抄と題して近き程に彫刻すべし。

本書には、鮒主による全十一条に亘る凡例があるが、右掲の冒頭二条によれば、本書は、路芳が和歌によく詠まれた「雅名所」（歌枕）に対し、「俗名所」を集めておいた草稿を、鮒主が校訂して、『歌枕秋《うたまくらあき》の寝覚《ねざめ》』（元禄五年〈一六九二〉刊）に載らぬ地名を抄出したものである由。凡例の前には、得閑斎繁雅による序が置かれ、路芳が長年丹念に書き集めておいた「俗名所」を路産（鮒主）が増補し、そこから抄出して二巻にしたものであるという。同序に「実も初学の為には、渡りの舟、魚の筌なるべし」と述べられるように、本書は、初学者のための狂歌入門書・手引書として編まれたわけである。なお、鮒主凡例にある「増補坐知抄と題して近き程に彫刻すべし」については、白鹿記念酒造博物館笹部さくら資料室蔵本の巻末広告にも、

狂歌俗名所増坐知抄　全未刻

此書は山野海川瀧池橋堤森出湯名水名井等、其外古来より歌道に名目ある地の俗名所迄もらさず集レ之。[注6]

とあって、出版計画があったらしいことは窺えるが、実際に刊行された形跡はない。

○この年頃　秋成の『土佐日記』講義を聴聞したか

後掲（寛政九年の項）する、同じ秋成門人であった越智魚臣書入本『土佐日記抄』（東海大学附属図書館桃園文庫蔵、桃一二一・二三）には、鮒主説の書入が上巻に二箇所、下巻に一箇所、「鮒主云」「フナ主思フニ」として記される。これらの鮒主書入が魚臣書入本に既に書き入れられていたか、鮒主による書写の際に書き入れられたかは不明で、鮒主と秋成に『土佐日記』をめぐる交流があったかどうかは判断できない。書写に際して書き入れたとも考えられるが、秋成の講義に列席していた可能性も否定はできない。更なる資料の発掘が俟たれるが、仮にここに置いた。

○この年　父路芳の遺著『狂歌言葉海』を編刊した

△問屋酒船序

此編は京なる夷曲すき人路芳叟、初心詠歌のためとて、蜆売のかいあつめたる筆のしたゝりつもりて、詞の海

となれるを、其男路産子藁しべの一すぢも鄙ぶりに便あらん事はもらさで、すぐりあげつゝ、心千すぢにあざなひて、一名縄の帯ともよぶものならし。

△同鮒主凡例

一、信海法印、貞柳翁にさとしたまひし譬喩に曰、狂歌は箔の小袖に縄帯したる風体に学べよと云々。箔の小袖とは尋常の歌の優美なる詞なる意也。縄とは音訓交用ふる俗言也。又、戯言なり。（中略）是をよく取合て一首を仕立るをいふ。

本書は、狂歌の作法書・入門書であり、『狂歌俗名所坐知抄』同様、初学者向けに出版されたものである。右掲の問屋酒船の序のほか、仙郷亭棗風序、南部烏髯序、鮒主凡例を備え、刊行の目的や事情なども明瞭に知られる。すなわち、伝統的な歌語を集成した飛鳥井雅親《あすかいまさちか》編『和歌道しるべ』（延宝八年〈一六八〇〉刊）、飛鳥井雅親編・河瀬《かわせ》菅雄《すがお》増補『増補和歌道しるべ』（元禄二年〈一六八九〉刊）河瀬菅雄編『まさな草』（元禄三年〈一六九〇〉刊）、有賀長伯編『初学和歌式』（元禄九年〈一六九六〉刊）、同『和歌浜のまさご』（元禄十年〈一六九七〉刊）、同『和歌八重垣』（元禄十三年〈一七〇〇〉刊）、一条兼良編・北村季吟増補『増補和歌題林抄』（宝永三年〈一七〇六〉刊）の類とは異なり、「俗言・戯言」を路芳斎が集めて「狂歌詞の海」と題し、安永五年（一七七六）十二月十六日に官許されながら刊行に至らなかったものを、息鮒主が父の遺志を継ぎ、初学者のための書として世に広めようとして改編、知友たちに序を乞うて出版したものである。

本書は別名を「縄の帯」というが、これは右掲の鮒主凡例にも引かれるように、豊蔵坊信海《ほうぞうぼうしんかい》から長田貞柳に伝えられ、上方狂歌界の理念として定着していった「箔《はく》の小袖《そで》に縄帯《なわおび》したる姿《すがた》によみ出《いづ》る外《ほか》に別《べつ》の習《なら》ひ候はず」（貞柳『続家津と』[注7]）という言に基づいている。「箔の小袖とは本歌古語、縄帯とは俗諺俳語也」（栗柯亭木端『狂歌真寸鏡《ますかがみ》』[注8]序）とも言われるように、伝統的な雅言と俳言との調和によって一首が仕立てられていることが肝要とされたわけである。

鮒主は、のちに『狂歌弁』（文政六年刊）でも、

　延宝の頃より享保の間に、信海貞柳有て詞を体用共に俗語によみなしたれば、至て鄙俗の徒までもよく耳に入をもて、大に此風儀流行して、宝暦明和の頃よりは、一切歌道を弁ざる輩盛に一家をなして、京師浪花に狂歌の詞宗を称せり。

などと述べ、俗語で固められた狂歌の詠風を批判している。ここでは信海、貞柳も俗語で固めた詠風であると批判対象になっているが、両者が掲げた「箔の小袖に縄帯」の精神は、鮒主の狂歌活動の理念とも共鳴していたと考えてよく、本書を含めた初学者向け入門書の出版活動なども、こうした理念の普及に努めようとする鮒主の強い意志の表われといえるだろう。

　また、狂歌を雅言と俳言を上手く融合させるべしという鮒主の姿勢は、彼の宣長・秋成らへの従学を、このような狂歌活動との関連の中で考えていく必要性も示唆していよう。

寛政八年（一七九六）丙辰　三十三歳

○正月二十六日　宣長へ謝金を送った

△『金銀入帳』寛政八年条

　正月廿六日　一、八匁　林宗兵衛

○五月九日　永久四年百首（堀河院後度百首）の恋雑の題による歌合があった

　寛政六年三月十九日条参照。

○同日　二松庵二世百々万英の十七年忌興行があった

△『二松庵家譜』

寛政八丙辰年二世詞宗万英翁十七回也。戸田水月勧進にて五月九日於二真如堂中覚円院一執行。兼題「洛東五月雨」。此頃は紀筆の役にあづからねば一座の歌不レ記。各懐紙は百々氏へ贈たるなるべし。

○七月十日　宣長へ謝金を送った

△『金銀入帳』寛政八年条

一、《七月十日》八匁　林宗兵衛

●閏七月二日　藤田橋意が六十七歳で没した

△『二松庵家譜』

同九《(ママ)》年丁巳年閏七月二日、越角鹿藤田橋意没。年六十七。

○この年　父路芳の詠草集『狂歌我身の土産』を編刊した

△鮒主跋

月はまんまる、ゆきは白妙なれど、歳々年々人不レ同。亡父路芳斎は味噌うるいとまにも、まめに英翁の教に年月を経て、詞の花のあまみを得て、つねにはらみおけるうたこれかれあなるを、うつせみの命のうちに口あけして友つ人にも見せまほしと思ふこゝろざしありしが、つひにはたさずして、いにし寛政庚戌年いそしまりよつにて、よい辞世よんで死のぞと思ひしになにをいふにも今になつてはといへる歌をこなたにとゞめ、東風はまだふかねど、かなたの岸に船出せしも、ことしなゝとせにめぐれり。いざや亡父のこゝろざしをもつき栗のいがのいたみの歌もて、とぶらひたまひしかた〳〵の心をもなぐさめんとて、筐にのこるはし書とつたへ来し師の君たちの鳥のあとゝをはじめにうつし、山猿のかきあつめたる歌の中より、はつかに百あまりをひろひ、今の二松翁にまたはしがきを乞て、弟路由が手づから梓にかけて、一帖の本意をとげぬ。こをまでかへし見るに、ふたゝびいにしへ人にあふこゝちする物から小北山へはゆかずてなむ。

養老館路産書

（西島孜哉編『近世上方狂歌叢書』第十一巻、和泉書院、一九八八年）

『狂歌我身の土産』は、鮒主の父林路芳の詠草集である。路芳が没したのは既述のように、寛政二年十二月十八日であり、したがって本書は路芳七年忌に合わせて刊行されたと思われる。その成立事情は、鮒主跋によって明らかである。すなわち、路芳が生前詠みためた歌から百余首を撰び、路芳が遺した序（「はし書」。また、麻田倭文の序にも「一睡の酔ざめに筆とりてみづから序跋の文を残せり」とある）と先師貞柳・皓々・万英の遺墨を模刻したものを巻頭に配し、二松庵四世麻田倭文に序を乞い、弟路由（林秋告）から刊行されたものという。鮒主の跋や路芳・倭文の序からは、京の狂歌師たちの交友関係や師系に対する意識などを窺うことができ興味深い。また、路芳が味噌商であったことを証する資料でもある。

本書を以て、鮒主の父路芳顕彰は一段落するが、数度に亘る路芳遺著の出版は、父の顕彰という目的ばかりでなく、父が志向した初学者向けの狂歌書出版という遺志を、鮒主自身も確かに受け継いでいたためであろうことは、寛政七年の項で若干触れた事柄や、この後の鮒主の狂歌活動からも想像に難くない。

寛政九年（一七九七）丁巳　三十四歳

○二月五日　宣長へ謝金を送った

△『金銀入帳』寛政九年条

　二月五日
　一、八匁　林宗兵衛

○八月十日　宣長へ謝金を送った

△『金銀入帳』寛政九年条

一、八匁《八月十日》　林宗兵衛

○八月二十八日　越智魚臣書入本『土佐日記抄』を書写した

△東海大学附属図書館桃園文庫蔵『土佐日記抄』（桃―二二―二三）識語

寛政七年四月十九日卒業越智魚臣記㆓于京南中田廬㆒

同　九年丁巳八月廿八日以㆓魚臣本㆒写㆑之左京高松人　林牟良之卽魚主

右本ノ書入ハ尽ク名ヲアグ則　秋成号鶉居又余斎上田氏浪花ノ人宇万伎門人　蒿蹊号閑田子名資芳伴氏近江ノ人　宇万伎号静舎加藤氏東武之人旗本也岡部氏門人　源詮氏楠山祢僧正京人蒿蹊門人

魚臣及鮒主等也

右の識語は、寛政七年四月以前に秋成の『土佐日記』講義を聴聞していたと思われる越智魚臣の写本によって「林牟良之卽魚主」なる人物が転写した旨を記したものである。この「林牟良之卽魚主」が誰なのかが問題になるところだが、①既述の魚臣と鮒主の関係、②「左京高松人」が鮒主著『狂歌弁』自序の「左京高松なる林鮒主しるす」と共通していること、③「牟良之」が「むらじ（連）」と訓め、「卽魚」が「鯽」（鮒と同義）を分解したものであることなどから、鮒主と判断してよい。

○この年以前　秋成抜粋本『田安亜槐御歌』を入手した

△名古屋市蓬左文庫蔵『田安亜槐御歌』沢真風奥書

此写文は、林の鮒主より見せしを、金槐集のは板本に校合し、たゞ、亜槐卿のみ書写しぬ。尤本紙は墨附三十葉計也けり。沢真風

『田安亜槐御歌』は、田安宗武の家集『天降言』から、秋成が三十七首を抜き出した抜粋本を沢真風が写した転写本である。秋成の本奥書には、

此間につばらに金槐集の抜粋と、これの亜槐卿の歌との後の世ながら、上つ代のすがたに自然おもほえぬるよ

し、くさ〴〵書しるしける。また其後に歌、

宇治川のそこのこつみとながれてもその根はくちぬ瀬々のあじろぎ

阮秋成記

とあって、秋成が実朝と宗武を万葉調歌人として尊重していたことが窺える。秋成は真淵評注本系統の『金槐和歌集』から一七五首を抜粋した『金槐和歌集抜萃』をものしており、実朝と宗武の家集からの抜粋活動は、真淵流に属する和学者としての意識のしからしめるところであったろう。

本書は『万葉集会説』と合写されており、その奥書に、

これの会説といふ書、秋成の説のよし、千楯よりかり得て寛政九年丁巳十二月三日沢真風写おく（本紙十六葉なれり。墨附十一葉なす）

沢真風

とあることから、合写された本書の書写も寛政九年頃と思われ、従って鮒主が秋成から『田安亜槐御歌』を見せられたのはそれ以前と推定できる。

伝本は鮒主の手に渡った本書のほか、同じ秋成門人であった越智魚臣写本（近衛典子氏蔵）があり、秋成による宗武歌の抜粋・書写活動は数度に亘るものであった。抜粋本が鮒主・魚臣・真風といった、古学に関心を寄せる人々に享受されていることは、当時の京における真淵学の浸透を考えるうえで注意される。なお、鮒主自身の写本は伝わっていない。

本書については第一部第二章を参照されたい。また、秋成抜粋本『天降言』については、近衛典子「秋成と江戸歌壇――『天降言』秋成抜粋本をめぐって――（付、翻刻と解題）」（『上田秋成新考――くせ者の文学――』、ぺりかん社、二〇一六年）に紹介が備わる。

寛政十年（一七九八）戊午　三十五歳

●正月七日　池田啼烏が二十九歳で没した

△『二松庵家譜』

同十年戊午正月七日同国池田啼烏没。年廿九。

○正月十七日　宣長へ認物に対する謝金を送った

△『金銀入帳』寛政十年条

一《正月十七日》、銀壹両計　林宗兵衛認礼

○正月某日　『玉勝間』第三篇刊行について宣長との贈答があった

△鮒主宛宣長書簡（寛政十年正月某日付）

別啓

尚々、銀一包御贈恵、被レ入二御念一候御義、忝致二受納一候。

一、旧冬玉《第三篇》かつま之儀申進候処、御承知ニ而出板可レ被レ成由、夫ニ付右書上木之儀、第一篇第二篇之通彫刻致し、出来上り候上、板本仕立等も第一第二篇ト違不レ申様、後々迄本仕立麁末ニ成不レ申様、最初之通ニ仕立、第一二篇トそろひ申候様ニ仕立候よう、且又彫刻之儀随分念ヲ入、板木師方ニ而手抜キ致し彫り悪所無レ之様、呉々御念を可レ被レ入候。是迄色々上木致候所、とかく書林并板木師方ニ而手抜キ有レ之、彫刻不レ宜候ニこり申候事多々御座候ニ付、別而入レ念申進候也。貴君へ御相対申候事ニ御座候へバ、御如在ハ有レ之間敷候へ共、尚又随分御念被レ入可レ被レ下候。右之通愈御承知ニ御座候ハバ、御返事次第板下さしのぼせ可レ申候。第三刻全部三冊ニ而、丁数大抵（ママ）第一第二篇之位ニ御座候。尚又追々第四刻第五刻も出し可レ申存念ニ御座候。

（筑摩書房版『本居宣長全集』第十七巻四〇六～四〇七頁）

右の書簡は、宣長が『玉勝間』第三篇（巻七～九、寛政十一年刊）の出版について鮒主に宛てたものである。宣長は『玉勝間』第三篇を刊行するにあたって、第一篇と第二篇の版元であった伊勢松坂日野町の書肆柏屋兵助から、版元を鮒主に変更した。その理由については、宣長自筆の『著述書上木之覚』に記された柏屋兵助による『玉勝間』巻二・巻三の板下紛失や、柏屋が『玉勝間』の出版から手を引いた可能性等が指摘されるが確証を得ない。ともあれ、右の書簡では、鮒主に「貴君へ御相対申候事ニ御座候へバ、御如在ハ有レ之間敷候」と信頼を寄せつつも、板木師による手抜きや本の粗末な仕立てを誡めている。なお、本書簡は別啓のため日付を欠くが、『宣長全集』の注が指摘するように、尚々書の「銀一包御贈恵」が、前掲（正月十七日）の謝礼金を指していると思われ、それと程遠くない時期の書簡であろうと推定できるため、ここに記す。

●二月十七日　中瀬里夕が四十八歳で没した

△『二松庵家譜』

同年二月十七日、中瀬里夕没。年四十八。

○三月二十三日　『玉勝間』第三篇刊行についての宣長との贈答および詠歌の添削があった

△鮒主宛宣長書簡（寛政十年三月二十三日付）

本月四日之御状相届、致二拝見一候。愈御安全之旨致二珍重一候。愚老無事罷在候、乍二慮外一御安念可レ被レ下候。然バ玉かつま上木之儀、先達而申進候処、此度御返事之趣致二承知一候。官庭并書林仲間差支之儀は、兼々此方ニ而も存知居申候儀、無二是非一候へ共、此度御紙面之趣、右書上木之儀、格別御望ニも無二御座一哉之様ニ相聞え申候。若格別御望之筋ニも無二御座一候ハバ、少しも無二御遠慮一其段御申越可レ被レ下候。何分今一往御返答之上、いかやう共致可レ申候。

一、御疑問御詠草御答申候。先は右得二貴意一度、如レ此候。尚期二後信一、草々、恐惶謹言。

（筑摩書房版『本居宣長全集』第十七巻四一三頁）

前掲の正月某日の書簡を送ったのち、鮒主からの返書が三月四日になって届き、出版意欲の不足が窺える鮒主に対して再度出版に対する意向を確かめたのである。また、一つ書きからは、宣長に学問に関する質問をするとともに、和歌の添削を乞うていることが分かる。前掲（寛政六年）の書簡からも宣長に添削を依頼していたことが窺え、宣長への添削は数度に亘っていたのであろう。

○四月十二日　『玉勝間』第三篇の版下が届いた

△『著述書上木之覚』

　七ノ巻　四十五丁

　　卯十一月板下出来

　　午ノ四月十二日京　林宗兵衛へ遣ス

（筑摩書房版『本居宣長全集』二十巻三七五頁）

右の記事は巻七についてのものであるが、巻八・巻九についても「午ノ四月十二日　同所へ遣ス」とあり、従って前年十一月に完成した巻七とともに、第三篇の板下を全て鮒主を送ったことが分かる。なお、以下『著述書上木之覚』の引用は同書に拠る。

○八月四日　宣長へ謝金を送った

△『金銀入帳』寛政十年条

　一、八月四日 銀三匁　林宗兵衛

寛政十一年（一七九九）己未　三十六歳

○三月三十日　宣長へ謝金を送った

△『金銀入帳』寛政十一年条

　三月卅日　一、銀　林宗兵衛

○三月某日　『玉勝間』巻八・九の初校が届いた

△『著述書上木之覚』

　未ノ三月　一番校済遣ス　（巻八・九）

　右の記事は、『玉勝間』巻八・九についての記事であるが、なぜか巻七については記されず、巻七の初校は、巻八・九の二校と同日の四月三十日に届いている。巻七の記事の誤脱も疑われるところだが、記述通りに解するならば、宣長は巻七のみ二校までしか行っていないことになる。

○四月三十日　『玉勝間』第三篇の袋・外題、巻七の初校、巻八・九の二校が届いた

△『著述書上木之覚』

　未ノ四月卅日　一番校合済遣ス　（巻七）

　同四月卅日　二番校済遣ス　（巻八）

　同四月卅日　二番校済遣ス　袋外題同日遣ス　（巻九）

○五月二十二日以前　植松有信《うえまつありのぶ》の訪問を受けた

△植松有信宛宣長書簡（寛政十一年六月七日）

　五月廿二日京都より御出し之両通御状相達、致二拝見一候、定而御無難御帰国被レ成候□（半）と奉レ察候、此元無事罷在候、乍二慮外一御安念可レ被レ下候。

一、河南儀兵衛へも御出、御頼申進候通御伝達被レ下候由、且又菱屋宗兵衛方并玉かつま板木師方へも御出被レ下、御伝達被レ下候由、御世話忝奉レ存候。

（筑摩書房版『本居宣長全集』第十七巻四五九頁）

書面より、宣長のもとに届いた五月二十二日付の有信書簡に対する返書であることは明らかである。植松有信は名古屋の板木師。上洛の折に、「菱屋宗兵衛」（鮒主）と鮒主が進めていた『玉勝間』第三篇の板木師のもとへ立ち寄っているが、目的は『玉勝間』出板についての宣長の依頼を伝えるためであった。なお、書簡の年時については、同書簡に荒木田久老の『日本紀歌解槻乃落葉』（七月成）『竹取翁歌解』（八月刊）についての記事が見え、それらの成立・刊行の二・三ヶ月前に当たることから、完成間近の由を久老から語られ、それを宣長に報じたものとして、寛政十一年の書簡であるとする伊藤正雄の見解に従う。注[9]

○五月二十六日　『玉勝間』巻七の二校、巻八・九の三校が届いた

△『著述書上木之覚』

同五月廿六日　二番校済遣ス　（巻七）

同五月廿六日　三番校済遣ス　（巻八・九）

○九月一日　『玉勝間』第三篇を出版し、宣長へ送った

△『著述書上木之覚』

同九月朔日　板本来ル

●十一月二日　南部烏髯が七十一歳で没した

△『二松庵家譜』

寛政十一年《（ママ）》己未年十一月二日、南部烏髯翁没。年七十一。此翁医業にして一奇人也。禅機有。狂歌もまた一体有て他に異也。

○この年か　秋成の『万葉集』講義を聴聞していた

△国文学研究資料館蔵『万葉集』巻一表紙貼紙

此巻書入　紫墨　師鶉屋秋成大人説
朱墨　円珠庵契沖密師説　万葉代匠記三十巻有
緑墨　拾穂軒季吟説　万葉拾穂抄三十巻有
藍墨　荒木田久老神主講説

本書には識語などが一切なく、誰の書入にかかるものか、一見しただけでは判断しがたい。だが、表紙貼紙の「師鶉屋秋成大人」という呼称が、鮒主が秋成を称する際の「吾先師鶉居翁」（『海道狂歌合』序[注10]）や「師鶉屋秋成大人説」（関西大学総合図書館蔵『万葉集会説』）などと酷似していること、また本書の巻五・九丁表にある貼紙に「鮒主愚案ニフト考ルニ」との謙辞が見えることなどから、鮒主による書入と判断してよい。時期は次項の久老講義聴聞時期との関係より寛政十一年か、それ以前と判断できるため、ここに記した。

なお、巻一表紙貼紙によれば、巻一には秋成・契沖・季吟・久老説を色分けして書き入れたというが、巻一の書入を検証していくと、確かに欄上などに数色の墨で多くの書入がなされているものの、緑墨・藍墨による書入は一つも見出すことが出来ない。加えて、秋成説であるはずの紫墨で真淵説が書き入れられていたり、「或云、ナカ弭ハ長ハズナリ。末弭《ウラハズ》ヲ云。末ハズハ長ク造モノ也」と、書入筆者自身の解釈とおぼしき書入がなされているなど、貼紙の色分けと書入内容に齟齬が生じている。一方で、巻四からは貼紙に記される四色全ての書入が見出せることに加え、各色の書入が各人の著書の見解と符合するなど、右の貼紙は本来巻四に貼られているべきものであることが窺える。従って、紫墨の書入で秋成説と認めうるものは巻四の書入ということになる。なお、詳細は第一部第一章を参照されたい。

○この年　上洛中の荒木田久老の『万葉集』講義を聴聞した

荒木田久老は寛政十一年から享和元年まで上洛し、京坂を往来しつつ、門人たちへの講義や師真淵の遺著および自著の出板を行うなど、和学活動に勤しんでいたことが確認できる。前項に引用した国文学研究資料館蔵『万葉集』の巻一表紙貼紙には、「藍墨　荒木田久老神主講説」とあって、鮒主が久老の講義を聴聞していたことが窺える。その時期については、第三部第二章で触れたため併せ参照されたいが、国文研本に秋成説に対すると思われる久老説が書き入れられていること、同書に書き入れられた秋成説を自著の『万葉考槻乃落葉四之巻解』に活かしていることが確認できることなどから、万葉講義→『四之巻解』の順であることは疑いなく、「万葉考槻乃落葉解　終　寛政十一年己未年十一月於浪華旅寓畢　久老」という『四之巻解』奥書によって、上洛した寛政十一年の講義であると判断できる。

寛政十二年（一八〇〇）庚申　三十七歳

○二月十七日　宣長へ謝金を送った

△『金銀入帳』寛政十二年条

二月十七日
一、銀　林宗兵衛

○四月三日　この日以前、『竹取物語』の古写本を蔵していた

△高山市郷土館蔵『竹取物語』（物語部・二六）識語

右の朱書は安永二年に武村美伎といふ人の普通板本又一古写本も心して校合せしもの也。

亦墨書は城戸千楯ぬしが所持本をもて校合せし物也。その本は林鮒主の蔵本の古写本・上田百樹が所蔵の安永中に平信之校合本・また抄本・抄本のイ本等也。

寛政十二年夏四月九日　佐野春樹記之
寛政十二年夏四月三日夜灯下一閲畢
古林氏所蔵古写本　校上田氏所蔵校合本
抄抄　抄イ同ジ
今普通　又板本トモ
（国文学研究資料館紙焼写真E二九七五）

本書には、右の識語に続いて、藤原秀雄が所蔵していた佐野春樹校合本を以て書写した旨を記す享和二年（一八〇二）四月十三日の御薗常言奥書と、文化七年（一八一〇）正月二十日に良賢法印（大秀門人）と寛文三年版本を読み合せて、朱で書入を施した田中大秀《おおひで》の識語が記される。

数種の奥書・識語からも分かるとおり、やや複雑な経緯で成立した本書だが、その書写者の常言が拠った原本である佐野春樹校合本において、春樹が校合に用いた一本が城戸千楯の校合本であった。千楯は寛政九年に宣長に入門した京の鈴門の一人であり、遅くとも同年には鮒主とも相識となっている。その千楯と鮒主には書物の貸借が頻繁にあったと思われ、本書からも鮒主蔵本によって千楯が校合をしていたことが分かる。

享和元年（一八〇一）辛酉　三十八歳

○正月某日　『狂歌組題簽』を刊行した

△凡例
凡物ヲ連観スルニハ連歌ノ式ノ如ク、物毎ニ去嫌ノ心モチ有ベシ。初心ニテ題数十首ヲ組ニ、人倫ノミ多ク成、或ハ植物ノミ多ク成ナドシテカタヨル物ナレバ、此書ハ其便ヨカラン為ニ著セリ。（中略）

于レ時

寛政十二年庚申三月　養老館路産記

△刊記

寛政十三年辛酉正月開板　養老館蔵板

発行書林京新町通三条上ル二町目　林安五郎

本書は、『狂歌俗名所坐知抄』（白鹿記念酒造博物館蔵本（うた七七・七八））の巻末広告に、

狂歌組題筌　両面摺折本　全一冊

此書は四季・恋・雑・天象・地義・居所・人倫・諸芸・器財・衣服・食品・生類・植物等部類を分かち、名目を挙げ、凡例に題の組やうを委しく記し、初学此一紙より様々応変して題数十を組に便よからしむ。

と載るものに相当するが、伝本は架蔵本以外管見に入らない。凡例によれば、初心の者が題を組もうとすると人倫や植物などに偏りがちになることを憂い、組題の便りにしようとして著わしたものであるという。前述したように、二松庵一門は堀河百首題や永久百首題をはじめとする組題によって習作・稽古を行っていたようであり、父の遺草集『狂歌我身の土産』にも組題による狂歌が多い。注〔11〕本書の出版もそういった活動の一環として、限られた範囲の人々に向けて、出版されたものと思われる。

○春　宣長へ謝金を贈った

△『金銀入帳』享和元年条

一、銀　林宗兵衛

○四月一日　上洛中の宣長を訪問した

△『享和元年上京日記』四月条

朔日　晴天
新町錦小路上ル丁七里次郎吉　入来
林宗兵衛　入来
金子専左衛門　入来
河南儀兵衛　入来

（筑摩書房版『本居宣長全集』第十六巻六四三頁）

△石塚龍麿『鈴屋大人都日記』（享和元年成）上巻

四月朔日朝とく城戸、粕淵などきたりてとかくす。千楯、

都人ひとへにかよへいにしへのうつり香ふかきころもとめて

とよみて奉る。つゝがなくておはしつき給ひたる事を松坂に御ふみかき給ふほど、七里蕃民、林宗兵衛、金子義篤、河南某などとぶらひ来て、めづらしくものぼらせたまひける事かな。こゝにも人々待きこえ侍れば、いかでひさしくとゞまり給はなむ、雑事ども侍らばうけ給はり侍らむなどきこえて、酒さかな菓子などまゐらせたり。

（筑摩書房版『本居宣長全集』別巻三、一一九頁）

享和元年に上洛した宣長を迎えた人物の一人が鮒主であったが、この上洛に同行した石塚龍麿が著わした『鈴屋大人都日記』からは、土産を持参して宣長のもとを訪れた京の和学者たちとの交流のさまが窺える。

○この年以前　朝廷に鮒主の商品が召され、宣長から祝歌を賜わった

△『石上稿』巻十七

林鮒主が家のなりはひの物を、雲のうへまでめされて、たまものなど有けるよし聞て、ことぶきてよみて

つかはす
雲ゐまで聞えし家の風の音は千世につたへて絶じとぞ思ふ
（筑摩書房版『本居宣長全集』第十五巻四八六頁）

鮒主の「家のなりはひの物」が朝廷に召され、褒美を賜ったことに対する宣長の祝歌が記されており、宣長の鮒主に対する親しみが偲ばれる一齣といえるだろう。

ところで、この「家のなりはひの物」とは何であったのだろうか。『狂歌我身の土産』の鮒主跋文には「亡父路芳斎は味噌うるいとまにも云々」という言があることから、父路芳が味噌商を営んでいたことが知られる。同時代資料による確証はないものの、鮒主も味噌商であったと言われていて（『狂歌人名辞書』、広田書店、一九二八年）、この「なりはひの物」も味噌を指していると考えてよいのではないか。

他方、鮒主の家業については、後述するように、秋成によって「ふん屋」（大東急記念文庫蔵『西帰』）すなわち書肆であると記されていた。また、鈴木淳・岡中正行・中村一基『本居宣長と鈴屋社中――『授業門人姓名録』の総合的研究――』（錦正社、一九八四年）も鮒主が斯文堂と号する書肆であったとの可能性に触れている（五六八頁）。しかし、日本書誌学大系七十六『改訂増補近世書林板元総覧』（青裳堂書店、一九九八年）を参照するならば、確かに「林宗兵衛　斯文堂」という記載はあるものの、姓は「中川氏」、住所も「京高倉通二條上ル↓二條通御幸町西入北側」とあって、鮒主の居所とは異なる。また「林宗兵衛」が刊行した書を調査した結果、医学書の出版を専らとする書肆であり、何より鮒主が生まれる以前の宝暦年間からの活動が確認できるなど、「林宗兵衛　斯文堂」は鮒主とは別人である可能性が高い。

したがって筆者は、ここでの「ふん屋」を、弟秋告と協力して行っていたらしいことからの謂いであると考えたい。『狂歌我身の土産』の跋文で鮒主が「弟路由が手づから梓にかけて、一帖の本意をとげぬ」と記していることから、秋告が書肆であったことは動かない。一方、友人越智魚臣が「吾友明田鮒主《アケタノフナヌシ》は、古筆の鑑定に長ぜる人也」（『やいかま』）と記すように、鮒主が古書に精通していたことは確かであって、『玉勝間』第三篇の出版経緯に象徴されるように、鮒主が書肆としての実務を行っていたと思われる弟への助力を惜しまなかったことも窺える。「林安五郎」は、秋告が没した後も経営を続けていて、代替わりがあった可能性を残すものの、現在確認できる刊行書の下限は文政六年であり、鮒主が経営を引き継いだのかも知れない。つまり書肆「林安五郎」は、あくまでも店号として理解すべきで、その実態は鮒主と秋告による共同経営に近いものだったのではないだろうか。

●十一月五日　本居宣長が没した

享和二年（一八〇二）壬戌　三十九歳

○五月二十日　橋本経亮所蔵の真淵紀行『西帰』を書写した

△国立国会図書館蔵『西帰』（W一一九―三五）奥書

こはかもまぶち大人の
大君のむさしの遠のみかどより、ふるさととほつあふみの岡部といふ処にかへれる道ゆきなり也。橋の経亮大人がもたる翁自筆の本もて享和二年五月廿日に写し畢ぬ。その本は外題に西帰とありて、料紙は隅に嵩山房と記して片ひらに十行ある板刻の罫紙也。畢に名も有たるを、いかなる故にか切て取たりと見えたり。

林連鮒主書

本書を鮒主のもとへ携え来たったのは「橋の経亮」（橋本経亮）であり、彼が所持していた真淵自筆本とされる一本によって五月二十日に鮒主が書写したのが本書である。鮒主奥書によると、鮒主が臨模した祖本である経亮蔵本は、外題に「西帰」とあり、料紙の端に「嵩山房」と記してある半葉十行の罫紙であるという（本書が大東急記念文庫蔵本に該当することは後述する)。なお、本来『西帰』は真淵が遊学していた京から故郷浜松へ帰る折の紀行文であるが、本書は外題が「西帰」となっているものの、内容は「東帰」に符合しており、混乱が生じている。

真淵の紀行は後代盛んに書写され、和学者らしい学問的な紀行文のスタイルが後の紀行文に影響を与えものと思われる。本書はその真淵紀行が県門和学に関心を寄せる人々によって書写されていることを示すものであり、真淵学の広がりを示す一例といえよう。

橋本経亮は本姓橘。宝暦九年(一七五九)二月三日生、文化二年(一八〇五)六月十日没。四十七歳。号梅窓、橘窓、香果等。梅宮大社正禰宜にして非蔵人でもあった。和学を秋成、久老に、有職故実を高橋図南《となん》に、和歌を小沢蘆庵に学んだ。主著に『橘窓自語』(享和元年以降成)、『万葉和歌集校異』(文化二年刊)など。経亮については、羽倉敬尚「故実家橋本経亮」(鈴木淳編『近世学芸論考――羽倉敬尚論文集――』明治書院、一九九二年)、木村仙秀「橋本経亮の家系と日記」(日本書誌学大系三十一『木村仙秀集』七、青裳堂書店、一九八五年)、一戸渉「橋本経亮の蒐集活動」(『上田秋成の時代――上方和学研究――』、ぺりかん社、二〇一二年)などに詳しい。

○十一月二十二日　二松庵三世永井清楽が八十一歳で没した

△『二松庵家譜』

享和二壬戌年十一月廿二日、三世詞宗永井清楽翁没。年八十一。

○十一月下旬　秋成を訪い『西帰』識語の鑑定を依頼した

△國學院大學図書館蔵『西帰』奥書(貴重図書四三五二)

享和二年霜月廿日あまり、ふん屋明田か、加茂の翁のみづからかいしるされし草本なりと云、見あきらめてかいくはへてよと、乞来る。見れば、あらで、師が写とゞめられしなりと云事を、彼巻の末にかいつけてあたへぬ。是はこゝにしばしとゞまりてあるほどに、うつせし也。いと長ゝしき事を、たゞ問に、五日がほどにいとあはたゞしかりしかば、筆はあさましう立よろぼひてなん。

六十九翁無腸書

△大東急記念文庫蔵『西帰』

加茂のあがたぬしの翁が、故さとにまかり申せし道くさのふみなり。ふん屋明田の何がしがさゝげ来て、是ぞ翁の筆也と人云。見あきらめて、しかるよし書くはへてよと云。よく見れば、あらで、我しづ屋ぬしの家に写とゞめられしなり。都に在てむなしくならせし時、枕にやありけんを、誰とりかくして、かく世には散よろぼひけん。むかしおもほえて、涙おとさるゝなへに、よみかへしつゝ見るに、所々たがへりと思ゆるがあるは、おほやけのいとまぬすみて、いとあはたゞしかりけん、おもほゆ。そを今かたはらにしるしつけぬ。猶人よく見かうがへよかし。藤原宇万伎、静舎は、すむ家のよび名なりき。

享和二年しはすのはじめかいしるしぬ

上田秋成（花押）

（中央公論社版『上田秋成全集』第十一巻二八四頁）

鮒主が前述の『西帰』を携えて、和学の師であった秋成のもとを訪れたのは十一月二十日過ぎであった。五月に経亮から真淵自筆本として見せられた『西帰』は、外題に「西帰」とあり、料紙の端に「嵩山房」と記してある半葉十行の罫紙であったというが、大東急本はその記述とことごとく合致しており、経亮が鮒主に提示した経亮蔵本そのものに相違ない。五月に書写した鮒主は、借りたままになっていた経亮蔵本（＝大東急本）を秋成のもとに持参し、鑑定識語を依頼したのであった。

経亮蔵本を鑑定した秋成は、該書が真淵自筆本ではなく、加藤宇万伎の写本であると鑑定し、その旨を含んだ識語を十二月初旬書き付けたわけである。と同時に、秋成は自身も経亮蔵本によって『西帰』を書写し、手元に置いたのであった。詳細は前章を参照されたい。

享和三年（一八〇三）癸亥　四十歳

●七月六日　細辻舎風が六十九歳で没した

△『二松庵家譜』

同（享和―筆者注）三癸亥年七月六日、細辻舎風没。年六十九。

文化元年（一八〇四）甲子　四十一歳

○六月二日　百々万英の二十五年忌追善が行われた

△『二松庵家譜』

文化元甲子年万英翁廿五回追福会、六月二日引上、於二真如堂覚円院一執行有。路産興行、兼題。法華経五百弟子授紀品之中示以所繋珠乃文也。倭文詞宗共に廿人一座歌悉伝はりて有。懐紙は百々氏に贈。

文化二年（一八〇五）乙丑　四十二歳

●六月十日　橋本経亮が没した

○八月十二日　橋本経亮旧蔵の『延年舞記』を書写した

△法政大学能楽研究所蔵『延年舞記』奥書（一七四―関三）

右延年之曲三種者以二香菓橋本氏本一写レ之畢

文化二年乙丑八月十二日　左京高松　源朝臣鮒主

鮒主写本『延年舞記』は、「興福寺延年舞式」「延年連事」「二荒山延年舞之図」という三種の合綴であり、いずれにも経亮の本奥書が残る。右の奥書に加えて、「興福寺延年舞式」には、「右以二経亮大人本一写レ之／文化二年丑八月十二日　宰相花人／鮒（花押）」とあって、八月十二日に三種とも書写したことが知られる。ただし、経亮は同年六月十日に没しているため、この書写は経亮没後になる。既に述べたように、鮒主と経亮には生前から交流があったわけであり、本書の書写からは、死後鮒主が経亮蒐集本や写本の模写に努めていた可能性を示すものであり、鮒主の活動や有職故実への関心を窺ううえで、興味深い資料であるといえよう。

文化四年（一八〇七）丁卯　四十四歳

○九月十七日　桂荘紫が六十余歳で没した

△『二松庵家譜』

同四丁卯年九月十七日、大津駅桂荘紫没。年六十余。殊に好たる人也。

○この年以降『狂歌春の光』刊（**鮒主一首入集**）

△『狂歌春の光』（刊年不明、二ウ）

夜学せし雪の消るは惜からじまどの梅がえ火をも灯せば　路産

（西島孜哉・光井文華・羽生紀子編『近世上方狂歌叢書』二十三、和泉書院、一九九六年）

『狂歌春の光』は、得閑斎繁雅の撰にかかるが、その繁雅の序文には、「おのが門辺のこと草おんみならむは珍しげなき物から、をちこちの友がきのをも梅がゝさそふ風の便にもとめつれば、柳の糸の打靡きて贈りたまふめるに（下略）」とあって、門派にこだわらず、幅広く集歌したものであるという。鮒主詠が載るのは、繁雅が鮒主編『狂歌俗名所坐知抄』（前述）に序を寄せているように、両者が相識であったことによるものに相違ない。

なお、刊記が備わらないため、正確な刊年は未詳ながら、西島孜哉は、先述した本書の集歌方針が、繁雅門の狂歌師文屋茂喬《ぶんやのしげたか》が文化七年から同十年にかけて刊行した『狂歌手毎《てごと》の花《はな》』（後述）と共通すること、その『手毎の花』で繁雅が茂喬に協調の意を示した歌を詠んでいること、文化七年には死没が確認される麦里坊貞也《ばくりぼうていや》の狂歌が『春の光』の巻頭に配されていることなどを以て、文化四年から同七年の間であろうと推定している。いまこの見解に従ったうえで、仮に文化四年の項に置いた。

文化五年（一八〇八）戊辰　四十五歳

●六月八日　脇坂花影が五世二松庵を継いだ

△『二松庵家譜』

文化五戊辰年倭文詞宗十とせあまり七とせばかりに成て倦にけん、詞宗を譲らんことを人々にはからるれども、さるべきかと有人もなし。脇坂花影翁が年の老たるまゝにすゝめて請させぬ。倭文詞宗よりかくなんよミて贈らる。

千世も猶軒の松風声そへて身はこがくれの蝉のぬけがら

しか有て同じ年の六月八日、花影叟五世の詞宗と成て七月朔日賀祝の会有。其題、社頭松。一座歌彼家に有べし。

○七月某日　永井清楽七年忌の追善があった

△『二松庵家譜』

同月清楽詞宗七回忌追福歌興行有。題、池中蓮、山路蝉二首也。歌不レ伝。此叟世の□(ママ)もしといひてさらに行ふ事なし。

文化六年（一八〇九）己巳　四十六歳

●六月二十三日　上田秋成が没した

文化七年（一八一〇）庚午　四十七歳

○十一月『狂歌手毎の花』初編刊（鮒主十一首入集）

△『狂歌手毎の花』（四ウ）

　角に枝うへも生たりなゝへ花八重はなさくとはやさるゝ身は

宰相花波臣

『狂歌手毎の花』は、京の狂歌師にして書肆でもあった吉田屋新兵衛《よしだやしんべえ》（文屋茂喬）の編輯にかかるが、従来の狂歌集がそれぞれの一門の中心人物によって撰ばれた撰集であったことと大きく異なり、全国各地の狂歌作者に投歌を募り、投歌順に排列するという形式を採っている。その序文に言う。

　言魂の幸ふ御国の花ぞ盛りなりける。されどめでたき花も遠きは霞にくゞもり、近きは垣ほにかくろひて尋ねえずなりぬるもあらむことををしみて、おのれが知るかぎりのもとに、その好み給へる言葉の花の手ぶり一枝をこひしに、八重にひとへに色ごとにかぐわしきを手毎に折てめぐみたびしが（下略）

茂喬は全国的に狂歌が盛んになっているにもかかわらず、それらの存在が埋もれてしまうことを惜しんで投歌を募り、本書を成したのであり、こういった茂喬の態度を西島孜哉は「狂歌の閉鎖的なあり方を革新し、広く大衆の手に開放しようとするものであった」と評している。注[12] 本書は、予想以上の集歌があったらしく五編まで刊行された（ただし、五編の刊行は天保五年〈一八三四〉正月で、版元は本城小兵衛〈守棟〉）。

なお、鮒主の号の一つである「宰相花波臣」は管見の限り本書が最も早く、以後これまで使用していた「路産」

の使用は見られなくなる。鮒主は文化四年以降改号したものと思われるが、その詳細な時期は不明。

文化九年（一八一二）壬申　四十九歳

○正月十五日　麻田倭文が六十四歳で没した

△『二松庵家譜』

文化九壬申正月十五日、四世詞宗麻田倭文翁没。年六十四。此翁二松庵を辞して後蕃織殿と号。此号を角鹿柿谷半月に譲らる。

○二月　秋成の『海道狂歌合』序文を執筆した

△『海道狂歌合』鮒主序

から国に狂とたゝふるは、ざえの尋常にこえたて、またひとかどあるをいへり。いにしへ狂歌といへるは、みやびたる局を離れて、思ふさまの詞もて言ひつらぬれど、必ずひとかどあるをいへり。今の世には戯れたるさがなごとをむねとして、まめなる処にても詞なめげにいふを狂歌とは思へり。箔の衣に縄の帯せし姿ならんどいふ教をうけて、こよなきことに思へるは、朽ちたる板もて宝とたふとめるたぐひぞかし。そも吾先師鶉居翁のよみおける此海道狂歌合は、心に詞に狂を含めて、姿は槻の木いや高らに、歌のしらべをぞなべていそのかみ古きによれり。眼高からんは師のかく局を離れて、ざえの晒れたるが、玉川の手づくりよりも白きを見よ。ふつに直人に及ぶべききはにはあらじかし。されど子のおのが色に似ぬを憎める猳のともがら、此書を見なば、こは歌の腐たるなり、かゝる歌を狂歌といへるは、物に狂へりとやいはん。吾はまたしか云ふものどもを物ぐるひとせん。さらばかたみにそのけぢめわきがたからんか。只いにしへによれるをもて、われは狂はぬよすがとぞすなる。おのれ力なければ、師の薪を荷ふこと能はねど、はじめにこのことをしるして、後栗の林に入らん若うどのしをりとするになん。

文化壬申きさらぎ　菱の屋鮒主いふ

『海道狂歌合』は、夙に藤井乙男『秋成遺文』所収の「稿本海道狂歌合序」および「同跋」によって、文化二年、秋成七十二歳の成稿であることが知られており、また浅野三平によって、ニューヨーク・パブリック・ライブラリーに寄託されているスペンサーコレクション蔵『海道狂歌合図巻』が「文化三年春」の識語を有し、京の画家で四条派の始祖呉春《ごしゅん》（松村月渓《げっけい》）との合作であることが報告されている。注[13] したがって、秋成が文化二・三年に、巻子本や絵巻として既に『海道狂歌合』を浄書していたのであり、その出版計画も秋成生前の文化五年頃には既にあったことが、宗政五十緒・若林正治編『近世京都出版資料』（日本古書通信社、一九六五年）所収「板行御赦免書目」の「文化五辰年分」の、

一、海道狂歌合　未刻　作者無腸　二冊

という記事から知られる。秋成に生前出版の意向があったことは、後に画譜のみを『南岳文鳳街道双画《かいどうそうが》』と改題して再版する際に附した序文に、秋成が生前に京の画師渡辺南岳《なんがく》・河村文鳳に海道往来の絵を書かせ、自作の狂歌に添えて二巻に仕立て、吉田屋新兵衛にその出版を依頼していた、とあることからも窺えよう。

ただし、本書が実際に刊行されたのは秋成が没して二年後の文化八年であった。編集・出版の任に当たったのは、既述のとおり版元吉田屋新兵衛（文屋茂喬）であったと考えられ、鷲山樹心『海道狂歌合』（和泉書院影印叢刊二十四、和泉書院、一九八一年）の解説が言及する鮒主の関与は案外少なかったのではないか。もし鮒主が編集の中心にいたとするならば、やはり版元は安五郎となっているであろうし、何より右の鮒主序が文化九年二月のものであり、鮒主序を有する本は、鮒主序を持たない版本の後修本と思われるためである。恐らく茂喬は、初印本刊行後に、秋成門人であった鮒主に配慮をし、序を乞うて再版したのであろう。両版面を比較すると、初印本には見られない匡郭

の欠損が見受けられることもその証左となる。

では、鮒主は秋成の狂歌をどのように受け止めていたのか。その一端は右の序文から窺うことができる。『論語』子路篇「必也狂狷乎、狂者進取、狷者有レ所レ不レ為也」などに見える「狂」（＝進取の精神に富み、志が大きく、ひときわすぐれていること）を踏まえ、本邦の古き世の狂歌を讃えつつ、現今流行の狂歌の姿を批判したうえで、秋成の狂歌の品格の高さと古き狂歌の姿・心を湛えている点を指摘し、本書が後進の師表として流布することを企図しているのである。「栗の林」は『井蛙抄《せいあしょう》』巻六「雑談」所収の源有房《ありふさ》が伝える後鳥羽院時代の逸話に、

後鳥羽院御時、柿本栗本とておかる。柿本はよのつねの歌、是を有心と名づく。栗本は狂歌、これを無心といふ。

とあって、和歌を柿本・有心と言うのに対し、狂歌を栗本・無心と称したことによる謂い。

鮒主は、真淵流の和学を秋成に学んでおり、鮒主の狂歌観も「戯れたる」歌風とは異なる、「古き」狂歌の歌風を尊重している。鮒主の狂歌観の背景に秋成に学んだ和学の精神が生きているとも、あるいは狂歌観と県門流和学との精神の近似から鮒主が和学を学ぶようになったとも、いずれにも解せるだろう。

○四月八日　百々万英の三十三年忌追善があった

△『二松庵家譜』

今年先師万英卅三回忌なれども花影叟不レ行。依レ之四月八日引上て例の於二真如堂中覚円院一、路産に随ひし社中のミを率て執行。兼題法華経序品の内入二於深山一思二惟仏道一の文也。会衆廿三人一座悉伝え懐紙は百々家に贈る。

○五月六日　麻田倭文の追善があった

△『二松庵家譜』

同年五月六日、倭文翁追福の会《ヱ》を行ふ。其題、大和の名所、織物二首也。一座歌我家に不レ記ば不レ知。

文化十年（一八一三）癸酉　五十歳

●秋　細野如鏡が六世二松庵を継いだ

△『二松庵家譜』

文化十とせ癸酉の秋、如鏡叟六世を継れしかど、これも世の業茂しといひて不レ行。一とせ御所八幡宮奉納の歌を人々によませしのミ也。七とせばかり経て文化十四丁丑のとし五月廿六日に身まかられぬ。年六十九才也し。

文化十三年（一八一六）丙子　五十三歳

○正月二十六日　本居大平の記紀之歌後撰集の講義を聴聞した

△国立国会図書館蔵『夏衣』（一三九－七五）

鐸舎講釈聴衆姓名　文化十三年正月廿六日開講々書

記紀之歌後撰集

長谷川三折　近藤吉左衛門　遠藤礼造　大橋九右衛門　松園坊　脇坂宗右衛門　城戸市右衛門　松田三次郎

明田宗兵衛　河本文太郎　藤田吉兵衛　木村熊檪　青木前左兵衛尉　国屋東陽　青木丹波守　倉谷多門　宮西

九郎兵衛　湯浅治右衛門　前田宗兵衛　波伯部秀子

『夏衣』は『春の錦』とともに本居大平の文化十三年の日記であり、大平が伊勢から上京して帰郷するまでの紀行（『春の錦』）と、伊勢での生活を記した日記（『夏衣』）とからなる。その『夏衣』の巻末には、鐸舎における大平の講義記録が載るのだが、それによると文化十三年正月二十六日に初めて講義が行われており、その講義に鮒主も列席している。その第一回の講義記録が右に引いたものである。この講義記録において林鮒主の名は明田宗兵衛として見える。「記紀之歌後撰集」についての講義は三月十一日まで十九回に亘って行われたが、そのうち鮒主は九度聴講に訪れている。家業の味噌商で忙しかったのか、出席率はあまりよいとはいえないが、大平に教えを乞うていたことは事実。また、この講義記録からも鮒主が多くの鐸舎社中と交流を持っていたことがわかる。姓名録中、「長谷川三折」は長谷川菅緒、「大橋九右衛門」は大橋長広、「近藤吉左衛門」は近藤重弘、「城戸市右衛門」は城戸千楯、「湯浅治右衛門」は湯浅経邦であり、いずれも鐸舎創設に尽力した人物たちである。

○八月十三日　この日以降鐸舎にて数度に亘る『住吉物語』の校合を行った

△本居宣長記念館蔵『住吉物語』識語

　寛文四年辰正月中旬書レ之畢／一校合畢

右者嶋田何某所蔵古本於鐸舎／文化十三年子八月十三日一校合畢／城戸千楯／大橋長広／林鮒主

奥書云／住吉物語依二少人御所望一以二秘本一興行也

文化十三年子八月十九日以二養老館蔵活板一校合畢／千楯／長広

同　　八月廿二日以二源熊櫟本一一校畢／千楯／長広

同　　八月廿三日以二　印本一　校合畢／鮒主／熊櫟

同　　八月廿七日以二群書類従本一一校畢／千楯／長広

鐸舎での活動は、大平や、こちらも上洛講義を行っていた藤井高尚の講義を聴聞していただけではない。鐸舎社中で歌会を催すこともあれば、書肆城戸市右衛門でもあった城戸千楯や鮒主の弟で書肆の秋告らが協力して和学関連書を出版することもあった。また、ここに引いた本居宣長記念館蔵『住吉物語』からは、自主的に古典の校合作業などを行っていたことも明らかとなる。鮒主は文化十三年八月に城戸千楯、大橋長広、木村熊櫟（文化十三年『平安人物志』「文雅」の項に載る人物。『狂歌手毎の花』にも入集）とともに、『住吉物語』の校合を行っており、鐸舎における学問の実態を示す好例といえよう。右の識語は朱・茶・藍・緑など色分けして記されており、校合も識語同様に何色もの書入があって複雑な紙面となっている。なお、校合に用いられた一本にある「養老館」は言うまでもなく狂歌師としての鮒主の号である、養老館路産を指す。

なお、神谷勝広氏のご教示によれば、石水博物館に千楯が鮒主蔵本によって書写した旨の奥書を有する『住吉物語』が蔵されるという（未見）。右の識語に「養老館蔵活板」とあることを考え合わせれば、本校合作業と何らかの関連があるらしいことは想像に難くない。

●十一月十一日　奥沢花ｲが五十八歳で没した

△『二松庵家譜』

文化十三丙子年十一月十一日、奥沢花ｲ没。年五十八。

○秋以降　弟秋告の遺草『林秋告遺草』を編刊した

△『林秋告遺草』千楯跋

いにし秋のりの子は、こよなきみやびをにて、三芳野の花、はしだての月と、くまなく見ありきつゝよみ出られたる歌どもの、おかしう一ふしあるさまなりき。さるを、せのきみふなぬしの、菅緒とおのれとはなきひとのになきともにしありつれば、その歌の中にて、さるべき撰いでゝよ、とかきつめおかれしかぎりとり出てあとらへられしを（下略）

△『林秋告遺草』鮒主跋

霜月廿日あまりひとひといふ日に、四十にはまだしきほどにてなん枯はてぬる。さてあひしれる人々のかぎりとぶらひたまひし中にも、菅緒ぬしと千楯主とはわきてかれがしらべを聞しれる友だちなれは、いとせめて落

ちれる言の葉ひろひあつめてよと、こぞの霜月にあとらへしに、やがてひと巻になしてたまひしを（下略）

本書は、鮒主の弟秋告の遺詠を鮒主・長谷川菅緒・城戸千楯が編纂した歌文集。序を鮒主・秋告と交流があった海保青陵（書は上田咸之）と長谷川菅緒が、跋を鮒主と千楯がものしている。右掲の鮒主跋によれば、秋告は文化十一年十一月二十一日に四十歳に満たぬ齢で亡くなったという。その夭折を惜しんだ鮒主は、秋告と生前から親交のあった千楯と菅緒に撰歌を依頼し、同時に海保青陵《かいほせいりょう》に序を、上田咸之《しげゆき》にその書の執筆を乞うたのである。

文化十四年（一八一七）丁丑　五十四歳

●五月二十六日　六世二松庵の細野如鏡が六十九歳で没した

文化十年秋の項参照。

●七月二十五日　吉江慶中が七世二松庵を継いだ

△『二松庵家譜』

かくて六世の叟没して後、吉江慶中叟こそざえたけたる人なれ。此翁の外《ホカ》なしといひて人々すゝむれど、年老たれば物事むつかしといひてうけひかれず。さらば、しばし成ともとて、同じとしの七月廿五日に伝来し調度どもを、せちに此翁のかたに贈りぬ。

文政元年（一八一八）戊寅　五十五歳

●二月十五日　戸田水月が八世二松庵を継いだ

△『二松庵家譜』

文政元戊寅年二月十五日にしるて戸田水月翁に譲らる。

文政二年（一八一九）己卯　五十六歳

○正月『狂歌両節／わかみどり』刊（鮒主一首入集）

△三原市立図書館蔵『わかみどり』

五十まりひとつの春にうつりて
としなみの底を浮たつ春なればいそに鰭をも見する鮒主

（国文学研究資料館マイクロフィルム二三二―二六―八）

『わかみどり』は京における柳條亭一門の狂歌集として最初のものであるという。撰者の柳條亭小道《りゅうじょうていこみち》は本名を今宮五平といい、本書の序文も執筆している（『狂歌人名辞書』）。柳條亭の号は條果亭栗標《じょうかていりっぴょう》から与えられたことが、栗標二十五年忌追善集『狂歌新三栗集』所収の小道歌の詞書に見え、栗標の門人として京で活動していたことがわかる。その活動は本書出版以後、文政三年から天保十五年にかけ、『狂歌あさみどり』（初編～五編）の出版を行っていることからも、極めて盛んであったことが窺える（以上、西島孜哉編『狂歌月の影（他）』、近世上方狂歌叢書十、和泉書院、一九八八年の同氏解説参照）。

ところで、この鮒主詠の題「五十まりひとつの春にうつりて」は少々不審である。仮に「五十まりひとつ」を五十一歳と解し、鮒主の年齢であるとすると、従来考えられていた年齢が五歳誤っていたことになる。確かに鮒主の生没年や享年は『狂歌人名辞書』の記述に拠っており、後述する鮒主追善歌会の年次も鮒主の没年が天保二年（一八三一）であることから導き出されたもので、同時代資料による裏付けはないのである。本書の記事に従うならば、この年五十一歳、生年が明和六年（一七六九）となるが、これも本書以外に拠るべき資料がない。ここに疑問として提示し、後考を俟ちたい。

○七月　『狂歌／細画／俤《おもかげ》百人一首』刊（鮒主一首入集）

△『狂歌／細画／俤百人一首』（六ウ）

皆人のもてあそびてやあかつきの後は光らで残る月影　波臣

（西島孜哉・光井文華編『狂歌俤百人一首』、近世上方狂歌叢書十八、和泉書院、一九九三年）

波龍主人（花園公燕《はなぞのきんなる》）の序によると、本書は、文化十年（一八一三）に没した得閑斎繁雅の七年忌追善集として、繁雅が生前に撰しておいたものを門人達が出版したものであった。さらに西島孜哉の整理によれば、繁雅没後に茂喬、砂長《さちょう》によって増補・整理がなされたが、繁雅の門人であった佩香園蘭丸《はいこうえんらんまる》が、繁雅、茂喬、砂長の撰にそれぞれ松、竹、梅の印を附し、それぞれの上部の歌は同じ撰であると断るなど、砂長の撰したものに蘭丸が最終的に手を加えて整理したものであるという。本書に鮒主の詠歌が収まるのは、繁雅や茂喬といった得閑斎一門との交誼が厚かったことによるのだろう。鮒主の歌は、生前の親交を窺わせ、哀愁を漂わせている。

○十一月二十四日　『二松庵家譜』を脱稿した

△『二松庵家譜』

かくて水月翁八世の詞兄と成て花影叟より後に衰たるを興すべき志あれば、近き年に鼻祖皓々翁詞宗の五十とせの忌なるを引あげて、ことし文政二己卯の秋寄船・釈教又露と虫との三題を出して、遠近の同志の友にすゝめて手向の歌を乞。又此巻を物して、伝へ来し詞宗達の像を写して、おのれ路産にいへらく。予若かりしほどまでは、万英詞宗おはせしかば、我ことをまたで、人々皆古より伝来しゆゑを知りしかど、今我なくならん後は初の故を知れる人なくならんが口おしければ、路産が家にはふるき書の残れるが多かれば、その元のよしをつばらにかうがえ記してよと需らるれば、その志のふかきをおもひて、ふるき世の事は志水了山翁が記しておかれし日記に考、そののちは父の路芳翁の日記、あるは我記しおきし物、また聞伝へし事どもを、かく序次をなして書記し終《オハン》ぬ。そも何の道にまれ、師なくて得べきやは。さらば師を尊むべきはさらにいふべくもあらず。予曽て国書を学びし師鶉居大人の常にいへらく、むかし松永貞徳翁の戴恩記といふ書などすさうなるは、誰々もかくあるべき事にこそといはれしもまたすさうの人也。今の世は人の心さかしらにのみ成ゆきて、かく書よむ輩をはじめ、はかなき狂句をもてあそぶ類までも我師に増るとおもはぬはなければ、師の統をひきてかくいふものを見てはうつけたる書と思《オモヘ》るは、すべもなき世のさがにこそ有けれ。おのが師にまさるも、もとの師の影なるをおもはずや。後我師の伝へをつがの木のいやつぎ〳〵にうけつがん人、今八世の詞伯水月翁が志をおほになおもひそと、かゝる事までを記しおくになむ。時は文政二己卯のとし霜月末の四日に、むかしの名は路産、今は

栽松窩のあるじ林鮒主いふ（花押）

本書は鮒主奥書に明らかなように、これまで継承してきた伝統が途絶えてしまうことを恐れて、伝来を書き残してほしいと依頼してきた戸田水月の求めに応じて鮒主が著わしたものである。夙に翻印が備わるものの、従来殆ど利用されてこなかった。だが本書からはこれまで諸辞典（例えば『国書人名辞典』）などで未詳とされてきた上方狂歌師たちの没年や享年、号などを含めた新たな足跡が判明することから、決して看過できる資料ではない。

さて、右の奥書から窺えることとして、鮒主が「ふるき書」を多く所蔵していたことを挙げておきたい。鮒主は同じ秋成門で友人であった越智魚臣によって「吾‐友明‐田鮒‐主《アケタノフナヌシ》は、古‐筆の鑑‐定に長ぜる人也」（『やいかま』）と古筆の鑑定に長けた人物と記されており、先の『住吉物語』の所蔵からも窺えるように、多くの古書を所蔵しており、それゆえ優れた鑑定眼を有していると周囲からも認識されていたのだろう。だが、ここでの「ふるき書」とはそのような古典籍を指すのではなく、二松庵一門の来歴のごとき書を指すのであろうし、蔵書家の一面を持つ鮒主は、一門の関連書を保管する役割をも担っていたと思われる。そこには既に没した志水了山や路芳、また鮒主自身の日

記も含まれていたようであり、現存未詳であるのが何とも遺憾である。
また、秋成が貞徳の『戴恩記』を絶賛しているといった記事も目を引くが、これについては既に本書第二部第一章で触れたことゆえ贅述は避ける。

文政六年（一八二三）癸未　六十歳

○四月九日　秋成の『藐姑射山・再詣姑射山』を補写した

△実践女子大学図書館常磐松文庫蔵『藐姑射山・再詣姑射山』

こは前師鶉居翁が、かたじけなき御園をよし有て、二たびまでおろがみたいまつりて書おかれし言の葉なるを、是度佐野雪満が得たりとてもて来るをみれば、翁の筆のあとはまがふ処もなけれど、初の度の記はなく、後の度のは末の一ひら欠たり。（中略）雪満が此闕たるをいたううらみ居るに、いとよき幸こそ有けれ、白井維徳大人が、こもまた翁みづから書しゝ全きひと巻を得しとて見せらるれば、やがてそをもてかの欠たるを足らはしやるになん。

音絶てひさしき瀧を落す世にこをも補ふ水くきのあと

文政六とせ卯月九日　蔆の屋鮒主（花押）

本書については、長島弘明による要を得た解説が備わる。注[14]長島稿に基づいて本書の成立について記すと、佐野雪満が『再詣姑射山』の前半の秋成自筆稿を入手し、鮒主のもとに持参したが、後半部は欠け、また『藐姑射山』も無いことを甚だ残念に思っていたところ、幸いにも白井維徳《いとく》が所持する別の秋成自筆本を見る機会を得、鮒主がその欠けた部分を補写したものだという。
ここで注意しておきたいことは、秋成自筆部分を入手した佐野雪満や白井維徳が、それを鮒主のもとに持参した行為そのものである。すなわち、秋成に師事した人物として鮒主は周囲からも広く知られており、その評判ゆえに雪満も維徳も鮒主のもとに持参したのであろう。京における鮒主像の一面を窺わせる事例と言ってよい。

○狂歌入門書『狂歌弁』を刊行した

△『狂歌弁』鮒主序

有心の歌のみをよみ、無心の歌のみをよむは、正しく歌の道をわきまへたるにはあらず。勝間田の池は我しる蓮なししかいふ君が髭なきが如といへるにて無といふが、やがて有なる事を知べし。さとびの宮びに勝は俚しく、みやびのさとびに勝はまことたらはず。ともにひとしく交てこそと唐くにの聖ものたまへれ。さればさとび歌のみをよみて、歌の道は得べからず。また宮び歌のみをあふぎてさとび歌をいやしむるは、山のはにげてなどいふほどの事をいひ出るざえはふつにあらぬ輩なる事、明らけうしらる。故にいにしへの先達もみなこれを捨ずして、兼まなべり。或人のいへらく、宮びのさとびに勝は、その基をほろぼすに至るまじ。よしや俚しくとも、宮びに過んよりはといへるも、うべなりけり。おのれ鮒主は父成基翁より此道を伝たれば、ざえたらはねど、としごろさとび歌にのみふかく心をつくして、其基を考得つとおもへど、いにしへの風流をしれるは稀なれば、玉になげき、緒を断たるたぐひにて、我ししれゝば、新らずともよしとやいはん。後に此道に揚雄有て、我ざえのみじかきをつかば、それや見ぬ世の歓ならんとおもへど、かへりみすれば、よき人のよく見て、あなつたな、あらぬわざにとりすがりたる藻かづらかな。後の世までかけていひおけるはと、わらひなんもいとやさしけれど、おもふことといはでやまんも、腹ふくるゝわざなれば、かくなんかいつらねたる。

文政己卯のとしきさらぎつごもりがたに

左京高松なる　林鮒主しるす（花押）

『狂歌弁』は、字義、訓義、古例、伝来、勧学、言辞、栗本并無心体、異名、五体差別の九条からなる狂歌の入門書である。右の序において鮒主は、和歌と狂歌の兼学こそが「歌の道」の会得に繋がるとの考えを、『万葉集』巻十六・三八三五番歌や『古今集』『伊勢物語』所載で『土佐日記』にも引かれる在原業平歌を用いて説明する。そのうえで、狂歌に専心してきたが、古風の狂歌（戯歌）を知っている人が稀である現状に鑑み、本書をものすことにしたという経緯を述べる。

ここに見える鮒主の狂歌観は、前述した『海道狂歌合』の序に披瀝されている狂歌観と軌を一にしていよう。古き狂歌の姿・心を湛えている秋成の狂歌を評価しているように、「戯れたる」歌風とは異なる、「古き」狂歌の歌風を尊重し、そこに狂歌の理想を見出しているのである。本書執筆の契機は、そのような「古き」狂歌が廃れてしまっていることへの憂慮にあり、同時代の狂歌師たちへの手引きにしようとして著された書であった。

文政七年（一八二四）甲申　六十一歳

○九月十八日　上洛した本居大平の宿所を訪ねた

△東京大学国文学研究室本居文庫蔵『紅葉の御幸《みゆき》』（国文学―一六二一）文政七年条

（九月十八日）午の時ばかり、三条なる大橋の東、旅人やどす家につきて、湯あみ髪ゆはせなど旅のやつれ引直したるほど、只今こゝに来つき給ひぬるよしうけ給はりてなんとて、林鮒主・服部敏夏・長穂が妻のはらから政富などとぶらひ来たり。さてなん御幸拝見の、その所いづこよけん、かしこよけんかしなど、かたらひ定めける。

既述のとおり、鮒主は文化十三年の春に行われていた大平の鐸舎における講義を聴聞していたが、大平再度の上洛に際し、鮒主や敏夏《としなつ》、政富らがその宿所を訪ねたというのである。和歌山から近藤芳樹《よしき》や安田長穂《ながほ》らとともに上洛した大平の目的は、光格天皇の修学院への御幸を見学することであり、拝観場所の計画を練っている。さらに、

二日後の九月二十日には、翌日に迫った御幸に備え、
鮒主いざなふまゝに、茂岳・良樹などともなひて、御幸ならせ給ふ道をも見んとて（下略）
と、拝観場所や沿道の下見に出かけた記事も載る。また、同道していた鈴門植松茂岳《うえまつしげおか》が残した『茂岳日記《しげおかにっき》』にも、
（九月）廿日　さて又翁（大平）・良樹とともに御所のあたりに物して、道にて鮒主といふ人のあへるにあひかたらひて、ともにあすのいでましの路筋、加茂川の東のきし、柳の茶屋といふ所といふ所まで行。注[15]
とあって、下見をした道筋までもが分かる。茂岳は、大平の門人であるとともに鮒主とも面識のあった尾張の板木師植松有信の内弟子であったが、右の書きぶりから推すに、鮒主とは今回が初対面だったらしい。

文政十年（一八二七）丁亥　六十四歳

○六月二十六日　飛鳥井雅有卿筆の天福本を以て『拾遺和歌集』を校合した

△関西大学総合図書館蔵『拾遺和歌集』鮒主識語
右の本をもて文政十年丁亥六月廿六日校合畢。其筆跡気韻高上のもの也　林鮒主（花押）
この識語に記された「右の本」とは、寛永八年二月、特進藤（烏丸光広《からすまるみつひろ》）によって、
此集上下巻飛鳥井雅有卿花翰分明也。正本寄観并宜尤可レ為二家宝一耳。
と記されている飛鳥井雅有筆の天福本を指す。先に鐸舎における『住吉物語』校合の例を取り上げたが、本書の校合もまた、和学者鮒主の活動の一端を示していようし、こういった例は資料が残らないだけで、枚挙に暇がないのであろう。

文政十一年（一八二八）戊子　六十五歳

○この頃、本居大平から和歌の添削指導を受けていた

△東京大学国文学研究室本居文庫蔵『応要草』（国文学一二〇〇）

春雨

きのふけふふる春雨に青ふちの汀の草もともに色そふ

さえ〳〵て残る寒さもなきて今のどけくなれば春さめぞふる

アマリタヾコトノヤウ也　歎クコトモ賞スル意モ見エズ

さえわびし雪げの空もなきて今のどけさ見ゆる庭の春雨トアラマホシ（下略）

『応要草《おうようそう》』は、大平と門人・知人との質疑応答や詠草添削の写しが収まった仮綴一冊。表紙に「おうえうさう　第八」とあることから、本来は大部に及ぶ資料であったと思われるが、現存するのはこの一冊のみである。大平による和歌指導の有様を伝える資料として注目に値しよう。

鮒主が上洛中の大平の講義に出席していたことは既に述べた（文化十三年正月二十六日項）が、本書によれば、両者の関係は上洛時の講義聴聞にとどまらず、大平による鮒主歌の添削にも及んでいた。本書には、右に引いた「春雨」のほかに、「野雲雀」「花満山」「暮春藤」題で詠まれ、添削が加えられた鮒主歌が八首掲載されている。また、鮒主歌の直前には同題で詠まれた城戸千楯歌、大橋長広歌も載っており、三者が同座した歌会などで詠まれた歌が、千楯あたりから一括して大平のもとに送られたのであろう。

右の鮒主歌の添削年時に関する明確な記載はないが、『応要草』は文化・文政・天保の記事が、概ね年代順に収められており、鮒主らの詠歌に対する添削は文政十年と天保二年の詠草添削の間にあるため、一応文政十一年の項に置いた。

天保二年（一八三一）辛卯　六十八歳

○四月二十日　六十八歳で没した

天保四年（一八三三）癸巳

○四月某日　鐸舎社中が鮒主の三年忌追善歌会を催した

△伊東颯々宛城戸千楯書簡（天保四年四月十九日付）

鮒主の三年の追悼に兼題

雨中時鳥

ぬれてなく山ほとゝぎすことならば雨にまされる袖もとはなん

又当座ニ茄子といふことを

むかしおもふゆかりのいろのなすびすら夢にもみつはよしときくもの

右の書簡は青山英正氏の所蔵である。注[16]鐸舎社中で鮒主追悼の歌会が催された時に千楯が詠じたもので、鮒主と鐸舎社中との近しさを偲ばせる一齣といえよう。

【注】

［1］住吉大社御文庫蔵本（国文学研究資料館マイクロフィルム（ス三－三九－三））に拠る。以下同。

［2］石田吉貞「堀河院百首の成立その他について」（『新古今世界と中世文学』上、北沢図書出版、一九七二年）、橋本不美男「歌題の生成と展開」（『王朝和歌史の研究』、笠間書院、一九七二年）、橋本不美男・滝沢貞夫『校本堀河院御時百首和歌とその研究　本文・研究編』（笠間書院、一九七六年）、田村柳壹「歌題の形成」（『国文学』第三十四巻十三号、一九八九年

十一月）、松野陽一「組題構成意識の確立と継承――白河院期から崇徳院期へ――」（『鳥帚――千載集時代和歌の研究――』、風間書房、一九九五年）、同「平安末期の百首歌」（同書）など参照。

［3］西島孜哉「京都の狂歌壇――伝統性と革新性――」（『近世上方狂歌の研究』、和泉書院、一九九〇年）。

［4］注［2］松野稿、橋本不美男・滝沢貞夫『校本永久四年百首和歌とその研究』（笠間書院、一九七八年）など参照。

［5］中央公論社版『上田秋成全集』第一巻四一四頁。

［6］国文学研究資料館紙焼写真Ｃ一一三七四に拠る。

［7］享保十九年（一七三四）刊。国文学研究資料館蔵本（ナ二-二七九）に拠る。

［8］享保二十一年（一七三六）刊。国文学研究資料館蔵本（ナ二-一〇）に拠る。

［9］伊藤正雄「荒木田久老の生涯」（『荒木田久老歌文集並伝記』、神宮司庁、一九五三年）。

［10］文化八年（一八一一）刊。

［11］西島孜哉編『狂歌あさみとり／狂歌我身の土産／古稀賀吟帖／狂歌鵜の真似』（近世上方狂歌叢書十一、和泉書院、一九八八年）解題。

［12］西島孜哉・光井文華編『狂歌手毎の花　初編～三編』（近世上方狂歌叢書十六、和泉書院、一九九一年）。

［13］浅野三平「『海道狂歌合図巻』をめぐって」（『増訂秋成全歌集とその研究』、おうふう、二〇〇七年）。

［14］長島弘明「常磐松文庫蔵『藐姑射山・再詣姑射山』一巻・山岸文庫蔵『不留佐登』一巻」（『実践女子大学文芸資料研究所年報』第四号、一九八五年三月）。

［15］伊那史料叢書二十一『茂岳日記・篠家日記』（山村書院、一九三七年）。

［16］青山英正「伊東颯々宛城戸千楯書簡三十八通――翻刻と解題――」（『明星大学研究紀要――人文学部――』第二十回記念号、二〇一二年三月）に翻印される。

おわりに

本書では、上田秋成の和学者・歌人としての側面に注目し、その諸活動を跡付け、さらに周辺人物との関係を解明していくことで、秋成の近世中後期の上方文壇における位置付けや、秋成文芸の新たな解釈の可能性について論じてきた。従来、一般に『雨月物語』の一書を以て近世文芸の白眉と見なされてきた秋成の、和学者・歌人としての活動を追うことで、秋成という人物と彼の文芸がどのような相貌を見せてくれるのか、という問題に取り組み続けた成果が本書である。

第一部では、近世中後期の上方で多様な活動を展開していた、秋成の和学と門人・知友たちとの関係に迫った。まず秋成説が書き入れられた国文学研究資料館蔵『万葉集』を紹介、その書入筆者が秋成の数少ない門人の一人であった林鮒主であることを実証するとともに、荒木田久老の講義や越智魚臣の講義聴聞を補助線とすることで、秋成の講義時期を寛政十一年かそれ以前であったとの見解を示した（第一章）。続いて、大通寺蔵『金槐和歌集抜萃』や名古屋市蓬左文庫蔵『田安亜槐御歌』の奥書等をもとに、上方や伊勢に実朝・宗武評価が浸透していたことを明らかにしたうえで、それが正岡子規やアララギ派における実朝・宗武評価の前兆として位置づけられる可能性を論じ、源実朝と田安宗武を万葉調歌人と評した秋成の活動とその同時代的および史的意義について考察を加えた（第二章）。さらに、秋成と小沢蘆庵の門人達との交流が窺える資料『〔宇万伎三十年忌歌巻〕』を紹介し、特に秋成に従学していた大坂の蘆庵社中の存在を強調した。そのうえで彼らとの交流を跡付け、さらに秋成書簡や万葉評釈書『金砂』の分析を交えながら、『金砂』が秋成自身のための著作ではなく、大坂の蘆庵社中を念頭において執筆されたものであったことを指摘した（第三章）。こうして、秋成の万葉学を中心とした和学活動を追い、その活動の意義を解明するとともに、秋成の注釈の生成および享受の様相を炙り出したのが第一部である。

第二部では、秋成の和学活動や人的交流を踏まえたうえで、晩年の創作との関係を考察した。まず、秋成の師伝に対する見解をめぐって、近世初期の文人松永貞徳が著わした『戴恩記』を秋成が称賛していた記事をきっかけに、秋成の歌学における『戴恩記』の影響を指摘し、秋成の師伝観形成の一端を明らかにした（第一章）。次に、秋成の自歌合『十五番歌合』を俎上に載せ、本書が二系統に分類できることを明らかにし、うち一系統の成立には、蘆庵門人にして秋成の友人でもあった羽倉信美の関与が大きかった可能性を指摘するとともに、もう一系統の伝瑚璉尼筆本の判詞を分析することで、秋成の判詞の持つ歌論的特質を炙り出した（第二章）。続いて、『春雨物語』の一篇「目ひとつの神」を取り上げ、京での和歌修業を志す若者に京歌壇の頽廃と独学を説くひとつ目の神の言説に、真淵から継承した秋成の和歌史観が投影していることを明らかにした。さらに、その史観が近世中後期の和学者たちの持つ史観に通ずるものであること、そうした史観に基づいて「目ひとつの神」が構想されていることを論じた（第三章）。そして、その「目ひとつの神」に、『蒙求』に載る「張翰適意」の故事が利用されていることを指摘したうえで、『古文真宝後集』を翻案した和文作品「故郷」の執筆を通じて、「帰郷」という行為を「命禄」と結びつけて創作モチーフとしていった秋成の意識を抉り出し、そのモチーフの延長上に「目ひとつの神」を位置付けて、新たな解釈を試みた。加えて、従来とは少々異なる観点から、「命禄」が『春雨物語』を読み解く一視座となり得ること、また、『春雨物語』の諸稿本の異同を、対読者による相違ではないかという見解も示した（第四章）。以上、第二部では、第一部の問題意識を引き継ぎ、秋成の文芸が時間的・空間的周縁とどのような関係にあるのか、という問題をめぐって、秋成の文芸を歌論史の流れや周辺人物との関係のなかで考察し、秋成周辺の研究や学問研究が作品研究に資する可能性を探ってきた。

第三部では、秋成周辺の和学者たちの活動や秋成との関係を追うことで、上方文壇の諸相を窺うとともに、和学者としての秋成像をより立体的に提示することを目指した。まず、秋成門人の一人であった山地介寿について、伝記的事項を整理したうえで、宣長・秋成・蒿蹊らとの交流の実態を解明、さらに秋成が介寿に送った「送別」の分析を行い、宣長学に対する秋成の本音の一部分を垣間見た（第一章）。続いて、秋成と同時代を生きた荒木田久老の上洛中の諸活動を跡付け、『万葉考槻乃落葉四之巻解』に秋成説が採り入れられていることを指摘したうえで、学説の伝達媒体としての門人たちの存在に注目し、秋成・久老を含めた京の和学者たちの人的交流が可能にした学的交流の様相について論じた（第二章）。次に、第一部第一章で紹介した国文学研究資料館蔵『万葉集』に書入を行っていた林鮒主の和学活動について、宣長や秋成、久老、京の和学者たちとの交流を明らかにするとともに、鮒主の諸活動を通して見えてくる京の文壇の傍観者的な学問態度について言及を行った（第三章）。最後に、その鮒主の諸活動を年譜形式で綴りながら、古書の蒐集・書写や秋成・宣長への従学、京の和学者たちとの交流によって県門和学に傾倒していく様子、さらには狂歌師としての活動をも具体的に描き出し、和学者というにとどまらぬ、多才な文人としての姿を素描した（第四章）。このように、第三部では、秋成に入門して和学を学んでいた京の人々や、秋成周辺にいた同時代の人物たちの活動を跡付ける伝記的アプローチによって、秋成の生きた近世中後期上方文壇の一面を明らかにしつつ、そこから秋成を逆照射してみることで、秋成像の一面を浮かび上がらせることをも試みた。

秋成は、早くから「歌道之達人」として認識されていながら、『雨月物語』『春雨物語』といった優れた散文作品を著わしていたことから、彼の研究も長らくそうした散文作品への作品論的アプローチが中心となっていた。現在では、中央公論社版『上田秋成全集』の刊行もあって、そうした研究が相対化されつつあるが、そこで顕在化してきた秋成の活動の多様さに鑑みれば、今後も様々な角度から秋成に迫る試みは重ねられるべきであろう。本書が企図したのも、和学者・歌人としての側面に光を当てることで、秋成という人物と彼の文芸を捉え直すことであった。結果として、秋成の学問が時間的・空間的周縁と無関係ではなく、近世中後期の上方という文化的背景があって、初めて生まれ得たものであったことが、ある程度明らかになったのではないだろうか。また、そうした観点から秋成文芸に改めてアプローチしてみることで、従来とは異なった作品の捉え方も可能となったのではないか。

とはいえ、本書が取り上げることができた秋成の活動は、その膨大さに照らしてみれば、ほんの一部に過ぎない。とりわけ秋成の和学に関する言及が、歌学中心になってしまい、『日本書紀』を始めとする歴史研究に全く踏み込めなかったことは、筆者の不明の結果である。『春雨物語』を見ても「血かたびら」「天津処女」「海賊」といった、かねてより歴史物語系と一括りにされてきた話群もある。既に一定の研究が備わるところではあるが、これらに結実する秋成の歴史研究と同時代の歴史研究との関連、それを踏まえた作品解釈は、今後のひとつの課題である。

また、第二部第四章で触れたように、『春雨物語』はある程度読者を想定して執筆されたものと考えられるが、例えばそれらを享受していたことが確実な伊勢の人々との結び付きについても、『春雨物語』だけではなく、晩年の様々な文芸を視野に入れながら迫っていく必要があろう。

一方、逆説めいた言い方になるが、どれだけ和学者・歌人としての秋成像や周辺人物との関係の重要性を強調しようとも、決して揺らぐことがないのは、『雨月物語』や『春雨物語』といった秋成文芸の面白さである。それはこれまで蓄積されてきた膨大な先行研究も証明しているところで、だからこそ筆者も主として歌学との関連から、『春雨物語』へのアプローチを試みたのである。こうした秋成の文芸と、和学や人的交流との関連については、継続して精査していく必要があろう。かつて鵜月洋「秋成の思想と文学」（日本古典鑑賞講座二十四『秋成』、角川書店、一九五八年）は、

長年の研鑽の結果、いまはすっかり国学としての知識と識見を身につけ、国学者としての姿勢と地位をきずきあげた秋成が、その基礎の上にたつて書いた小説が「春雨物語」である。だから「春雨物語」は、端的にいえば、国学者の書いた小説であり、国学者秋成の学識と識見を十分にもりこみ、批評と主張をつよくうち出した作品であった。

と述べたが、結局のところ、和学を含めた秋成の諸活動の集大成にして、最晩年の到達を示す『春雨物語』を、内的にも外的にもどのように理解すべきかという問題への足掛かりが本書であった。その目論見からすれば、秋成の諸活動の分析も、『春雨物語』への照り返しも、ごく限定的になってしまったことは遺憾の念に堪えない。これらの課題については、これからの研究生活を通して筆者なりの回答を与えていきたい。

もとより本書から派生する問題は、秋成研究のみにとどまるものではない。そのいくつかは本書の各論で、折に触れて提示してはいるが、一つだけ例を挙げるならば、真淵学とその受容に関する研究である。真淵については、小山正や井上豊らによる包括的な研究が備わるが、従来とはやや異なった角度から、すなわち真淵をとりまく環境や、江戸戯作を含めた後代における真淵学の影響という観点から眺めることによって、真淵学の展開はもとより、真淵その人の理解にも一定の修正を施すことが可能となるだろう。

「はじめに」で述べた目論見に対する本書の回答は、以上のような課題の多さからも、非常に心許ないものである。しかし、本書のような研究を進めてきたからこそ、新たに見えてきた課題が多いのもまた確かであろう。現段階でこれらの課題に応えるだけの十分な準備はないが、取り組むべき課題の多さを意気に感じつつ、今後さらなる研鑽を積んでいきたい。

初出一覧

各章の初出・原題は以下の通りである。ただし、いずれも本書への収録に際して、表記の統一を図るなど、大小様々な加筆修正を行った。また、初出以後に知り得た知見については、できる限り本文や注に取り込んだが、取り込むことが難しかったものは、各章末尾に「附記」としてまとめた。

第一部　秋成の和学活動

第一章　秋成の万葉集講義

＊原題「国文学研究資料館蔵『万葉集』秋成説書入考——林鮒主の講義聴聞をめぐって——」（『近世文藝』第九十二号、日本近世文学会、二〇一〇年七月）

第二章　秋成の実朝・宗武をめぐる活動

＊原題「実朝・宗武をめぐる秋成の活動と上方和学」（『近世文藝』第九十六号、日本近世文学会、二〇一二年七月）

「附」は書き下ろし

第三章　秋成と蘆庵社中——雅交を論じて『金砂』に及ぶ——

（『近世文藝』第九十九号、日本近世文学会、二〇一四年一月）

「附」は原題「秋成の宇万伎追善——『〔宇万伎三十年忌歌巻〕』翻印と影印——」（『上方文藝研究』第十三号、上方文藝研究の会、二〇一六年六月）

第二部　秋成の学問と文芸

第一章　秋成の師伝観と『戴恩記』

書き下ろし

第二章　秋成歌論の一側面――『十五番歌合』を中心に――
　書き下ろし
第三章　『春雨物語』「目ひとつの神」の和歌史観
　（『国語と国文学』第九十二巻第七号、東京大学国語国文学会、二〇一五年七月）
第四章　『春雨物語』の「命禄」――「目ひとつの神」を論じて主題と稿本の問題に及ぶ――
　（『国語と国文学』第九十三巻第八号、東京大学国語国文学会、二〇一六年八月）

第三部　秋成の和学とその周辺

第一章　山地介寿の在洛時代
　＊原題「山地介寿研究序説――上田秋成・長瀬真幸との交流を中心に――」（『立教大学日本文学』第一〇五号、立教大学日本文学会、二〇一〇年十二月）
第二章　荒木田久老『万葉考槻乃落葉四之巻解』の生成
　＊原題「荒木田久老の上洛と『万葉考槻乃落葉四之巻解』の生成――秋成説の受容をめぐって――」（『日本文学』第六十一巻第十二号、日本文学協会、二〇一二年十二月）
第三章　林鮒主の和学活動と交流
　（『国語国文』第八十巻第十一号、京都大学文学部国語学国文学研究室、二〇一一年十一月）
第四章　林鮒主年譜稿
　＊原題「林鮒主年譜稿（上）――明和から寛政まで――」（『上方文藝研究』第十号、上方文藝研究の会、二〇一三年六月）
　＊原題「林鮒主年譜稿（下）――享和から天保まで――」（『上方文藝研究』第十二号、上方文藝研究の会、二〇一五年六月）

あとがき

本書は、平成二十五年度に立教大学に提出した博士学位申請論文「和学者上田秋成の研究」をもとに、その後の研究成果を加えたものである。また、学位論文には賀茂真淵に関する論考もいくつか収録したが、本書の目的と、一書としてのまとまりを考え、本書からは省くことにした。それらは機会を改めて公にしたい。

思い返せば、行き当たりばったりの研究生活を送ってきた。

卒業論文は『雨月物語』の「蛇性の婬」で書いた。授業で扱われていたわけではなかったので、なぜ卒論で取り上げようと思ったのか、はっきりとは覚えていない。上代文学や伝承文学にも関心があったから、おそらく読み漁っていた近世文学作品の中から、それらと絡めて論文が書けそうなものを、と軽い気持ちで選定したのだろう。そもそも近世文学で書くことに決めたのも、研究者人口が少なく、そのうえ未開拓領域が多いからというような、なんとも不純な動機であったように記憶している。当然、卒論の出来は惨憺たるものであった。それでも、当初は高校の教員を志望していた私が大学院進学を決意したのは、研究対象の選定や卒業論文の執筆を通し、近世文学や秋成の魅力を肌で感じることができたのがきっかけであった。

大学院に入学した直後は、研究の方向性に迷う日々が続いた。『雨月物語』や『春雨物語』で書こうにも、思い付いたことは既に先行研究で指摘されているし、何より卒論の苦い思い出により、作品論に臆病になっていたのである。そこで、とりあえず秋成の万葉研究について調べることにしたのだが、それも何か展望があってのものではない。そんな時、調べ物で訪れていた国文学研究資料館で偶然出会ったのが、秋成説の書き入れられた『万葉集』の寛永版本であった。折しも、秋成の万葉研究を調べていた私は、この邂逅をきっかけとして、彼の和学者としての側面を追うようになっていった。

それからは、各地の図書館への調査を重ね、多くの資料に触れる機会を得た。時には寺社にも、また個人宅にお邪魔したこともあった。対象は主として秋成や和学関係の資料であったが、調査に際し、できるだけ他ジャンルの作品にも触れるように心がけてきた。何が何だかわからぬままに始めた調査であったが、前期課程の頃から様々な資料に触れる機会を持てたことは、今でも大きな財産になっている。また、その過程で逢着した数々の資料は、近視眼的な研究を行っていた私の視野を広げてくれ、当初想定していた以上の見通しを得ることにも繋がった。こうした多くの資料との運命的な出会いが、現在の研究の基盤となっていることは間違いない。これからも、そうした資料との出会いを大切にしながら、研究活動に精進していきたい。私自身の成長が、数々の資料を掬い上げることにもなるだろうから。

そして、運命的な出会いというならば、このような場当たり的な研究生活を送ってきた私が、曲がりなりにも研究を続けてこられたのは、これまで出会った多くの方々の支えがあったからに他ならない。

大学院生時代はお二人の指導教授から多くの学恩を賜った。渡辺憲司先生は、ろくに勉強もせず、自由気ままな研究を行っていた私を、時に厳しく、時に優しく導いて下さった。先生から、細かい点にまで目を配った実証的研究の大切さを学んだことは、現在の研究の礎となっている。また、私が毎年欠かさず秋成のお墓参りを続けているのも、元はと言えば先生のご指導がきっかけである。加藤定彦先生からは、一見零細な資料であっても、またマイナーな人物であっても、先人達の遺した資料から彼らの息吹を感じることの大切さを学んだ。先生は長く関東一円の俳諧資料と向き合ってこられたが、私はこれからも、和学者を含めたできる限り多くの人々の活動に光を当て、彼らが身を置いていた文壇の性格を明らかにしていきたい。

博士論文の審査には三名の先生に当たっていただいた。水谷隆之先生は、立教大学着任初年度という多忙極まりないなか、快く主査をお引き受け下さった。論文博士という変則的な申請となり、余計なご負担をお掛けしたにもかかわらず、ご丁寧に審査に当たって下さったことに、心より感謝申し上げる。本書の出版も他ならぬ先生のご仲介を賜ったものである。また、副査として和歌研究の立場から貴重なご助言を賜った加藤睦先生、学外から審査に加わり、秋成研究という専門的立場から私の課題を指摘して下さった長島弘明先生にも厚く御礼申し上げる。加藤先生には、大学院在学時から幾度となく励ましのお言葉を頂戴してきた。研究の方向性に迷い、何度も挫けそうになった心を辛うじて繋ぎ止めることが出来たのは、先生の温かい支えの御蔭である。長島先生は、その後、私を日本学術振興会特別研究員として東京大学に受け入れて下さり、お忙しいなか論文指導までして下さった。本書の出版を強く勧めて下さったのも先生である。

他にも多くの方々から、ご指導とお励ましをいただいてきた。未熟な私を国文学研究資料館に迎え入れて下さり、様々な調査にも同行させて下さった大髙洋司先生、神作研一先生、入口敦志先生。学部時代にご指導下さった岡田哲先生。木越治先生を中心とした秋成研究会、近世文芸研究と評論の会、早稲田手紙の会、浮世草子研究会、近世和歌研究会、広島近世文学研究会といった研究会の先生方や参加者の皆様。公私ともにお世話になりっぱなしの先輩、後輩、友人たち。好き勝手な研究を続けていくことを呆れながらも黙認し、応援してくれている家族。これまで支えて下さった全ての方々のご厚情に、改めて感謝の念を捧げたい。また、貴重な資料の閲覧をお許し下さり、本書での使用を許可して下さった各所蔵機関、所蔵者の方々にも深謝申し上げる。

最後に、本書の出版を快く引き受けて下さった笠間書院の池田つや子会長、池田圭子社長、橋本孝編集長に、また実務に当たって下さった岡田圭介氏のご尽力に感謝申し上げる。

なお本書は、独立行政法人日本学術振興会平成二十八年度科学研究費補助金（研究成果公開促進費・課題番号16HP5043）の交付を受けて出版するものである。

平成二十八年十二月

高松亮太

人名索引

〈凡例〉

- 本書の本文・図表・注に登場する、江戸時代以前の主要な人名を対象としたが、一部明治以降の歌人も採った。また、本書全体に頻出する「上田秋成」は割愛した。
- 排列は、姓名の五十音順とした。
- 見出し語は、最も一般的な呼称に基づき、本書中の別称・略称などを適宜（　）で示した。
- 原則として姓（苗字）から引けるようにしたが、姓未詳のものは名により、姓名の読みが不確定の人物については、全て音読によって排列した。
- 作中の登場人物については、実在の人物は拾ったが、架空の人物は採らなかった。
- 各章のうち、特定の人物を対象とする章については、その人物名が明示されていない頁も含めて索引に採った。

あ

い

う

え

お

か

き

く

け

こ

さ

し

す

せ

そ

た

ち

つ

て

と

な

に

の

は

む

も

や

ゆ

よ

り

れ

ろ

わ

書名索引

〈凡例〉

- 本書の本文・図表・注に登場する、江戸時代以前の主要な書名・作品名を対象とした。
- 排列は、書名・作品名の五十音順とした。
- 見出し語は、最も一般的な呼称に基づき、本書中の別書名などを適宜（　）で示した。
- 書名・作品名の読みが不確定のものについては、全て音読によって排列した。
- 『雨月物語』『春雨物語』所収各話は、それぞれの書名の項に下位項目を設けて示し、その排列は篇順とした。

あ

い

う

え

お

か

き

く

け

こ

さ

し

す

せ

そ

た

ち

つ

て

と

な

ま

み

む

め

も

や

ゆ

よ

ら

り

れ

ろ

わ

秋成論攷
——学問・文芸・交流——

著者

高松亮太

（たかまつ・りょうた）

昭和 60年（1985）、新潟県佐渡郡（現・佐渡市）生まれ。國學院大學文学部卒業。立教大学大学院文学研究科博士前期課程修了。同後期課程中途退学。博士（文学）。国文学研究資料館機関研究員、日本学術振興会特別研究員 PD（東京大学）を経て、現在、県立広島大学人間文化学部専任講師。
著書に、『江戸吉原叢刊』第 1・7巻（共著、八木書店、2010・2011年）、『上田秋成研究事典』（共著、笠間書院、2016年）、論文に、「賀茂真淵の実朝研究」（『国語国文』第 84巻第 6号）などがある。

平成 29（2017）年 2 月 28 日　初版第 1 刷発行

ISBN978-4-305-70838-0 C0095

発行者

池田圭子

発行所

〒 101-0064

東京都千代田区猿楽町 2-2-3

笠間書院

電話 03-3295-1331　Fax 03-3294-0996

web :http://kasamashoin.jp/

mail:info@kasamashoin.co.jp

装丁　笠間書院装幀室　　印刷・製本　モリモト印刷